俞樾詩文集

三

俞　樾　著

張燕嬰　編輯校點

人民文學出版社

吴中唱和詩

吳中唱和詩

序

余性不喜疊韻，故集中疊韻之詩蓋寡。恩竹樵方伯開藩吳會，好以詩與人往復。余偶出『腴』字韻詩，更唱迭和，遂至十餘疊，余始覺東坡喜次人韻亦自有味也。積之既久，詩亦遂多，不存於集，亦不忍竟棄，别爲一編，存之《褋纂》。

竹樵方伯恩錫以所著《南游草》見示，因次集中《常州雨泊》詩韻題贈

吟懷清絶味偏腴，古錦囊中有是無。袖裏岱宗雲氣溼，枕邊瓜步浪花麤。一編紀勝憑誰和，十載掔經笑我迂。偶作小詩酬雅唱，聊堪尊酒侑菖蒲。時端五前一日。

方伯次韻見示，因疊前韻報之

詩味還如道味腴，纔貽杜若又文無。官高原不風情減，才大何曾格律麤。南國騷壇資管領，北來宦轍話縈迂。一編冰雪分明在，坐對奚煩扇捉蒲。

方伯又次韻見示，因再疊前韻

出澤臞儒本不腴，聊堪孫輩課之無。偶窺豹管一斑小，遂積牛腰百卷麤。忽向詞場參島佛，更聞畫苑軼倪迂。方伯工畫。始知自有光明錦，慙媿寒機學織蒲。

方伯又次韻見示，因三疊前韻

吳會東南擅上腴，鶯花佳麗四方無。欣逢詩老聯翩至，兼謂子青中丞。一洗軍興氣象麤。巾扇自饒名士氣，衣冠未厭腐儒迂。只愁老去才將盡，敢向詞壇執穀蒲。

納涼口占，四疊前韻

晚涼偶試碧琳腴，且喜門前俗客無。竹几展書簾影細，藤牀攤飯簟紋麤。風來屋角支分易，月度牆陰取道迂。領取間中真味好，不須蹙頞更嘗蒲。

枕上述懷，五疊前韻

病餘瘦骨又垂腴，胷次蕭然一念無。靜養心君猶覺動，細調胎息尚嫌麤。鉛刀不試何妨鈍，方枘難施自笑迂。爲道從今須日損，漫勞緝柳又編蒲。

刻《第一樓叢書》，已成十一卷，校勘餘墨，六疊前韻

空將破硯當膏腴，自笑書倉一粟無。衰病精神殊少壯，叢殘著述半精麤。瑣言敢擬孫光憲，客語聊同晁景迂。敝帚千金私自賞，何心更羨兩輪蒲。

竹樵方伯效無題體，疊韻見示，亦疊韻奉酬

記飲瓊漿一勺腴，藍橋消息至今無。早知蓬島萬重遠，枉費明珠一斛鸁。作賦陳思空繾綣，論詩周姥太拘迂。東皇不管韶華好，零落秋風等柳蒲。

玉容原不鬪華腴，空谷幽居絶代無。密意未教鼉妾曉，微詞翻笑鴆媒鸁。三生舊恨窺牆苦，十載癡情抱柱迂。他日蘼蕪山下路，傷心怕賦澤陂蒲。

疊前韻，成小游仙二章，索方伯和

九轉丹成絳雪腴，居然修到俗緣無。遨遊碧海三山外，指點紅塵一髮鸁。金柱銀河天縹緲，雲車羽斾路逶迂。穆王正啓瑤池宴，傳語堯廚借箑蒲。

蕙圃芝田土本腴，琪花瑤草世間無。紅羊劫後風光異，青鳥傳來信息鸁。玉笈偷窺何所見，金丹苦鍊豈非迂。三千弱水茫茫甚，莫問漂流一束蒲。

雨後驟涼，十一疊前韻

朝來柱礎倍加腴，雨後炎歊一掃無。客到每愁苔徑滑，睡餘便怯葛衣麤。暫抛紈扇休嫌早，仍對韋編未覺迂。恰好山廚供脱粟，盤中鮭菜筍兼蒲。

詠珠蘭，十二疊前韻

分得靈根九畹腴，牟尼一串得如無。須知燕姞胚胎小，不比鮫宫淚點麤。仙露明珠通佛性，美人香草破書迂。只愁魚目尋常混，莫更移栽近藻蒲。

『腴』字韻疊至十餘，殊有鼓衰力竭之患，輒作小詩，告之方伯，請更發高唱也

筆底非秋露便腴，狂搜險覓古人無。睡鄉聊破黑甜懶，詩律休嫌白戰麤。董父登城爭詫勇，壽陵學步自知迂。交綏甘避中原舍，未敢重抽董澤蒲。

將疊韻之詩總録一通付方伯，因以小詩媵之，十四疊前韻

食魚猶必辨鰭腴，敢謂詩成點竄無。韻較北臺差覺險，服非西子不容麤。狂來唱和何辭倦，閑處推敲未算迂。尚有墨池餘瀋在，還同盡利到萑蒲。

前作小詩，請方伯更發高唱，遲久不至，以詩速之，十五疊前韻

倚詩作活本非腴，能博尊前一笑無。將酒勸人原不惡，拋磚引玉豈嫌麤。定知冰雪襟懷淡，未厭虀鹽面目迂。蘇海韓潮憑領取，漫勞藪澤比弦蒲。

竹樵方伯以唱和諸詩刻成一集，因用東坡《和劉貢父李公擇見寄》詩韻，率題其後

甘棠南國有詩人，頓使鶯花一律新。君自風流追小宋，我慚旗鼓鬭強秦。休言出處塗難合，但論文章意自親。見説題襟已成集，媿無麗句可爲鄰。

竹翁見示和章，因疊韻答之

坡公原是不羈人，舊韻拈來又一新。但博談鋒清似晉，渾忘暑氣酷於秦。傳箋未礙寒暄略，得句還如笑語親。莫向蘇家奪行市，效顰應許有東鄰。

再疊前韻

我本江湖一散人，偶將詩句鬬清新。狂來歌鳳誰憐楚，醉後呼烏且學秦。世味愈嘗真愈淡，賞音相遇自相親。不辭更和東坡句，講舍西泠舊結鄰。詁經精舍在蘇公祠右。

方伯和章有『我欲移家依講舍』之句，殆開府吾浙之兆乎？三疊前韻，以爲之券〔一〕

蒼生霖雨待斯人，已見三吳德政新。忽念浣紗溪在越，更傳繫纜石留秦。迎將玉節金符至，便與湖光山色親。我願從君受廛一，定容祭竈請比鄰。

【校記】

〔一〕券，原作『劵』，據《校勘記》改。

自笑一首，四疊〔一〕前韻

臣之壯也不如人，況復桑榆暮色新。霄漢雁行慙魯衛，江湖牛耳媿齊秦。坐看白日堂堂去，惟有青編故故親。自笑生平成底事，耦耕虚負舊鄉鄰。

【校記】

〔一〕疊，原作『韻』，據《校勘記》改。

自笑，五疊前韻

生平事事不如人，坐看烟雲眼底新。鼠璞尚愁能誤鄭，羊皮何苦更干秦。明知身世交相棄，未厭形神兩共親。自笑飄飄無所著，海山兜率孰爲鄰。

自笑，六疊前韻

自笑麤疏潦倒人，敢將花樣更翻新。笥中裘有卅年晏，篋内書無十上秦。捧檄迢遥憐弱息，倚閭辛苦累衰親。一椽仍向吳中寄，病樹蕭條盧照鄰。

苦熱，七疊前韻

本來面目是寒人，偏值炎官號令新。安得四禪天學佛，佛經説第四禪中有天名無熱。生憎三伏日逢秦。六月中三伏，始秦德公二年。衣冠竟擬全相棄，燈火緣知未可親。只合棲心水精域，無何有處是吾鄰。

酷暑日甚，杜門不出，惟與竹樵方伯唱和爲樂，疊前韻，奉贈二首

星緐晝熱正愁人，傳到花箋字字新。伏閉固宜追法漢，伏閉乃漢制，言伏日不治事也。夏聲且與共歌秦。炎炎赤日真堪畏，習習清風大可親。更有幕中諸子在，詩家門户自成鄰。

河朔遨游半酒人，不如吾輩鬬詩新。艶妝各自爭邢尹，合隊真難辨虢秦。但以性靈相贈答，莫將形迹論疏親。只愁搜索枯腸盡，未免微生要乞鄰。

小游仙，疊前韻二首

玉版徵書第一人，春風瓊液幾番新。園公本擬常留漢，李叟俄聞遠入秦。袖裏青蛇豪未減，雲中

白鶴杳難親。蒼梧北海都無定，見説天涯若比鄰。

翠島銀宫大有人，碧城十二露華新。瑶姬貴寵初游楚，蕭史風流舊贅秦。五鳳八鸞常並出，左雲右鶴自相親。誰知毛女空山裏，歲歲年年木石鄰。

方伯生日，往祝未見，戲作小詩貽之，十二疊韻

曉涼來作款門人，喜見門前氣象新。益壽延年文仿漢，鼓簧並坐句歌秦。誰知雪藕冰桃晏，未許雲彩玉帶親。一笑偏逢賈耘老，籃輿小駐暫相鄰。於門外遇賈耘樵廉訪。

《自笑》詩意有未盡，再疊前韻二首

推排已分作陳人，豈望推陳更出新。舊物削斤存宋魯，故交摯缺散齊秦。早知望實難相副，試問身名孰與親。自笑一瓢無可挂，惟應長共許由鄰。

問訊東華幾故人，回黄轉緑一番新。芥鷄自分終輸郈，蕉鹿何心更逐秦。長短鶴鳧殊未定，東西勞燕不相親。烟波西塞山邊路，自笑閑鷗莫與鄰。

聞蟬，次竹樵方伯韻

絲竹不如肉，古人貴自然。何來烟外韻，妙契靜中天。疏柳幾行老，斜陽一笛圓。殘聲搖曳處，玉宇正澄鮮。

南伯風流甚，新從榆塞來。榆林關外無蟬。忽聞清籟發，頓使旅懷開。水閣披襟坐，風簾入聽纔。遙知官燭底，靜對碧筒杯。

方伯疊韻見招，亦疊韻謝之

雅有相招意，知君興勃然。擬將故人酒，同醉夕陽天。花下籃輿小，風前紈扇圓。如逢擊銅鉢，更鬬彩豪鮮。

笑我怯殘暑，相思未果來。虛勞青眼待，孤負白蓮開。寂寞閑居慣，衰闌小病纔。異時秋色好，再醉竹根杯。

日久不雨，當事者於玄妙觀求雨，方伯詩來及之，再疊前韻

三日請甘雨，何時得沛然。已過中伏節，愁對晚霞天。福地仙壇淨，晴空火繖圓。書成羊莫换，小市斷肥鮮。

憐我疏慵甚，新詩絡繹來。從無三日隔，頻有一箋開。院落秋光早，房櫳午夢纔。欲吟吟未就，清意在茶杯。

彼美二首，三疊前韻

彼美誰家子，人稱謝自然。偶逢青鳥使，直到碧羅天。仙骨姍姍秀，靈丹顆顆圓。笑他日南女，惟戴野花鮮。

彼美誰家子，人稱薛夜來。蛾眉六宫少，雉尾五雲開。秋月吹簫共，春泉賜浴纔。笑他上陽女，孤對合歡杯。

聞當事者步行禱雨甚虔，枕上聞雨，喜而有作，四疊前韻

始信誠能動，真如桴鼓然。民情方待澤，人力竟回天。聖水從龍乞，神功仗佛圓。即看庭際草，青翠已爭鮮。

迢遞東城路，羣公雅步來。衣冠一行肅，塵壒百塵開。酷暑連朝劇，甘霖此夕纔。歡呼諸父老，村社酒盈杯。

七夕疊前韻，和竹樵方伯

年年與歲歲，良會總歡然。清淺銀河水，高寒碧落天。但教人不老，何必月長圓。每到秋風夕，雲裳一度鮮。

殷勤問靈鵲，曾否度河來。槎客何時返，鍼樓幾處開。露華深夜重，涼信早秋纔。好借長星例，臨風勸一杯。

竹樵方伯用東坡韻見贈，次韻二首

一自輕車載鶴來，三吳千里淨無埃。已看甘雨同沾足，更許閑雲共往回。紅旆晨開雖似市，青燈夜對尚如孩。偶然拈得東坡句，險韻尖叉鬭北臺。

花箋甫劈便傳來，筆下曾無一點埃。朝望已齊顔有道，詩才更軼賀方回。閉門覓句官忘貴，擲米成珠老尚孩。幾日西風公事暇，過從應許有澹臺。

疊前韻

多謝吟箋次第來，免教筆墨久生埃。火雲成嶽纔三伏，新月磨鐮又一回。慙媿詩壇逢健將，商量丹鼎鍊嬰孩。壯心早已銷除盡，羞問千金市駿臺。

人間二首，疊前韻

閲盡人間世態來，無非野馬與塵埃。蜣丸辛苦摶還散，驢磨悤忙去復回。西臉南眉爭眾婞，泥龍瓦狗戲羣孩。何如領略蕭閑意，認取心如明鏡臺。

嘗盡人間世味來，十年京洛飽風埃。難將癖嗜菖蒲奪，安得餘甘橄欖回。轢釜戛羹憐乞相，牽衣索乳笑盲孩。何如領略心齋樂，七日優游住厄臺。

竹樵方伯招飲，先以詩謝，仍疊前韻

籃輿準擬早涼來，想見高齋不染埃。雅集何須陳角觝，狂言直欲走康回。羽觴醉月斟雲母，紈扇搖風動玉孩。自是吾儕文字飲，勝聽絃管奏三臺。

聞方伯將刻唱和續集，疊韻奉贈

紙勞墨瘁十年來，安得靈犀與辟埃。何幸蘇臺逢白傅，肯從陋巷訪顏回。行藏已是忘機叟，詩句還如學語孩。得附驥旄真自幸，勝於圖畫到雲臺。

蘇州府學儀門有宋紹熙間𠷣唱詩石刻，首倡者爲提刑袁説友，和者爲提舉常平張體仁，同作者數人，詳見錢竹汀先生《養新錄》。國朝道光間，陶雲汀制軍爲蘇撫，梁茝林中丞爲蘇藩，時吾師卓海帆相國及朱蘭坡前輩主講蘇州、松江兩書院，而吴棣華前輩亦適家居，相與唱和，因有《吴中唱和集》之刻，皆胥臺故事也。今得竹樵方伯提唱風雅，鼎足前賢，乃作此詩紀之，以爲金閶佳話

韻事騷壇絡繹來，百年弱草寄輕埃。紹熙𠷣唱有諸老，文毅風流又幾回。試問梨鮐今日叟，定存竹馬舊時孩。吾儕莫被前賢笑，雅詠猶堪繼玉臺。

竹樵方伯次宋人同年𠷣唱詩韻四首見贈，亦次韻四首奉𠷣

搜求石墨訂從違，六百年來識者稀。試向雲仙披襍記，宜偕島佛共皈依。添將笠澤書中料，分得芙蓉鏡裏暉。一樣唱𠷣皆可樂，何須五鳳舊齊飛。

閉門久與世相違，三徑苔痕屐齒稀。何幸吟翁來坐嘯，遂教旅客得攀依。翠濤夜醉故人酒，紅旆朝迎君子暉。縱不同年也同調，不妨鴟鷃且同飛。

籬鶡雲蹋兩不違，唱妍酬麗近來稀。使車遠自燕齊至，詩國長爲虞虢依。憶共連翩爭速藻，真堪荏苒送馳暉。無端棖觸春明夢，記得看花馬似飛。

長安舊雨十年違，一别東華芳訊稀。昔日蓬萊空悵望，此時蒲藻暫因依。吾儕觴詠尋秋思，幾輩觚棱候曙暉。日下故人應妒我，狂歌未已興遄飛。

宋人同年疇唱詩刻於紹熙建元之歲，是年歲在庚戌，至國朝道光三十年庚戌，凡十二庚戌矣。余忝於是年成進士，以其年之偶同也，雖不得與宋人爲同年，或可與宋詩爲同年乎？再賦此詩，以成一笑

古思今情兩不違，摩挲老物見應稀。四朝歲月憑推衍，一夢春明足據依。石上銀鉤存舊蹟，人間鐵樹換韶暉。悤悤十二回庚戌，太息流光去似飛。

壬申春，自閩還浙，聞竹翁奉命權蘇撫，小詩寄賀

八閩盼斷故人書，喜聽新恩下鳳除。淮北春風將轉漕，先有署漕督之命。江南甘雨又隨車。官如雙陸無停勢，我幸三吳久卜居。便擬來看庾開府，清新詩句近何如。時余卽擬回蘇。

竹樵中丞見示和章，仍疊前韻二章奉贈

傳到飛奴一紙書，重重吟債未句除。新詩有味如崖蜜，芳草無情笑揭車。雅集西園知幾度，詞壇南國問誰居。羨君旌節花開後，筆下天葩倍燦如。

寂寞虞卿數卷書，風言華語久删除。狂奴吳下陳驚坐，敗將詩中李左車。爲愛清談聽娓娓，不辭强韻疊居居。只慚禿盡江郎筆，麗藻安能鬬洛如。

竹樵中丞見訪，仍疊前韻

玉節金符拜璽書，書生積習未全除。威名早樹軍中范，佳客仍招坐上車。萬本流傳開府集，八騶臨況故人居。中興李郭都相識，爲政風流總不如。

余於道光庚戌入詞垣，稽蓬萊之籍十有一科矣。而太恭人年八十七，康強無恙，今春自閩中省視還，以隨園詩『已煩海内推前輩，尚有慈親喚小名』二語爲楹帖，屬竹翁書之，仍疊前韻

手奉雲箋敬乞書，不辭薄福此消除。蓬山舊隸仙曹籍，花徑新扶慈母車。偶借隨園居士句，增光吳下寄奴居。只憐憔悴巾山客，比較倉山總不如。

從閩中攜還先祖南莊贈公手批《四書》一部，蠅頭小字，朱墨襍糅，乃於吳下廨廬手自寫定，敬題一律，仍疊前韻

吾祖空山老著書，百年歲月幾乘除。空存柏櫃傳家集，未駕蒲輪赴闕車。此日手箋先鄭説，當時頭白子雲居。珍藏范硯殊堪寶，七尺珊瑚未必如。

竹翁再示和章，因亦疊韻酬之，并以舅氏平泉先生《瓶山集》相贈

雨後空齋坐讀書，更無屐齒到庭除。忽驚好句投瓊玖，頓覺清芬滿頰車。敢以測蠡窺海水，愁教

讀蜆誤郊居。清陽一集聊持贈，無忌難言與舅如。

竹樵中丞繼何小宋前輩而撫三吳，余去歲贈詩，有『君自風流追小宋』之句，亦詩讖也。疊韻紀之，爲三吳佳話

五色雲中下玉書，三吳節鉞慶新除。豈知小宋先成讖，尚在前張甫下車。去歲贈詩時，撫蘇者猶張子青前輩也，故借用《宋史·楊泰之傳》『前張』語。按，《泰之傳》『前張後楊，惠我無疆』，張謂張義實也。他日秣陵仍繼踵，此時茂苑好移居。請看詩句分明在，不與饒甜任調如。

枕上疊前韻，卽書似竹翁

枕邊得句曉來書，癖性耽佳未滌除。人笑愚夫珍鼠璞，我同孺子戲鳩車。千秋寥落名山業，半畝蕭閑陋巷居。莫信淩雲詞賦在，文園久已病相如。

少日初窺中秘書，衰來舊學盡蠲除。空餘袖裏生毛刺，不羨人間舐痔車。日下懷人金馬闥，山中招我白雲居。吳門市卒頭銜好，千户侯封恐不如。

矻矻窮年百卷書，文人習氣老難除。消磨白日長心筆，游戲紅塵下澤車。何意清新遇開府，肯將詩句訪幽居。效顰自愧東家女，持問西鄰如不如。

竹翁又疊韻見示，如數和之

少日蹉跎劍共書，百年荏苒歲云除。衰容早已羞明鏡，病齒時看落上車。豈向山中營捷徑，且來吳下賦閑居。謀生秃筆毛錐子，悔不農如與圃如。

祇此叢殘一袱書，旂常鍾鼎盡開除。馮煖作客愁彈鋏，衛綰爲郎笑戲車。自歎浮生同水母，敢誇博識到爰居。虚名浪竊真堪笑，只與兒童畫餅如。

莫將咄咄向空書，薄福虚名兩折除。老去消磨仗文字，亂餘蹤跡半舟車。且依子美滄浪宅，敢擬歐陽潁上居。偶向黄公鑪下過，每懷舊雨總漣如。湯敏齋太常、惲次山撫部均同寓吳下者，今先後下世。

縱横一室半圖書，且博胷中俗慮除。聊可覆從楊子瓿，不甘獻傍隱侯車。文章草草傳難久，歲月悤悤去不居。幸有素心同調在，試拈夙學問何如。

梅雨不止，再疊前韻

屋漏沾濡插架書，杜陵老屋欠脩除。但聞草際喧蛙鼓，不見花前舞鳳車。梅子黄黏沾酒屐，苔痕青到讀書居。長空雲氣濃於墨，一幅倪迂畫不如。

試啓農家占候書，沈沈雨腳待驅除。要煩鬱律鳴雷鼓，方見羲和駕日車。三徑幾時聞鵲語，一鐙且共話蝸居。出黴又怕逢庚伏，杲杲驕陽火繖如。

恩竹樵中丞議用上下平全韻作詩，以消長夏，先出『東』『冬』韻二首索和，走筆答之

爲政貴知要，何須與俗同。略存名士氣，饒有古人風。雅集追河朔，炎威避祝融。爭傳壇坫盛，唱和到蝯翁。謂何子貞前輩。

自來銷夏法，吟社最從容。但有生花筆，勝扶臨水笻。光陰一野馬，角逐兩雲龍。卌首清吟就，知君興更濃。

荷花生日詩，用『江』『支』韻，索竹翁和

菡萏花生日，殷勤酌玉缸。清波共鷗鷺，小草異蘭茳。天與開香國，人爭泛畫艭。鴛鴦三十六，來往總成雙。

六郎原絶代，玉貌鬬三姨。自被濂溪賞，風流遜昔時。所期常夏健，未礙補春嬉。歲歲逢初度，花前誦此詩。

竹翁以京華社友相訪，唱酬累日，用『微』『魚』韻作詩紀事，亦依韻和之

見説銅駝陌，吟朋屢款扉。菊花猶省識，君在京師有菊花吟社。萍水久睽違。燕市懷前夢，吳門話夕暉。清新庾開府，逸興又遄飛。

我亦京華客，歸乘下澤車。故人天上滿，消息近來疏。棋局頻更換，巢痕久掃除。獨憐謝仁祖，一紙日邊書。時適得謝夢漁同年都門來書。

吳下舊有桃花仙館，祀唐六如居士，而附以文待詔、祝京兆，稱三才子。亂後重脩，又奉于尚金公栗主於其中，公名絅，明初爲蘇郡守，請減賦，得罪而死者也，事迹稍晦，故爲詩張之，用『虞』『齊』韻，索竹翁和

賢哉金太守，遺愛在姑蘇。没配三才子，生原一丈夫。欲除無藝税，翻擲不貲軀。重賦今蠲盡，魂歸知也無。同治初，詔減江浙重賦，前代苛政，至是始一清矣。

仙客桃花館，風流邁子西。盲翁猶競〔二〕唱，盲詞中多唱唐解元者。詞客每留題。今得斯賢配，重將軼事稽。梨園演新曲，好與況公齊。

【校記】

〔一〕競，原作『兢』，據《校勘記》改。

雨夜聞笛，和竹樵中丞，同用『佳』『灰』韻

何處吹長笛，難爲秋士懷。哀音殊未已，涼意與之偕。静夜角三弄，美人天一涯。所思不可見，鐙火黯空齋。

況復瀟瀟雨，又從窗外來。秋聲一夕起，壯志十年灰。小滴芭蕉碎，微吟蟋蟀纔。平生飛動意，合付掌中杯。

余擬於西湖之濱或虎阜之麓卜擇吉地，仿唐劉復愚文冢之例，裒聚所著書稿而瘞之，題曰『書冢』。有志未逮，先爲之銘，即用『真』『文』韻作二詩，索竹翁和

平生文字内，無益費精神。書卷積如許，草堂何處春。余所居曰春在堂。虛名聊易餅，舊稿半凝塵。敝帚千金意，區區妄自珍。

昔賢有劉蜕，用意頗殷勤。特闢一抔土，收藏平日文。我今援舊例，亦與築新墳。只恐仍銷歇，千

秋冥漠君。

竹樵中丞以擬漁洋山人《雞鳴寺眺後湖》詩見示。鄙人因念，丁卯歲客游金陵將還，曾文正公餞之於妙相庵，即作後湖之游，各坐小舟，行荷花中，幾及十里，極一日之樂。偶吟新句，重憶舊游，不禁爲之泫然。因作此述懷，同用『元』『寒』韻，不擬漁洋也

偶話後湖事，情懷不可論。記曾陪上相，來此駐輕軒。一葉舟離岸，萬荷花繞墩。而今更回首，無復舊龍門。

一自大星隕，花前怕倚欄。欲酬新句易，待續舊游難。麟趾洲邊景，雞鳴寺裏看。平生知己淚，不覺爲汍瀾。

閩人以檳榔葉作扇，殊有别致，前歲至閩得一柄，用『删』『先』韻題詩，索竹翁和

妙絶仁頻葉，蒲葵視等閑。舊游曾識庾，新製略依班。價重齊紈外，風來閩嶠間。問誰書畫好，隨意刻斕斑。

記得無柯實，金盤進綺筵。青葱餘一葉，懷袖已三年。人以錦郎重，我懷涼友賢。清談偕麈尾，秋至未容捐。

和竹樵中丞題《虢國夜游圖》，同用『蕭』『肴』韻

虢國春遊日，蛾眉淡不描。風流六宫少，鞍馬五家驕。禍水由來酷，冰山容易消。如何圖畫内，猶自鬭嬌嬈。

開元與天寳，一代盛衰交。姊妹爭狐媚，君臣穩燕巢。即今重展卷，還似對重髾。何怪杜陵老，江頭淚暗拋。

楊石泉中丞以沈端恪年譜屬爲編次。公名近思，字位山，仁和五杭村人。本農家子，少日曾爲僧靈隱寺，後得平湖陸清獻之書，始有志於學，成進士，後官臨潁縣知縣，有惠政。臺灣用兵，公亦從焉。著《深慮論》五篇，當時頗採用之。雍正初，由同知起於家，不數年至左都御史，殁贈尚書，亦本朝一理學名臣也。因用『豪』『歌』韻題後，索竹翁和

吾鄉沈端恪，卓犖起蓬蒿。僧臘山中小，官聲潁上高。平湖傳學派，淡水展戎韜。何物寄巢叟，風

塵識俊豪。寄巢老人，卽靈隱老僧也。

先生天鑒集，零落費搜羅。公有《天鑒堂集》。止此一編在，於今百歲多。遺文憑纂輯，軼事半銷磨。欲訪菰城墓，崇碑掩薜蘿。

竹樵中丞以《詠波羅密芭蕉果》詩見示，蕉實舊曾食之，波羅密未之嘗也。既非知味，何以奉酬？姑作二詩，以存『麻』『陽』韻，不蹈實而翻空，庶異不知而作乎

平生專爲口，珍果意尤嘉。生脆青㽞𦟓，鮮甜白枇杷。蜜桃黃浦好，檇李秀州誇。何況日南物，來從桂海賒。

偶讀君詩句，真教齒頰香。不須占碩果，已覺飽瓊漿。所惜波羅蜜，虛聞閩粵鄉。昔時粗領略，丹荔配蕉黃。

余出新意，製五禽箋，曰鳳箋，曰鶴箋，曰雁箋，曰燕箋，曰鵲箋，各以一篆字題之，而引唐人詩一句爲證。人間書札，輒用此箋。因用『庚』『青』韻作詩，索竹翁和

不翅而飛者，翩然一紙輕。書非雙鯉寄，箋以五禽名。刻鵠原無謂，塗鴉覺有情。鸜哥秦吉了，筆陣媿難精。
海内論車笠，渾忘彼我形。鳳鸞起霄漢，鷗鷺在烟汀。憑仗鴿傳信，非同鵝换經。雲泥相憶意，珍重付修翎。

周瑜墓，和竹樵中丞，同用『蒸』『尤』韻

三國名臣贊，無如公瑾能。老瞞驚巨敵，子敬結良朋。威望留南郡，雄圖起秣陵。只憐黄武後，宿將賸甘凌。
太息巴邱道，當年志未酬。空閨餘少婦，愛子失通侯。天意鼎三足，英雄土一抔。周郎如不死，何地著曹劉。

久雨不止，閨中人翦紙，作婦人持帚向天，名『掃晴孃』。偶用『侵』『覃』韻詠之，索竹翁和

婷婷復嫋嫋，屋角與牆陰。大有臨風態，從無行雨心。執箕原爾職，擁篲爲誰臨。仙袂飄飖處，疑聞環佩音。
卻笑癡兒女，庭前祝再三。陰霾期盡掃，瓜果願分甘。急雨仍跳白，長空未蔚藍。千金珍敝帚，與我有同慚。

竹翁以七夕乞巧詩索和，同用『鹽』『咸』韻

癡絶蘭閨意，惟求巧思兼。麻姑誇擲米，謝女恥吟鹽。鸚舌隨人轉，鴛鍼信手拈。殷勤拜河鼓，慧性要平添。
笑我如鳩拙，都將綺意芟。癡騃無可賣，混沌不容劖。每讀清新句，欣看跗萼銜。蟬聯三十首，巧語滿瑤函。

梅影，和竹翁

漫嫌無色又無香，已是娉婷壓衆芳。簾幙盈盈半遮面，闌干曲曲九迴腸。不勞紅袖爭來拂，只向青燈略借光。最是羅浮春夢醒，霜華滿地月微茫。

綺語何須賦洛神，玲瓏仙骨總無塵。請看楚楚風前態，便是真真畫裏人。好伴湘君臨北渚，莫窺宋玉傍東鄰。幾回索笑來花下，添得先生烏角巾。

苔徑潛移鶴未知，霜風遮莫五更吹。輕盈倩女離魂後，枯槁山僧面壁時。最好瑤臺明月滿，不愁紙帳嫩寒欺。疏疏落落誰描得，便是唐宫十様眉。

寫入詩中倍覺妍，從來好語總如仙。偶描疏影黄昏後，直軼新詞白石前。未礙嶙峋冰作骨，長疑縹緲玉生烟。和君綠意紅情句，已是江城五月天。

秋蘭，用漁洋秋柳韻，和竹翁

靈均猶有未招魂，移到西風白板門。空谷素心誰是伴，美人香夢不留痕。好尋陶令新開徑，莫問明妃舊住村。綠葉素枝殊可愛，九歌一曲試重論。

昨夜秋風昨夜霜，蘭橈幾度過横塘。迷離瘦影連書幌，狼藉餘芬到屐箱。莫笑天涯同作客，無妨花國尚稱王。斜陽認取亭亭態，妖豔羞看碎錦坊。

珊珊仙骨五銖衣，越豔荆姝比總非。見説國香天上少，本來秋士世間稀。長疑畫檻留春住，安得吟魂化蝶飛。歲晏孤根期共保，風瀟雨晦莫相違。

秋容到此亦堪憐，真覺輕盈欲化烟。老去羅含庭寂寂，瘦來燕姞恨緜緜。風流漢殿披香客，憔悴文園卧病年。幸有故人青眼對，不辭狂到綵毫邊。

再疊前韻

古詩云：『傷彼蕙蘭花，含英揚光暉。過時而不采，將隨秋草萎。』唐張九齡賦《秋蘭》二章，其首章云：『場藿已成歲，園葵亦向陽。蘭時獨不偶，露節漸無芳。旨異菁爲蓄，甘非蔗有漿。人多利一飽，誰復惜馨香。』蓋皆美人遲暮之思，天涯零落之歎也。雖然，宣尼有言，芝蘭生於深谷，不以無人而不芳，若與場藿、園葵供人一飽，則幽客不幽矣。再疊前韻，以申未盡之旨。

秋風秋雨轂消魂，領略幽香鎮掩門。楚楚自饒名士態，青青如對遠山痕。文君獨處臨邛〔二〕市，西子窮居越國村。卻笑九齡詩意淺，園葵場藿與同論。

幽居原不避風霜，小小庭除曲曲塘。分得餘香歸翠袖，擷將殘豔入青霜。三春花事輸金谷，一曲琴心感素王。莫向纖兒弄顔色，還愁狼藉到雞坊。

歲歲淒風賦綠衣，投時花樣本來非。豈惟置酒豪家少，并覺留題詩客稀。無賴寒蛩偏絮絮，多情蛺蝶故飛飛。芳心不怨儕羣草，一入朱門願轉違。

絶代風神亦自憐，未容移傍鴨爐烟。山人骨相渾無肉，天女衣裳不著緜。且保芳香全晚節，休誇韶秀羡髫年。寄言裘馬五陵客，莫漫尋芳到者邊。

【校記】

〔一〕邛，原作『卭』，據《校勘記》改。

滬上寓園芍藥花盛開，偶作一律

暫與名園作主人，可無綺語謝花神。杭州正喫毛頭筍，海上來看婪尾春。醉蝶癡蜂游戲慣，嬌紅膩紫翦裁勻。須知樸學齋中客，也喜風光到眼新。園中舊有湛華堂，余易名樸學齋，示黜華崇樸也。然對此名花，亦不能無詩。

王補帆同年見示和章，因疊韻贈之

暫拋節鉞作詩人，不費推敲妙入神。海上乍回千里駕，江南已領一年春。攜來書卷牀頭滿，君自言所居偪仄，閩中攜歸書數十箱，已充滿其中矣。分得勳名鼎足勻。庚戌同年開府者，樞元、汴生與君而三。自笑吟腸枯澀久，難同開府鬬清新。

訪補帆，因游其所㢢園，再疊前韻

如此園林便可人，何須海外訪三神。儘容吾輩來充隱，園名洽隱。莫惜清游未及春。巖洞淺深相掩映，樓臺高下總停勻。最宜畫檻臨流坐，看取垂楊幾樹新。

補帆因將往京口，疊前韻爲别，亦疊韻奉酬

我本西湖一散人，剛從龍井拜茶神。浮家偶傍天隨子，經義原非井大春。君詩有云：『吳門何幸拜經神』。何幸吟箋同唱和，不辭枯管暫調勻。只愁鐵甕城邊路，又惹離懷兩地新。

前年與恩竹樵漕帥唱和甚樂，刻有《吳中唱和》三集，今得補帆，更唱迭和，其樂不減往年，疊韻紀之

詩筆須如韞藉人，不矜牛鬼與蛇神。回思覓句陳無己，曾遇移情方子春。旗鼓兩家同角逐，珠璣萬顆走圓勻。吳中唱和編猶在，壁壘逢君又一新。

和補帆同年《感事抒懷》兩首

且將忖度付他人，清夜焚香可告神。海上颶風將及夏，江南香雪早探春。安危似弈看難定，出處如輪轉自匀。尚有當時磨盾手，莫教又費墨花新。

平生持論不猶人，勝巧無如拙最神。越女效顰難奪寵，唐宮翦綵豈成春。但教柱石堅牢在，莫鬭盤珠轉折匀。願與講求根本計，魚龍曼衍任翻新。

和補帆《舟泊惠山，重瞻湘淮忠節祠》

河岳精靈出偉人，長留正氣作明神。表彰大節程千里，附祀偏裨雷萬春。戰血碧埋三尺冷，史才青削一編匀。知君感念艱難際，喜見承平氣象新。

和補帆《重游焦山》

便是尋雲問水人，鷗盟一再證江神。又停揚子江中棹，來認焦仙閣上春。只我烟波難遠訪，與君風月未分匀。止堪七里山塘上，看取崇碑葛墓新。應敏齋同年訪求山塘葛賢墓，擬重葺之。

和補帆同年《瓦甸感舊》乃君侍其先德戟門先生讀書處

抱書我亦侍先人，每聽啼烏總愴神。樂數軒中一燈火，毘陵城外五年春。余侍先君讀書常州汪氏樂數軒中五年。誦君詩句沈吟久，同此情懷感慨勻。賸有遺編重展對，不辭剞劂又從新。時以先君《印雪軒詩鈔》寄金陵重刻。

補帆同年奉命還閩，疊韻留別，亦疊韻送之

知君未是卧雲人，驅鱷文章定有神。好去重持閩嶠節，不妨遲領故園春。山中茅屋苔痕滿，海上蒲帆風力勻。此去三山重攬勝，冰盤剛進荔支新。

余偶出『人』字韻詩，補帆已十二疊韻矣，而余詩止得十一首。檢尋匧中，知尚有《村居》一首未和也。因補作二首寄閩中，則余轉多一疊矣

入山纔作白雲人，渡海仍煩青鳥神。君來時禱於天后，有神烏護送。門是還珠先有兆，還珠乃閩垣城門之名，君詩云『還珠倘有再來緣』。園非補竹不成春。君自號玉堂補竹生，閩署有園，亦以補名。重洋烽燧紅應減，故里桑麻綠

未匀。莫怪村居猶有待，經綸雷雨一番新。

我本餘不亭畔人，鄉山欲買少錢神。偶從皮陸諸賢後，竊占蘇杭兩地春。選勝湖山芒屩健，傳詩閩嶠竹筒匀。一㕑補和村居句，正擬經營燕壘新。時吳門所賃屋期限將及，因買潘氏廢地，擬築屋居之。

金眉生廉訪游西溪，得詩甚多。今年春相遇於吳門，次韻二首

莫惜清游未得偕，但吟新句便知佳。白雲紅樹三秋暮，流水高山一曲諧。曠奥勝情兼領略，尖叉險韻費安排。幽燕老將誰能敵，漫出奇兵效曳柴。

何必蘭觴佐蕙肴，且將猿鶴共論交。林間迷路雲來逬，窗外催詩雨亂敲。導我終須煩笠屐，從君準擬酌陶匏。何當同攬西溪勝，吟徧山坳與水坳。

眉生又極言花隖之勝，再疊前韻

曩泛西溪客與偕，今聞花隖景尤佳。吟情愧我猶虛寄，游事輸君得早諧。湍急支筇當略彴，雨來借笠作彭排。略嫌秋色非春色，山骨嶙峋瘦似柴。

此時桃實未堪肴，節候剛逢二月交。舊夢杭州空約略，新詩吳下細推敲。描摹山色蒼嫌翠，想像泉聲竹與匏。且向滄浪寄游覽，是日張少渠招集滄浪亭。不辭苔蘚上鞾坳。

正月晦日，會於滄浪亭。眉老席間言，欲至滬瀆，剏設同倫館，余甚偉之。三疊前韻，以堅其意

春游喜與秺侯偕，揮麈清談聽轉佳。小集僧廬聊避俗，獨抒莊論轉如諧。要從幽谷遷岑蔚，苦向中流任決排。舉世悠悠誰見及，較量瑣屑米鹽柴。

世事飛潛等卦肴，漢孔霓碑借「肴」爲「爻」。笑他學語鳥交交。劍鋩未肯泥中老，棋子須從局外敲。能以冠裳化鱗介，行看聾俗奏笙匏。慙余十載皋比坐，辛苦區區水覆坳。

彭雪琴侍郎六十生日，賦生輓詩八章，即次韻爲壽

退省原無可省愆，侍郎所居曰退省庵。勳名久著中興年。身如砥柱安危繫，迹似閑雲去住便。西子湖邊同作客，南豐門下信多賢。南豐借謂曾文正公。風流儒雅兼英武，海内人人願執鞭。

第一樓頭笑語同，每聽偉論見英風。名高李郭諸賢上，人是衡湘間氣鍾。江上情波千里碧，壺中心血十年紅。侍郎有咯血疾。平生從不營家事，肎學昌黎送五窮。

乍卸兜鍪便珥貂，江湖猶得聖恩邀。胷兼兒女英雄氣，侍郎有小印，曰「兒女心腸，英雄肝膽」。功在咸豐同治朝。昔日青旗羣屬望，侍郎在軍中張青幟。此時綠鬢未全凋。老來尚握兵符重，檢點軍書每至宵。

時事艱難蒿目看，但求江海不波瀾。鐵衣未厭生蟣蝨，玉佩曾經接鳳鸞。大典雍雍天富貴，侍郎有《大婚盛典恭紀》詩。本兵嶽嶽氣高寒。到兵部侍郎任二十日。朝廷正倚長城重，未許山中鶴夢安。

蕭然襆被度關津，歲歲長江酒一巡。猿鶴林中黃鉞使，貔貅帳内白雲身。情懷旨酒清彌永，意氣精鋼鍊更純。自笑褊衷惟嫉惡，每逢鼠輩總眉顰。

微痾無恙不須愁，莫向彤廷遽乞休。玉帳牙旗今重寄，輕裘緩帶古名流。但教長守英公法，自可潛消杞國憂。誰與三潭同玩月，可知烟水有閑鷗。

清游湖上憶春時，更指秋山與我期。畫就梅花蟠鐵幹，采將蒓菜膾銀絲。都忘功業兼褒鄂，常有詩篇和陸皮。見説六橋三竺路，一雙不借一軍持。

論古常懷天下才，得親風度更低徊。正深蕭艾三秋感，忽有瓊瑤一紙來。游戲文章原曠達，尋常箏笛謝諠豗。輓歌自唱陶元亮，未覺東籬暮色催。

三潭印月舊有美人石，久沈水内。雪琴侍郎督健兒架木縣絙，扶而起之，戲調以詩

一方已占水中天，又拜奇峯學米顛。架木縣絙齊用力，美人扶起上鞦韆。

布韤青鞵立水濱，彭郎老去更精神。小姑奪得還如昨，又看西湖石美人。『十萬大軍齊唱凱，彭郎奪得小姑還』，侍郎舊句也。

侍郎詩來，言石美人扶而不起，殆爲小姑所妒然。余翼日往觀，則已扶起矣。疊韻賀之

美人扶起嫩寒天，想見彭郎喜欲顛。寄語尹邢休避面，小姑遠隔路三千。『韆』字韻實難再用，因見前人有書『鞦韆』作『秋千』者，故借用『千』字。公勿笑其舍難就易也。

居然羅韈步瑤濱，霧鬢風鬟妙入神。前日原非嬌不起，美人怕作犯齋人。前兩日侍郎正持齋也。

前詩借『千』爲『韆』，意究未安，再疊前韻解嘲，聊代催妝

休嫌詩膽大於天，坐對娉婷興更顛。欲倩美人寫唐韻，一先千作二仙韆。

浮石何須羨泗濱，吾儕詩筆總通神。定知此後三潭夜，添箇臨風拜月人。

無題二首，和孫子瀟天真閣集韻一隱廿四意，一隱十六意。

撫罷離弦褪指環，二十四弦琴曰離，見朱長文《琴史》。又將痕韻寫窗間。《唐韻》二十四痕。三春花國風光好，二十四花信風。一歲蘭閨氣候閑。二十四氣。品定新詩臺琢玉，《二十四詩品》。修成豔史管拈斑。《二十四史》。

翩翩夫壻中書令，二十四考。雁蕩常雲爲駐顔。雁蕩第二十四峯曰常雲。玉磬聲中聽佩環，古編磬每簴十六。李娘青髮見花間。溫庭筠詩『李娘十六青絲髮』。晉宮歌舞多佳麗，《左傳》女樂二八。隋苑樓臺異等閑。隋西苑十六院。元夕已過燈寂寞，十六夜。天魔猶逞袖斕斑。元薩都剌詩『十六天魔舞袖長』。辛陽不櫛多才子，十六族。小令新填一啓顔。《十六字令》。

再疊前韻禁用二十四、十六實典。

錦屏數徧又迴環，畫出巫峯反正間。迎到花神雙蒂並，添來松徑六時閑。湘鬟綰結齊臨鏡，淇竹知時對染斑。六六魚書終歲杳，重三重九暫開顔。玲瓏七寶九連環，八面宮棋相對間。月殿光華初欠缺，瀛洲伴侶兩清閑。洛神添補三行玉，晉帖銷磨一紙斑。十二層樓窗四面，再分眉月照紅顔。

孟夏之朔，訪趙展如中丞於節署，適汪郎亭侍郎繼至，中丞出示《大閲述懷》詩，郎亭次韻四首，并邀同作，因如其數，賦贈中丞

浙水曾霑膏雨多，蘇臺又拜福星過。農桑本計籌三足，茶火軍容肅兩和。民愛邊公似菩薩，人傳包老是閻羅。自從節鉞吳中駐，掃盡黄龍與白波。

光陰一月豈云多，江北江南次第過。去日律將應姑洗，歸來候未届清和。於二月二十五日出省，三月二十三日還省，神速之至。甲兵胷次包韓范，糗糒懷中仰畢羅。不受供應，以胡餅自隨。惟喜桃源風景好，繽紛紅雨不隨波。過桃源縣，桃花盛開，風景極好，詩卽作於此地。

江瀆海澨紀程多，戲馬臺前又一過。會見妖氛消格澤，豈惟聖德頌元和。泥中鐵騎馳騕褭，遇雨亦行不輟。席上金樽謝叵羅。聞漕帥置酒待之，不赴。只恐材官還竊笑，笑公終日太波波。楊萬里詩『老去波波有底忙』。

我朝震疊武功多，已比前明百倍過。雖有黑風吹渤澥，依然赤日駕羲和。但修舊制臨淮法，莫眩新聞吐火羅。保障東南有公等，鄙人只擬老烟波。

汪郎亭侍郎疊前韻二首見贈，因亦如數奉酬

人患無才君患多，報章數已七襄過。聞君已七疊韻矣。不愁寫禿毛椎子，未肯閒憑木養和。夢境何須尋古莽，詩名且博到新羅。遥知出處關時局，豈係江干窣堵波。花農謂錢唐江干六和塔關君出處，此不足信。

憐我積唐去日多，泮池今已兩番過。余丙申入學，去歲又丙申矣。歸真久擬師顏歜，抱璞何嘗泣卞和。自覺茂宏常憒憒，敢云阿大尚羅羅。故人幸有汪倫在，潭水桃花千尺波。

吳廣庵廉訪饋鰣魚，七疊前韻爲謝

入市銀鱗尚未多，計時卻已楝花過。生魚來饋鄭子產，釣叟應憐張志和。不費谿童帶笭箵，且教竈妾洗厮羅。一家婦豎都歡喜，爭向筵前捲白波。

錢怡甫觀察饋鰣魚，八疊前韻爲謝

自笑連朝口福多，維魚貫柳又來過。盛情已感吳安道，《宋史》吳遵路字安道。嘉惠重叨錢處和。《宋史》錢端禮字處和。碩腹蒸來肥似瓠，纖鱗剔去薄於羅。小詩聊當尖團換，不惜吟箋劈衍波。

汪郎亭侍郎饋鰣魚，九疊前韻爲謝

肥鱻莫悵骨偏多，論價真堪鱣鮪過。楊升庵贊云『價百鱣鮪』。未洗文鱗製花勝，鰣鱗可製花鈿。且酬高唱鼓雲和。坐中雋味生樽俎，江上腥風入網羅。聞自虞山傳送到，來書云然。昆湖湖畔泛清波。

郋亭又疊韻見贈，聞已十三疊矣，因又疊韻三首贈之，成十二疊，讓君一疊，發君一笑

詩清豈爲飲茶多，數已闌干十二過。陣法何堪鬭魚麗，宫聲且喜應鸞和。屢投絢爛囊中錦，暫撤蕭閑門外羅。搜索枯腸邀一笑，爲君再起墨池波。

交紀交羣卌載多，吳中今幸又重過。舊官莫誤司空曙，君官至少宰，因久官工部，故人猶以水部稱。高蹈真同共伯和。君了不以得失縈懷，《莊子》云『許由娱於潁陽，而共伯得於共首』，顧亭林謂其『得全神養性之術』，君亦有焉。詩陣還堪馳露布，宦情久已淡雲羅。祇應食指當筵動，猶憶春風太液波。即用君來詩意，兼指罐兒山雞事。

才不如君卅里多，涓涓小澗豈皇過。經神虚拜鄭高密，居士聊充陸法和。老去巑疏還潦倒，朝來阿耨又多羅。余每日誦《金剛經》一過。十三弦上甘相讓，三折書成欠一波。

劉少峯司馬饋鮰魚，十三疊前韻爲謝

旅枕安眠拜賜多，君命扞掫者於敝廬左右每夜加意巡緝。承筐使者曉來過。登盤爭詫百金值，百金之魚見《公羊傳》。洗釜先調五味和。集議門生爭䱉蟹，分甘兒輩到鼃羅。漁人見説宵猶肅，不患褰裳有李波。君任捕務，能舉其職，宵小畏之。

郎亭侍郎以小魚俗名靠子者來饋，潘譜琴庶常據字書名之曰鮎，音靠，未知然否。郎亭疊前韻以媵之，因十七疊韻爲謝

品類無如魚最多，此魚新自五湖過。云出太湖。徵名竟未登倉雅，辨性何從問緩和。故紙生涯曾領略，市中以此魚炙乾，用紙包裹，每包二魚。調羹手段欠婁羅。此魚宜炙食，不中爲羹。呼之曰鮎音同靠，隊隊相依在綠波。《說文》『靠，相違也』，而俗有依靠之說。魚名或取此義。

爲賦嘉魚旨且多，屠門雖近不思過。幺麼眇小偏遺直，骨鯁生成未失和。大可登盤充膾炙，更欣懷子似蝨羅。莫鼇縹渺雙峯下，定與針工共戲波。針工亦魚名，出太湖。

此魚吳市歷年多，市上欣逢水部過。仍以水部呼君，於魚事較切也。不與莊生爭大小，豈煩晏子辨同和。文王昌歜珍逾肉，謝傅蒲葵軟勝羅。物以人傳以人重，長教水族誌恩波。

老夫處處感懷多，早又消磨一日過。咫尺江湖難物色，從前未知此魚。尋常鼎鼐欠調和。始而煮食之，不甚得法。蚳蝝應舍誰投箸，烟水無垠尚觸羅。三嗅馨香三歎息，鯨鯢海外正興波。

連日辨論鮎魚未決，因向市中購取乾者餉郎亭，十八疊前韻

包有包無辨論多，漁莊蟹舍究難過。紛如堅白爭同異，細似句弦算較和。下問殷勤到臧獲，巨家

諮訪偏程羅。不如覓取乾魚薨，未滅銀刀初出波。

郎亭詩注言魚出太湖，問之市人，又云海魚也，未知孰是。十九疊前韻

傳聞笠澤此魚多，罛叟偏從島嶼過。若向坊州求杜若，何如畫譜按宣和。行當博問知魚客，切勿虛張無鳥羅。究竟是湖還是海，元龍未必肯隨波。

章式之孝廉云此魚以子多見美，故名靠子，或亦一説。二十疊前韻

見説玆魚恃子多，故於初夏始來過。若非挾有子師僕，誰復尊爲父羲和。晉代文章雄二陸，唐時詩句重三羅。人間一例皆如此，看取淪瀾大小波。

送包纘甫茂才北上應京兆試，二十一疊前韻

磊落如君英最多，論交四世卌年過。余曾與君曾祖蓉舫孝廉有舊。尚期一舉登京兆，好與羣仙試保和。御試皆於保和殿。海道平安如衽席，五月間海道最平。客衣輕便試紗羅。飆輪直達蘆溝路，不必沿洄潞水波。

賀于香草茂才登丁酉拔萃科，二十三疊前韻

卅載名場閱歷多，青雲坐看幾人過。陳經禮拜臧榮緒，執器隨行劉彥和。君志在扶持正學。畢竟珠光難掩抑，喜看鐵網爲搜羅。會當再折蟾宫桂，細認金輪穆穆波。

少時忝竊愧余多，六十年重丁酉過。敢謂遺音存正始，幾難古碣辨光和。行年今又逢強圉，仙侶仍看集大羅。願與君修同歲誼，異瀾何必不同波。余於道光丁酉中式副榜，故云。

朱修亭觀察袖詩見訪，二十四疊前韻酬之

雲酬雪唱不嫌多，又有新詩袖裹過。愧我力將窮魯縞，知君來爲訪秦和。君求診於鮑君竹生，鮑與余對門居，故乘便過我。十年老手朱泙漫，五畝名園賓度羅。賓度羅乃十六羅漢之一，黄山谷有贊。君新葺小園，名曰賓園，故借用其名。最愛數椽臨水屋，楹間自署定風波。賓園中有定風波舫。

汪郎亭侍郎以其伯外祖韓桂舲尚書泛湘圖索題，即題一律

昌黎衡嶽開雲後，千百年來又一韓。湘水烟波長浩渺，尚書風骨自高寒。丹青遺像傳留在，嘉道

名臣及見難。幸有彌甥能繼起，世家喬木總丸丸。

越日，郎亭次韻酬謝，余與郎亭用多字韻倡和已至二十四疊矣，得詩笑曰：豈又有二十四番風信乎？因四疊韻酬之

攙奪蘇家行市後，蘇潮纔過又逢韓。世傳『韓潮蘇海』語，李耆卿《文章精義》則云『韓海蘇潮』，是韓蘇皆潮也。若將覓句消長夏，殊勝謀官到大寒。旗鼓問誰推戰勝，山林頗不歎才難。袖中轉日回天手，閒弄宜僚市上丸。

自來唱和推元白，較勝聯吟孟與韓。借此南皮堪避暑，須知東野不嫌寒。粗疏稾秸兼蒲越，燦爛珊瑚又木難。笑指奔騰三峽水，可能止得一泥丸。

來尋水部詩人宅，誰識先生吏部韓。君官至少宰，人多誤呼君前官水部。新戲魚龍何足看，舊盟鷗鷺不教寒。尚存帝所鈞天樂，莫唱人間行路難。三萬六千方過半，東西跳擲任雙丸。

我本前生一行者，如何後學誤呼韓。性情且喜萱逢杜，格律差堪拾和寒。書法王家稱逸老，詩名黄氏字居難。裁箋聊復悤悤寫，脱手居然似彈丸。

郎亭侍郎八疊前韻見贈，云：此降書也。實則敵勢方盛，未可遽與議和。因又四疊前韻酬之，以此納降，其許我乎

驚看荼火軍容盛，罷戰休從知范韓。險韻還宜拈競病，常談未可溷暄寒。莫嫌嚼蠟味無味，不怕吹篪難又難。我比陳思尤好事，暑天擊劍更跳丸。

驟暖還寒人意爽，如逃酷吏遇黃韓。一杯已醉蒲觴酒，五月仍餘草閣寒。小小園林非獨樂，空空瓶鉢是阿難。客來偶一陳牢九，説與坡公本是丸。

孔李通家交累世，何殊邘晉與應韓。須知我輩謀銷暑，不比豪家戲潑寒。回溯初丁何足道，余丁酉中副榜，今又丁酉矣。預防後甲頗愁難。鬼元過盡天元到，細數牟尼百八丸。

自慙不是龍眠手，畫馬如何敢學韓。樓大防詩『龍眠妙手欲希韓』。辛苦已同蟲負版，咿唔竟似鳥號寒。居然鳴到九皋遠，倍覺鋒圓八面難。詩得九首，韻至八疊。此後聞聲如欲應，借君妙句作雷丸。雷丸能治應聲之疾。

越日，郎亭又四疊韻見示，其餘勇尚可賈也。因三疊韻報之，仍用前議，讓君一疊

墨池餘瀋行將竭，再汲新泉向井韓。敢冀衰年復丁壯，翻教暑日祭司寒。連日寒甚。文章聊復從三

易，談笑還欣聚一難。卻爲耽吟成積習，朝朝辛苦弄蜣丸。

詩成餖飣殊堪笑，韓兔韓羊雞亦韓。若使律如工部細，翻愁食似太原寒。一編聊附吳中稿，明黃衷《矩洲〔一〕集》有《吳中稿》。萬事安知蜀道難。几淨窗明無客過，寫殘紫距與烏丸。

自從一月排詩陣，三敗憐余已及韓。蛙遇車來猶積怒，蟬因鳴久竟成寒。神山有鶴書傳易，戎幕無烏敵遁難。約束英雄三十六，「多」字韻二十四疊，「韓」字韻十二疊，故爲此戲語。分貽螢火避兵丸。來書云：犒雄師，圖潛遁，故以此復之。

【校記】

〔一〕洲，原作「州」，據《明史·藝文志》改。

集千字文詩

[illegible]十年文編

集千字文詩

秋盡南中草不凋，微雲淡淡雨飄飄。永辭水火兵戎累，如處成康文景朝。金鑒無疵容自照，玉琴有律曲皆調。飛潛動靜都如意，龍在深淵鳳九霄。

九霄宮闕建都京，萬户弦歌滿市城。金友玉昆家積慶，珠連璧合世升平。時康士解棠谿劍，俗美人吹華黍笙。自幸寬閑無所累，好將觴詠遣浮生。

萬英千俊盡相親，玉色珠光四坐賓。野處衣冠宜布素，仙家宫闕自金銀。西園公子皆能詠，南國佳人最善嚬。口有珠璣筆有綺，隨時流露是天真。

天姿人力兩俱優，才氣横秋蓋九州。名重欲歸青史載，功成願與赤松游。精華羅列五都市，意興飛騰百尺樓。垂老思量惟一笑，布衣草履更何求。

羣公劍履集巖廊，同上天門拜玉皇。四海名流晉王謝，百年家世漢金張。本無書可陳封禪，豈意身嘗侍建章。幾載承明閑歲月，不才何以答恩光。

不勞高爵列躬桓，不慕仙家内外丹。且幸四時調玉燭，任從二曜轉金丸。濟人有願腸常熟，隨俗無能面自寒。莫感升沈身世事，此心安即此生安。

珠林玉府敢輕收，不有長才史不修。功令常遵漢金布，表章别具晉陽秋。勉將言語從齊傅，恥以衣冠學楚優。鳳起龍驤容易甚，書生珍重筆難投。

文通武達漢公卿，藉藉英名舉世傾。席上詩人孟東野，帳中宿將李西平。慶雲似綺張成蓋，仙露如珠散滿城。惟有靜觀時運者，天陰晝晦一鷄鳴。

坐觀赤日起虞淵，寸念能周世大千。不願百年長富貴，惟求四海少顛連。春朝玉勒馳華轂，冬夜金尊列綺筵。我卽囊空殊不惡，鳥飛魚躍盡陶然。

自在優游物外身，松雲梧月四時新。家傳古器周秦物，坐集名流漢魏人。每夕舉杯讓銀魄，有時垂釣出金鱗。本來景色從吾好，恥學西施一笑嚬。

茂林修竹足盤桓，老去悲秋且自寬。子弟庭中環玉筍，交游海外結金蘭。閑居頗足容歌嘯，獨處何煩列綺紈。莫笑語言都草率，白衣卿相本非官。

皇華一駕使臣車，歲晚寒谿獨釣魚。入世幾能開口笑，傳家惟有等身書。陶潛失職甘潛處，羅隱無名願隱居。自顧身心皆潔白，不煩明水取方諸。

水流華謝孰非禪，守靜惟憑一念堅。極樂國中無盜賊，大羅天上有神仙。明珠翠羽皆恆品，績女黄姑亦俗緣。大率是情都是累，豈惟兒女意緜緜。

巖巖手製切雲冠，地老天荒氣不寒。願駕飛車游息慎，更磨利劍斬樓蘭。短衣李廣相從易，長嘯嵇康自遣難。嘗在南陽岡下過，草堂何處可盤桓。

少日縱横落雁都，而今收束得歸途。休談富貴九州牧，自寫神仙五岳圖。鍾呂周旋容問道，儀秦馳逐奈非夫。天君常覺從容甚，虛譽浮名任有無。

美景無分夏與冬，在天明月每相從。海雲朝起化爲鳳，岡樹夜號聲似龍。荷亦能成君子德，松宜不受大夫封。神游如在羲農世，笑謝人間祿萬鍾。

朗然孤月此心明，俗累都無身始輕。游醼不陪金谷友，歌行且學玉谿生。酒資貴似相如璧，詩國堅於卽墨城。老我春來眠正熟，鼓樓厭聽短長更。

道家所寶是精神，百歲千秋自在身。不以文章駭流俗，惟將詩酒養天真。古來修士張公藝，世外仙人呂洞賓。方寸之中有園綺，閑居何必華陽巾。

何處金人感漢皇，我聞如來出西方。法門啓自達摩祖，神力歸諸阿育王。觀世音身衣盡白，給孤獨地土皆黃。豈知空洞都無物，不必莊嚴卽是莊。

高士移居入翠微，舉家都不慕輕肥。淵明造作鞠華酒，正則翦成荷葉衣。惟取舊聞箋廣雅，更將妙筆寫靈飛。路人若問來何處，道自林皋深處歸。

赤壁之游亦樂乎，歸來山鳥效前驅。因修野史亭名野，爲隱愚公谷號愚。自問行藏安木鴈，豈將歌唱學緜駒。無端虛譽歸何處，敬爲時流謝不虞。

神物天生能幾家，隨常品類不爲嘉。玉樓才子李長吉，金殿美人陰麗華。自合珍藏同拱璧，豈宜易視等河沙。閑居歷歷觀諸史，引我飛來逸興遐。

朝秦莫楚事無端，造道能深居自安。幸勿浮沈作蘭子，敢辭閑散似枝官。書來存問常忘答，賓過言談且盡歡。莫道衣冠都不具，也能草草具杯盤。

心驚歲月去堂堂，作意求歡得幾場。何必招尋青鳥使，但知珍重白駒光。大烹野老惟宜菜，常膳寒家不厭薑。世路馳驅何所得，園公谿友好商量。

莫將時事感新亭，宇宙之中一委形。夕與子瞻游赤壁，朝隨逸少寫黄庭。莊周爲説逍遙意，李耳親傳道德經。陋室幽居殊自得，階無蘭草亦能馨。

終年伏處在東皋，隨意長歌不和陶。尚有虚懷容御李，幸無俗字敢箋毛。城中墨妙亭長在，海内靈光殿獨高。隨分杯盤隨意坐，笑人美酒更羊羔。

真樂當從静處尋，浮名虚利勿存心。幾時李白能忘酒，無夕嵇康不鼓琴。行見空同通紫氣，不勞大地布黄金。高歌一曲羣仙聽，門外何嘗有賞音。

静觀無物不恆沙，隨意登臨共孟嘉。小坐水亭藉荷葉，閑來雲谷翦蘭華。琴書自得皆真樂，名利都空能幾家。惟與丁男商穡事，年來躬稼手操杷。

獨坐空林自樂饑，俗緣淡盡世情微。巖阿寂處小蘭若，碑碣書名大布衣。勿笑囊中少羅綺，可知筆下富珠璣。人生隨在宜行樂，莫道光陰近夕暉。

門庭寂静可張羅，敢厭光陰被墨磨。恥作庸夫老亡賴，願爲居士病維摩。詩歌效法唐長慶，筆法流傳晉永和。致力書帷何所得，會心在遠不求多。

出岫輕雲有若無，談禪長笑老浮圖。仙人自藝藍田玉，罔象能求赤水珠。堅白異同持論別，老黄莊列立言殊。誰言學問無分寸，執一終虞所見孤。

老去心情百不宜，尋常景物最相思。絲桐合是陶情物，筆墨無非適性資。每旦鞠躬惟拜石，終年杜口止談詩。優游物外真難得，雲淡風輕大好時。

不勞寶瑟與銀笙，玩月南樓最有情。酒以合歡宜號伯，石能持固合稱兄。長松旦旦疑龍嘯，修竹時時學鳳鳴。富貴浮雲非所慕，一生俯首謝宣城。

雨過園林青翠多，無何夕照滿松阿。高談常秉玉如意，雅坐端宜木養和。秋老陶公來賞鞠，夏涼周子去觀荷。良辰美景都無盡，容我空庭嘯也歌。

舍旁老樹翠雲垂，家在南岡事事宜。溪上靜觀釣魚者，林中閑逐牧羊兒。鳥鳴始識雲歸樹，魚躍方知水滿池。芥子能容天地大，馳心化外竟何爲。

爲田爲海幾回經，競說鍾靈本歲星。時過光華晦東壁，運來飛躍出南冥。敢云我亦能高詠，其奈斯人不可聽。試一登樓望秋月，超然如見謝將軍。

幽谿不必竟名磻，盤谷優游亦足歡。父老常充勸農使，門生新攝寫書官。黄庭堅集言言切，白樂天詩字字安。輕薄文人勿相笑，百年士論早歸韓。

生來心地本空空，霄漢相懸路不通。游士侈談星宿海，仙人自在廣寒宫。虛名恥效何平叔，老病甘爲呂阿蒙。可笑昔賢殊不類，如何林下有王戎。

自營溪上新居後，老樹扶疏被舍南。天外傳書無雁字，坐中對坐有鷄談。主持詩國真經濟，典領書城小子男。薄酒醉餘疏食飽，美於操枇厭肥甘。

莫矜富貴韓和魏，勿恃交游呂與嵇。帝釋能令龍伏象，天公常遣鳳隨鷄。物情紛若千章木，世路深於九曲谿。比目王餘非一類，兩都賓主自東西。

紛紛冠蓋任登門，且與高人共坐論。爲問秦碑無字讀，何如孔壁有書存。雲生空谷琴孤奏，月照華堂酒滿尊。傳得首陽高節在，千秋猶使薄夫敦。

草莽衣冠亦自妍，世人幸勿笑張顛。閑來眠坐惟求適，老去言談易近禪。農畝中藏天下士，市兒内隱地行仙。手操野史一枝筆，歲歲常書大有年。

造物能容物外身，相期少息此勞新。荷華池謝無君子，竹葉杯浮有聖人。集古成圖家卽富，游仙製曲筆如神。收藏不及隋唐下，高者商周下漢秦。

馳逐何如靜坐高，終年伏處在東皋。笑嵇叔夜無龍性，喜謝超宗有鳳毛。舉筆成文皆妙妙，引杯在手每陶陶。如何冠帶紛營者，俯仰隨人不厭勞。

蘭爲子弟石爲兄，松可爲公竹可卿。貴賤豈真因趙孟，升沈何必問君平。幽人素履終身吉，宰相白衣異等榮。歲歲門庭羔雁滿，道塗車蓋不勞傾。

臨淵取水藉軍持，扶策重煩竹一枝。弱女驅鷄能作主，老農愛犢甚憐兒。惟傳叔夜養生論，不詠休文侍讌詩。歸去來辭一言結，樂夫天命又何疑。

莫將身世感華顛，最妙惟宜一覺眠。小坐且和琴作友，高歌更與酒爲緣。營求不事真天爵，寵辱無憂卽地仙。物阜民康都是福，休論誰聖復誰賢。

非才何敢比淵雲，盜得虛名海外聞。酒郡不容充守令，詩城猶可拜將軍。市兒止重千金子，朝士惟推萬石君。右史左圖容我老，目中青白任紛紛。

飛鳥投林樂有餘，休將物我比何如。經生老守公羊學，藝士珍藏皇象書。天上仙人新紫府，漢家使者舊黃車。素絲但願長無染，莫作高唐華子魚。

利名本不入高懷，席地帷天大是佳。垂老幾忘有冠帶，長生豈在此形骸。自知入道非無路，猶慮登仙遠莫階。竟作飛騰雲外想，感欣豈與世情皆。

老夫游戲且當場，恥逐時流問短長。東漢自來多節義，南華初不厭荒唐。韓非老子常同傳，王莽周公竟一堂。欲爲人間齊物論，請將此理質蒙莊。

詩情酒興每平分，野鳥林禽盡入羣。雅集不論新舊雨，閑游惟逐往來雲。古琴得自嵇中散，妙筆傳來王右軍。惟願名流時過我，本來菜飯孟嘗君。

不信天高聽轉卑，寸心止善卽爲師。能存赤子如傷念，似在黃虞以上時。欲與詩人尋杜若，且從野老餉來其。春秋華木庭階滿，問有素心蘭幾枝。

道義文章兩有神，桐魚石鼓一無因。青雲得路思前日，白首論交得幾人。黃耳不傳天外信，素心賴有坐中賓。尋常嵇阮通聲氣，貌合神離不是親。

行止從來不自知，條條華髮竟成絲。青年曾與華林醼，白首虛存魏闕思。大漠蘇卿牧羊日，小谿嚴子釣魚時。人生勞逸非天定，鱗羽飛潛自取之。

閑身自坐讀書堂，流水行雲歲月長。海島何嘗知禮樂，野鷄頗亦愛文章。但求家食能安樂，豈必朝衣拜悚惶。黃石赤松都大笑，笑談韓信與張良。

惠施莊子兩非魚，彼我皆空樂有餘。岡阜迴環如白下，人才會聚等黃初。家惟四壁足容我，坐對百城常讀書。何必思量千載事，此相如慕彼相如。

平生持論必從謙，初晚中唐勿過嚴。賦手能操古風雅，詩家自具小堂廉。江東名士推羅隱，海外文章有子瞻。若舍新奇取平淡，天生妙處是陶潛。

天容陶謝以詩鳴，巖野何殊公與卿。書法人皆推逸少，經神士盡拜康成。朝中金紫是何物，世上素青無定名。餘不亭空黎老盡，白雲常白月常明。

尋常物力卽神通，世事都歸一笑中。古老衣冠安本分，斬新華木感天功。夕陪游醼西池母，早共朝真東海公。厭聽人間紫雲曲，自將流水奏孤桐。

一任黃鷄白日催，松巖菊谷足徘徊。願從驢背詩人去，不逐羊腸世路來。月夜池中魚躍出，霜天塞外雁飛回。可知景物年年好，不是神仙不得陪。

草舍流連無主賓，野王二老最相親。不論魏晉以來事，且作羲皇更上人。道重布衣真是大，身康菜飯亦爲珍。天將閑地養閑散，榮辱升沈不足陳。

傷今弔古氣悲涼，垂老方將積習忘。每對孤松思解帶，若臨曲水卽流觴。入雲我笑松猶短，出土人驚笋卽長。新得種魚經幾策，密行手寫在巾箱。

閑居最愛此空庭，階下長存草色青。爲問遠尋星宿海，何如近坐水心亭。秋高梧葉能生子，雨過松根自出丁。我笑淵明亦多事，歸來猶讀大荒經。

最難恃者此流光，一曲悲涼感孟嘗。安得家傳千日酒，不勞人奉萬年觴。歸根結果竟何似，大笑高歌能幾場。愚甚秦皇和漢武，遙遙海外索仙方。

伏處林間樂事增，晚年意興轉飛騰。禽聲似道家家好，史筆常書歲歲登。老我霜毛難再染，幾人雲路更同升。兵戎歷盡重康樂，世運欣欣慶中興。

百哀篇

百哀篇

己卯四月，内子姚夫人一病不起。停辛積苦，觸緒紛來，幾於欝結成疾。自念非詩不足以達之，而時距太夫人之喪未踰年，且内子骨肉未寒，亦未忍握管也。是歲八月，太夫人小祥禮成，内子之歿亦已百日。乃取胷中所欲言者，爲七言絶句一百首。元微之云：『貧賤夫妻百事哀。』因以『百哀』名篇。

蛩蹷相依四十秋，今年六十正平頭。算來生日無多日，竟不人間兩月留。內人於二十歲歸余，今年六十矣。時距生辰不及兩月，竟不能待也。

臨感難裁不自知，已將苦語寫靈帷。回頭多少傷心事，和淚爲君更賦之。內人初就木，余即寫二十八字於其靈帷，曰：『四十年赤手持家，君死料難如往日；六旬人白頭永訣，我生諒亦不多時。』

外家姊妹幼隨肩，竹馬鳩車意共憐。豈少豪家求納采，不能奪我鏡臺緣。內人五六歲，時里中有富家子求聘焉。內人涕泣不食，遂罷議。後卒歸於余。余乃內人之姑子也。

多情更感夏黃公，成就良緣一語中。天壤王郎了無異，難言巨眼識英雄。方議婚時，妗氏黃儒人猶豫。其弟黃公語之曰：『今日失此佳壻，他日列炬求之，不可得矣。』議遂定。

作婦貧家劇可憐，支持經歲又經年。當時家計殊堪笑，明月清風四萬錢。余初館杭州蔡氏，歲得束脩洋錢三十，又每月錢一千，合之可四萬錢也。

落寞仍依母氏居，卻思締造好門閭。可憐卅六年辛苦，只博優游四載餘。余少時無片瓦之庇，乃賃外家東西廂住之，卽内人母家也，逼仄殊甚。内人語余曰：『吾終當與君創造一好家居耳。』今吳下廛廬小有花木泉石之勝，且上下數十口，居然成家。當日所言，似乎竟驗。然内人居之不及五年，亦無謂也。

幾間破屋傍乾河，便覺寬閑足嘯歌。此是經營家具始，一生心血彀消磨。丙午歲，余在臨平賃居乾河沿陳氏屋，經營家具，實始於此。自是遷徙不常，家中什物，屢置之亦屢棄之，内人心血耗於此矣。

食指於今歲歲增，内增親串外賓朋。誰知初治饔飧日，日食惟消火半升。余家初析爨時無婢媼，余又外出，止内人在家，日食米五合而已。嫂氏嘗謔之，曰：『吾姒所謂半升米家主也。』

日日寒廚數米炊，偶呼小婢助操持。至今白頭門生在，及見當年作苦時。内人初無婢媼，親操井臼。太夫人有一婢曰蓉鏡，閑來助之。時余在家中授徒，今詁經精舍監院沈蘭舫廣文卽彼時從學者也。吾家舊事，猶及知之。

嘗盡珍羞意轉嫌，可思當日在窮檐。一盂白飯黃虀菜，略具清油略具鹽。内人初歸余時，每食止黃虀一柈，略具油鹽，就飯甑蒸熟食之。後所至多餽肴核者，珍羞羅列，内人頗厭之。余調之曰：『卿忘喫冬菜時乎？』

羽化銀杯不可求，寢衣從此只綿紬。而今爲製無紋被，綺組繽紛得見不。内人始來歸時，有縐紗被，後失去，意頗惜之。復自解曰：『異日富貴，不難製也。』及家稍裕，竟不復製，余問之，曰：『親身之物，安用文綺爲？』其所用者，止綿紬耳。及其死也，兒輩爲置衾褥，始全用縐紗，然内人不及見矣。綿紬字，見師古《急就篇注》，又師古注《漢書》曰：『輕者爲紗，縐者爲縠。』縐紗字亦有本也。

萍蹤歲歲客新安，門户支持大是難。春仲辭家冬仲返，一年幾月得團圓。余自乙巳以後，歲客新安，率以二月去，十一月歸，凡五年也。

天涯游子已欷歔，更讀閨中一紙書。堂上親衰兒輩小，可知憔悴辟纑廬。余舊有《得辟纑廬來書》詩，云：『衹此數行字，教人幾度看。閨中自憔悴，紙上總平安。兒小分愁未，家貧稱意難。牛衣今夜淚，豈免爲君彈。』詩不存於集，附錄於此，蓋得内人書而作也。

泥金帖子出京華，紙閣蘆簾笑語譁。不作尋常欣幸語，爲余援筆賦梅花。余庚戌歲成進士，入詞林。內人賦《梅花》詩云：『耐得人間雪與霜，百花頭上爾先香。清風自有神仙骨，冷豔偏宜到玉堂。』爲余賀也。

一帆便擬到長安，誰料重歌行路難。自此京華明月夜，又添幾度獨憑欄。余壬子留館後，內人即擬北上，而南河決口未塞，致稽數月行期，此詩即當日寄懷之作也。

悤悤奉母出都門，辛苦艱難不可論。遙想微山湖畔路，至今猶有未招魂。癸丑歲，余自京師乞假送老母回南。時豐工復決，所在汪洋無際，舟過微山湖，大風，幾覆。

依然寒素舊家風，仍向東湖作寓公。欲爲蓬門助春色，桃花兩樹瓦盆中。余自都門還，仍寓臨平印雪軒舊屋。內人欲慰余落寞，諸事修飾，時方新春，有餽碧桃兩盆者，余因有句云：『莫言寂寞無春色，兩樹桃花在瓦盆。』

烽烟千里接燕臺，南北夷庚半草萊。誰料輕車挈兒女，間關真自賊中來。余甲寅冬入都銷假。已而，太夫人赴閩中。內人仍挈兒女輩北來。時南則揚州、鎮江，北則高唐、連鎮，均爲賊踞，迂迴取道，艱險備嘗。

碧油幢引向中州，此日車前擁八騶。不識心頭有何事，幨帷清淚兩行流。余乙卯歲視學中州，內人偕往。自京師啓行，入豫境，則碧幢紅旆，照耀長途，書生得此，亦云榮矣。而內人坐輿中，終日垂淚，問之不告，至今不知其何意也。

旬日郵筒兩度馳，傳來往往有新詞。卻憐校士多辛苦，苦勸棚中勿作詩。余按試各屬，每五日必得內子署中書，附以小詩一二首。然以余校士辛勤，戒勿作詩。余有詩答之，今存集中。凡學使所莅曰考棚，故俗有『棚中』之稱矣。

綺窗新換碧紗籠，小病新添不耐風。勝似檀奴堂上坐，摩娑倦眼看彎弓。余校試洛中，內人寄余詩，有『綺窗新換碧紗籠，小病新添不耐風』之句。余和其詩云：『勝似檀奴堂上坐，摩娑倦眼看彎弓。』蓋時方校射也。今合爲一章，當時情事，歷歷可想。

紅氍毹上小排當，檀板清尊夜未央。曲罷酒闌還一歎，綵衣何日拜高堂。每試事畢，還署，必置酒、演劇，勞幕中諸友。前使者張子青前輩舊例也。亦或移入内署，而内人以太夫人在閩，未克迎奉，常以爲恨。有《大梁使署述懷》詩云『綵衣何日拜慈姑』。

閨中頗亦異恆情，眼底榮枯了不驚。翻喜狂奴去官早，朝冠卸後一身輕。余在中州罷官，内人處之夷然，有詩云『朝冠卸後一身輕』。

故里無家且寄居，吳中獨學老人廬。眠雲精舍微波榭，泉石逍遥一載餘。余自河南罷歸，因故里無家，賃吳下石琢堂前輩獨學廬居之。此余寓吳之始也。眠雲精舍、微波榭，皆園中屋名。

無端吳下起烽烟，厄運真逢陽九年。倉卒出城還一笑，亂離偏坐太平船。庚申，吳中亂。余出城時已無船可具，有舊識之太平船，遂坐之而行。内人笑謂余曰：『亂離偏坐太平船。』兹即用其語。

危時鼙鼓最驚心，太息東南竟陸沈。欲爲鄉閭求死士，不辭揮手散千金。庚申、辛酉間，余辦德清團練，内人出千金付余，於越中募健兒二十人從行。然大局已危，終歸無濟。

烽火連天夜夜愁，已拚碧血葬哀丘。閨中偏覺從容甚，綵筆留題玉照樓。余在德清時，賊勢甚迫，内人處之如常。所寓徐氏屋，有玉照樓，内人詩云：『轉蓬未識歸何處，小住清溪玉照樓。』

渡江且作越中游，略遠兵氛暫解愁。爲愛山陰山水好，不辭日坐鏡湖舟。浙西既不可居，遂渡江至越。愛其地山水之勝，與内人日坐小舟，偏〔一〕游七星巖、青田湖諸處，忘其爲避寇來也。

【校記】

〔一〕偏，原作『偏』，據《校勘記》改。

舜井姚墟遠莫攀，仙姑洞口水潺潺。白雲親舍平生夢，來拜松楸長者山。外舅姚平泉先生官上虞教諭，葬其地之長者山。内人因避寇至此，得親往一拜。

依依仲姊最關情，一別俄驚隔死生。昨夜西風入庭樹，不堪回首是臨平。內人同母姊妹四，而於仲姊尤睦。仲姊歸戴氏，早寡，恆居余家。內人至京師，亦嘗偕焉，其後以病留居母氏。辛酉之秋，卒於臨平。內人哭以詩，今失其稿，但記首二句云：『西風入庭樹，使我夢魂驚。』

小樓風雨近東溟，蕭瑟秋聲不可聽。猶喜都盧共兒女，朝朝儷白又妃青。辛酉秋，避兵上虞之楂浦，其地已瀕海。內人每日與兒女坐小樓中，無可遣日，取古人七言詩句，逐字顛倒出之，使人屬對，合成一句，有成詩者，有不成詩者，以爲笑樂。

海濱草屋動秋風，豕苙牛闌共此中。勉強爲余生一笑，不將清淚灑途窮。紹興既陷，余家猶在楂浦，不得已，遷至海上草舍中。牛闌豕苙，穢氣逼人。內人初入其中，失聲欲哭，顧余在側，乃笑曰：『此亦別有風景也。』

翁山風浪最堪愁，泛宅浮家此暫留。城外園林好風景，至今恨未與同游。時又航海至定海廳，小住月餘。城外有陳氏園，風景殊勝，內人往游，歸與余言，惜未同往也。

海舶飄零賦北征，未勞魑魅便逢迎。如何眼底分明見，人鬼居然共此行。壬戌之春，浮海北行。內人見舟中高處有鬼無數，或坐或臥。及至天津，始與余言之，豈鬼亦附海舶北行避寇乎？蓋內人秉氣弱，目中往往有見也。

避風海島已三年，丁字沽邊暫息肩。甫定驚魂又傷別，嬌癡小女最堪憐。余避兵北上，寓天津者三年，以同治甲子遣嫁弟二女，時年甫十六耳。自此婚嫁之事起矣。

男錢女布費經營，事事艱難不易成。豈止青絲化成雪，積痾從此已潛生。甲子遣嫁次女後卽爲大小兩兒授室，丙寅又遣嫁長女，自此昏嫁畢矣。內人是歲卽得氣喘之病，迄不能瘳也。

歸來依舊住吳中，借得寬閑半畝宮。欲問上虞君舊事，坐間幸有白頭翁。乙丑南歸，余主蘇州紫陽書院。時書院已毀，借民居爲之，乃吳氏舊宅。平泉舅氏曾館其家，有松田老人者，舅氏族弟也，亦吳氏賓客，年七十餘，無恙，數與內人言舅氏舊事。舅氏官上虞教諭，故稱『上虞君』云。

吳下蕭條與昔殊，鸛坊鶴市總荒蕪。不堪重過金獅巷，無復園林柳五株。舊所厲石氏獨學廬有五柳園，亂後化爲邱墟。內人過之，必歎息也。

金鵞山下築新阡，已愧蹉跎二十年。馬鬣告成心始慰，一樽同酹墓門前。先大夫殁後欑於德清西門外金鵞山。至同治丁卯，余始與內人偕往營葬，以完大事。是役亦內人贊助之力居多。

更嗟阿母泣孤墳，每聽啼烏不忍聞。三寸桐棺一抔土，佳城移傍上虞君。妗氏黃孺人，內人母也，殁於上虞。時方兵亂，渴葬義塚地。內人思之，每涕泣也。余因至上虞，遷其柩，附葬先舅氏墓側，立石識之。

招來孤姪尚童年，短髮垂肩拜膝前。一事到今心抱歉，未看美玉種藍田。內人有姪曰祖詒，亂後，母子流落鄉間。內人招之至蘇，撫之成人，今歲欲爲授室而未果。然余必成其志也。

吾兄遠自七閩來，別久驚看兩鬢衰。本是外家兄妹列，不嫌情話共尊罍。吾兄福寧君入都引見，道出吳中。余兄弟不見久矣，內人與吾兄亦外家兄妹也，相聚數日，情話甚歡，然彼此衰老矣。

家計粗成意轉傷，回思往事廿年長。舊時臧獲今何在，共歷艱難總不忘。家有舊僕，曰孫福，曰翟榮，有傭媼陳氏，皆共歷艱難者，今皆物故矣。內人恆念之，亦稍贍其家云。

成我清貧賴汝賢，從無一勺飲貪泉。友朋餽歲尋常事，不受牙門造孽錢。有友人以白金五十兩餽者，內人聞其居官用刑頗酷，不欲受。余如其意，寄還之。

節衣縮食苦無餘，俗見偏能盡掃除。笑看青蚨已飛去，不留烏鰂數行書。親串中有負余錢數百千者，其事甚曲。內人知其必不能償，寄券還之。

無多心願總乖違，自笑家貧力太微。歲晚窮檐寒瑟縮，略施小惠木棉衣。內子頗喜施與，而力不逮，每至歲寒，略施棉衣而已。或饑以粟，則以數十石爲限，不能多也。

五張六角本來乖，多事行年爲我排。自向叢辰問凶吉，累君逢午必持齋。有爲余推算行年者，云逢午年輒不利。回溯生平，亦似有合者。内人自此每遇午日輒爲余持齋。

清福居然宿世修，秋風歲歲至杭州。簾櫳烟雨闌干月，同倚湖山第一樓。余主詁經精舍講席，自戊辰至庚午，皆與内人偕往，往必句留月餘。所居即西湖之第一樓，頗極風月之勝。

理公巖畔共留題，山洞幽深路易迷。五百年餘人到此，定應羨我兩夫妻。余與内人同游理公巖，題名巖穴，曰：『同治七年九月德清俞樾、仁和姚文玉夫婦同游。』屬門下士陳桂舟刻之。

洞裏天光一線勻，紺眉藕髪認來真。知君夙有靈根在，原是龍華會上人。飛來峯有山洞曰一線天，仰窺之，有佛像焉。游者或見或否，余一無所見，内人則所見甚真。

相攜同坐冷泉亭，娓娓清談頗可聽。悟徹去來同一處，早將身世付浮萍。冷泉亭舊有一聯云：『泉自幾時冷起，峯從何處飛來。』内人謂：『問語甚雋，請作答語。』余作一聯，不甚許可，因問内子云何，笑曰：『不如竟道「泉自冷時冷起，峯從飛處飛來」。』

偶逢泉石便忘言，願借山林自避喧。每至杭州有遺恨，當年惜未作臯園。内人每謂余：願築室山中，謝絶人事，與君兩人，同修大道。余謂：此斷不能必。欲潛修，惟園居差宜耳。後至杭州，欲賃臯園居之而卒不果，至今惜焉。

並坐篷[一]窗興轉加，清談滋味一甌茶。而今重過應流涕，平望橋頭賣醬家。余與内人蘇杭往返，並坐舟窗，評量風景，甚樂也。平望有賣醬家，署曰『鏞浩醬園』，莫測其命名之意。每過之，必指以相告。

【校記】

〔一〕篷，原作『蓬』，據《校勘記》改。

兩度閩中問起居，山陬海澨費舟車。恐勞虛擲金錢卜，處處郵筒一紙書。余庚午及壬申兩赴閩中問太夫人起居，一由海道，一取道甌括，行頗不易，內人極以爲念。余途中頻寄書以慰其意，幾於無日無書也。

板輿迎到太夫人，喜極翻教淚滿巾。自顧病軀憔悴甚，不知能侍幾昏晨。癸酉歲，迎太夫人自閩至蘇，時內人已久病，常以不能終事爲憂也。

晨夕盤匜力不支，寢門扶病強追隨。老人尚憶當初事，同作端陽繭虎時。太夫人在家時，每至五月輒作端陽景物，鬻之市肆。內人助之，作至午夜未休，翦綠裁紅，盛一小筐中，爛然滿目。太夫人暮年猶言及之也。

擬從吳下卜新居，費盡營求半載餘。不信蘇州千萬户，難安一箇著書廬。太夫人自閩至蘇，以寓屋湫隘，擬移居焉。余與內人日往營求，竟無當意者，遂決意搆造云。余所寓處，輒於大門榜合肥相國所書『德清俞太史著書之廬』九字，故稱『著書廬』。

馬醫巷口翦蒿萊，北户南檐次弟開。憶自鳩工至成室，弓鞋日日踏蒼苔。余買馬醫巷地築屋，與余舊寓相離甚近，內人每日必親往相度一次。

更於隙地置林泉，慘然經營又半年。卷石盆池皆手定，兩人便是佉盧仙。新屋既成，其自西迆北有隙地，乃築爲曲園，詳見《曲園記》。園中一泉一石，皆余與內人所手定也。佉盧仙人見佛經，乃開闢時布置天地日月者。佉字依梵音讀去阻切。

浮梅一艦小於龕，俯弄清流日再三。綠幕紅闌依舊好，更無人可共閑談。余於曲池中製小浮梅艦，內人甚喜之。其初成也，日必一至，與余促膝閑話。《曲園襍纂》中有《小浮梅閑話》一卷，皆與內人問答語也。

種得園中竹幾竿，盼他清蔭早檀欒。今年纔見春篁出，更共何人倚竹看。艮宧外，竹屢種不活，去歲出新竹數枝，細纔如指。內人喜曰：『明歲再出，必有大竹矣。』今歲果然，而內人已不及見。

柏樹初生不直錢，買來手自種窗前。綠雲青玉垂垂長，能否移栽到墓田。內人以二十青蚨買小側柏一株，手種余書齋窗外。數年來，高可丈餘，青翠可喜。內人每至，必流連其下，謂余曰：『此樹他日可移栽吾兩人墓上也。』

牡丹數本襍蓬蒿，月月删除不憚勞。太息花時人不在，今年誰更灌豨膏。有牡丹數十本，內人時往芟薙其旁側之草。去歲親督園丁以豬大腸數具圍其根株，今歲花果大盛，開至百餘朶。惜余與內人至杭州，未之見也。

月明重款達齋門，嬌女相隨又女孫。草草杯盤成一醉，百年有幾此黄昏。每遇月明之夜，余與內人至園中，次女秀孫及孫女阿順從焉。兒婦輩爲小具杯盤，即於達齋或曲水亭小飲，可謂極人生之樂。然數年中亦無幾夕耳。

聚頭扇上曲園圖，水閣山亭總不殊。今日置君懷袖內，帶將風月到黄壚。內人有摺扇一握，門下士徐花農孝廉爲繪《曲園圖》，并書余《曲園記》於其上。內人甚喜之，故即以殉焉。

細碎詩篇亦可傳，含章小集我親編。如何拉襍摧燒盡，不許人間見斷箋。內人頗工吟詠，著有《含章集》。其初成，亦自珍惜，後忽取而焚之。余復就所記憶者錄成一小本，大纔徑寸，內人頗賞其精工，後亦爲其焚毁。余今不復能記憶，遂無一首存留矣。次女秀孫尚能誦其兩七律，因附錄於此，然亦有闕字闕句，不能全也。

附

避兵楂浦述懷

十年兩度走風塵，趙北燕南屢問津。□□吳門渾似夢，鶯花梁苑尚如新。那堪烽火重回首，何處仙源好避秦。海上秋聲蕭瑟甚，荒村小住又三旬。

詠水仙花

□□□□□□□□□□□□□□。宛似洛妃來水面，肯隨鄭婢辱泥中。品高剛稱蘭閨伴，韻淡何須綵筆工。皓質長留終不落，笑他風雨葬殘紅。

閑將棋子試推移，黑白分明亦一奇。此後空留遺法在，更誰燈下運靈棋。褚稼軒《堅瓠集》有移棋相間法，以黑白三子，三移而黑白相間，自三子至十子皆然。内人復推廣之，自十一子至二十子，今存其法於《春在堂隨筆》。

評量豪竹與哀絲，最愛琅玕笛一枝。殘喘垂垂將絶候，尚煩嬌女試吹之。内人頗留意絲竹，尤喜長笛，臨終前三日，猶命次女秀孫吹笛，聽之，點首曰：『頗佳也。』

曉日曈曨透曲櫺，手拈斑管不曾停。欲將夙業從頭懺，自寫金剛般若經。内人於書法不甚工，然喜作書，年來寫《金剛經》數通，自云懺悔夙業也。

厭聽午夜響丁冬，總爲怔忪睡未濃。此後空房太蕭索，不妨仍置自鳴鐘。内人嘗購自鳴鐘一具，因夜臥不安，故從不置之房中。今内人已矣，而此鐘乃其所自購，余不忍棄之，命仍置房中也。

縹瓶小小傍窗紗，插得梅花整又斜。一夕嚴寒瓶忽裂，累君終日費咨嗟。内人有小花瓶，極愛之，忽爲冰裂，數日不怡。余曉以破甑不顧之義，終不釋然。蓋内人久病，自知不能永年，故遇事皆覺成讖也。

貯墨金壺製最工，居然置我畫圖中。明窗淨几終朝對，便抵齊紈繪放翁。花農贈余銅墨匣，上刻一老翁，於松下獨立。内人見之，喜謂余曰：『此翁頗似君也。』因留自用之。

晚歲妝臺罷嘯歌，魯論一卷口吟哦。古人半部安天下，小用猶堪卻〔一〕病魔。内人自少喜誦詩，有以詩集贈者，必索觀焉。晚歲頗厭之，而好讀《論語》。手自點定其句讀，曰：『誦此可以卻病。』

【校記】

〔一〕 郤，原作『郄』，據《校勘記》改。注同。

偏〔一〕嘗世味總辛酸，垂老方知佛地寬。畫就慈悲菩薩像，恨無靜室置蒲團。内人晚年頗通佛理，嘗畫觀音大士像，擬闢一靜室奉之，焚修其中，然竟不果。

【校記】

〔一〕 偏，原作『偏』，據《校勘記》改。

終年蔬食意云何，薄福惟求少折磨。誰料冥中搜食籍，區區葅虀也無多。内人晚持長齋，余問其故，曰：『吾祿食盡矣，終歲蔬食，冀少延年命耳。』

阿買聰明素所憐，秋風喜賦鹿鳴篇。先君入夢分明甚，來借牟尼一串圓。兄子祖綏，字履卿，福寧君少子也。内人推福寧君遺意，甚愛憐之。以光緒丙子舉於鄉，出榜前一日，内人夢先君自外至，七品冠服，如生時。内人迎問之，曰：『吾將謝恩，向汝姑借朝珠耳。』内人寤，喜曰：『履卿中矣。』因憶先君殁時以七品冠服殮，無朝珠，今借珠於太夫人。七品而挂朝珠，或仍用樾翰林封典乎？是時先君已受二品封，豈仍以翰林爲重歟？

門牆諸子各飛騰，每聽才名總樂稱。垂死病中猶念及，俞樓都講是徐陵。内人於余門下諸子皆極眷眷。以俞樓之役徐花農孝廉之力居多，病中猶道及之。

自奉慈姑罷出游，郤縣兩事在心頭。一思愛子關山隔，一憶西湖舊住樓。自太夫人至蘇，内人常居家侍奉，然恆念西湖不置。自言心頭有二事，一念兒子紹萊遠宦直隸，一念西湖弟一樓也。

湖樓卜築衆門生，自夏徂冬竟落成。添得西頭兩間屋，多情更感老彭鏗。去年，精舍諸君子爲余築樓孤山之麓。適彭雪琴侍郎巡江至蘇，余親家翁也。以内人多病，力勸明歲至西湖養疴。及至杭州，見所築俞樓隘小，恐不足容，乃自出錢，補築數椽，疊石穿池，風景較勝。

春風同泛木蘭艭，山色湖光緑到窗。更爲嬌孫聘新婦，玉蟬金雀總成雙。今年至西湖，同住俞樓，於三月三日爲孫兒陛雲聘彭雪琴侍郎孫女爲婦。内人出金玉雙如意爲聘禮焉。

六橋内外徧游還，又自安排欲入山。孤負籃輿親料理，不曾真到九溪間。内人擬於閏三月上巳之辰至理安一游，兼探九溪十八澗之勝。舊有籃輿二具，内人親督奴輩整理之，然其時實已病矣，不果往也。

爲怕尖風枕簟涼，窗櫺高下手親量。至今竹杖分明在，上有鸞環墨兩行。内人以余湖樓中卧室窗皆北向，慮秋冬時不免多風，乃潛量窗槅高低大小，以余所用方竹杖畫墨痕識之，擬秋間爲余布置，病中偶爲余言之。今竹杖墨痕猶在，其將如何布置則不可知矣。

小住西湖一月餘，精神翻覺勝家居。如何纔返吴門棹，便與湖樓迥不如。内人於二月二十五日到湖樓，至三月二十四日適滿一月，此一月中，精神興會殊勝。二十四後，眠食稍減，然起居如故也。乃閏三月十五日還蘇寓，次日卽卧病，從此不起矣。論其十餘年積病之軀，誠不足怪，然以一月前湖樓光景而論，則真變出意外也。

宵來明月又當頭，小立中庭略舉眸。清興從今收拾起，不能再作曲園游。十五日夜間，月色甚佳，内人猶至中庭小立。嗣後淹淹牀褥，并曲園不能再至矣。

聽盡殘更總不眠，擁衾重與坐燈前。自言吾病今休矣，珍重君家是暮年。内人素有氣喘之病，至是大發，猶以爲老病無妨也。然内人自知不起，每夜分不寐，擁衾而坐，余往視之，輒曰：『吾不起矣，君亦暮年，善自保重。』

夜深更與話家常，處置還如往日詳。四十年來心血在，可憐到死未能忘。内人病中與余言家事甚悉，余當一一遵之，不忍負也。

平生恨不習醫巫，束手真教一策無。終日皇皇竟何補，徒然白我數莖鬚。余年近周甲而無一白鬚，及内人病，終日皇皇，遂有數莖白者。

襍進參苓總不靈，更無妙藥可延齡。癡心欲乞觀音力，日寫高王一卷經。時醫藥襍進，訖無所效。余癡心欲仗佛力護持，日寫《高王觀世音經》一卷，亦歸無濟。《高王經》緣起出《冥祥記》，見《太平廣記》一百十一，蓋流傳自北魏時也。

語言從此日模糊，病到垂危不可扶。數日前頭留片語，願將遺蛻葬西湖。病勢日益甚，面目浮腫，氣息促數，其知不可爲矣，至此亦不甚有言，惟臨終前三日顧余坐床頭，有『願葬西湖』之語。

兒女都環病榻前，諸孫內外亦齊全。始知朕兆君先露，及早催回潞水船。時兩兒、兩兒婦、兩女、兩女壻及內外諸孫無不咸集，余歎曰：『送行人齊矣。』所尤異者，大兒時官北運河同知，內人無歲不病，未嘗召之回也。今年正月間，亦止尋常小病，而必欲其歸，乃開缺南回，得侍湯藥月餘，亦可異矣。

昏昏已歷幾昕宵，輔頰無端欲動搖。氣息益微聲轉寂，誤猜安臥到明朝。內人病中自言，亦無他苦，但覺昏沈耳。已而輔頰兀兀有欲脱勢，卽顧余曰：『今日與君別矣。』然自此又俄延數日。

病狀原知日日添，如無如有脈難參。可憐醫去君猶問，能否重過六月三。臨危之日，諸醫並進，一醫診畢而去。內人猶問余曰：『吾能過六月初三否？』是日乃內人生日也。

驚聽帷中驟一呼，執余兩手強支吾。須臾撒手悠然去，萬種傷心片語無。屬纊前稍覺安睡，兒女輩屏息待之，余亦於外房小坐。忽聞內人呼余，余趨往視之，執余兩手，狀甚倉皇，未幾撒手而逝矣。

一閉黃腸永不開，今朝真送到泉臺。回思兩月前頭事，正在孤山拜佛來。四月二十四日爲大殮之日，回思前三月二十四日，內人在西湖孤山寺拜佛，并乘舟至詁經精舍小坐，相距止兩月耳。

慟哭靈牀朝奠初，伊蒲素饌襍精粗。湖樓一事先成讖，饋到嘉肴半是蔬。既斂之後，遂陳朝奠，不用葷血，俗例然也。回憶在湖樓時，門下諸君時餽肴核，以內人持齋，蔬菜居半，此卽爲之兆矣。

昔年一病已難痊，又得重延十二年。十二年中眉略展，算將辛苦補從前。內人於戊辰春大病幾危，無何竟愈，屈指至今，適十二年，殆世俗所謂延壽一紀者乎？此十二年中，大兒補官，二兒得子，吳中曲園告成，家境亦稍裕，所見皆吉祥善事，殆造物者以酬其早年之辛苦也。

偕老何能到白頭，平時癡願本難酬。與君花燭重諧日，尚欠光陰二十秋。相識中有白頭夫婦重行合巹之禮者，內人甚羨之，謂余曰：『吾兩人能如是乎？』

死後容顏勝似生，居然潤澤又豐盈。不知何事微含笑，或者真歸佛地行。臨危前數日，病容殊不可看，及小殮之後，面色腴潤，轉勝生前，且口角微有笑容，或者已歸善地乎？

從今誰與共提攜，自出中庭自入閨。此景是君先料定，如何度日只孤悽。內人年來自知壽命不長，每謂余曰：『我死後，君一人孤孤悽悽，如何度日？』

平生原不望期頤，況是孤生竹一枝。莫向空帷哀永逝，相逢地下料非遲。趙甌北先生《悼亡》詩云：『得死夫前原是福，相逢地下料非遲。』內人極賞其真切。今內人先我而死，頗與上句合，然則地下相逢，自當不遠。內人病中謂余曰：『我死後，君亦恐不永年。』此語或非無因也。

詠物廿一首

詠物廿一首

亂書

縹囊緗帙最精工，日久驚看亂似蓬。絆惹蛛絲難拂拭，消磨蠧墨易朦朧。白黏菡萏多年瓣，紅夾臙脂一縷絨。底事牙籖重料理，無人坐對小窗中。

舊畫

幾幅丹青戲品題，多年珍惜在蘭閨。嬌憨伏氏傳經女，秀逸文家寫韻妻。一自風欺兼雨涴，不堪綠暗又紅凄。異時重展冰綃看，絹海膠山化作泥。《傳經》、《寫韻》兩圖，皆所藏畫也。

廢紙

新樣蠻牋出益州，而今黯淡總堪愁。疊成方勝形猶在，畫作圍棋局尚留。何忍零星充蠹腹，還堪約略辨蠅頭。莫嫌消盡桃花色，曾共題詩詠玉鉤。

禿筆

翹軒寶笧試新鍘，珍重毚豪一束青。斑管略停因問字，柔翰淨洗爲鈔經。錦囊手製裁文綺，珊架親安傍畫檽。今日不堪重檢點，鼠鬚雞距總飄零。

賸墨

曉窗辛苦搗烏丸，未許金壺汁暫乾。松麝至今猶賸在，光陰誰料竟磨完。更無殘黱分眉際，翻有新霜上鬢端。黑玉半規金一笏，豈宜重向豹囊看。

餘香

藺緜小炷吐芬芳，銅鴨安排曲檻旁。已喜濃薰到書卷，更留餘馥在衣裳。卍文重疊難延壽，心字迴環易斷腸。日日沈檀親手爇，杳無消息透靈牀。

昏鏡

抛卻菱花不計旬，玉臺金鵲總埃塵。全非秋水奩中物，何況春風鏡裏人。綠鏽已看生隱隱，紅緜空自拭頻頻。昔賢最是多情甚，容易傷心爲李均。

塵榻

密密簾櫳小小房，頻年臥起費商量。粗成可體逍遙坐，未就安禪曲彔牀。鼠跡朝來仍跳盪，蛩聲夜半太淒涼。不教侍女頻頻掃，會見凝塵寸許長。

遺篋

制非撲滿又非囊，小物零星盡此藏。米欠煤逋貧士籍，鍼頭線腳女兒箱。幾回檢點誠無用，十載都盧總在旁。玉鑰金匙珍重甚，爲憐遺意替收將。

故衣

藕絲衫子石榴裙，稱體裁量亦自欣。此日梅黰誰與澣，昔年艾納必親薰。不多長物無須施，欲寄泉臺未忍焚。空使蕭郎對遺挂，夜深清淚總紛紛。

敝扇

桃枝小扇卷還舒，出入懷中十載餘。一握銀花今尚好，數行瑤碧我親書。可憐塵篋長封處，不是妝臺乍卻初。留得聚頭佳讖在，九泉相見諒非虛。

殘棋

綠窗無復對楸枰，久斷涼宵腷膊聲。太息流光如局换，那教方罫不塵生。抛殘玉子溫涼亂，收向雕匳黑白并。他日集真仙島上，手談重與定輸贏。

短檠

短檠三尺竟安施，遮莫尖風至曉吹。牆角已成長棄物，窗前猶記共挑時。深沈黄壤光難借，寂寞青燈味可知。此後夜長人不寐，惟邀明月入簾帷。

長簟

玲瓏長簟織龍鬚，筍席桃笙得似無。每到涼宵常自捲，未當暑夕不輕鋪。茫茫泉路終年冷，寂寂空牀竟夕孤。收拾付將嬌女去，不教虚伴舊青奴。

裂笛

寥亮商聲最可思，宵深漏靜聽横吹。殘梅落盡春光老，旅雁催歸夜色遲。銀字調高如昨日，金閨人去已多時。不須更問柯亭事，枯死琅玕竹一枝。

破瓶

不是官哥亦可誇，裂痕何意竟横斜。插來翻怪花無福，補去終憐玉有瑕。安得仙膠獻方朔，擬將神石鍊靈媧。如今應悟浮生幻，破甑區區未足嗟。

碎錦

休言鶯錦與蟬羅，庸帛恆絲也不多。昔日翦裁殊未就，今朝併疊待如何。夜深誰試紅牙尺，老去愁聽白紵歌。見説五銖仙袂薄，無須新樣鳳皇窠。

斷釵

當日牀臺白燕釵，瓏璁新製亦殊佳。玉蟬金雀今無分，香霧清輝舊有懷。記得綠鬟曾手插，不堪黃土竟長埋。瓊枝敲斷何須惜，七寶同心事已乖。

棄杖

買得天台三尺藤，浪誇足力近來增。看花曲圃晨先到，踏月長隄晚尚能。一自秦臺騎鳳去，任他邛〔一〕竹化龍騰。遙知安穩瑤京路，銀角桃枝總不憑。

【校記】

〔一〕 邛，原作『卭』，據《校勘記》改。

散錢

莫問黃標與紫標，雙魚雙鳳總魂消。數從青瑣人何在，穿向紅絨事未遙。泉布先生仍不恙，冥游上寶竟須燒。老夫欲挂青筇杖，怕見彎環墨兩條。事見《百哀篇》。

藏珠

驪珠見説出隋侯，如此沈淪可歎不。吐采每愁明月妬，韜光長伴夜臺幽。漢濱神女何由見，海底鮫人未許求。我是無心真罔象，他年赤水與同游。

小蓬萊謠

小蓬萊謡

昔樊榭山人作《游仙詩》三百首，自謂皆未經人道語，今讀之，信然。雖然，陸士衡不云乎，『意翻空而易奇，辭徵實而難巧』，樊榭爲其易，曲園請爲其難。今夏無事，偶作此二百首，每首皆運化一故實於其中，大率取之唐宋人小説，信而有徵，非姑妄言之也。因『游仙』之名太熟，故題曰《小蓬萊謡》。小蓬萊者，西湖舊有此名，門下士吴叔和比部築屋於俞樓後山，徐花農太史即題以此三字。往時，余吴下有曲園，即有《曲園襍纂》之作，及湖上成俞樓，又有《俞樓襍纂》之作，雖右台仙館，數楹之屋，亦爲作《右台仙館筆記》十六卷，蓋欲藉著作以傳其地也。顧曲園中艮宧、達齋皆見於書，而俞樓中小蓬萊、靈松閣、伴坡亭一無所見，花農屢以爲言，余無以應也。今以此二百首詩歸之小蓬萊，報花農於日下，亦即慰叔和於泉下矣。光緒丙戌孟冬，曲園居士記於右台仙館。

吉緒祥源歲歲新，仙山草木四時春。朝來有客門前過，枝百英偕葉萬椿。
雪頂霜髯千歲翁，天教管領此山中。山中本是無官府，强被人呼作上公。
春夏秋冬各有時，年年高會總如期。昔時曾與春臺燕，記得真君迎月詩。
羽蓋霓旌天上來，悤悤應召赴蓬萊。不曾收拾窗前几，化作山中三足能。
年來選勝徧名區，風景居然處處殊。一處洞天一天地，一輪玉兔一金烏。
深山大澤盡龍蛇，何處堪停羽客車。欲向名山求福地，還應去問魯東家。

海上求仙空往還，蓬瀛方丈杳難攀。太元長谷分明在，不訪三山訪二山。
山中問取白頭翁，飯稻羹魚一樣同。試向瀛洲採風俗，家家户户是吴風。
一自芒鞋遠入山，洞門常遣白雲關。何時卻被甘風子，偷寫真容到世間。
絶壑無人渡石矼，忽聞松下吠靈尨。誰張白繖門前過，買藥歸來白鶴雙。
空山春色爲誰妍，瑶草琪花滿路邊。不是長生少靈藥，更無人得渡紅泉。
竹几藤牀坐曲肱，手鈔丹訣細如蠅。不知四壁塗何草，徹夜光明可不鐙。
山中精舍静無譁，白版難容俗客撾。一卷素書一繩榻，左邊是虎右邊蛇。
自來人外築雲巢，老輩神仙盡漆膠。徧識安期羨門子，只餘高誓未深交。
同輩飛騰各上天，人間游戲馬君賢。金丹服半還留半，不作天仙作地仙。
獨坐雲房自鍊丹，不煩仙犬吠雲端。洞中有寳無能竊，門外山梁一指寬。
問氏敲雲本不差，無緣未許喫瓊花。凡夫袖裏一拳石，初摘山中元是瓜。
香氣氤氲巖岫間，尋香有客叩雲關。瑶池使者行將至，寄語蓬君早出山。
斷崖如臼不容攀，見説山翁深閉關。應悔神芝輕賣卻，當時只换兩金環。
終年不出木雞巢，依舊游行徧四郊。初見元神纔數寸，近來九尺過曹交。
莫道空山耐寂寞，何甥謝舅也招邀。似聞新授桃司命，舊住人間本姓姚。
驂鸞轡鶴九霄翔，未忘當年舊雁行。不惜無成王敬伯，最憐中道死梁芳。
仙家眷屬本無多，只有劉樊偶一過。迎到皤然雙白髮，前頭彭祖後彭婆。

誰道仙家無後昆，舊時眷屬至今存。韋家昨日元孫至，今日楊家接幼孫。

故交多返白雲鄉，花紙瑤械總渺茫。一叟市頭來賣藥，不圖卻是賀知章。

自列清都供奉班，雲游久不到塵寰。偶然欲訪慧車子，偏問吳中烏目山。

竹杖芒鞵任所之，枝峯蔓壑徧探奇。近來頗覺登臨嬾，南岳夫人借鶴騎。

絶迹飛行倦亦休，不妨偶一泛中流。昨宵歸自滄洲路，弱水中乘強木舟。

憶訪名師處處經，芒鞋竹杖頗勞形。同行卻羨睡仙好，渡水登山總不醒。

一自騎龍返太虛，仙蹤飄忽百年餘。偶過當日釣龍處，尚有溪邊舊釣車。

朝赴東溟暮北溟，雲中蹤跡幾曾停。身輕不借飛丹力，新受金璫玉佩經。

飄飄瓊佩與霞裾，駕鳳驂鸞樂有餘。辛苦九疑山洞客，朝朝朱墨校天書。

鳥道崎嶇往復還，平頭奴小嬾躋攀。偶然捉得山魈至，教負書囊送過山。

入雲磴道走崚嶒，黑夜茫茫月未升。兩目光芒長數丈，居人驚起看神鐙。

臨流從不費躊躇，來往江湖總自如。羽扇一揮流卽斷，化成陸路可籃輿。

屋廬帷帳及尊罍，萬里無須自帶來。巖石中間無不有，只須藜杖一敲開。

衣冠了鳥態龍鍾，世上何人識異蹤。病犬尩羸毛盡落，誰知一躍卽烏龍。

隨風吹去又吹回，飛渡中流不用杯。水面只消鋪一席，載將絲竹管絃來。

御風偶到碧雲端，不覺飛行近廣寒。相距月輪猶數里，霞巾羽袖已嫌單。

左雲右鶴孰堪儔，獨守庚申亦足愁。偃月子今何處去，峨嵋尋訪到羅浮。

海外飛艫來往便，自誇奇巧世無傳。往年我向滄洲過，已見金池泛鐵船。

排空馭氣走坤輿，頃刻周流偏六虛。龍虎鹿盧蹻總緩，自將電策駕雷車。

海天無際夜茫茫，難向龍宫覓夜光。捕得海哥解人語，爲吾傳語與龍王。

名都大邑儘敖游，躡屩擔簦弟子愁。拈取一丸泥在手，須臾化作萬驊騮。

穆王八駿似游龍，西母筵前幾度逢。只怪慈童隨侍久，近來何事不相從。

一自平交五嶽論，雲龍角逐偏乾坤。往來句曲茅君所，不走尋常五便門。

滄海栽桑幾度青，未忘當日暫居停。王方平與麻姑約，五桂墳頭弔蔡經。

不煩挾矢更操矛，自有天兵在上頭。見説人間多寇盜，同行須得壽光侯。

賣藥原非爲救貧，市中疑鬼又疑神。戲將皂莢牀前種，旋種旋生賣與人。

召嶽驅雷不可誣，凡夫俗眼得知無。仙人小試通靈技，偏贈知交卻鼠符。

曼衍魚龍百戲工，錦棚排列市西東。市兒明日驚相告，處處場中有此翁。

偶馭胎禽下九皋，野人來見體生毛。自言了不須人事，託覓山家劚藥刀。

龍賓製就異松烟，一笏真須價十千。試向市廛磨少許，黃金燦爛硯池邊。

真人所至異尋常，星步雲行跡轉彰。頭上白光高數尺，不然紫氣丈餘長。

沓嶂回峯任意探，獨行何畏虎眈眈。白黃二叟空相賭，未必仙人肉果甘。

歲歲羅浮山下行，布衣丫角總年輕。宜哥小字人人識，不識朝中宰相兄。

雲霄舊友總依依，欲寄當歸魚雁稀。彩筆空中書數字，不煩青鳥自能飛。

飲罷琳宮歸去休，銀潢一水阻前頭。卻嫌烏鵲填橋險，都趁天河釣叟舟。

爲憐列宿夜熒熒，偷摘天根一點星。遂使金華仙洞内，止存二十七真形。

玉霄金闕鬱崔嵬，闕下羣仙首不擡。何事世人多草草，綠章偏有草書來。

上界由來禮數寬，淮南被謫太無端。武仙郎是綠鸚武，也在人前稱下官。

銀宮翠島迥無塵，清淺靈源易問津。莫怪近來璚簡富，仙官二萬四千人。

仙籍昆崙歲歲更，新交大半不知名。昨朝李洞賓相訪，誤認回仙倒屣迎。

莫笑簪纓踵世科，近來仙籍亦偏頗。請看一卷神仙傳，總是王家男女多。

恭逢玉詔下瑤臺，搜訪仙材到草萊。使者三車龍虎鹿，新聞度得沈羲來。

一樣真靈位業存，就中等級不須論。算從太極大夫後，正一郎中亦自尊。

有客來游雀噪檐，是何意態頗沾沾。自言已受天門職，新拜將軍號捲簾。

俗眼何曾識鳳麟，世情可笑不須嗔。似聞令甲行天下，名捕妖人呂洞賓。

太乙真君緣分深，瑤華宮闕許相尋。臨行玉女真無賴，託買田婆號縣鹹。

定籙西龜自有期，無師盜道亦堪嗤。懸珠會上羣仙聚，都笑偷丹李肉芝。

自喫東方曼倩桃，詼諧談笑本來豪。近時大衆矜莊甚，紫府新升龍伯高。

有生總與共情天，蠕動蜎飛盡可憐。姜撫地仙偏好殺，難偕張果作天仙。

九閽消息費猜疑，屢遣青鸞總未回。嬾向市頭親問卜，邀將司馬濟華來。

玉宇瓊樓霄漢邊，更無凡骨此流連。上清官府誰能到，偏有圖經兩卷傳。

長生一諾不輕逢，僥倖成仙只呂恭。和府仙人呂文起，愛他同字又同宗。

鍊汞燒丹總不成，長生籙内未書名。偶輸十玨藍田玉，便有雲龍下界迎。

倏然久已出風塵，多事仍拖漢陛紳。一化爲鳧一爲鵠，歸來赤腳兩仙人。

石壁光瑩金字明，華陽洞裏大書名。達官李玨雖尊貴，難與齊民李玨爭。

浮世功名付黑甜，平生蹤跡未能潛。王方平與劉根輩，猶被人呼漢孝廉。

聞説天魔近日驕，諸天無計定驚飆。九靈老子朝金闕，神策詳陳百廿條。

三元麟鳳本無分，亂踏黃雲與紫雲。莊列亢倉相顧笑，近來徐甲也真君。

神仙事業本非常，出世何曾與世忘。淨掃烽烟興禮樂，伊家風子赤龍王。

鶴書日日下巖阿，自昔中原杞梓多。玉詔新除金可紀，仙才蒐訪到新羅。

世路賢愚未易詳，仙曹流品亦難量。似聞舊日丹元子，新授醫官卻姓王。

年過百歲總方瞳，皓首龐眉一樣同。自得柏庭瞿氏子，仙家亦復重神童。

莫笑天師張道陵，李吳申寇盡尊稱。天師一隊朝金闕，誰向仙班齒薛滕。

學士瀛洲聚嘯歌，餐風吸露竟如何。老君秘授藏金法，追取銀魂不在多。

檢籍仙臺半不全，韓湘曹佾任流傳。何當一問唐江積，誰是當時老八仙。

駐影神方未可憑，養毛鍊魄竟誰能。喧傳徵召陶弘景，誰識桓君白日升。

鈞天宴罷不重來，混迹塵中亦自咍。昨日偶逢天自在，瓊霄指點舊樓臺。

一臥空山骨亦寒，無端游戲到長安。袖中并少生毛刺，竹葉書名謁達官。

天上羣真日往回，仙廚頗亦費尊罍。湖州魚與餘杭酒，都被神仙買貴來。

無端名動漢諸公，冠蓋爭來拜下風。薊子訓無異人處，騎騾早已出城東。

一自微名達玉京，人間青史不爲榮。擬援杜杜崔崔例，借姓爲名不著名。

五湖一棹訪鴟夷，雲水茫茫何所之。昨與海濱漁父遇，猶能追話沼吴時。

行藏半託灌園傭，混跡人間未易逢。招得菜園王十八，茶園黑老定相從。

子晉緱山偶一停，爲憐良夜駐雲軿。攜來弱弟王眉壽，新學吹笙已可聽。

何處頑仙日日過，手扶杲杖舞婆娑。老君命檢丹臺籍，知是劉跛是李阿。

先生白石本無名，太極仙人凡八兄。頗怪連朝見諸老，或稱李靖或姚泓。

雲肆先生蹟久淹，不如後輩轉炎炎。何當問訊遼劉操，可識君家老海蟾。

避劫更名事有因，交游多半姓名新。須知羅瓚羅思遠，總是羅公遠一人。

拋開塵壒即烟霞，留戀人間不是家。一樣故侯秦漢際，姜侯菜勝邵侯瓜。

紅塵擾擾不堪停，回首青山分外青。記得會真仙府否，右門桐柏左金庭。

頻年蹤跡溷風塵，今日歸來作主人。莫笑空山絶車馬，麒麟送客虎迎賓。

自從辟穀有真方，換得青肝與緑腸。偶喫丹霞漿太飽，朝朝天露一杯黄。

解脱塵纓返太清，悠悠不顧俗情驚。誤傳已服金丹死，卻見仍騎白馬行。

太乙靈方鍛鍊勤，久將秘録奉真君。不知金字書名否，但覺雙瞳有緑筋。

黄婆赤子本團欒，指示仙機元不難。試取木鑽鑽大石，鑽開大石得金丹。

甲邊庚内費工夫，此事難憑意氣粗。杜子春偕顧元績，兩回毀我鍊丹鑪。

玉釜煎香又幾時，還丹日月尚遲遲。留心莫遣凡奴守，怕走筩中白兔兒。

採藥名山路轉賒，葫蘆日日杖頭斜。鳳綱自製長生藥，只是尋常百草花。

堅築靈株養子珠，此中火候未容麤。世人只讀參同契，一卷誰傳契秘圖。

日月元樞類轉丸，競將真路覓靈竿。紅塵未遇青霞子，欲得通元要訣難。

鍊就金丹濟世人，藥囊終日不離身。俗人臟腑難消受，且向溪邊活困鱗。

紫府清嚴未許探，仙家禮法過瞿曇。赤童六甲惟傳女，憑仗青童轉授男。

朝朝煮玉夜燒金，誰與仙人緣分深。付與靈丹剛兩顆，看來只是二林檎。

遷神神散易形丸，無奈凡夫換骨難。桐柏真人命張老，沿門喚賣大還丹。

修鍊千年翠髮翁，紫荷飛盡始成功。丹經鈔寫傳人世，太華嵩高各一通。

俗塵掃盡不容侵，濟世猶然抱熱心。欲使人間無凍餒，自煎黃土作黃金。

鍊就金丹一粟黃，不堪大衆共分嘗。待邀西域仙人到，備説人間治疾方。

一自奇書校上清，賜來秘笈滿軒楹。陰符不是通行本，點畫多能配五行。

上古遺書未殺青，不經秦火已飄零。誰知虞舜沖齡日，太上親傳道德經。

仙人從不患愚蒙，不在前賢咀嚼功。吞得開心符一道，元文秘笈盡精通。

九天領得寶書來，絳簡青文衆妙該。卻笑真人關令尹，石函不許後人開。

玉檢瑤函付五丁，世人傳誦只黃庭。昨朝親見伯陽父，授我新書上至經。

洞府深沈鎖翠微，遺書石上長苔衣。金雄詩與金雌記，留與人間讀者稀。

鳳篆龍泥得見無，八瓊秘訣在清都。胡愔女子聰明甚，畫出黃庭內景圖。

一卷書能造化通，幾時付託得英雄。老夫欲授老妻惜，至竟深藏杉腹中。

河上衰翁嬾欲眠，遂教道德失真詮。瑤池徵召重瞳妾，校定經文字五千。

日爻月卦妙無窮，易祖師猶拜下風。後學盡師王輔嗣，一齊收作應門僮。

莫道頑仙總不靈，瓊漿一飲便惺惺。偶然欲學人間業，呂授兵書孔授經。

徵書紫錦不輕叨，鍊玉燒金敢憚勞。只怪頑仙太容易，一生飽睡學吳猱。

莫將邋遢笑三丰，冰雪心腸不在容。看取垢仙劉黑黑，伐毛洗髓竟無庸。

混俗和光不計年，夔蚿一任互相憐。何當說與林和靖，擔糞裴翁竟是仙。

白石先生何處尋，年來太覺入雲深。卻嫌仙吏多辛苦，晝判陽間夜判陰。

人間日日出新奇，機巧由來勝昔時。郗老先生來對局，誰知輸與段家兒。

天公妙手付仙家，枯樹非春也發芽。殷七七偕韋七七，朝朝暮暮賭開花。

有道襟懷與眾殊，生機活潑殺機無。靈符驅虎真誅虎，從此雲房不畫符。

朝朝虎想又龍存，幸已粗窺眾妙門。自己修成千萬壽，羞將牛口黑珠吞。

自折松枝代兔豪，書名早已冠仙曹。偶然小變冰斯體，世上爭傳金翦刀。

只飲金莖露一杯，千年顏色似嬰孩。春皇授我穀仙法，嬾向山田更翦萊。

清都望重世人知，附鳳攀龍轉可疑。幾輩來從赤松子，金華誤訪牧羊兒。

昨夜華陽人定時，霓旌雲旆降參差。不知鸞鶴迎誰子，盼殺黃公老鍊師。

仙家名號日紛紜，人世勳階總不聞。客到自稱草衣子，誰知元是奉成君。

廣桑山與白雲齊，滄海茫茫路易迷。今日幸逢婉盆子，乘桴同拜孔宣尼。

函谷年深紫氣銷，七真堂上亦寥寥。新興太乙真人教，無怪人來總姓蕭。

百花橋下水茫茫，南海歸來歲月長。自問心中無一事，玉壺從不問鴛鴦。

洞門晝掩寂無聲，洞口無人通姓名。只有常來碧虛子，從行枸杞與黃精。

赤箭青松種種宜，藥囊收拾總無遺。昨朝有客騎驢至，可怪通名是石砒。

浪説清都夙有緣，腥羶俗骨豈能仙。寄言搼子須留意，莫引凡夫向稚川。

無賴應門五尺童，呼星召鬼盡皆工。昨宵偷把長繩去，牀腳斑斕繫大蟲。

山翁三五款茅茨，野蔌山肴太覺奇。枸杞人葠人不識，盤中一犬一嬰兒。

仙家飲饌亦尋常，麁肉盈盤酒滿觴。乞得蒜虀䭔一片，至今口舌尚清香。

朔風來叩酒家門，故老相逢共一樽。杯底偶然書火字，杯中冷酒便能溫。

美酒嘉肴石几陳，炯炯熱氣總如新。偶然俗子來偷喫，一出山中化石人。

淡盡情腸酒總耽，空山誰與共沉酣。不如召取常持滿，對飲香醪一石堪。

石囷盛久米皆乾，石釜炊來火亦寒。衡嶽道人招我食，殷勤硬飯勸加餐。

不論文上與文陽，名輩還先沈侍郎。八十年傳雙弟子，如今弟子已成行。

問道人來總不膺，門前多少客擔簦。素書一旦傳馮遇，嬾更間關試趙昇。

浮世何人肯息機，雲情鶴態本來稀。金丹悔被凡夫服，敬爲尊師取藥歸。

太乙靈方不足云，仙家供養只烟雲。當初枉把黄金鍊，東海抛將數萬斤。

笋皮爲笠布爲衣，游戲紅塵識者稀。偶爾留傳一枝筆，明朝化作彩禽飛。

世人眼淺不曾開，六甲風雷總浪猜。自向碧潭最深處，蜿蜒抱出睡龍來。

走飛變易不須誇，枯木能教頓著花。爛煮碧蝦投水内，至今游泳有紅蝦。

甲邊庚内舊曾修，陽氣真從大宅浮。昨日偶招諸老坐，盡教白髮變烏頭。

吞刀吐火起雲烟，九百餘條事事全。卻笑童心老成子，如何學幻要三年。

五行變化妙難猜，奇術都從墨子來。一擲赤丸飛燄起，青丸出手盡收回。

三洞珠囊任取資，八瓊秘訣本非奇。可憐鈍漢門牆外，費盡金匙又玉匙。

歷歷前游半已忘，偶留幻迹太荒唐。神龍天外乘雲至，認是當年青布裳。

五嶽遨游記昔曾，近來雲路倦飛騰。偶因會葬仙人母，䃶谷山中看聖鐙。

仙家游戲不嫌詼，變化神奇未足猜。偶爾張羅得一鳥，誰知乃是故人來。

何處光芒萬丈生，玉函怪牒不分明。近來雙眼明於月，八字天書看得清。

大椿朝菌本非儕，塵世蜉蝣不繫懷。只怪年年三月九，故鄉猶作玉蘭齋。

奇蹟何時偶一留，頓教微物變圖球。鐵瓶傳作千秋寶，只是當時暫枕頭。

昔年秦使到蓬萊，何事雲帆去復回。使者姓名换徐黻，振男振女又同來。

往古來今傀儡場，壺中日月總舒長。千年多少興亡事，都在腰間鹿革囊。

累朝陳迹總如新，唐宋元明閱歷身。青史古人多故友，傳中事實半非真。

歷歷千秋石火光，人間萬事總茫茫。如何李惠姑來見，猶話興亡淚數行。

區區同異不須論，老子西游卽世尊。鈔得達摩胎息訣，空門人已入玄門。

千古名山石室寒，赤文綠字未凋殘。戲書西下從心字，故與西方佛祖看。

白虎青龍鍊汞鉛，近來吐棄等蹏筌。石頭和尚真堪笑，學作參同契一篇。

範水模山未是真，太虛無物總通神。一盂清水從中看，百里山川百里人。

藜杖曾經十載扶，化爲龍去只須臾。有人新贈一枝杖，道是丹鰕八尺鬚。

吸露餐霞自不飢，屏除烟火已多時。華山靈豆陳摶送，分作兒童消夜資。

成仙蝙蝠上丹霄，遂使人間鼠輩驕。擬向燕真人乞取，仙貓洞裏喚仙貓。

瀛洲大會啓耆英，一樣高年比老彭。李八百逢曹八百，不知誰弟又誰兄。

嚴寒酷暑世難堪，此理須從造化參。子伯仲都相對坐，一人火鼠一冰蠶。

枯坐山中木石然，元神游覽徧垓埏。笑他宋代盧多遜，僵臥靈牀三十年。

蒻荷爲屋葦爲籬，中有老翁衣鹿皮。特築金堂居玉女，仙家亦復愛蛾眉。

琳宮十二玉闌干，羅袂飄飄未覺寒。閑看彩鸞寫唐韻，新收弟子有詹鸞。

辛苦修真年復年，豈知初不費鑽研。一男一女成仙易，馬自然同謝自然。

上下三皇總與游，洪荒那復計春秋。黃安萬歲真堪笑，纔見神龜五出頭。

羽旆雲車碧落天，虛名一任世人傳。仙宗十友無人識，但見氍毹演八仙。

運未來時聖亦凡，山中且帶散人銜。此時誰識徐元直，異日仙蹤過呂嵒。
呼星召鬼亦徒然，誰信神仙卽聖賢。畢竟蘭公居曲阜，能將孝道去修仙。
驂鸞已返白雲鄉，尚有祥氛被梓桑。留得敝廬人盡識，每逢甲子尚焚香。
將龍逐虎總從心，只在工夫不厭深。重過驪山逢老母，報言鐵杵已成鍼。
羽蓋雲鞍赴絳霄，不知人世有金貂。朱書石上分明見，爲我傳言謝聖朝。
烏兔東西任往還，世間甲子不相關。年年臘月逢初二，一會青童句曲山。
舊是秦時老役夫，千年骨瘦貌仍腴。居然學得唐人句，閑折松枝叩玉壺。

長謠余既作《小蓬萊謠》，又作此謠，錄附其後。

波訪雲諏事事新，迢遙銀漢儼通津。天吳紫鳳真如戲，織女黃姑不是鄰。海外蘇髯姑說鬼，山中陸羽亦成神。自從魚鑰輕開後，何止飛來六六鱗。
浪傳弱水路三千，東鰈南鶼大有緣。渡得達摩來作佛，載將博望去求仙。秋風渾脱黃皮室，春水艨艟金翅船。只有鮫人深夜織，怪他雷鼓鎮闐闐。
碧海仙人最有情，芙蓉手種滿蓉城。金波玉液逡巡酒，翠釜銀罌骨董羹。裴老庭前丹鼎熟，滕公室内漆燈明。羨他不曉天中客，啼徹金鷄總不驚。
東公西母苦相望，終隔盈盈水一方。湧見初禪銀世界，主持末劫鐵輪王。填平海水無精衛，驅駕雷霆有阿香。玉女投壺天一笑，傳書青鳥已偷將。

是何蜃氣儘吹噓，幻出樓臺十萬餘。衢路奔馳人駔儈，園亭呼嘯鬼夔魖。門前高繫昆崙舶，道上爭驅彌戾車。天市一星光奪月，文昌武庫比難如。

年來智叟笑愚公，夏雪冬雷事事工。天馬駕車飛似電，神龍銜燭吐成虹。縫裳女翦賨人布，射獵兒彎貊國弓。太息人間無故物，秦時明月自當空。

流水游龍日夜忙，子從兩牡我從狼。有錢大賈桃三老，無賴纖兒柳幾郎。絃管沈沈聽北里，戈矛擾擾出南塘。扶筐何鼓無消息，欠得天錢總不償。

無端舞隊起天魔，大小圈多事更多。已怪幻人能吐火，更驚神女善淩波。羽嘉毛犢雖殊族，狗骨牛筋總共柯。手執鉛刀思一割，紛紜奈此亂絲何。

不料狺狺亦易馴，秋風又見雁來賓。樓船虎節金符使，邸舍虬髯碧眼人。海鳥安知聽鐘鼓，山猱原不襲冠巾。惟應添得園林色，卉木移來化外春。

天門詄蕩竟難關，風馬雲車日往還。唐代流傳鐵十字，漢廷珍重黑雙環。顛當雖小猶能守，卻曲堪懀未易删。借得吳剛修月斧，扶桑若木擬先攀。

鬼輸神牖總非真，官錦行家驟一新。鼛鼓方圓參薛魯，釜鍾大小變齊陳。徒聞向若來觀海，未見乘槎去問津。袖内鼇竿無所用，戲懸明月釣金鱗。

萬壑千巖下及泉，尋龍望氣兩茫然。青丘地有三千仞，黃頊天生五百年。鄒子可能窮黍谷，麻姑空自歎桑田。何時東海知人意，化作璇源處處圓。

侏㑳言語竟流傳，始信窮荒別有天。生共佉盧誰最早，死逢歌利亦堪憐。舊謠附會疑黃檗，新枘叢生甚白蓮。安得王文成再起，九連山下募屯田。

況復龍門濁浪多，中原赤子化黿鼉。亂流已變反弓水，故道難尋覆釜河。明德千秋空復爾，神皋四望竟如何。漢家再建奉春策，遼絶荆襄試一過。

秋風萬室盡飄零，譜入哀絃不可聽。未有大功成鄭白，徒勞高義出麻青。衣袽小小何能塞，瓶盎區區豈足停。轉瞬中央逢戊己，黃龍地螾助神靈。

爛柯山下立多時，閑看仙人一局棋。月令不詳鳩化候，風人自賦兔爰詩。投戈壯士遵新式，挾册兒童背故師。惟有楊雲甘寂寞，遺經獨抱尚孜孜。

春在堂詞錄

序

余不諳音律，填詞素非所長，偶一作之，亦不存稿，少時之作及今猶能記憶者，止《燭影搖紅》一闋、《滿江紅》一闋而已。中歲孠經，盡從吐棄，兩《平議》告成，息焉游焉，復有所作。昔周草窗作《西湖十景詞》，楊守齋見之，曰：『語麗矣，如律未協何？』遂相與訂正，閲數月然後定。然則填詞非難，協律爲難，當今之世，有霞翁其人乎？姑錄而待之。庚午春正月，俞樾記。

春在堂詞録卷一

鳳皇臺上憶吹簫

陳小蕃司馬，前在京師，有所善歌者，能琵琶，演白香山潯陽故事，四坐盡傾，至今猶憐念之。因借香山事，繪《琵琶感舊圖》，託古思以寄今情，其意固不在潯陽江上也。因倚此題之。

燕妬身材，鶯偷喉舌，妝成千種風流。把畫簾高捲，擁出秦樓。手抱琵琶輕撥，彈不盡、舊恨新愁。一般是，鸞飄鳳泊，不必江州。　迴眸。曲闌干外，青瑣闥仙郎，笑整鷫裘。想酒闌鐙灺，豔福曾修。一自鳳池拋卻，孤負了、檀板清謳。銷魂處，惟將畫圖，約略前游。

金縷曲

陳湘葵同年有姬人梁氏，相從於患難貧賤中有年矣。湘葵成進士後，需次畿輔，其家航海來就之，甫至津門而姬病卒。湘葵爲詩三十章哀之。因書此於其卷末。

海外雲帆到。盼涼秋、香輪寶馬，玉人來早。誰料丁沽西風惡，吹散巫雲縹緲。只十日、紅消香耗。陡使綺懷無聊賴，莽天涯、何處尋芳草？思舊事，惄如擣。南天烽火何時掃？憶頻年、飄流窮海，結廬荒島。乍逗河陽春消息，無奈名花便槁。賸剩下金鑾嬌小。縱使玉簫重來日，想韋皋、應已年華老。空展轉，繫懷抱。

蝶戀花

題蒯子範太守行看子。

大好梧桐庭院裏。修竹娟娟，几席涼於水。掃地焚香閑坐此。韋蘇州後先生矣。　老帶莊襟誰得似？一片冰心，寫上雲藍紙。看取方池清見底。亭亭立者花君子。

滿江紅

書生佳人，苦樂各一闋，用版橋道人體。

一片青氈，遮不住、萬千風雨。止落得、飄零書劍，頭顱如許。老大長充村學究，科名不到劉司户。賸淒涼、文塚哭秋風，書生苦。　出建節，芙蓉幕。入畫象，麒麟閣。尚青春年少，風姿如鶴。束髮交都收鐵網，畫眉人共聽金鑰。待功名、成了便神仙，書生樂。

天付紅顏，便交付、一生愁緒。渾不管、飄簾落溷，名花無主。玳瑁纔棲梁上燕，臙脂又吼閨中虎。

是前生、注定惡姻緣，佳人苦。　葉子戲，樗蒲簙。錦作帳，珠爲箔。有風流夫壻，相嘲相謔。姊妹甘心推福命，兒曹轉眼登臺閣。看妝成、綠鬢尚如初，佳人樂。

金縷曲

次女繡孫倚此詠落花，詞意悽惋，有云『歎年華，我亦愁中老』。余謂：『少年人不宜作此。』因廣其意，亦成一闋〔一〕。

花信匆匆度。算春來、瞢騰一醉，綠陰如許。萬紫千紅飄零盡，憑仗東風送去。更不問、埋香何處。卻笑癡兒真癡絶，感年華、寫出傷心句。春去也，那能駐？　浮生大抵無非寓。漫流連、鳴鳩乳燕，落花飛絮。畢竟韶華何嘗老，休道春歸太遽。看歲歲朱顏猶故。我亦浮生蹉跎甚，坐花陰、未覺斜陽暮。憑綵筆，綰春住。

【校記】

〔一〕闋，原作『閡』，據《校勘記》改。

虞美人

杭諺云：『晴湖不如雨湖，雨湖不如月湖，月湖不如雪湖。』余比年主講西湖詁經精舍，晴雨月雪，隨時領略，各賦小詞紀之。

曉烟乍破青山醒。鏡裏明妝靚。迷離金碧滉樓臺。不信人間此外、有蓬萊。　畫船簫鼓時來往。綠水春搖蕩。遲遲聽徹鳳林鐘。要看斜陽一抹、上雷峯。晴湖

亂珠點點拋來疾。山氣濃於墨。眼前何處認南屏。但見空濛遠水、接天青。　蘭橈整日隄邊歇。誰更攜游屐。烟簑雨笠坐孤篷。只好紅衣畫箇、老漁翁。雨湖

一輪乍透疏林缺。洗盡人間熱。湖心亭上倚闌干。便覺瓊樓玉宇、在塵寰。　樹陰滿地流蘋藻。夜靜光逾皎。天心水面兩相摩。時有銀刀撥刺、躍金波。月湖

青山一夜頭都白。大地瓊瑤積。玉龍百萬戲長空。只賸紅牆半角、是行宮。　何人載酒來相就。要與嚴寒鬬。隄邊幾樹老槎枒。誤認疏疏落落、盡梅花。雪湖

南鄉子

次女繡孫偕其壻附海舶入都，倚此送之。

送汝去長安。九月西風乍戒寒。遼海雲帆何日到，漫漫。綠水洋中翠袖單。　幾夕暫盤桓。話久渾忘玉漏殘。欲向臨岐留後約，難難。坐對黃花且盡歡。

憶昔賦于歸。送汝迢迢上帝畿。今又遠隨夫壻去，欷歔。別淚重沾舊嫁衣。　執手各依依。記否湖樓話夕暉。他日南歸重艤棹，依稀。獨憑危闌認翠微。

烟樹鳳城秋。昔日巢痕尚在不？送汝北行重北望，還休。嬾惰無心理舊游。去去勿淹雷。節近開鑪樂事稠。願汝三生兼福慧，雙修。莫負紅閨舊住樓。女生而慧，余因署所居曰『慧福樓』，望其慧與福兼也。

浣溪紗

苦雨不止，閨人翦紙作婦人持帚向天，名曰『掃晴孃』。偶爲賦之。

吳帶曹衣自轉旋。牆邊屋角鬬嬋娟。綵繩渾似舞鞦韆。甘作吳宮箕帚妾，羞爲巫峽雨雲仙。掃開宿霧見青天。

江城子

余課士詁經精舍，戲以《孟子》書中事命題，一曰『齊王之臣將至楚游，留别其友』，一曰『陳仲子自於陵歸述懷』，一曰『馮婦車中解嘲』，一曰『齊人至東郭墦間書所見』，各賦七言律詩一首。雖然，戰國人能作唐人律詩，獨不能作宋人小令乎？偶倚此，博諸君子一笑。

沅蘭澧芷賦南游。路悠悠。不勝愁。賴有故人、情重代綢繆。家室艱難無限事，嗤仲路，只輕裘。飄然書卷客荆州。儘句留。更無憂。十幅蒲帆、遍訪洞庭秋。他日歸來同話舊，歌郢曲，答齊謳。

王臣留别。

萍蹤來往本無期。望臨淄。意遲遲。猶恐素衣、此去化爲緇。試上牛山高處望，塵擾擾，欲何之。齊廷積習竟如斯。逐毫釐。較銖錙。井上餘甘、半李欲貽誰？差喜辟纑賢婦在，長共隱，莫相離。陳仲子述懷。

十年馳逐少年場。左牽黄。右擎蒼。笑叱於菟、不異檻中羊。一自閉門稱善士，將舊事，付蒼茫。忽聞雄嘯發高岡。鬢雖霜。臂猶强。竿木隨身、作戲且逢場。爲語諸君休笑我，憐故態，老奴狂。馮婦解嘲。

自隨車馬走城闉。路迴沿。草芊緜。幾處荒邱、零落半爲田。螻蟻王侯真一例，惟蔓草，與荒烟。何如飲啄且隨緣。野花前。夕陽邊。冷炙殘杯、無日不陶然。試問城中諸顯者，同一醉，竟誰賢。齊人書所見。

多麗

《説苑》載：齊王起九重之臺，募國中能畫者，賜之錢。有敬君，居常饑寒，其妻妙色。敬君工畫臺，貪賜畫錢，去家日久，思憶其妻，畫像，向之而笑。傍人見以白王。王召問之，對曰：有妻如此，去家日久，心常念之，竊畫其像，以慰離心，不悟上聞。此事極古豔可喜。今本《説苑》無之，惟見《藝文類聚》所引。因爲此詞，傳播好事者。

恨無端，青齊留滯頻年。把毿毫、東塗西抹，妝臺不畫春山。步微波、何來羅韈，凝香霧那見雲鬟。朱染嫌丹，粉敷太白，描摹費盡衍波箋。向臺畔、悄無人處，一幅自偷看。誰堪比、飛瓊天上，弄玉人間。

感君王、垂情下問，離懷未語先酸。擲華年、鬭鷄走狗，怨遙夜別鶴離鸞。雲想衣裳，花如人面，蕭郎下筆倍增妍。從今後、春風圖畫，稷下定傳觀。還愁被、滑稽齊贅，看殺嬋娟。

驀山溪

與内子同至西湖詁經精舍作。

琴書跌宕，老作西湖長。精舍對南屏，好覽遍、雲山蒼莽。年年浪迹，未辨釣魚船，湖樓上，秋容爽，聊寄烟波想。

烟波澹蕩，容得閑鷗兩。人道是劉樊，愧草草、未離塵網。舊游如夢，過眼不須提，搖雙槳，同游賞，粗不浮生枉。

醉花陰

詠自鳴鐘。

軋軋聲中昏又曉。暗運機關巧。簾幙寂無人，忽聽丁冬，幽夢驚回悄。

金針鎮日冰輪繞。旋轉何時了。莫道不銷魂，聽取聲聲，只是催人老。

一剪梅

意有所觸，輒成一詞。美人芳草，不無寄託之辭；商婦琵琶，惟以悲哀爲主。

記得春游逐管絃。紅版橋邊，白版門前。閑花野草爲誰妍，蜂也喧喧，蝶也翩翩。風月何嘗負少年？花底歌筵，柳外吟鞭。而今回首總凄然，舊事如烟，舊夢如仙。

一抹臙脂豔夕陽。品字兒窗，卍字兒牆。箇中光景費端詳，清是花香，濃是花光。無計能消酒一觴。燕與商量，鶯與平章。五張六角逐年忙，老了秋娘，病了蕭郎。

何處紅樓夜月明。樓上吹笙，樓下彈箏。綺窗珠箔最瓏玲，人倚銀屏，花映雕櫺。容易游仙容易醒。夢斷瑤京，盼斷雲軿。青衫燈下百愁生，紅淚盈盈，綠鬢星星。

誤入仙源亦足誇。飽喫胡麻，飽看桃花。劉郎一去計原差，拋了仙家，負了烟霞。青鳥沉沉信轉賒。天上靈媧，海外仙槎。莫將幽怨託琵琶，一卷南華，一部楞伽。

玉蝴蝶

秋宵不寐，鐙下偶成。

一夜西風蕭瑟，天涯芳草，定自闌珊。纔了春愁，秋恨又上眉端。漏遲遲、聲低易斷，鐙黯黯、花小難圓。起憑欄。月華滿地，寒透屏山。　年年。鳥啼花落，舊游如夢，舊夢如烟。對酒當歌，鏡中非復少時顔。碧霄迥、瓊樓何處，紅橋遠、玉笛誰邊。不成眠。且將苦語，譜入哀絃。

掃花游

湖上兩浮屠，雷峯如老衲，寶石如美人，明人語也。余喜其語，曾於詁經精舍出此題，因各譜一詞。

阿師老矣，想卓錫空山，更無儔侶。鬅頭健舉。笑枯禪不死，半空撐柱。破了袈裟，一抹斜陽黯補。問神悟。奈千載寂寥，鈴鐸無語。　臨水、高幾許。化丈六金身，踏波而舞。廢興細數。歎黄妃舊壟，已無尋處。絶頂春回，尚有桃花亂吐。倩迦葉。向空中、笑而拈取。雷峯

是何楚楚，看綽約淩空，藐姑仙子。聖湖見底。宛新妝對鏡，鉛華都洗。雨態雲容，化作闌干淚水。暮烟紫。算描就翠蛾，眉嫵嬌細。　紅袖、天外倚。問上畔高寒，可能禁此。伶仃鈿珥。壓人間萬種，等閑羅綺。獨立空山，賸有神尼喚姊。肯容易。嫁東風、石尤夫壻。寶石

鎖窗寒

詠骨牌。

片片雕成，星星點就，綺窗游戲。精瑩可愛，雅稱玉人纖指。聽玲琅、摩挲幾回，大家促坐湘簾底。早兩三細數，高擎仙掌，怕人偷視。　雕几。清於水。宛錯落敲棋，竹聲更脆。三長四短，漫把閑愁句起。卜相逢、團欒聚頭，有時巧合心暗喜。願歡情、地久天長，莫學幺絃細。

醉太平

明蓮池和尚七筆句，其言不雅馴，釋子語耳。尤西堂老人衍之爲《十空曲》，膾炙人口，然每首必用一夢字，隨筆牽合，無謂也。余涉歷世間，頗覺萬事之皆幻，雖仙佛亦隨劫盡，況其他乎？偶作小詞，得十四首，自念此身亦泡影也，故以終焉。其詞皆用《醉太平》調，亦名《四字令》，哀音促節，或較《駐雲飛》曲尤易發人深省乎？

乘軒建牙。金張世家。五侯門第豪奢。聽喧喧鼓笳。　華堂日斜。朱門暮鴉。北邙華表如麻。看斑斑土花。

銅山鄧通。珊瑚石崇。銀屏金屋春風。在瑤臺幾重。　歌闌舞終。尊中酒空。舊時珠履無蹤。掩門庭落紅。

燕然樹銘。雲臺畫形。麒麟高閣標名。大將軍衛青。　功高謗生。悲韓弔彭。青門一叟伶仃。舊通侯邵平。

名高貊讀忙拜切。蠻。聲蜚坫壇。文章經術流傳。望龍門在天。　淵源汗漫。圖書散殘。講堂蔓草荒烟。問兒孫種田。

天街珮珂。羣仙大羅。曲江杏宴笙歌。舉賢良制科。眉龐鬢皤。文園臥疴。蓬山風景如何。付滔滔逝波。

幽并少年。腰弓控弦。博樓一擲金千。向倡家醉眠。頭顱半斑。途窮興闌。酒徒大半凋殘。冷生涯灌園。

春郊聽鸝。秋原射麋。憐他新柳依依。是張郎少時。黃罏事非。青衫淚垂。昔年擲果風姿。換樊川鬢絲。

烟霞趣長。蒹葭路蒼。有人風月徜徉。著荷衣荔裳。松荒徑荒。人亡劍亡。誰從衰草斜陽。弔先生墓楊。

旌旗盪風。戈鋋吐虹。男兒束髮從戎。向天山挂弓。將軍數窮。封侯願空。沙場多少英雄。只幽燐自紅。

瓜茄滿園。鷄豚滿圈。溪中鵝鴨諠闐。又倉箱萬千。新阡故阡。桑田變遷。管山管水欣然。問衰翁幾年。

程羅擅名。持籌最精。榷場十載經營。鬭豪華半城。錐刀枉爭。門庭屢更。街頭潦倒孫曾。學吹簫賣餳。

玄黃戰爭。瓜分幾城。居然風雨神京。築郊壇薦牲。杞天易傾。山河廢興。南唐北漢荒陵。付農官勸耕。

瑤編絳函。真經細參。丹成鷄犬同雲。跨青鸞兩三。　仙蹤既淹。刦灰又添。惟留後輩狂憨。耍金錢戲蟾。

書生自憐。芸窗幾年。也曾學賦甘泉。獻明光殿前。　光陰轉丸。前游惘然。人間萬事如烟。擬空山問禪。

齊天樂

湖樓夜聞梟聲甚惡。

小樓已自荒涼甚。乖音、又來孤枕。鶴欬秋山，鮎啼夜澗，少有如伊淒緊。初聽未審。已銀燭光沈，鐵簫聲噤。獨倚危欄，玉樓寒粟起難禁。　哀鳴何太自苦。想枯桑老禿，零落無葚。賈傅工愁，齊侯善痁，被爾雄心消盡。挑鐙暗哂。笑賦鵩詞酸，禳鴞人窘。起撫龍泉，怪鴟俄遠引。

木蘭花慢

《西湖游覽志》云：宋時杭城以臘日祀萬回哥哥，其像蓬頭笑面，身著緑衣，左手擎鼓，右手執棒。云是和合之神，祀之可使人在萬里外亦能回家，故曰『萬回』。今杭人不復祀，亦不復知矣。余謂：惟别銷魂，古今同歎，哥哥造福世人不淺也。因譜新詞，以存舊俗。

問南朝舊事，只離恨、不銷磨。想五國城中，九哥傳語，畢竟蹉跎。風多。任吹不轉，笑官家枉託孟婆婆。那比茅檐臘鼓，迎神來聽新歌。　憑他。吳越干戈。工作合、慣調和。看綠衣執鼓，蓬頭不幘，笑面微酡。關河。玉門萬里，仗神風一夕轉明駝。從此林間鳥語，聲聲只喚哥哥。

倦尋芳

明嘉靖時童巨卿偉以子貴，封御史，行樂湖山。手構一室，棟宇略具，護以箔幕，小可捲舒，出則攜之。或柳隄花隝當心處便席地布屋，吟酣其中，題曰『雲水行亭』。編巨竹爲桴，放湖中，隨波流止，渺然蓮葉也。月明風清，墜露淅淅，吹洞簫蘆葦間，山鳴谷應，聞者泠然有出塵之想，題曰『烟波釣筏』。事見《西湖游覽志》。此事極可喜。余寓居湖上，每思誅茅作屋，編竹爲桴，以領略湖山之勝。而宿諾蹉跎，迄難如願。因賦此詞，以寄慨慕。

小移步障，閑泛靈楂，西子湖畔。大好清游，蘇白也應相羨。康樂行窩隨地築，達摩蘆葉沿流轉。鬬奇情，有浮梅檻穩，駕霄亭健。　念往事，風流消歇，二百年來，猶有餘戀。坐對湖山，昔日勝游誰見。幾處神樓空結想，十年船會難如願。只荒涼，薛家廬，曲欄憑遍。薛慰農築屋鳳林寺，後名薛廬。

唐多令

李筱泉中丞見訪湖樓，遂與至平湖秋月三潭印月，小坐而別。

花外駐鳴騶。來乘湖上舟。且偷閑、半日清游。玉宇瓊樓隨處好，泛雙槳、向中流。　雲水一登樓。蒼茫蘆荻秋。步長橋、指點汀洲。安得行窩來此築，請垂釣、著羊裘。

瑤華慢

十月十日，與内子坐小舟，泛西湖看月。

風清月白，如此良宵，算人生能幾？扁舟一葉，雲水外、搖過湖心亭子。櫓聲軋軋，把鷗鷺、聊翩驚起。隔暮烟、回望紅窗，認得讀書燈是。　天邊何處瓊樓？歎一落紅塵，光景彈指。今宵明月，應笑我、换了鬢青眉翠。嫦娥休妬，讓我輩、人間游戲。倚綺窗、共玩冰輪，約略前生猶記。

綠意

詠菜。

枝枝嫩綠。向竹籬小圃，鴉嘴親劚。付與廚娘，亂切瓊瑤，珍重素心盈掬。安排翠釜休輕戛，要鍊取、玉脂酣足。看雪瓷、奉出蘭芽，壓倒蟹胥魚鱐。　知否瓊筵綺席，有人擁、五鼎珍饜粱肉。脱落殘牙，拚謝肥甘，不許蔬園羊蹴。天教領略冰霜味，莫負了、登盤寒玉。更甕中、碎漬晶鹽，好伴籜龍春熟。

解連環

褚稼軒《堅瓠集》有移棋相間法，以黑白各三子，三移而黑白相間，自三子至十子皆然，但多一子則多一移耳。余試之良然。而内子季蘭復推廣之，自十一子以至二十子，余既載其法於《春在堂隨筆》，并譜此詞。

苦心旋斡。尚狐疑未定，已埋重搰。趁漏靜、纖指推敲，乍移換羽宫，一行鱗列。轉綠回黄，認來往、雙雙蛩蟨。任先偏後伍，鸞鳳換巢，鳥鼠同穴。　燈前、破顔一笑。笑靈機頓轉，前後都活。宛畫成、八卦先天，看錯綜陰陽，奇偶重疊。鬬角鉤心，也算擅、紅閨奇黠。恁前人、翠髯撚斷，十棋便輟。

采桑子

閑中檢點閑功課，死是禪心。活是仙心。一樣工夫兩樣心。　閑中領略閑滋味，苦是詩心。辣是文心。兩樣精神一樣心。

宵聲併向宵來聽，清是鐘聲。和是簫聲。一樣宮商兩樣聲。　秋聲分向秋來聽，哀是蛩聲。怨是蟬聲。兩樣心腸一樣聲。

無邊春色隨天付，鬧是楊花。靜是蘭花。一樣天工兩樣花。　有情芳訊隨年度，嫩是蓮花。老是梅花。兩樣年華一樣花。

蘭因絮果更番換，愁是春人。悲是秋人。一樣襟懷兩樣人。　烟蓑雨笠尋常好，瘦是山人。寒是津人。兩樣生涯一樣人。

水龍吟

東坡守杭守潁〔一〕，皆有西湖，其《到潁謝執政啓》云：『出典二州，迭爲西湖之長』。是『西湖長』之名官斯土者宜之，非山中人所宜稱也。潘少梅偶於市上得小印，鐫『西湖長』三字。因余年來適爲西湖詁經精舍山長，遂以見贈，妄竊自娱，可一笑矣。戲譜此詞，以酬其意。

卅年抛卻漁竿，浮生慣欠烟波債。虛名誤我，蒓鱸秋味，鷄豚春社。旌節輶軒，旂常鐘鼎，到今都罷。向沙隄十里，芒鞋布韈，漁樵輩，同閑〔二〕話。　瀟灑。西湖精舍。謝東坡、頭銜容借。玉堂夢斷，天教管領，湖山圖畫。風月平章，烟雲供養，鷺鷗迎迓。問封侯萬里，金章斗大，是何人也。

【校記】

〔一〕潁，原作『頴』，據《校勘記》改。

〔二〕 閑，原作『間』，據《校勘記》改。

月邊橋〔一〕

刳橘而空，其中注膏油，然之，紅潤可愛。

人去商山，臍大腹團欒，癡皮渾沌。玉壺濯魄，金刀刮膜，一點酸心都盡。蘭膏乍注，早逗出、玲瓏紅暈。珠光密護，子細趁、驪龍眠穩。　夜深取到蘭房，絳帷高捲，碧紗低襯。佛頭光滿，仙爐談小，不怕曉風吹緊。江南舊岸。早萬顆、霜丸寒隕。迢迢永夜，喜金釭遲燼。

【校記】

〔一〕 月邊橋，《詞律》、《欽定詞譜》均作『月邊嬌』。

夜合花

以橄欖核插燭上，然之，其光四射，若蘭花然，頗可觀玩。

小剔銀鐙，輕揎翠袖，居然頃刻開花。冰心暖透，一枝放出仙芽。疏又密，整還斜。是優曇、結就天葩。不成梅萼，不成蓮瓣，隨意些些。　回思俊味堪誇。舌本餘甘領略，雅稱新茶。纖纖臍核，還供兒戲喧譁。珠錯落，玉了叉。看鐙前、細掣金蛇。浮生泡影，世情陽談，坐惜年華。

探芳信

烘豆。

趁秋早。向棚底斜陽，筠籃採到。訝一彎新綠，眉嫵鬭嬌好。玉人纖手鐙前剝，忙殺麻姑爪。倩廚娘、翠釜煼來，再安茶竈。紅燄一爐小。更細著晶鹽，料量多少。炙透蘭心，休遣綠衣老。拈來不獨酒邊宜，也是相思料。看青青、撮向茶甌更妙。

一萼〔一〕紅

風菱。

指江鄉。有一繩斜畛，采采水中央。鞋角同尖，弓腰比曲，青翠、堆滿筠筐。趁秋老、風檐高挂，任兒童、饞口不教嘗。幾日西風，銷磨玉質，乾透瓊漿。看取晶盤盛到，似瘦來家令，老去秋娘。面目雖皺，腰支儘細，多少餘味包藏。還自笑、形骸槁木，論風調、與爾最相當。但博饒甜作相，休惜年光。

【校記】

〔一〕萼，原作『蕚』，據《校勘記》改。

春在堂詞録卷二

鳳歸雲

余童稚時外家有婢曰鳳雲，略長於余，嬉游伴侣也。聞其適人後，遇庚申之亂，偕其夫投水死。匹夫匹婦，湮没無聞。感念舊事，弔之以詞。烈魄貞魂，庶幾不泯也。

記少小、竹馬鳩車，泥龍瓦狗，相共嬉游。有箇青衣，短髮垂肩，外家嬌婢。向紅樓上、同捉迷藏，同猜春謎。奈歲華、一去如逝水。早又、緑葉成陰，鬢絲憔悴。　更可歎、青犢横行，紅羊慘覯，多少舊家，一例沙蟲，碧玉寒微，緑珠高節，死隨夫壻。算蓬門内、有此貞妻〔一〕，生光彤史。只童稚、舊事不堪記。未免、弔鳳傷心，憶雲揮涕。

【校記】

〔一〕妻，底本誤作『萋』，據文意改。

萬年歡

余偶出新意，借八卦作葉子戲，頗有意致，詳見所譔《葉戲新譜》。戲題此闋。

小鬪聰明，按先天舊圖，編就瓊葉。單拆重交，儀象六爻排列。漫費金錢暗擲，更不待、靈蓍重揲。聊隨手、幾片拈來，震龍坤虎都活。　零星湊來妙絕。看陰陽變化，相配無缺。取坎填離，便是道家丹訣。吾輩尋常玩物，與世俗、酸鹹全別。還只恐、畫卦羲皇，太初無此奇黠。

浪淘沙

萍。

碧合小橋東。漁棹仍通。前身柳絮太無蹤。自是今生稍可可，不逐飛蓬。　天上美人虹。生日偏同。莫將漂泊怨天公。菱蔓一繩牢綰定，枯死西風。

鶯啼敘

余曾作《廣樂志論》一篇，極富貴神仙之樂，遣抑塞磊落之懷，今存《賓萌外集》中，頗膾炙人口。舟窗無事，復衍此意，而成長調。

金張舊推貴姓，更遭逢盛世。有瓊樹、秀茁蘭芽，玉麟天上飛至。彩毫寫、高軒麗句，傳鈔驟貴三都紙。早雲英、來降人間，赤繩雙繫。　車馬長安，燒尾宴罷，問年華正綺。控金勒、内廐飛龍，杏花紅滿十里。更連翩、軺車四出，收多少、春風桃李。拜車前，門下門生，鬢絲猶翠。　高牙大纛，叱吒風雲，受百城重寄。絶徼外、繩行沙度，墨氎青馬，匍匐軍門，那容平視。元戎小隊，平原大獵，三千珠履從游宴，樂昇平、譜入鐃歌裏。飛來玉詔，金甌名字親題，鼎鉉更待調劑。　黄扉鄭重，赤舄從容，歷中書廿四。看膝下、森森蘭玉，驥子龍孫，鳳閣鸞臺，後先相繼。朱顔未改，黑頭歸去，平泉花木春正好，憶蓬山、舊館多年閑。青鸞一夕雙飛，方丈瀛洲，千秋萬歲。

又

昔蘧大夫行年五十，而知四十九年之非。余今四十九矣，非則有之，知猶未也。粗述生平，用資自鏡。

人生白駒過隙，早平分一半。憶生小、冷粥寒齏，十年辛苦螢案。登科記、秋風兩度，蟾宫省識嫦娥面。尚酸寒、枯守青氊，一鐙孤館。　大好新安，草屩布襪，寄游蹤汗漫。喜門外、問字人來，少年文酒游讌。想汪倫、桃花潭水，縱零落、猶留殘瓣。更多情，孫楚樓頭，翠尊春滿。　天風縹緲，送我青雲，到碧城閬苑。憑綵筆、賢良射策，大禮獻賦，日煖風微，未央前殿。軺車遠駕，中州小住，河聲岳色供游覽，算書生、酬了寒窗願。蕉隍一夢，回看總是雲烟，塞翁得失都幻。名園五柳，水石清幽，又兵戈擾亂。想曩日、蘇臺烽火，遼海波濤，誰料昇平，未衰重見。青山縱在，元亭何處，頭銜聊署吳市卒，更危樓、高據西湖畔。年年夫婦清游，一葉扁舟，六橋泛遍。

天香

吸淡巴菰烟，蹙口出之，一一皆成圓圈，亦閨中之一技也。爲譜此詞。

零玉連環，碎珠絡索，清香幾縷團聚。蓮舌挑圓，櫻脣收小，春滿玉人嬌齟。玲瓏不斷，早吐出、牟尼無數。應勝香焚寶鴨，空成篆文回互。　簾前絳紗密護。怕團團、被風吹去。萬種圓融，全仗慧心吞吐。看取闌干穩度。又四角、垂垂化珠露。散了冰輪，氤氳再補。

憶舊游

余舊寓吳中石氏五柳園，頗有亭榭泉石之勝。庚申之亂，付之劫灰，一閽者一犬死焉。重來感舊，弔之以詞。

記微波小榭，五柳名園，風月徜徉。小築臨流屋，有牡丹國色，桂子天香。鼓鼙一朝倉卒，松菊頓荒涼。想賫硯樓高，歸雲洞古，總付滄桑。　金閶。更回首，只蔓草荒烟，碎瓦頹牆。碧血埋何處，歎蒼頭黄耳，都化燐光。卽今燕飛重到，難認舊雕梁。待更葺香泥，金獅巷口空夕陽。

燭影摇紅

七月三十日，傳是地藏王菩薩生日。吾鄉舊俗，是夕插燭於地面，然之，計一家之人年齒若干，而然燭如其數。燭花香霧中，兒童團聚，亦一樂也。舊有此詞，久失其稿，爲補成之。

乞巧纔過，又看霜月匆匆度。燭奴燈婢早安排，專等斜陽暮。淨掃梧桐院宇。謝天公、收回陣雨。小兒伶俐，先把年華，閑中偷數。　香霧繽紛，夜闌摇曳芙蓉炬。星星明滅晚風前，蠟淚濃如許。何必名山淨土。供香花、家家笑語。兩年月小，小作生辰，明年重補。

無悶

道光三年，直隸正定府元氏縣民劉黄頭掘地得一石，爲唐宣城縣尉李君之妻賈氏墓志銘，末行刻：後一千三百年，爲劉黄頭所發。自道光三年上溯葬年唐建中二年，年雖小差，而人名不爽，可異也。按其文：夫人諱嬪，字淑容，長樂縣人。李君早卒，有一女，嫁張氏。夫人以建中二年二月十二日卒於其從父之弟趙州元氏縣官舍，遂葬於其邑之七義原。而從子文則爲之銘。余奇其事，作小詞書後。

黑暗泉臺，青對漆鐙，驟被黃頭驚覺。訝旦暮千年，未來先料。七義荒原悵望，問舊鶴、何時歸華表。阿咸多事，數行古墨，感人幽抱。　人杳。更憑弔。想醉尉風流，玉樓歸早。只曙後星孤，黛描京兆。官舍相依有弟，歎白髮青裙、垂垂老。賸片石、讖語流傳，恰與武強同調。明嘉靖七年，武強人王洛州掘地，得隋河陰太守皇甫興墓碑，後有『吾葬後一千三百年被王洛州發之』十四字。

高陽臺

余治經多用康成『讀爲』、『讀曰』之例以明假借，而詩則抒寫性靈，於香山爲近。西湖詁經精舍有石刻鄭康成像，其左爲白公祠，有石刻樂天像。余擬搨二像縣一室，即顏之曰『鄭白齋』，先以詞記之。

早歲詩歌，中年箋注，句消鐘鼎旂常。俎豆名山，平生兩瓣心香。遺經獨抱司農注，附千秋、高密門牆。更傾心，白傅風流，長慶篇章。　禮堂猶幸留遺像，共香山居士，須鬢蒼浪。妙墨摹來，真教素壁生光。雲楣待仿蕭齋例，論高名、鄭白相當。待他年，僑札周旋，再證行藏。

慶春宮

余擬築室三楹，用老子『爲學日益，爲道日損』之義，顏其中曰『日損益齋』。其西室曰『日益』，凡所有書籍及法書名畫鐘鼎彝器悉聚於此。其東室曰『日損』，則不箸一物，明窗淨几而已。讀書則就西室，靜坐則就東室，亦足了吾一生。此志未遂，先之以詞。

環堵三間，東西相嚮，讀書靜坐都適。鄴架圖書，歐齋鐘鼎，米船書畫環集。興闌神倦，又清對、蒲團卽栗。古今逆旅，天地蘧廬，有斯安宅。　箇中妙處難言，從有觀無，以儒參佛。排日工夫，按時蚤暮，兼或掄流雙隻。此鄉終老，算吾輩、區區願畢。空山寂寞，更進竿頭，兩途歸一。

點絳脣

閨中四時詞。

楊柳樓臺，嘯牀香夢鶯催醒。綺窗閑凭，人與花容稱。　乍脫鷫裘，尚怯春衫冷。東風緊。嫩寒猶勁。蜂蝶枝頭等。

又

晝漏遲遲，洞房冰簟朝慵起。枕痕紅膩，銷了眉邊翠。　滿院薰風，欲避愁無計。紗窗閉。素羅偷試。古刺瓶中水。

又

絡緯牆根，送來一點秋消息。畫樓今夕，涼透芙蓉席。月滿空庭，消瘦梧陰碧。燈光隔。蠣窗紅出。人鬬金籠蟀。

又

簾幙低垂，夢中聽得風聲大。翠衾嬌臥，翻道寒猶可。凍合麄豪，玉手拈來惰。圍鑪坐。又開青瑣。去數梅花朵。

感皇恩

咸豐五年，樾在河南學政任，恭遇覃恩，請封，未及領誥軸。事隔十五年，中更離亂。去年，譚文卿廉訪入都，託其至内閣問之，則誥軸故在，代爲領出。今年，楊石泉方伯展覲旋浙，遂得齎還。下拜登受，敬記以詞。

天上紫泥封，鳳鸞飛舞。十五年來尚如故。發緘莊誦，還是先皇天語。鼎湖龍去也，烏號苦。

草莽舊臣，科名留付。今日龍章照蓬户。青鐙黄卷，此恨幾能償補。西風空展拜，松楸暮。『留科第以付兒孫』，先祖南莊府君語。

八載忝清班，迂疏無補。只合終身作漁父。告身一紙，何意尚留天府。草堂重下拜，蓑衣舞。

劫火屢經，風霜牢護。深感良朋用心苦。連翩使節，領取玉書交付。五湖雲外水，奇光吐。舊有領誥軸執照一紙，爲鈕君雅庭所藏。中更兵亂，護持勿失，甚感之也。

又

香嚴制府英桂於咸豐八年以河南巡撫入覲。文宗顯皇帝召見，語及臣樾，有『寫作俱佳，人頗聰明』之諭。時樾去官久矣，不圖微賤姓名，猶荷聖明眷注。歲在庚午，與制府相遇閩中，爲追述之。感念恩私，潸然流涕，既作詩存集中，復譜此詞，庶幾杜少陵每飯不忘之義。

蟣蝨一微臣，角巾歸久。名姓依然挂天口。玉音雖遠，猶幸述從臣友。遺簪蒙注念，慙顏厚。

彩筆已枯，虚名難副。畢竟聰明竟何有。不才多病，八載聖恩孤負。鼎湖餘涕淚，青衫透。

壺中天

洋鐘有名鬧鐘者，届時則琤瑽作響，繁音縟節，亦頗可聽。倚此賦之。

綠窗人靜，忽清機徐引，都成奇弄。乍訝宮商無節奏，偏又待時而動。笙磬同音，箏琶亂撥，驚破鴛鴦夢。尋常休試，玉匙金鑰珍重。　因念、鈴索西清，故人待漏，慣踏天街涷。欲覺聞鐘宜有此，妙在枕邊喧鬨。嬾惰嵇康，醉眠元亮，得爾全無用。嬌孫癡小，膝前攜聽丁董。

采桑子慢

贈舊時歌者。

徐娘半老，雲鬟風鬢憔悴。尚憑仗、春風絃索，小作生涯。見説當年，豔名傳播滿蘇臺。鐙船虎阜，香車鶴市，第一金釵。　往事已非，盛年難再，搖落堪哀。問何處、枇杷門巷，楊柳樓臺。我亦飄零，酒邊清淚不勝揩。美人遲暮，英雄老去，一樣情懷。

河滿子

觀傀儡戲。

一樣歌衫舞袖，偏宜小小排當。幾縷紅絲煩月老，倩伊暗裏牽將。莫笑形骸槁木，居然優孟冠裳。　隊隊魚龍曼衍，聲聲簫管悠揚。錦幔低垂看不盡，消磨半角斜陽。爲語郭郎鮑老，大家傀儡登場。

紅情

內子季蘭嘗論果品，謂櫻桃似美人，橄欖似名士。余喜其語甚雋，爲譜二詞，紅情詠櫻桃，綠意詠橄欖，卽爲名士美人作佳傳也。

朱檐爭摘。看赤瓊琢就，垂垂珠菂。豔極更嬌，樊素香脣略堪匹。公子金衣舊族，記生小、曾經相識。有底恨、玉椀晶盤，紅淚貯涓滴。　　鸚粒。酒邊拾。愛一捻豔脂，染成顏色。夢中小婢。何處青衣費尋覓。今日、同參玉版，還檢點、綺詞呈佛。問綵伴、紅玉可，綠珠難及。

綠意

見前。

天生俊物，甚少年慘綠，如此寒乞。酒後茶餘，聊佐談鋒，憐伊口齒清絶。詩脾苦澀君休笑，只獨抱、素心而活。看紛紛、南北楊盧，都是蜜翁瓜葛。　　多少朱門酒肉，覺風味、與爾甘苦全別。偶借青鐙，微吐心花，終是蕙蘭幽葉。佳人薄命雖同調，也略蹙、鵶黃嬌額。只諫林、擷取孤芬，瓠史儘容名列。

瑞鶴仙

余於丁酉歲應鄉試，廁副榜，迨甲辰而舉於鄉，庚戌捷南宮，遂忝清華之選。因用白香山『三登甲乙第，一入承明廬』之句鐫一小印，以存舊夢，并識以詞。

晨鐘都已動。尚枕畔流連，重重春夢。科名忝鄉貢。憶蟾宮丹桂，兩番親種。弟兄接踵。媿虛被、人呼小宋。更春風、紫陌看花，十里玉驄飛鞚。　　喧閧。日中陽燄，雨後浮漚，霧餘寒凇。旋歸無用，笑吾腹，已空洞。只吳門、市卒烟波漁父，兩樣頭銜坐擁。借芝泥、聊誌前塵，不堪撫弄。

聲聲慢

市上鬻閨閣中零星什物者，其衒鬻之具，名曰驚閨。以銅爲之，搖則旁耳還擊，琅琅作聲。内子屬賦之。

金閨晝靜，銀箭聲停，風前微度鏗鏘。董董丁丁依稀，似合宮商。花街一肩小歇，貯零星、玉篋金箱。趁曉市、把明璫翠珥，來助晨妝。　　莫笑詅癡辛苦，聽聲聲、棱等語語郎當。送到風檐，初疑鐵馬玲琅。遙從賣花聲裏，仗鉦鐃、驚起蕭娘。還又怕，擁鴛衾、香夢正長。

解語花

鐙火或灼爍四射，細碎有聲，俗云主有客來，蟬連長語。

寒鐙焰小，驟訝飄揚，歷亂抽瓊蕋。翠膏微沸。凝眸處、細語宛聞啾哳。奇花漫結。偏對我、清談飛屑。情黯然、怨綠愁紅，訴與光明佛。　清絶蕭齋拜月。奈閑愁逗引，無故饒舌。夜深休説。銀釭畔、生怕暗將春泄。吟懷正鬱，且任爾、淡描輕抹。卜曙窗、揮麈人來，同曉蟬喧聒。

一枝春

茶甌中有一莖豎立，俗名茶仙，主有客來。

嫩展旗槍，有靈根、裊裊亭亭斜倚。伶仃乍見，便是藐姑仙子。纖腰倦舞，又羅襪、踏波而起。休誤認、杯内靈蛇，負了雨前清味。　天然一莖搖曳。愛雲花霧葉，青蔥如此。擎甌細品，漫擬苦心蓮蘂。靈機偶動，又添得，喜花凝聚。應卜取、佳客連翩，桂舟共艤。

醉春風

獨下華嚴畔。飈輪來往快。鸞飄鳳泊待如何，耐。耐。耐。白石先生，赤牛都尉，久居人外。
變換桑田海。消磨雲夢芥。八瓊祕訣竟無功，在。在。在。玉笈金箱，赤文綠字，結成奇采。
見説招仙閣。星橋人駕鵲。待憑青鳥寄纏緜，莫。莫。莫。弱水無魚，閬風稀雁，十年蕭索。
神劒銷青鍔。元關藏玉鑰。盧敖勸作九垓游，諾。諾。諾。枯死江花，翦殘邱錦，請從君約。

十六字令

述佛氏三戒。

貪。秋菊春蘭一手拈。揚州月，獨占不分三。
嗔。青史煩冤鬱不申。東風惡，惱殺看花人。
癡。夢裏商量怕蝶知。心頭事，細訴與花枝。

摸魚兒

魚頭中有骨三角，取擲之，時或竪立。人每借以占卜，十擲中能立者吉。

問魚頭、是何參政，棱棱如許風骨。彎環一寸雕瓊玖，卻似半規新月。心鶻突。且取到、尊前暗當金錢擲。幽情密密。祝天末人歸，隴頭信到，出手便凝立。　拋來疾，從一還教至十。玲瓏冰箸輕夾。無端一落甌臾止，妙在不扶而直。纖指釋。想不久、佳音便向龍門出。無須去乙。好借作靈蓍，權充杯珓，鷄骨更休覓。

換巢鸞鳳

余生四歲，即由德清南埭舊居遷臨平之史埭，又不常厥居，輒數歲一徙，其後仕宦遷移，兵戈奔走，越至於今，行年四十有九，而移居已三十一次。萍梗飄零，仍無定所，清宵歷數，悵悁成詞。

生小飄零。憶鳩車竹馬，便在臨平。鵝籠隨處挂，燕壘逐年營。宦游蹤跡更如萍。京華幾霜，中州暫停。歸來後，歎栗里、久荒三徑。　蓬梗。殊未定。吳下小園，風鶴俄交警。海舶波濤，郵亭霜雪，豺虎黿鼉爭命。天許重逢中興年，又來延攬東南勝。乾坤中，一蘧廬、那論鄉井。

瑶華

有餽蘭花者，余蓄養，苦不得其法。勒少仲同年傳口訣四句，云：『春不出，夏不熱，秋不乾，冬不濕。』余喜而以詞識之。

靈根易斷，瘦影難扶，且商量調護。春寒料峭，宜位置、窈窕房櫳深處。夏來赤日，怕冰玉、難禁驕暑。到九秋、渴了相如，賜與一杯瓊露。　冬宵凍合銀瓶，莫濕透香泥，寒氣凝沍。閑情料理，算歲歲、費盡緑窗心緒。芳蘭嬌小，好權當、負牀孫撫。只幾旬、消受幽香，補報養花辛苦。

玉京謡

中興來，東南大吏各開書局刊刻書籍，余參預其間，書成後，頗有可得之望。而年來精力就衰，著述都嬾，從前欲讀無書，今得書又苦不能讀。適穀山制府寄到兩《漢書》，率題其後。

生就蟫魚命，故紙叢中，不覺垂垂老。福地嫏嬛，何曾窺見全豹。幸處處、瓊笈雕成，定歲歲、瑶華分到。書城裏，癡龍坐守，蟲魚親校。　丁年詞賦飛蘭藻，到中年、又一經獨抱。鄭草江花，而今都就枯槁。問箔中、食葉紅蠶，更吐出、新絲多少。愁孤負，舊雨遠貽緗縹。

蘭陵王

游仙詞。

鳳鸞逐。圓嶠方壺路熟。蓬山遠、游戲碧城，訪柳尋桃恣遐矚。樓臺映海綠。金屋。闌干白玉。猩簾外、十二翠鬟，瑤草琪花飼仙鹿。　消搖衆香國。更不受人間，一點塵俗。簫韶纔奏鈞天曲。便羽葆華蓋，碧幢紅旆，羅天高會啓玉局。飲天上醽醁。　湘竹。寫仙籙。傍一朶紅雲，香案親讀。蘭田蕙圃頒湯沐。笑叔夜龍性，幾能馴伏。青雲高擁，拾翠羽。蔭若木。

調笑令

春淺。春淺。誰家曲欄深院。落花胡蝶團團。只逐東風轉旋。旋轉。旋轉。去了春光一半。

微雨。微雨。小庭乍消殘暑。扁舟去采芙蕖。收得荷盤露珠。珠露。珠露。滴入蓮心便苦。

秋蛬。秋蛬。一宵苦吟誰共。月明萬里長空。只有懷人夢同。同夢。同夢。涼透羅衾獨擁。

風細。風細。紙窗又添寒意。關河雨雪霏霏。辛苦長征未歸。歸未。歸未。折得梅花誰寄。

於中好

戲具中有曰萬花筒者，零星小瓣，五色畢備，隨手變換，頃刻萬狀。舅氏平泉老人嘗寓余書曰：『看世事如看萬花筒也。』偶憶斯言，輒爲譜此。

回黄轉緑全無準。眩銀海、陸離難認。靈機不住盤旋緊。散盡了、朝華蕣。　閑窺豹管真堪哂。看塵世、電輪飇軫。升沈榮悴無從問。也是箇、團團暈。

釵頭鳳

蓬萊島。風光好。昔年曾記游春到。春消息。來無迹。錦箏潛聽，玉書偷譯。密。密。密。

仙源杳。桃花老。武陵迷了漁郎棹。秋風夕。誰家笛。信沈青鳥，字消烏鰂。覓。覓。覓。

嵇中散。從來嬾。偶然偷喫胡麻飯。陳杯杓。同諧謔。玉女投壺，井公行簙。樂。樂。樂。

芙蓉岸。茱萸泮。一年光景看看晚。東飛雀。南飛鶴。投我瓊瑤，報之紅樂。薄。薄。薄。

侍香金童

爲孫兒阿龍賦。

喚汝龍兒，爲汝辰年得。念此後、龍豬猶未悉。但願龍天同護惜。容易春風，籜龍千尺。祝他年一躍，龍門頭角出。便穩向、龍頭獨立。變化風雲人莫測。入侍龍樓，出持龍節。

傳言玉女

爲孫女阿牛賦。

喚汝牛兒，爲汝丑年生得。小時嬌面，借桃林豔色。牆頭字在，願汝聰明能識。休嫌多誤，儘容拈筆。叔度佳兒，問伊誰、是汝匹。碧幢紅旆，嫁騂旄貴客。天生慧福，不待雙星分錫。年年春到，送來消息。

送入我門來

讀胡浩然詞，爲之失笑。然必云石崇富貴，籛鏗壽侈矣，窮措大無此奢望。偶譜此詞，以代如願之祝。

如願頻呼，癡情易遂，殷勤託付東風。但願明年，歡樂一家同。北堂萱草春長在，似海上蟠桃千載紅。又山妻病去，孫兒孫女，關煞開通。　更願兒曹得路，聊博一官捧檄，免歎飄蓬。快壻連翩，翔步到蟾宫。山人竊據名山席，看公鼎侯碑加陪豐。正烽烟淨掃，年豐民樂，四海雍雍。

洞仙歌

余素不善倚聲，而次女繡孫頗好之，因亦時有所作，積久遂多。但於律未諳，聱牙不免，是所愧耳。

經生家法，只蟲魚箋注。那得新聲鬬瓊樹。綺窗前、偏有嬌女耽吟。搖翠管，時出清詞麗句。　因教狂態發，鐵版銅琶，也學東坡作豪語。老去律仍疏。漁唱蕢州，何處覓、霞翁顧誤。且細寫蠻箋、付紅兒，借鳳管鸞笙，旗亭流布。

春在堂詞録卷三

念奴嬌

題恩竹樵方伯《藴蘭吟館詩餘》。

一枝筠管，占吟壇，本是詩仙詩佛。何意縫雲裁月手，又入玉田之室。綺語花間，清吟月下，手自彈瑶瑟。風流頑豔，肯輸黄九秦七。　余亦把酒臨風，銅琵鐵版，間弄蘇辛筆。短令長謠隨意寫，未合昔賢詞律。吴下逢君，陽春一曲，雅韻真難匹。藴蘭吟館，可容來倚長笛。

歌頭

四時行樂詞，和竹樵方伯此調。自唐莊宗一首外，未見有作者。萬氏《詞律》於後半闋未注句讀，且止三韻，殊爲疏略。竹翁原唱於後半第三句第五句均叶韻，遵詞譜也。余亦同之。

寫宜春、乍拈春筆。元宵上巳，良辰來絡繹。綺羅叢，排歌席。芳郊外、玉勒金鞍，香塵無迹。幾何時、春光非昔。沈醉過端陽，新荷出。微雨過，小庭寂。摇畫扇、一榻松陰下，不巾幘。　巧雲收，又中秋，秋月白。玉露滿天，瓊樓何處笛。最好是重陽，茱萸酒，還將菊花糕、佐肴核。光陰迅，早消息，逗梅梢，幾朶寒苞欲拆。擁紅爐，貉袖狐襟團坐，宵長如年，戲分曹，同射覆，到除夕。

前調

百年行樂詞，索竹翁和。

是誰家、種來蘭玉。牙牙小語，唐詩初授讀。鬈眉青，衣衫綠。餳簫引，竹馬鳩車，嬉游鄉塾。笑談時，都無拘束。裙屐恣流連，聲華馥。詩客社，酒人局。哦柳絮、更有神仙侶，在金屋。鏡中顏，換韶華，何太速。四五十年，悤悤如轉轂。穩步到公卿，拋簪笏，歸來臥林泉、享清福。人間事，總分付，與兒曹，自檢吟筒畫軸。正評量，綠野平泉風景，蓬萊山中，舊交游，來約我，跨黃鵠。

前調

言志，和竹翁。

歎韶光、少時虛擲。蘭陵五載，難忘春酒碧。又新安，挂帆席。桃潭上，賴有汪倫，相依晨夕。染緇塵，長安芳陌。游戲到蓬萊，渾如客。中散嬾，賈生謫。歸去也、故里無松菊，又兵革。館娃宮，辟疆園，尋舊迹。亂後重來，滄桑都改易。小築一廛新，攜松柄，徜徉曲園中、弄泉石。中年後，兩平議，有成書，博得顛毛欲白。願人間，永永銷除烽燧，長如乾嘉，太平時，歌擊壤，歲逾百。

六州歌頭

閨中行樂詞，和竹樵方伯。

春眠未覺，催醒有鶯兒。梅妝靚，蓮鉤窄，出簾帷，數花枝。招得檀奴至，向花下，鋪茵席，瑶漿飲，朱顏醉，暈臙脂。轉瞬端陽，五綵長生縷，親綰朱絲。向湖亭凭檻，冷翠襲冰肌。蘭槳輕移。盪荷池。又梧桐落，木樨放，看牛女，會佳期。霓羽譜，蟾宫曲，玉參差，試吹之。還把金籠蟀，與郎戲，鬬雄雌。冬夜永，圍罏坐，漏遲遲。翻得牙牌新譜，輸贏事、只賭瓊巵。製春鐙謎語，爭勝上元時。小婢先知。

沁園春

彭雪琴侍郎於鄱陽湖中得楊石泉中丞書，言偕余游退省庵，值牡丹盛開，惜主人不在。侍郎因製《沁園春》詞一闋寄中丞，而余未之見也。是年秋，於湖樓補録見示，因次韻奉酬。

傍小瀛洲，築得精廬，烟水徜徉。算三春雖過，九秋正好，菊容未老，梅信先藏。舊夢模糊，新吟宛轉，吟遍長橋九曲長。重提起，有沁園一闋，記在鄱陽。端詳猶未全忘。又寫滿、雲藍紙一張。正使者星飛，飛來舊雨，謂逸吾宮允。美人石起，起伴襄王。時侍郎正扶植湖心美人石。一寄樓頭，退省庵之樓名。憑欄閑眺，愛此峯巒淨似妝。還自幸，向先生分得，山色湖光。

前調

丁丑立春日作，索竹樵翁和。

紙帳繩牀，蝶夢瞢騰，青鳥漫催〔一〕。算年華七八，明朝便换，余明年五十七矣。嘉平三七，芳信先回。檢憲書，江蘇等省二十二日子正立春，河南等省則在二十一日夜子初三刻。處處春旛，家家春酒，花勝人人簪上釵。東皇駕，怎有遲有早，兩日分開。　徘徊消息疑猜。且讓爾、梅花先占魁。想驚蛇赴壑，光陰易逝，聞雞起舞，壯志都灰。彩燕遲懸，銀虯先報，今日條風分外佳。晨光好，又何須半夜，偷送春來。

【校記】

〔一〕催，原作『摧』，據《校勘記》改。

慶春澤

元宵日和竹樵翁。

人日纔過，元宵又至，春風乍度餳簫。翦雪描梟，安排樂事今宵。銀花火樹繽紛甚，映瓊筵、未許風搖。月分光，一曲新歌，唱徹晴霄。無端觸起中年感，憶兒時鳩竹，隨處嬉遨。竟夕看燈，喧闐史埭潘橋。兒時所寓地名。雪甌重泛浮圓子，問前塵、已逐萍飄。偶書懷，凍筆烘開，獸炭添燒。

隔簾聽

夏夜大雨。

正喜漏沈宵靜，陡送繁聲到。琤瑽不是先時小。是驟雨跳珠，怒號萬竅。織女惱。把銀河、半空傾倒。風聲暴。雷聲旋繞。蝶夢驚回悄。桃笙竹簟寒生峭。有老妻關切，隔房先報。夜涼了。須斟酌、羅衾添好。

長壽仙

壽竹樵方伯六十。

七載旬宣。是坐鎮蘇臺，詩酒神仙。綺筵飛玉琖，正永晝如年。卻好松涼夏健。紫薇仙署樱櫚館。舊雨客來，願年年此日，共醉花前。記否崎嶇兵間。似慷慨王章，辛勤陶侃。喜今蔗境甜，又翠軃朱軒。管領鶯花茂苑。乍交庚伏炎猶淺。一闋小詞，侑瑤觴、也算唱和詩篇。君今年曾譜此調壽潘西圃前輩。

訴衷情

七夕和竹樵翁。

晴窗賦罷曝衣篇。瓜果又開筵。玉階再拜牛女，能否降雲軿。將綵縷，月中穿。望遥天。不知天巧，付與鴛鍼，送到誰邊。

天孫笑語謝人間。吹落碧雲端。怪他世上兒女，何事太纏綿。陳玉盒，捧金盤。露華寒。不如收拾，我替安排，富貴神仙。

玉京秋

此調自周草窗一首外，作者罕見。萬氏《詞律》所載周詞多錯誤，杜筱舫觀察《詞律校勘記》曾據《詞緯》及《蘋洲漁笛譜》訂正。丁丑秋日，詁經院課，余曾以此調命諸生作『秋聲』、『秋色』二詞，作者尚沿舊譜之訛。因倚此示之。

良夜寂。無端送幽信，做成蕭瑟。不是哀絃，亦非脆管，淒涼無匹。傾耳紗窗未已，短籬邊、添箇寒蟀，尋還覓。此聲何處，似南仍北。　我本悲秋詞客。怎禁他、啾啾唧唧。冷夢催醒，微吟悽斷，愁來無迹。水咽雲寒，只一夜、能使愁人頭白。紅閨夕。休更瓊樓吹笛。秋聲桐葉秃。閑庭又添得，淺黄深緑。爛漫風前，幾叢水蓼，幾叢霜菊。尤喜西風錦衲，雁將來、先已紅足，映修竹。紫羅裳倩，絳雲冠矗。　一曲園中游矚。喜秋光、斑斕滿目。轉憶春三，紅酣香煖，翻嫌粗俗。老去江郎，怎筆下、無此繽紛濃郁。蕭齋讀。空對秋山如沐。秋色

齊天樂

詠白秋海棠，和竹樵翁。

斷腸花種瑤階畔，嫣然玉人紅淚。幾日酸風，連宵嫩雨，化作闌干鉛水。脂痕盡洗。但幽質柔情，淡妝新試。不是青衣，菊花休誤喚嬌婢。《瓶史》以秋海棠爲菊婢。　春宵酣睡未醒，記高燒畫燭，穠豔無比。一樣佳名，風流自别，非復尋常羅綺。牆根徙倚。問好女兒花，可能爭媚。等是秋容，素娥來賞此。

水龍吟

竹翁又譜此詠白秋海棠，因亦同作。

海棠本是神仙，春風金屋藏佳麗。何來異種，牆根砌畔，雨中烟裏。瘦影堪憐，脂痕盡滌，自然嬌媚。想當年思婦，拋殘玉筯，原不作平是、靈芸淚。　堪笑秋容猶綺。抱幽心、誰同高致。昂然絳幘，

謂鷄冠。翩然金鳳，謂鳳仙。紛羅庭際。素女冰姿，紅兒豔品，賞心誰寄。只詞人妙筆，摹將冷格，寫銀光紙。

帝臺春

送竹樵方伯入覲。

幢葆棨戟，迢迢赴京國。驛路早梅，喜挈清娛。如夫人隨行。同尋春色。咫尺觚棱金闕近，聽宮漏、鷺鴛翔集。想從容，奏對明光，香烟細裛。　馳玉勒。行紫陌。返第宅。召賓客。再省識、帝里鶯花過，元宵後、大好豔陽風日。應有溫綸自天降，前後主恩四持節。方伯有小印，曰『主恩前三持節』，故先以四爲頌。與吳下賓萌，又重聯吟席。

水調歌頭

潘玉泉方伯，以文恭公季子早歲通籍，聲譽藉甚。及庚申、辛酉間，東南淪陷，創議迎皖師由海道至滬；又創會防之議，聯絡中外，以壯聲援，皆大局所繫也。及蘇城既復，而洋將戈登挾殺降爲名，幾欲倒戈。方伯坐小舟往，以口舌折衝之，卒使帖然而去。其有造於三吳尤大也。今歲行年六十，賦《水調歌頭》六章自壽，余因賡續四首，聊侑一巵焉。

公昔少年日，門第盛金張。長安文酒游讌，意氣劇飛揚。幾載容臺步屧，曾共太常仙蝶，管領好春光。何必曲江宴，方是綠衣郎。　爽鳩氏，司秋典，最周詳。聖朝忠厚尤重，茲選異尋常。每際秋高霜肅，坐對西曹官燭，費盡佛心腸。丹扆記名姓，清望滿巖廊。

公昔壯年日，時事正艱難。東南萬里荆棘，白日走豺貙。聞有雄師貔虎，安得來如風雨，樓艣渡江關。慷慨乞師議，翹首皖公山。　念異族，雖化外，亦人間。風車火徼，可使慕義似侯狦。奈有窮奇之子，又嗾猘兒而起，俎豆變戈鋋。獨駕小舟去，談笑靜狂瀾。

今屆杖鄉歲，黃髮更精神。昔年曾奉春酒，來祝魏城君。前年爲君夫人生日。此日桑弧高挂，剛好桃符新寫，除夕卽生辰。君於除夕生。坐聽曉鐘轉，六十一年春。　看膝下，蘭共芷，鳳偕麟。諸孫環侍中外，濟濟卅餘人。也學汾陽故事，每日頷之而已，羈角認難真。卽此是真樂，以是復何云。

從此到眉壽，百歲曰期頤。勳名德望俱懋，銘勒徧鐘簴。寄語雲臺諸將，莫笑不侯李廣，未必數終奇。合肥相國曾謂君似李廣，數奇。鬱鬱此松柏，認取歲寒姿。　古世臣，譬喬木，共興衰。國家理大物博，磐石萬年基。恭值成康盛世，應有韋平賢嗣，共樂中興時。以此祝公壽，當可釂金卮。

哨遍

詁經精舍有湖樓三楹。余主講其中，同人遂有俞樓之目。王夢薇少尉爲繪《俞樓秋集圖》；徐花農孝廉又合以薛廬、林墓等，爲湖隄八景；汪子喬孝廉並欲書『俞樓』二字，榜之精舍。余庽書止之，因又譜此示諸君子。或謂：『倘因此詞，後世好事者真築此樓以存故迹，當若之何？』余曰：『果有其事，亦必在五百年後可聽之矣。』

講舍數楹，高據聖湖，緊傍孤山趾。登小樓、一望眾峯低。撲簾旌無邊蒼翠，柳乍稊。吾來縱尋春色，沙隄十里垂楊裏。俄菊徑添黄，桐陰減緑，秋光清麗如此。喜故人三兩共尊罍。直坐到南屏暮鐘催。便算秋來，雅集俞樓，遂成韻事。　噫。君試思之。此樓於我蘧廬耳。天地吾逆旅，樓中人更如寄。任李趙張王，殷翁柳老，推排遞向樓頭倚。吾坐擁皐比，於茲十載，行雲流水而已。仿庾樓姓氏此留題。又只恐徒貽後人嗤。啓爭端、謝墩何異？平生空洞無物，萬事皆游戲。即如吳下荒園一曲，亦與郵亭等視。刻舟求劍豈非癡。到秋風、且來同醉。

戚氏

柴桑《歸去》之辭，東坡衍之而成《哨遍》。屈子《東皇太一》之歌，高疏寮采其意而成《鶯啼序》。余讀歐陽公《秋聲賦》，掇取其詞，譜《戚氏》一闋。秋士悲秋，亦狂奴故態也。

老歐陽。書齋宵讀興方長。忽聽西南，有聲蕭瑟惹愁腸。推窗。夜茫茫。呼童出户更端詳。童言皎潔星月，在天横亘有銀潢。四顧寥落，人聲都寂，忽聞樹内聲藏。竟奔騰驟至，風雨飄忽，金鐵錚鏦。　公乃太息傍徨。余識此矣，此氣出金方。秋聲也、律調夷則，樂合清商。儼戎行。一夜萬騎，騰驤所至，凜冽非常。草兮緑縟，木也葱蘢，到此都付凋傷。　草木無情物，人非草木，可不思量？

萬事勞形不已，苦憑持智力逞雄强。試思有動於中，豈能自主，精氣旋摇蕩。早鏡中、白髮三千丈。非復是、當日容光。念我生、誰賊誰戕。笑童兒、未解此悲涼。只閑庭内，蟲吟唧唧，助我沾裳。

醉翁操

神仙。飄然。乘鸞。去人間。千年。惟餘白雲常漫漫。洞中仙鶴蹁躚。呼白猿。洞口種芝田。不與人世人往還。後來笨伯，希冀升天。偶游石室，偷得丹經數篇。餐肉芝兮腥羶。飲玉漿兮枯乾。終年丹竈邊。開爐空化烟。仰首望雲端。杳無仙者飛下天。

英雄。雕弓。青鋒。吐長虹。如龍。時來笑談成奇功。不然歸臥山中。從赤松。不受徹侯封。世外高蹈何處逢。販夫賈豎，頭腦冬烘。嚇人腐鼠，云是千鍾萬鍾。俄得之而隆隆。倏失之而空空。沈酣春夢中。沾沾田舍翁。一例可憐蟲。爾曹安識奇士蹤。

花犯

連日風雨淒然。一陽生矣而陰晦殊甚，倚此破寂。憶竹樵翁曾與余言：此調用去上字者十二處，不可紊亂，於律最細，欲爲之而未果。余成此詞，惜竹翁方入都述職，未克與之商定也。

問春光，何時到也，荒涼此園圃。曉來烟霧。訝鳳管將調，陽氣猶沍。綺崖繡巘雲如絮。曹騰無意緒。只亂灑、綠紗窗外，廉纖寒夜雨。　庭前老梅兩三枝，梅魂尚遠在，羅浮深處。　空寄想，孤山麓、冷香千樹。　霜華老、玉人未醒，幽夢起、黄昏無翠羽。　且遲爾、百花頭上，風流天付與。

采綠吟

日本人竹添井井航海至中華，訪余於春在堂。及歸國後，又寓余書，并以彼國安井仲平所著《論語集説》見贈。書中歷言病妻稚女，消耗壯懷，重游禹蹟，未知何日。余得書以光緒三年十月十日，而其發書也，在彼國爲明治十年，而亦是十月十日。中東之憲不同，不知彼國十月十日，當中國何日也？　漫書此詞，於其書尾。

海客東瀛外，訝錦字、卽日飛來。　裁箋乍寄，發函旋讀，魚雁疑猜。　尺書何止是雲林，賚魯論、一部相偕。　想年來，吾妻島，人文殊勝前代。　遥望五龍山，征帆卸、閨人愁損眉黛。　弱女泣呱呱，歎耗盡雄懷。　願浮槎、重到中華，風濤險、琴書欠安排。　停雲意，梅嶺送春，蘭緘試開。此調見周公謹《草窗詞》，而葉小庚《天籟軒詞譜》所載頗有不同，於律似密。今從之。

水調歌頭

東坡『明月幾時有』一首，上下兩六字句皆叶韻，坡公他作亦不盡然。乃賀方回有一首平仄通叶，凡叶仄者九，叶平者七，除下半第一句外，句句有韻，視坡更密矣。因用其體，自題所著書後。

嗟我本無有。天地一沙鷗。盛年難又。無痕春夢付悠悠。拋了功名芻狗。還我千金敝帚。此外復何求。私署曲園叟。小占聖湖樓。　朝編蒲，暮緝柳。幾春秋。編排初就。居然傳誦到遐陬。浪使賣書人富，不管著書人瘦。此事豈良謀？太息百年後。辛苦豹皮留。

金盞子 用吳草窗體

徐花農孝廉出新意，製煖鍋見贈，賦此謝之。

雪椀冰甌，笑腐儒酸味，者般蕭索。良友勸加餐，俄春意融融，煖回杯杓。就中獸炭頻添，更溫湯新瀹，安頓好。隨他凍醪寒菜，總堪咀嚼。　美臛[一]。襍脾臄。羅列處，中央到四角。渾如妙蓮一朵，雕盤內，高低大小錯落。愧無玉鱠金虀，只尋常藜藿，佳名好。還以一品頭銜，轉奉徐邈。

【校記】

〔一〕臛，原作『脽』，據《校勘記》改。

薄媚摘遍

余不諳音律，舊曾刊行詞二卷，意未慊也，遂亦不擬復作。而竹樵方伯喜填詞，頻與唱和，因又積成一卷。今年檢點所著書，已刻者一百九十九卷矣。因以此卷，校付手民，合成二百卷。率題此闋於卷尾。

玉笙殘，銅斗澀，斑管拋荒久。浪傳鈔，詞兩卷，原非秦七黃九。蘇完才子，竹樵爲蘇完氏。管領蘇臺，爲政最風流。興往情來，瓊瑤贈我，報之玖。拌作詞場馮婦，齒冷屯田柳。重檢點、匧中書，刊成百卷還又。花開婪尾，尖合浮屠，賴有此編留。買菜求添，沾沾可笑否。流字留字兩韻，自來皆不叶。余謂：宜叶平韻。據趙虚齋詞，用園字寬字，皆叶平韻也。故友徐誠庵極以此説爲然。

又

前詞甫脱稿，聞竹樵方伯行至安肅笙鶴來迎，爲之投筆淚下。因又成此一首，嗣後詞興闌珊矣。

鳳城春，燕市酒，纔唱陽關引。余賦《帝臺春》詞送君入覲。怪無端，風雪裏，傳來消息悲哽。臨歧催賦，白海棠詞，此意已淒清。翰墨留題，蘇完兩字，讖先定。君姓蘇完瓜爾佳氏，及仕蘇藩，意有嫌於『蘇完』二字，每題姓名，改作蘇垣。我本吟毫枯冷，不是張三影。朝竹屋，暮梅溪，憑君助我清興。椶櫚仙館，君所居藩署室曰『椶櫚館』，余爲書榜。花犯新詞，君欲賦《花犯》詞，未就。此後有誰賡。擲筆淒然，空齋暮色暝。

自醒詞

唐六如有《醒世詞》，調《對玉環帶清江引》，見雍正間《御製悦心集》中，諷誦之下，輒效爲之，非敢醒世，聊以自醒。

天地玄黄。排成大戲場。五帝三皇。分開小輩行。蚊陣上刀槍。蜂衙前揖讓。秦漢隋唐。挂招牌幾張？李杜蘇黄。鬧童蒙滿堂。休將廿四史評量。且聽盲翁唱。螻蟻等侯王。雞蟲齊得喪。劈空打箇當頭棒。

莽莽山河。有乾坤幾座。擾擾干戈。有英雄幾箇。熱鬧戲場鑼。辛苦江心舵。任爾奔波。難把天公做。儘爾騰挪。難把閻羅躲。請看東去是黄河。白日西方墮。流年馬下坡。往事驢牽磨。人間没有長生果。

子曰詩云。鬧糊塗一身。妻妾兒孫。湊冤家一門。無端市聚蚊。頃刻樓消蜃。往果來因。説破了嘴唇。暮楚朝秦。走穿了腳跟。張王李趙許多人。逆旅中胡混。日裏看浮塵。水上觀圓暈。算來都是無憑準。

翦隻斑斕。難瞞狐與犬。畫箇嬋娟。難充鶯與燕。官坊花樣鮮。鬼市黎丘贗。戴向人前。狄武襄銅面。騙到腰間。漢鍾離寶劍。童男童女去求仙。没箇船兒轉。魚目枉相謾。狐尾終須顯。年來看透黎軒幻。

方丈蓬萊。茫茫安在哉？我佛如來。燒成塔内灰。明月有時虧。仙草終須萎。青史名垂。佐他人一杯。鐵券光輝。博他年一唉。饒君白日上天街。還怕天將墜。玉宇亦防危。瓊糜難救餒。修到仙人還是鬼。

春色沖瀜。安知有朔風。曉日曈曨。誰知有暮鐘。興衰似轉蓬。榮落真旋踵。白版門中。當年歌舞宮。黄土墳中。當年粉黛容。若將往事一追蹤。處處窮途慟。虎鼠本同宮。犂騂無異種。時而燕雀時而鳳。

世味醰醰。攙和苦與甜。世路巉巉。迷漫北與南。幾輩笑拈髯。幾人愁掩臉。名利雙兼。挑箇千斤擔。恩怨平添。掘箇千尋塹。晁袁冤業問瞿曇。佛也空傷感。脣邊槍劍銛。腹中城府險。重重公案無從勘。

虎鬭龍爭。奪杯中一羹。電掣雷轟。角花前一枰。得勢暫崢嶸。失時常蹭蹬。秦築長城。替漢唐下碇。梁建東京。爲趙家發軔。回黄轉緑本無憑。反覆鏊間餅。團團傀儡棚。憧憧魍魎影。天公一笑何嘗問。

鹿頸兒長。畫作麒麟像。雉尾兒長。報道鸞鳳降。緑頭鴨鴛鴦。白腳貓獅象。關索周倉。神祠也惝慌。曹佾韓湘。仙蹤更渺茫。于秋廟貌儘輝煌。没箇魂兒饗。興廢本無常。好醜隨人講。一盤都是糊塗帳。

冠帶峩峩。誰是你哥哥。鬢髮皤皤。誰是你婆婆。芸芸萬類多。區區一箇我。姓名非我。任喚馬牛贏。形骸非我。任著緞綾羅。其中真我竟如何。赤條條這箇。來也儘婆娑。歸兮休懡㦬。唱隻歌兒提醒我。

此暮年游戲之作，在《全書》中無可附麗。然曲亦詞也，姑附詞後。其下二篇亦以類從焉。曲園記。

呸呸歌『唔』應作『杏』，《說文》『、』部：『杏，相與語，唾而不受也。』今姑從俗。

元人有《罷要詞》，《叨叨令帶風入松》，見褚稼軒《堅瓠集》。余擬之作此歌。

呸，呸，呸，洪荒本是無情塊。盤古兒開甚麼混沌天，伏羲老畫甚麼陰陽卦。摶幾箇泥土人，劃幾道山河界，奇怪！利和名都可嘬，孝和忠都可賣。做成功萬千情態。直鬧到玉帝天宮被猴兒壞。金母蟠桃被偷兒採。洙泗老先生也要把緇帷解咳。提起來真堪駭。秦始皇劈山斧劈不開山骨骱。姜太公打神鞭打不破神腦袋。安得仙人劉海，踏定了腳底下兵蝦將蟹。又手裏金錢亂灑，也怕要鬧過了十萬年，直等到時辰交亥。呸，呸，呸，這話兒誰俫保。憑他水怪山精、花妖月魅，迷不倒頑仙鐵拐。諸公少待，且聽我高歌一拍，鋪買切。也算得浮生一快。舉頭在泬寥天外，放眼看昆侖山大，兩手招桂父洪厓，雙腳踏蓬萊渤澥。五嶽是吾杝架，八瀛是我襟帶。若再無聊無賴，且更自寬自解。我這箇老書生老阿獃，大清閑、大自在。少年時還了虀鹽債，壯年時博了科名采，暮年時留了詩文派。前頭事也過得太太平平，後頭來到不得顛顛沛沛，海元甲子真尷尬。呸，不礙，不礙，老希夷把箇蒲團擺，一寣音忽三千載。

阿呀歌

亦見褚稼軒《堅瓠集》。戲效爲之，錄附《呸呸歌》後。

坐上客莫笑，門下士無譁。一歌聽我歌呸呸，再歌聽我歌阿呀。此歌入耳淺又俗，此歌用意莊而諧。任爾潑天弄權力，饒伊蓋代馳聲華。惟此一聲消不得，萬古千秋叫阿呀。秦皇巡游正得意，誰知劉項旁揄揶。阿呀！項王拔山氣蓋世，烏江渡口船難划。阿呀！賈生弱冠登朝右，不圖鵩鳥來長沙。阿呀！班超封侯萬里外，驚看白髮生鬖髿。阿呀！武侯志在吞吳魏，一朝蜀婦人人髽。阿呀！鄂王兵到朱仙鎮，馬前重疊來金牌。阿呀！明妃漢宮弄顏色，天教毳帳彈琵琶。阿呀！玉環霓裳舞未了，鼕鼕鼙鼓漁陽撾。阿呀！石崇大啓金谷宴，樓頭墜下一枝花。阿呀！汾陽歌舞舊池館，門前留得一株槐。阿呀！盈虛消息天所定，生老病死佛所排。日輪正午已傾昃，陰氣盛夏先萌芽。迭蕩天門竟有狗，坦平官道偏多豺。萬事難料有如此，諸君再聽歌阿呀。舉頭看月月皎皎，風生忽有浮雲遮。阿呀！滿樹桃花花灼灼，一宵猛雨徧地霞。阿呀！架上鸚哥巧喉舌，朝來驀被饑鷹抓。阿呀！持竿釣得金色鯉，一聲潑剌逃泥窪。阿呀！白地光明好匹錦，淋漓墨汁何時搽。阿呀！珊瑚樹高高八尺，兒童敲折紅椏杈。阿呀！高頭駿馬昂然去，忽然一勒驚懸崖。阿呀！蒲帆十幅順風挂，須臾風轉帆欹斜。阿呀！芒鞋布韈踏青去，前頭村路迷三叉。阿呀！酒帘在望欲沽飲，囊無一文難言賒。阿呀！道旁有果試採食，誰知苦李非甜瓜。阿呀！瀼瀼急雨忘持繖，滑滑泥塗跌失鞵。阿呀！

支牀安坐壁有蠍，策杖徐行途逢蛇。阿呀！擎掌明珠倏墜地，連城白璧俄生瑕。阿呀！紙鳶線長頃刻斷，雕翎箭準豪釐差。阿呀！初試新衣忽汙酒，偶觀古畫誤傾茶。阿呀！山中訪友友不在，市上問價價轉加。阿呀！開籠跳走叫哥哥，失手跌碎泥娃娃。阿呀！觴客恰逢斷屠日，哦詩巧遇催租差。阿呀！梁上燕泥汙試卷，車前馬糞濺朝鞾。阿呀！藏書竟爲鼠所嚙，庋饌旋有貓來爬。阿呀！一著錯時棋局負，一弦絶後琴音乖。阿呀！謝客美髯拈忽斷，何郎粉面搔成疤。阿呀！東方射覆物不中，詹尹卜卦事未諧。阿呀！君將入海求神仙，茫茫欲渡愁無艖。阿呀！君將升天捉烏兔，高高欲上憂無階。阿呀！腳鞾手版謁大府，朱門嚴閉官散衙。阿呀！偶投闍黎謀一飽，粥魚高挂僧罷齋。阿呀！閉門卻掃絶干謁，鍋中無米竈無柴。阿呀！仰天大笑出門去，水行無舟陸無車。阿呀！已見名花去投溷，更看彩鳳來隨鴉。阿呀！蛛網當空蜂蹉蹋，牛涔積水蟻跁跒。阿呀！色色形形成世界，奇奇怪怪作生涯。鑿開混沌有盤古，補完缺陷無媲媧。聖賢仙佛隨劫盡，一聲阿呀人人皆。未見王侯異螻蟻，固知金玉同泥沙。水上自然多鬼蜮，月中亦復有妖蟇。夸父空抛逐日杖，張騫難覓通天槎。南部烟花渾似夢，北邙華表森如麻。老夫行年逾八十，朝朝打疊思還家。丹鼎見成無待煉，靈臺乾淨不須揩。千秋名已生前定，六尺身隨土内埋。不識誰何爲眷屬，須知真我不形骸。諸君看我從客去，不到臨行叫阿呀。

金縷曲廿四疊韻

金縷曲和笏山方伯，同用兩當軒韻。

枯管無花放。忽新詞、飛來天外，舉頭而望。妙得瑟希鏗爾意，不與凡音較量。笏翁論音律如此。只坐對、中原悄悵。旋轉乾坤人幾箇，奈青山、儘把英雄葬。空弔古，黄天蕩。　平生意氣青雲上。少年時、襟懷落落，而今何況。欲乞閑身歸未得，願示維摩小恙。好歸掃青桐閒巷。猶領東南財賦地，且從容、鉤校奇贏帳。聽拉攏，算珠響。

又

別有琪花放。隔仙凡、仍通謦欬，不勞凝望。走熟易遷宮裏路，雲履銷磨幾量。慰二老、白頭悽悵。想見貝宮人宛在，許飛瓊、不共瑤姬葬。雲五色，半空蕩。　清詞麗句沙盤上。試商量、歸田仕宦，兩途情況。歸則古人都待治，經疾還兼史恙。不歸則澤流窮巷。何不問於真一子，有靈言、出自蓮花帳。休浪擲，金錢響。笏翁有愛女，早卒，而靈爽常在，附箕筆作詩詞，如其生時。號真一子。此詞即其首唱者。

又

笑我真疏放。擁書城、問誰作伴，鞠通脈望。浪播文章傳海外，已愧虛名溢量。浮世事、更何忻悵。爲愛右台山色好，築生塋、兼自將書葬。余於右台仙館外築有書冢。吳與越，扁舟蕩。論交不在聲華上。看人間、幾人衛霍，幾家郭況。流水落花春去也，只賸青山無恙。好深閉斜陽籬巷。自得枕邊三字訣，且酣然、穩臥青絁帳。隨上界，鼛鼛響。前數日，天鼓鳴，笏翁詞中及之。『脈』字、『郭』字均借作平聲。

前調四疊前韻，賦謝真一子。

燦爛天葩放。落遙空、鸞牋鳳紙，得之非望。明月盈虧人世異，仙壽本來無量。只我輩、紅塵私悵。兜率海山都撇卻，蠹書蟲、老向書叢葬。身世事，懸而蕩。生平志亦居人上。少年時、洛陽賈誼，晚年荀況。兩卷金經粗領略，余定《金剛經》爲上下兩卷。亦爲衰齡多恙。究未識梵王宮巷。今幸天人親指示，敞靈臺、休佈漫天帳。傾耳聽，晨鐘響。

前調五疊前韻，贈笏山方伯。

已把飈豪放。又無端、躊躇滿志，睪然高望。敬爲先生商出處，是否還須自量。卻又爲、先生心悵。落落幾人同志者，築祁連高冢邙山葬。誰鼎鉉，誰英蕩。　論才九等稀逢上。列班書、大都中下，今人何況。姑徇紅閨嬌女意，説道高堂無恙。休苦憶、故園門巷。卽用女公子玉俞詞中語。此意分明須笑領，任山中、猿鶴啼空帳。聽鼓吹，晨昏響。

前調六疊前韻，祝笏翁生日。笏翁十二月八日生，後余六日。

剛好梅花放。與先生、桑弧蓬矢，後先相望。都在嘉平前十日，明月以之爲量。我未到、初三猶悵。君是上弦初八日，吐明蟾、不許浮雲葬。有奇氣，風中蕩。　同落閻浮提世上。更休論、山林仕宦，一般情況。猶喜萍蹤吳下聚，鶴市鸝坊無恙。君尚有前生蓬巷。笏翁自言唐六如後身。好築桃花庵外屋，置舊時、木榻青紗帳。君鼓瑟，我方響。

前調七疊前韻

吾願師林放。奈今人、不知務本，向洋而望。曼衍魚龍千百變，變盡權衡度量。虛牝擲黄金堪悵。翻遜求仙徐福輩，帶童男童女東瀛葬。吁可歎，人心蕩。　本原只在農桑上。有前賢、齊梁舊策，何憂倉況。稅斂薄而刑罰省，解釋閭閻疴恙。早歌舞、溢闐衢巷。鄰國仰之如父母，大鴻臚、排列名王帳。行此道，應如響。

前調八疊前韻

吾每譏種放。著荷衣、依然奔走，東封西望。豈若蒲團趺坐好，性命自家料量。看石火、光陰堪悵。螻蟻王侯真一律，到頭來、都向秋墳葬。吁可歎，諸生蕩。　修真不在丹經上。笑前人、嬰兒姹女，模糊形況。陰液上升陽燄降，便保此身無恙。覺來往、儼成塗巷。水火交融丹卽就，赴幔亭高會施帷帳。鸞與鶴，九霄響。

前調九疊前韻，贈笏翁。

儘把歌喉放。疊前腔、至於七八，猶存餘望。君是蘇辛門徑客，滄海長江之量。愧涓滴、如余殊悵。也向詞壇同角逐，掃千枝敗筆堪營葬。私自戒，盈而蕩。　君家風氣蒸蒸上。豈荀卿、報仇行劫，所能相況。君以長君實甫孝廉詞見示，有『六如報仇』『夢晉行劫』之語。君自言唐六如後身，孝廉則張夢晉後身也。報仇、行劫，用東坡《荀卿論》語。獨念六如和夢晉，故里至今無恙。都近我、馬醫科巷。何不卜居吳下住，看莫釐、縹緲青如帳。休便唱，驪歌嚮。

前調笏翁已十疊韻，余亦如之，以足成數。

暢好吟眸放。擁豐裘、樓臺深處，憑欄眺望。喜見峯巒都是玉，雲氣迷濛難量。時值雪後。卻又爲、吳民心悵。但有催科無撫字，永盈錢、奚補溝渠葬。以上皆括來詞意。『永盈』乃蘇藩庫名。愁在抱，幾時蕩。　銷愁且據詞壇上。更家庭、女俞男唯，姊咨兄況。《白虎通》『姊者，咨也，兄者，況也』。詞就裁箋親手寫，怕誤烏焉羔恙。《説卦傳》『兑爲羊』，虞作『羔』，王伯申先生云：『羔當爲恙。』飛騎過、黃鸝坊巷。傳到曲園園叟處，已新詞、寫滿梅花帳。歌一徧，衆山嚮。

前調前韻

前調至十疊韻，可以已矣。乃笏翁又疊至十二，且發高唱，寄懷泰伯。余謂：泰伯尚矣。然吳在春秋之初，尚是南蠻之國，及吳季子出，而文采風流，照耀上國，文身舊壤，至今爲聲明文物之邦，皆此君開之也。因成此闋，以酬笏翁。

天把乾苞放。要東南、大開文教，魯齊難望。有意篤生吳季子，漫把曹臧比量。只未及、孔門爲帳。歷聘遨游諸上國，老宣尼、嬴博親觀葬。留聖筆，坦而蕩。　人文今駕中原上。鑿天荒、賴其神力，五丁堪況。戰國翩翩公子輩，豪舉誰能無恙。笑彈鋏、空留長巷。《吳郡圖經續記》云：『長鋏巷，一名彈鋏巷，馮煖故居。』前此巫臣來教戰，習兵車、只擁貔貅帳。何暇聽，簫韶響。

前調十二疊韻，再質笏翁。

再把詞鋒放。想當年、通吳上國，使車相望。吳地向來惟水戰，車乘何曾料量。每翹首、中原空悵。一自習成車戰後，載將來、齊女吳宮葬。原始禍，夏姬蕩。　試稽女媧青編上。比從前、夏殷褒妲，未堪同況。尤物天生殊有意，否則巫臣無恙。也未必、輕離家巷。西子夏姬雙國色，管春秋、吳國興亡帳。宜並付，歌絃響。

前調 十三疊韻

客或言：日本國有鐵棒開井之法，用木製長梯，駕鐵棒一枝，每枝長四間，重六十貫目。日本以六尺爲一間，以百兩爲一貫目也。將此棒硾入地中，盡一棒，又以一棒繼之，兩棒相接處有三孔，以横鐵貫之，隨地淺深，以及泉爲度，盡十二棒，無不及泉矣。抽出鐵棒，以巨竹如棒粗細者，通其中節，首尾相銜，插入原穴中，卽有清泉上湧如箭，盛夏不竭。一井之水，可溉田十反。日本以方六尺爲一坪，三百坪爲一反也。笏山方伯考試屬官，以『海運河運孰利』爲問。余同鄉宋蕉午晴初言：二者皆有利弊，不如開西北水利，以減東南之漕。方伯韙之，置第一。余因倚此闋，進此説，爲西北開水利之捷法。是否可用，則余固不知也。

巧引璇源放。笑中華、插秧時節，桔槔相望。高架木桄施鐵鑿，深淺何須測量。掘九仞、無泉休帳。一十二枝捶盡後，不愁他、埋玉深深葬。來汩汩，滌而蕩。　竹筒自下能通上。吸清泉、沫珠噴玉，飛流堪況。西北倘能行此法，旱歲農田不恙。收禾稼、歡騰窮巷。財賦東南應大減，合寰中、統核盈虛帳。飛輓罷，謳歌響。

前調十四、十五疊韻，再質笏翁。

意造非天放。玩羲經、卦名无妄，猶云无望。仙佛吾儒同此理，都以自然爲量。一穿鑿、天人交悵。要使陶陶兼兀兀，如中山一醉三年葬。原不是，宛丘蕩。　仙凡總在眉衡上。偶凝眸、紅塵世界，變成清況。轉瞬青鸞和白鶴，又作蛇它獖恙。渾莫辨、新豐街巷。涵養木雞純熟了，便地爲几席天爲帳。聽骨節，珊珊響。

又

花本年年放。在長空、月之本體，亦常如望。無奈人從偏處看，莫得窺其全量。以月不長圓爲悵。須識金烏和玉兔，非區區蟆腹能埋葬。千萬古，巍乎蕩。　因之體驗人心上。大光明、冰襟雪抱，瑤情瓊況。偶爾偏私生片念，心恙重於身恙。鬧李趙張王門巷。乾淨靈臺無一物，初無簾無幙無屏帳。空處影，靜中響。

前調十六疊韻，情想二義，申笏翁詞意。

學在求心放。問誰能、無思無慮，無期無望。畢竟情由天付與，聖與凡夫等量。都一樣、喜歡悲悵。剗斷情根人類絶，賸玄黃戰血何人葬。情不禁，禁其蕩。　至於想則心炎上。鬧無端、九天九地，奇情殊況。跳擲心猿馳意馬，坐使情田有恙。猶冀幸、遇之於巷。想有萬千情只一，莫模糊、算錯公私帳。磨慧劍，錚然響。

前調十七疊韻，讀《彌陀經》，申笏翁之意。

九品蓮花放。誘人間、都成螨吻，憑空翹望。但願來生生彼土，不待入而後量。總不似、今生愁悵。七寶池塘功德水，便涅槃、也向金沙葬。歌樂國，其聲蕩。　動人只在莊嚴上。與所云、福田利益，初無殊況。韓子昌黎粗闢佛，切中闍黎本恙。宋以後、别開門巷。説到明心和見性，爲如來、捲起琉璃帳。獅子吼，九天響。

前調十八、十九疊韻，送竈作。

爆竹連宵放。送神歸、雲車風馬，九霄彌望。愧我寒廚難一醉，安得玉嘉幣量。勸六女、么孫休悵。翁媪提攜還帝闕，勝芻靈、只向泥塗葬。看咫尺，天門蕩。　綠章夜奏瑤階上。訴人間、民生墊隘，閭閻愁況。南北水災遼闊甚，猶算蘇杭少恙。又嘻出、頻驚坊巷。前數日，各處均有火災。上帝仁慈應憫惻，念窮檐瑟縮寒無帳。九頓首，空庭響。

又

絳蠟花頻放。更陳詞、自明衷曲，初無奢望。六十六翁憔悴甚，豈有廉頗食量。加一飯、未能爲悵。飲水飯疏神所鑒，我殘牙、已向西湖葬。余於孤山築有齒冢。何所願，心旌蕩。　卻餘數事縈心上。願逍遥、湖山勝地，春秋佳況。世界昇平無盜賊，還祝全家無恙。抱曾孫、喜充閭巷。子舍早完婚嫁願，更孫兒、了卻科名帳。歸去也，松楸響。

前調二十疊韻

前調疊至十九，笏翁謂：『可以已矣。』雪窗無事，又倚此闋，以足兩成數。

春意遲遲放。太模糊、寒林鄧尉，寒江平望。贏得玉塵剛九斛，可是仙家家量。姑寄語、鶴奴休悵。一白迷離渾莫辨，竟深深、欲把梅魂葬。猶亂撲，簾旌蕩。　前身明月原天上。到如今、滿腔冰雪，尚無塵況。捉得霜毫隨意寫，我手不龜無恙。呼便了、傳箋深巷。十九古詩雖有例，添新詞一首題書帳。君聽取，尾聲響。

前調二十一疊韻，詠古，和洗蕉老人。

前調已廿疊矣。今春，洗蕉老人以七疊韻見示，因又有所作，梟頸乎？蛇足乎？

意氣空奔放。古今來、英雄幾輩，誰伊誰望。各有旂常和竹帛，費盡移山力量。終一律、北邙悲悵。我輩但知行樂耳，掘深深黃壤將愁葬。狂也肆，而非蕩。　模糊公案千秋上。最堪憐、甘陳二子，子公君況。陳湯字子公，甘延壽字君況。見説功高從不賞，此是古今通恙。翻不如、歸眠閭巷。薏苡明珠難辨別，更沙糖算作黃金帳。長太息，劍鋩響。洗蕉老人有句云：『一事至今猶耿耿，明珠薏苡未分明。』老人乃惲次山中丞夫人也。

前調二十二疊韻，花朝雨坐，呈洗蕉老人。

霽色何時放。正今朝、百花生日，仲春幾望。準備香醪甜似蜜，時有餽京口百花酒者。我本東坡小量。奈暮雨、瀟瀟堪悵。芳信浮沈何處也，悶情懷、拌向陶家葬。空對坐，花廱蕩。蕭然如坐蒲團上。問東皇、安排綵輦，可來臨況。寒鎖綺窗慵不啓，怕惹文園舊恙。又誰與、篝燈同巷。且喜櫟存堂咫尺，老人家有櫟存草堂，其額猶余所書也。有韋家賢母談經帳。傳尺素，索鈴響。

前調二十三疊韻

洗蕉老人有句云：『地下應知無敵國，劍三千、何必深深葬。』劬山方伯因推論火器之禍，余亦譜此，附陳所見。

烈燄漫空放。歎全非、平安堠火，名山柴望。人道火攻宜水克，杯水車薪較量。總勝算、難操爲帳。海外毒痡誰作俑，恨當初、不共蚩尤葬。無計也，妖氛蕩。我稽故事雍乾上。有奇兵、滾牌滾被，異形同況。竟奏膚功羅刹國，鎗礮林中無恙。傳此技、閩中坊巷。今有滾牌無滾被，奈視同兒戲中軍帳。偏愛聽，魚雷響。康熙中，以閩中滾牌、滾被破俄羅斯火器，見《平定羅刹方略》。今軍中所演藤牌，卽滾牌之遺制，然莫知爲制鎗礮之利器矣。

前調二十四疊韻

前韻已疊至二十三，又譜此，則二十四矣。即以二十四爲題，聊資一噱。

何處觥船放。漫流連、吹簫月夜，橋頭遙望。猶記交年逢令節，宋時以臘月二十四日爲交年節。細把光陰忖量。分不出、昔歡今悵。且喜番風猶未半，楝花開、再掃殘紅葬。先領略，春駘蕩。　歷朝青史元明上。儘銷磨、蘭臺石室，幾人才況。郭令中書千古豔，富貴神仙無恙。終零落、古槐深巷。張籍詩『古槐深巷暮蟬愁』，乃詠汾陽舊宅詩也。不若司空詩品好，正樓臺、楊柳濃如帳。歌此曲，嗣其響。

百空曲

百空曲

昔尤西堂作《十空曲》，膾炙人口。余謂：一空則無不空矣，何十之有？既十矣，獨不可衍之至百乎？因即用《駐雲飛》調作《百空曲》。

開闢洪濛，上有穹蒼億萬重。烏兔隨之動，列宿環而拱。嗏，老了碧翁翁，圓樞無用。再起媧皇，難補些兒縫。君不見，頭上蒼天總是空。

南朔西東，畫畛分疆路路通。鰲足神山重，鯨背雲濤湧。嗏，水火與天風，地輪搖動。海水燒乾，桑也愁難種。君不見，大地茫茫總是空。

運會無窮，上下千秋數未終。正朔隨人奉，文質因時用。嗏，十二萬年中，希夷一夢。蒼莽丘墟，難辨何王隴。君不見，往古來今總是空。

萬物爲銅，一入洪鑪任化工。庶類何其眾，百族紛難總。嗏，一樣寄居蟲，蠉飛蠕動。地老天荒，斷了蜉蝣種。君不見，色色形形總是空。

隆準重瞳，虎鬬龍爭一代中。掘透驪山洞，劃斷鴻溝縫。嗏，豎子與英雄，都歸春夢。廣武登臨，空惹窮途慟。君不見，楚漢雌雄總是空。

六國爭鋒，策士縱橫各建功。東帝齊增重，西帝秦爭奉。嗏，舌劍與脣鋒，暫時播弄。肖立傳譌，遺策無人誦。君不見，才辯蘇張總是空。

水火交攻，黨禍千秋不可窮。臺閣相爭訟，朝野俄喧鬨。嗏今古一丘同，誰鴟誰鳳？傀儡登場，辛苦機關弄。君不見，牛李紛紜總是空。

講學家風，辨別豪釐一字中。主静嫌遺動，有體譏無用。嗏門户異而同，徒勞虚哄。畢竟何人，襲了尼山統？君不見，朱陸相爭總是空。

元祐熙豐，朝論喧譁大不同。變法何其勇，紹述何其懵。嗏國步已籠東，金風將動。夢夢君臣，各把蜣丸弄。君不見，宋季更張總是空。

大禮移宫，楊左諸賢苦効忠。國本愁摇動，廷杖甘心痛。嗏抵死奉光宗，不堪戴擁。委鬼當頭，已把茄花種。君不見，明季紛爭總是空。

爵秩尊崇，身到鸞臺鳳閣中。出入承天寵，中外推隆棟。嗏榮瘁太悤悤，盛衰轉軑。范蠡知幾，生怕爲文種。君不見，貴極人臣總是空。

聯騎鳴鐘，不是王戎便石崇。食則肥甘奉，坐則笙歌擁。嗏辛苦看財僮，牙籌摩弄。金穴銀山，難向黄泉用。君不見，富比陶朱總是空。

天府夔龍，台輔尊嚴莫與同。名字金甌寵，聲望黄扉重。嗏調鼎最難工，幾人梁棟。伴食中書，老了池邊鳳。君不見，拜相當朝總是空。

玉帳元戎，斗大黄金印篆紅。推轂君恩重，仗鉞威風動。嗏麟閣畫英雄，鬢毛種種。鼓角悲涼，送入祁連冢。君不見，拜將登壇總是空。

茅土酬功，蒲穀躬桓異様崇。身席公侯寵，世食天家俸。嗏帶礪故侯封，青門抱甕。鐵券銷磨，翻作文房供。君不見，萬户封侯總是空。

紫陌春風，得意長安一日中。杏苑看花共，雁塔題名眾。嗏仙榜蘂珠宮，幾人晁董。小錄登科，誰識前鄉貢。君不見，科第浮名總是空。

偉績豐功，鐵券丹書紀始終。銅柱南蠻悚，楛矢西戎動。嗏櫛沐雨兼風，吏胥舞弄。漢代甘陳，翻被深文中。君不見，汗馬功勞總是空。

芸署清崇，翰苑聲華徹九重。人望蓬萊重，帝撤金蓮送。嗏海外問坡公，一場春夢。杞菊山廚，不是芸香俸。君不見，著作承明總是空。

旌節花紅，萬里山河掌握中。華夏都兼控，文武還全統。嗏幕府鼓鼕鼕，新迎舊送。一笑渠伊，便算甘棠頌。君不見，節鉞威名總是空。

文望優隆，玉尺掄才秉大公。來與仙槎共，望似仙曹重。嗏使節去匆匆，瓣香孰奉。官錦行家，花樣翻千種。君不見，歷掌文衡總是空。

召父文翁，綽有西京循吏風。教化儒林動，生聚閭閻眾。嗏宦轍逐西東，鶴琴誰共。後賈前張，換了輿人誦。君不見，治譜循聲總是空。

騰躍環中，莊列申韓迥不同。道德應推重，名法還兼綜。嗏眾説苦難通，六家三統。濂洛關閩，道統收歸宋。君不見，諸子爭鳴總是空。

撰述叢叢，仰屋研求苦用功。采輯無時空，編纂還能總。嗏玄草付飄蓬，誰家醬甕。一卷離騷，只換端陽糉。君不見，著作諸家總是空。

文陣稱雄，公鼎侯碑百樣工。下水船何勇，萬斛泉爭湧。嗏心力耗雕蟲，虛車何用？文選樓頭，夭了梁蕭統。君不見，從古文人總是空。

扢雅揚風，蘇李以來各體工。一句吳江重，五字長城擁。嗏心血錦囊中，玉樓斷送。枉費推敲，走入王維甕。君不見，從古詩人總是空。

博雅淹通，重席談經戴侍中。箋注研球珙，訓詁窮翔翪。嗏秦火六經紅，搜殘汲冢。墨守膏肓，枉聚千秋訟。君不見，獨抱遺經總是空。

束髮從戎，醉臥沙聲膽氣雄。謀勇常兼用，甘苦還能共。嗏百戰老英雄，太平無用。猿臂將軍，不是封侯種。君不見，將略邊材總是空。

劍氣成虹，郭解朱家蓋代雄。揮手千金共，杯酒頭顱送。嗏松柏起悲風，平陵一慟。趙放張回，名姓無人誦。君不見，游俠之雄總是空。

冠蓋場中，聯袂齊鑣結納工。縞紵爭投送，眉宇多承奉。嗏傀儡散悤悤，盛衰旋踵。羅雀門庭，舊日車聯軿。君不見，酬應官場總是空。

巢許高風，謝絕紅塵不與通。杞菊叨清俸，泉石尋幽夢。嗏老死灌園翁，一生抱甕。夷跖同歸，誰識於陵仲。君不見，隱逸虛名總是空。

四世三公，右族名門世所宗。家襲朱輪寵，巷以烏衣重。嗏黃散舊家風，墳頭翁仲。燕子飛來，難認王家棟。君不見，門第高華總是空。

野老村翁，大好生涯圃與農。禾黍青浮動，桑柘陰無縫。嗏換了主人公，舊阡新隴。田地千年，八百人家種。君不見，問舍求田總是空。

甲第重重，巨桷高甍結構工。巧匠雕梁棟，名手堆巖洞。㖮華屋未完功，邱山又慟。深鎖朱門，蔓草啼秋蛬。君不見，第宅連雲總是空。

琴瑟和同，舉案齊眉梁孟風。悲喜常同夢，疾病甘分痛。㖮共命一雙蟲，死生難共。蔓草荒烟，築箇鴛鴦冢。君不見，恩愛夫妻總是空。

良冶良弓，苦爲兒孫作計工。牛馬甘嘲諷，豚犬仍珍重。㖮瓜葛偶然同，賢愚無用。神禹功成，不救黃熊痛。君不見，令子賢孫總是空。

休戚相通，誼屬葭莩運自同。中表情原重，姻婭推尤眾。㖮秦晉馬牛風，偶然搏控。湛貢登科，驚落彭郎輊。君不見，三黨姻親總是空。

聲氣相通，報李投桃意最濃。膠漆常隨從，玉石資磨礱。㖮幾輩九霄中，幾人邱隴。宿草荒蕪，誰拜徐君冢。君不見，交滿人間總是空。

奉檄從公，仕版初登意氣雄。冠帶何昂聳，童僕多豪縱。㖮宦海黑濛濛，一生斷送。衙鼓頻敲，老了衙官宋。君不見，仕宦勞勞總是空。

商旅流通，善賈爭推販竇翁。積貯能兼綜，心計多奇中。㖮湖海一飄蓬，命輕利重。不是陶朱，未許千金擁。君不見，商販經營總是空。

戴笠扶笻，山水清娛興未窮。衡嶽昌黎慟，赤壁坡仙夢。㖮五嶽倦游蹤，歸依丘隴。老去劉郎，迷了桃源洞。君不見，游徧名山總是空。

銀鳳金龍，鼻息虹霓顧盼雄。酒坐羣花擁，博塞千金捧。嗏裘馬少年叢，勝游如夢。臺圮池平，誰爲田文慟？君不見，豪舉驚人總是空。

奇氣蟠胷，不在尋行數墨中。畸行人爭聳，高論天爲動。嗏流俗半盲聾，豆兒眼孔。下里巴人，反博知音衆。君不見，立異矜奇總是空。

山斗推崇，翕集聲香遠邇同。蠻貊聲名動，尸祝儒林重。嗏金石尚銷鎔，空名何用？牛馬隨呼，不要人歌鳳。君不見，藉甚聲名總是空。

公案重重，跖蹻隨夷迥不同。顛倒難隨衆，没世猶爭訟。嗏天眼尚矇矓，何論醉夢。聽唱中郎，只作參軍弄。君不見，是是非非總是空。

世事無窮，禍福相隨塞上翁。入手憑操縱，脱手難搏控。嗏瑣屑等鷄蟲，徒勞蝨訟。一鹿區區，付與隍中夢。君不見，得失無常總是空。

狹路相逢，報怨酬恩各在胷。一飯情何重，睚眦心尤痛。嗏分手兩西東，乾坤澒洞。好把東風，解了心頭凍。君不見，人世恩讎總是空。

慕義無窮，博得千秋拜下風。民以馨香奉，士以謳歌誦。嗏百世論原公，九京何用？頑石無知，刻了賢臣頌。君不見，萬古流芳總是空。

古有奸雄，竟使人人欲殺同。怒罵兼嘲諷，慈孝難移動。嗏義憤在心胷，聊堪警衆。未必曹瞞，鐵杖今猶痛。君不見，遺臭千年總是空。

貶佞褒忠，史筆由來秉至公。體例分而總，衮鉞權而用。嗏列傳失韓通，歐公懵懂。有了南軒，魏國勳名重。君不見，青史流傳總是空。

入境觀風，衆口爲碑不待礱。聽取輿人誦，子曰吾從衆。嗏歌詠徧兒童，原非南董。一曲麛裘，罵倒尼山孔。君不見，輿論無憑總是空。

報德酬功，博得巍巍廟貌崇。祠宇河山重，俎豆春秋奉。嗏嗶嗻列西東，靈旗虛擁。何處游魂，來代神迎送。君不見，廟祀千秋總是空。

神與天通，靈爽儼然霄漢中。宮掖先隆重，海宇同尊奉。嗏祧了楚重瞳，蔣侯繼統。遺廟鍾山，又斷香花供。君不見，赫赫神靈總是空。

洙泗儒宗，從祀諸賢西復東。漢代傳經重，宋後傳心衆。嗏俎豆忒通融，宏開道統。寮也登堂，來享蒸豚奉。君不見，兩廡尊嚴總是空。

服象降龍，大覺金仙法力雄。香火緣常種，貝葉經爭唪。嗏老入涅槃中，八王聚訟。佛炭燒殘，高築浮圖聳。君不見，我佛如來總是空。

鼎鍊芙蓉，玉帶雲衫翠髮翁。瑤笈搜巖洞，丹訣調鉛汞。嗏何處問喬松，難尋鶴夢。曹佾韓湘，不是神仙種。君不見，八洞真仙總是空。

聽唱玲瓏，透管穿絲調最工。學就黄鶯哢，引得丹霄鳳。嗏新曲廣寒宮，鈞天一夢。江上峯青，何處歌羅嗊。君不見，一切音聲總是空。

慘黛妖紅，雙頰臙脂旋欲融。一盼秋眸送，一笑黎渦動。嗏巫峽雨雲中，陽臺是夢。老媪龍鍾，舊日青蓮寵。君不見，美色嬌姿總是空。

甘脆肥醲，郇國廚中品最豐。翠釜駝峯送，綺食雕盤供。嗏一飽只從同，八珍何用？玉膾金虀，併入醯鷄甕。君不見，盛席華筵總是空。

新樣裁縫，麟帶蟬衫製造工。鳳尾羅飄動，青兕裘珍重。嗏寒暖百年中，綺羅虛擁。摺疊空箱，綯了天衣縫。君不見，美服華衣總是空。

柔綠嫣紅，花木扶疏地幾弓。梅柳春光動，蓉菊秋風弄。嗏李豔與桃穠，繁華如夢。又見畦丁，來抱蔬園甕。君不見，闢地栽花總是空。

萬卷樓中，插架牙籤白間紅。買得珍如珙，積處高連棟。嗏老作蠹魚蟲，朝吟暮諷。辛苦徧排，未必兒孫誦。君不見，書籍收藏總是空。

米老船中，玉躞金題各樣工。舊搨猶存宋，畫苑兼推重。嗏過眼總飄風，雲烟浮動。賺得蘭亭，送入昭陵冢。君不見，書畫收藏總是空。

集古歐公，羅列周秦舊鼎鐘。文字能吟諷，苔蘚常摩弄。嗏頑鐵與青銅，收來骨董。贋鼎欺齊，大有臧文仲。君不見，金石收藏總是空。

河洛精通，太一叢辰事事工。算得流年中，運得靈棊動。嗏北叟與南翁，陰陽懞懂。九卷青囊，偷了仍無用。君不見，問卜占星總是空。

布算無窮，不止方田粟米功。面線分而總，弧矢操而縱。嗏九九見桓公，乘除足用。海鏡成書，細草無人誦。君不見，算學研求總是空。

妙手玲瓏，高出秦斤魯削中。木雁真能動，楮葉疑堪種。嗏造化本無工，何煩播弄。辛苦工倕，攞指徒餘痛。君不見，技巧成名總是空。

喚雨呼風，道術真疑造化通。巧把玄虛弄，爭以神明奉。嗏滴淚五龍紅，妖書無用。漢印陽平，見説銷從宋。君不見，幻術相傳總是空。

草澤英雄，聚黨橫行亂似蓬。號召東陵衆，拜禱蚩尤冢。嗏高據綠林中，頭顱斷送。幾見黃巢，襲了金天統。君不見，盜賊山林總是空。

裂土爭鋒，豆剖瓜分各逞雄。位竊皇王重，勢挾兵戎衆。嗏黃屋太尊崇，觸蠻蠢動。北漢南唐，轉瞬無遺種。君不見，割據河山總是空。

險健成風，更有思賢刀筆工。膚受真能動，浸潤何難中。嗏異日鐵鞭紅，鬼臀應痛。豆粟分明，判斷爭鷄訟。君不見，嚚訟紛爭總是空。

草草興戎，細故鷄豚便鬭攻。禍自爭桑種，勢欲崑岡動。嗏蟻陣角雌雄，魯鄒亂鬨。冤死魚牛，應悔潢池弄。君不見，梃刃尋讐總是空。

錦帳芙蓉，學得唐宮秘戲工。媱呪摩登誦，老佛身根動。嗏妙意女難容，滿身皆痛。金色佳人，化作尸骸重。君不見，枕席歡娛總是空。

宋玉牆東，密約幽期宛轉通。折疊花箋送，書束青衣奉。嗏月老太癡聾，赤繩錯用。池上輕雷，驚破鴛鴦夢。君不見，兒女癡情總是空。

脂虎偏雄，妬女津邊一陣風。枉把鶬羹用，斫斷桃花種。嗏邢尹避西東，何曾分寵。渴死相如，白首徒悲諷。君不見，競寵爭妍總是空。

嬌女詩工，絶妙吟情柳絮風。解進椒花頌，巧學黃鶯弄。嗏心孔忒玲瓏，慧難福共。午夢堂前，空惹衰翁痛。君不見，女子多才總是空。

裙屐雍容，雅坫騷壇處處逢。文酒常陪從，風月能嘲弄。嗏一叟老龍鍾，少時潘宋。每過黃罏，衰淚如泉湧。君不見，名士風流總是空。

感歎重重，阮籍猖狂哭路窮。項廟能無慟，卞璞真堪痛。嗏世事蝘嘲龍，鸞囚鷄寵。欲著緋衣，何不胡孫弄？君不見，滿腹牢騷總是空。

長此安窮，煞費深心慮始終。天破愁成洞，地裂愁成縫。嗏燕雀滿堂中，庸庸醉夢。抔土區區，空向龍門捧。君不見，滿腹憂愁總是空。

機械相攻，語穽心兵不可窮。莫恃形骸共，各把戈矛弄。嗏柳老笑殷翁，同歸懵懂。爭似先生，抱箇忘機甕。君不見，萬種機謀總是空。

巧弄神通，各學商鞅鑽孝公。帚向門前擁，金向懷中奉。嗏望火馬悤悤，仍歸無用。三日看山，枉企侯門踵。君不見，萬種營求總是空。

耳目明聰，未卜先知始與終。射覆多能中，料事還能洞。嗏最好是癡聾，何勞賣弄。答記楊修，翻被曹瞞送。君不見，絶世聰明總是空。

丹篆呑胷，吐出珠璣迥不同。妙悟如抽蛹，麗藻常爭鳳。嗏初日豔芙蓉，池塘一夢。零落殘編，何處尋文冢？君不見，蓋世才華總是空。

處事從容〔二〕，雄略恢恢談笑中。粗細皆能總，常變何能動。嗏胡廣只庸庸，不求異眾。出匣龍淵，只作鉛刀用。君不見，絶代才能總是空。

【校記】

〔一〕容，原作『客』，據《校勘記》改。

絳帳春風，博得師儒體貌崇。聲望龍門重，壇坫皋比擁。嗏山長不堪充，鵝湖鹿洞。苜蓿闌干，聊比祠官俸。君不見，講席虛名總是空。

詔起申公，東帛元纁出漢宮。車許蒲輪擁，官有裝錢送。嗏壇席大尊崇，樊英惶悚。羔雁成羣，不是來儀鳳。君不見，七辟三徵總是空。

表孝旌忠，綸綍煌煌下九重。祭有祠官奉，臺更懷清聳。嗏苦節百年中，豈矜榮寵。綽楔門前，止博途人誦。君不見，宅里風聲總是空。

望重登龍，執贄而來禮鞠躬。衣鉢流傳衆，文字因緣重。嗏一瓣奉南豐，門牆接踵。幾箇侯芭，來拜楊雄冢。君不見，霄漢門生總是空。

舊隸帡幪，名在梁公夾袋中。鞭鐙常隨從，縞紵爭投送。嗏感與二天同，炎涼旋踵。薦禰猶新，射羿弓先控。君不見，故吏懷恩總是空。

返老還童，鶴骨松筋百歲翁。細字還能誦，大嚼猶堪共。嗏漏盡聽鳴鐘，羲輪難控。安得移居，八百仙人洞。君不見，服食長生總是空。

花誥榮封，盛世推恩典最崇。頒到芝泥寵，博得金章擁。嗏金紫降重重，白楊風動。何處焚黄，難認羲皇冢。君不見，封贈恩榮總是空。

馬鬣崇封，或樹槐欒或樹松。抔土祁連重，下馬蝦蟆眾。嗏，一閉夜臺中，終成荒塚。處處愁烟，寒鎖黄茅壟。君不見，丙舍佳城總是空。

青石磨礱，韓柳文章紀述工。德業皆周孔，政術皆姚宋。嗏，贔屭夕陽中，荒涼廢隴。剝落龜頭，牛角來摩弄。君不見，碑碣如林總是空。

瓶鉢家風，偏詡開山願力雄。募化爭輕重，貴顯工迎送。嗏，七祖各開宗，機鋒虚弄。碧殿頳廊，賸有頹垣聳。君不見，方外禪鑽總是空。

重譯來同，梯險航深處處通。海艘東溟送，烽火南天滃。嗏，禹蹟九州中，奇肱無用。銀鐵銅輪，世盻須分統。君不見，化外鴟張總是空。

狐鼠神通，城社憑依作計工。斑特南山隴，夜怪東陽眾。嗏，辛苦事猿公，龍泉欲凍。嚴四空山，詩句徒悲諷。君不見，鳥獸精靈總是空。

鬱鬱神叢，不與尋常草木同。李核神君奉，梓樹旄頭聳。嗏，枯死大夫松，霜根擁腫。老樹精銷，斷了城南種。君不見，花木精靈總是空。

舊夢重重，歷歷前情在目中。幾度歡場縱，幾處窮途慟。嗏，花落水流東，雙丸催送。頭白歸來，誰識梁江總。君不見，已往悲歡總是空。

曾讀中庸，素位而行理最通。不管明朝冗，且博今朝空。嗏，一樣蜃樓中，眼前皆夢。團得沙成，瀉地俄成汞。君不見，現在光陰總是空。

日暮途窮，偏爲他年作計工。櫝待墳前用，橘更山中種。嗏，墨漆一燈籠，前途懵懂。秦築長城，爲了唐和宋。君不見，逆計將來總是空。

一曲園中，有箇江湖冗長翁。曾喫芸香俸，曾獻長楊頌。嗏爪印久無蹤，不堪搏弄。百首新詞，叫破黃粱夢。君不見，我這人兒也是空。

銘篇

銘篇

序

銘者，名也。因其器名而書以爲戒也。是以作器能銘，古人貴之。古之爲銘者，必有意義存乎其辭，若徒以賦物爲工，則非銘也。余裒集舊時所爲銘，存《襍纂》中，題曰《銘篇》。其辭雖陋，各有微意存焉爾。

春在堂銘

余因曩時『花落春仍在』之句以『春在』名所居堂，有《春在堂記》存《賓萌集》，復系以銘。

歸乎休乎，軔吾輪乎。息乎游乎，娛吾文乎。人以爲秋，而我曰春乎。

達齋銘

曲園中小齋也。園無多屋，斯齋南鄉，則園中之屋斯爲尊矣。是宜銘。

君子之道，能收能發。其藏之也，不可得而撅；其出之也，不可得而遏。是故吾園則曲，而吾齋則達。

艮宧銘

東北之卦曰『艮』，東北之隅曰『宧』。吾於曲園東北築室，以『艮宧』名，而爲之銘。

維東北隅，有地數筵。有柳濯濯，有竹娟娟。築室於兹，艮宧名焉。宧之言頤，艮則止矣。頤神保年，吉祥止止。

三不如人齋銘

東坡自言有不如人者三，飲酒、著棋、唱曲也。余少時曾以名其齋，今錄其銘。

嗟我之能，百無一也。何獨此三者，而名吾室也？曰三者之不能，吾無恤焉。若其餘者，俛焉日有孳孳。人一能之己則十，人十能之己則百也。

書架銘

書庋於架，肉縣於格。書味厚，肉味薄。

書案銘

伏案二十餘年，著書二百餘卷。蓋月得一卷書，而吾意則已倦。是以南郭子綦隱几而坐，而顏成子偃見乎其所未見。隱几則同，而今昔有變。

書鐙銘

爾光之熒熒兮，爾影之亭亭兮。爾數十年而長青青兮，而坐爾前者，髮則星星兮。

書刀銘

試之紙則霍霍，試之它物，如攙如擽。噫，斯爲俞子之削。

羊豪筆銘

史載筆，士封羊。羊乎羊乎，文字之祥乎？

兔豪筆銘

㲋㲋者兔，則已朽也。皮之不存，毛何有也。何入吾之手，猶風馳而雨驟也。

銅筆韜銘

俗稱筆套，非古字也。陸璣《草木蟲魚疏》曰：『萇楚，今羊桃是也。近下根，刀切其皮，著熱灰中，脱之，可韜筆管。』則作『韜』字爲宜矣。

金水相生，元精在中。以養其鋒，故横掃千人而爲天下雄。

銅墨盒銘

昔我獻賦，明光之宫，惟爾實從。及我退老，西湖之上，亦爾與同。今我衰且慵矣，伯陽父之書成，而金壺之汁亦空。爾其歸就墨胎之封。

甎硯銘

出於泥塗，而親翰墨。緊摶埴之力，然則葬我宜陶家之側。

水注銘

一勺之水，化爲烟雲，而成天下之文。蟾腹之中，其有龍存乎？

名字私印銘

余文之陋，余字之醜，借爾以輝光其前後。百世而下，指爾而歎曰：曲園叟也！噫，何必黄黄焉大如斗。

飯盌銘

雖曰脱粟，必量吾腹。凡事類然，逾量非福。

茶盌銘

香秔飽，香茗熟。盛以甌，白如玉。水泉清，茶荈緑。先生能飲幾何？少於玉川子者六。

竹箸銘

不可無竹，亦不可無肉。吾以竹食肉。

帷帳銘

方暑之夕，白鳥營營。而枕席之上，窃然無聲。猶戎馬在郊，恃此一城。噫，夏商之季亂矣，而亳周之域則平；定哀之間昏矣，而顔曾之室則清。君子於此得養心之道焉，嚴其扃鐍，而毋爲外物之所攖。

枕銘

冬枕枕布，昭其省也。夏枕枕蒲，取其清也。君子晝動而夜靜，奚其警也。

皮倚子銘

桌椅字，其初止作「卓倚」，後變而從木。茲則皮也，而非木也，於木奚取？故仍作「倚」。

木養和也，而易以皮。以臥以坐無弗宜。吾未嘗聚徒而講學，毋曰皋比。

鏡銘

爾知吾面，不知吾心。與爾居久矣，爾之知我猶淺也。而何悠悠者，知我之深也。

梳篦銘

非疏也不足以通其類，非密也不足以去其累。君子觀於梳疏而篦密，而知剛柔之交劑、寬猛之相濟。吾將執此以爲治天下之器。

衣箱銘

衣時爲大，裘冬而葛夏也。稱次之，玄上而纁下也。尨奇偏〔一〕裻伊可憂，諸於繡裾亦足羞。凡若此者，爾笥其無收也。

【校記】

〔一〕偏，原作『偏』，據《校勘記》改。

錢櫝銘

錢取其流，何事乎櫝？曰儲以有待，而非爾之蓄。

管鑰銘

苟非爾牡，雖納之而不受。君子法之守身，不爲威愓，不爲利誘。

佩囊銘

大而人材，於爾乎收之；小而詩句，於爾乎投之。爾其公輔之器而兼名士之風流者乎？

唾壺銘

吾於世事，有悲憫而無怨懟；吾於世人，有嬉笑而無詬誶。故爾從吾數十年，而至今未碎。

花插銘

以我就花，不如以花就我。爾爲我養花，弗妥斯妥。

手鑪銘

嚴寒五九，一陽生袖。天地冰霜，而春在吾手。

蠅拂銘

麾之而已，毋拔劍而怒也。君子之於小人，勝之不武也。

摺疊扇銘

用則舒而張之，不用則卷而藏之。古君子之道微，爾其孰能當之？

葵扇銘

炎威燄燄，金鐵銷鎔。何以解之？恃此一葉之風。噫，物有小而用則鉅，士有卑而論則崇。

方竹杖銘

以左以右惟所將，亦步亦趨罔弗臧。爾用則圓體則方，君子之德斯爲良。

眼鏡銘

天生吾目，不利於遠。假物爲明，非吾之願。吾不務外游而務内觀，則吾之用爾也罕。

千里鏡銘

理在目前，奚取於遠？苟有得乎千里之外，必有失乎几席之畔。是器也，彼人所珍，非吾人之所玩。

自鳴鐘銘

挈壺氏廢，爾實代之。天假之鳴，俾司厥時。時乎時乎不再來，君子聞鐘聲則思。

時辰表銘

爾其狻歟？梟歟？乃司日之長短歟？待時而動，君子所憲。是用佩之，非日爾玩。

鼻烟壺銘

鼻之於臭，取其芳香。茲何爲以辛酸爲良？壺公壺公，爾爲我藏。吾將學仲尼，蹙頞而嘗。

算盤銘

自籌策之變爲珠，而言算學者月異而歲殊。上測斗極，下窮海隅。終日琅琅，千錙萬銖。爾獨墨墨，而與我俱。爾尚安，我之愚。

玻瓈窗銘

依古字，宜作『頗黎』。然《玉篇》已有『玻瓈』字，其字亦古矣。

日月之照臨，爾爲我受。風雨之交侵，爾爲我守。吾以招祥而塞咎。

户銘

入焉不愧於己，出焉不怍於人。吾出入於茲所，不由其道者，有如荼與欝壘之神。

自置椑銘

《禮記·檀弓》篇『君卽位而爲椑，歲一漆之』。《正義》謂：『人君尊，卽位得爲棺。』此禮也，固非士大夫以下所敢議矣。然《王制》篇云：『六十歲制。』《正義》曰：『老而預爲送終之具也。歲制，謂棺也。此謂大夫以下耳。人君卽位爲椑，不待六十。』然則六十爲棺，乃是古制。余今年五十有九，去六十止一歲矣。四月乙丑，内子姚夫人先我而逝。爲其作棺，因并作之，而系以銘。

膠膠擾擾，何時可止。一入此中，而萬事已。變濁世爲太清，返末流於古始。歸乎歸乎，吾將去彼而就此。

書冢銘

書冢者，德清俞樾藏其所著書之稾也。凡《羣經平議》三十五卷，《諸子平議》三十五卷，《第一樓叢書》三十卷，《曲園襍纂》五十卷，《俞樓襍纂》五十卷，《賓萌集》五卷，《外集》四卷，《春在堂襍文》七卷，《詩》八卷，《詞》三卷，《隨筆》六卷，《尺牘》四卷，《楹聯》二卷，《四書文》一卷，《太上感應篇纘義》二卷，《袖中書》二卷，《游藝錄》六卷。書成，鏤版而行之，聚其稿而薶之，從而銘之。

古有劉蛻之文冢，今有俞樾之書冢。烏乎，後世詩禮之儒，無發斯冢。

左傳連珠

左傳連珠

《宋史·藝文志》所載《春秋賦》，有崔昇、裴光輔諸家，今皆未之見，獨徐晉卿《春秋類對賦》一卷，刻入《通志堂經解》。其賦數聯一韻，而不求事之相類，如第一段『伯樂[二]獻麋，郤至奉豕』之下卽繼以『許絶太岳之禋，鄭廢太山之祀』，殊爲不倫。未知《宋志》所載崔昇《春秋分門屬類賦》、王霄《春秋囊括賦》，其體例何如也。余謂止取兩事之相類，則不宜作賦，而以連珠爲宜。孫兒陛雲方讀《左傳》，余因作《左傳連珠》一卷，如陸士衡《演連珠》之數，聊以示陛雲，使他日稍知用古之法，於經義固無當也。

蓋聞建國者必定其規模，制器者先正其繩墨。是以都城百雉，過此非宜；公膳雙雞，更之不得。

蓋聞得其分則大禮有光，失其人而亂端斯啓。是以彤弓一、秬鬯一，爲王朝錫侯伯之常；《文王》三、《鹿鳴》三，非主國待使臣之禮。

蓋聞襲故蹈常，可無大戾；棄順效逆，實非良圖。是以二公子之立黔牟，爲不度矣；五大夫之奉子頹，敢樂禍乎？

蓋聞成敗之柄，操自寸心；禍福之機，捷如轉轂。是以齊桓公之霸業，敗於多魚；晉重耳之功名，成於五鹿。

蓋聞小人見利，不論報施；君子用情，無分向背。是以皮不存而毛安傅，悖哉虢射之言；梁無矣而矗有之，允矣公孫之對。

蓋聞豐財和衆，乃武之經；親仁善鄰，爲國之寶。是以阻兵無衆，衛州吁不解治絲；長惡不悛，陳桓公未能去草。

蓋聞治兵有術，作氣爲先；制勝無奇，及鋒則克。是以蒙皋比而犯，公子偃以敗宋師；執螯弧而登，瑕叔盈以入許國。

蓋聞大難之作，由細故而生；外患之來，自隱微而發。是以齊君遇弒，釁生崔子之冠；衛侯出奔，禍起褚師之韈。

蓋聞患由外至，非可豫防；機必先呈，從無猝發。是以九百里外，驚楚人之滅黄；四十年前，卜吳地之入越。

蓋聞涉患難者，轉有生機；冒寵榮者，常多危地。是以烏集楚軍之幕，翻可安身；鶴乘衛國之軒，難言適意。

蓋聞禍福雖貢其端倪，鬼神難明其情狀。是以烏鳴亳社，而宋有災；龍鬭洧淵，而鄭無恙。

蓋聞情之所溺，必存卵翼之心；勢有難全，終試翦除之手。是以東郭姜以孤入，竟專崔氏之家；南孺子之男生，不續季孫之後。

蓋聞愛其人者，必美其儀形；惡其人者，兼嗤其容貌。是以臧孫敗，而有朱儒朱儒之謡；華元逃，而有于思于思之誚。

蓋聞理必審乎是非，事貴衡其曲直。是以息侯五不韙，見敗於鄭師；文子三不知，難容於晉國。

蓋聞忠義之魄，死而猶生；淫昏之骨，生不如死。是以櫝可材也，子胥之墓常新；莠猶在乎，伯有之門已毀。

蓋聞占驗之學，雖無當於存亡；禍福之來，實有見於兆朕。是以雲或夾日而飛，星有偕雨而隕。

蓋聞論人先觀其愚智，處境不論乎卑崇。是以邾益無能，坐困樓臺之上；吳光有志，奮興堀室之中。

蓋聞君子淡然而寡求，小人囂焉其多欲。是以鄭享趙武，一獻何妨；魯禮范鞅，十牢未足。

蓋聞相賞以言，其迹猶顯；相喻以意，其用彌超。是以叔向之於鬷明，必執其手以上；壽餘之於隨會，惟履其足於朝。

蓋聞宮府之間，每以細微起釁；贄御之輩，惟於口腹是圖。是以衛之嬖人，求酒於大叔；邾之閽者，乞肉於射姑。

蓋聞欲治其國，先在修齊；不得乎民，難期安集。是以去六順而效六逆，衛州吁終以無成；有五利以去五難，楚棄疾因之得立。

蓋聞發源之始，譬猶濫觴；極盛之餘，難言強弩。是以楚爲困獸，不足禦吳；晉乃瘠牛，僅堪懼魯。

蓋聞精進之力，志士所珍；標榜之風，學人所誡。是以郤子有未絕之鼓，終以成功；衛侯縣不去之旗，轉以甚敗。

蓋聞聖人踐形，由其盡性；威儀定命，所以立身。是以宋華元之腹皤，見謳於城者；晉郤克之足跛，爲笑於婦人。

蓋聞骨肉薄而猜忌滋生，忠信衰而詛盟用起。是以寤生母子，盟及黄泉；重耳舅甥，誓如白水。

蓋聞蜉蝣之羽，尚能楚楚；狐裘之美，豈不黄黄？是以鄭子臧之鷸冠，謂之不稱；晉申生之尨服，甚矣無常。

蓋聞疆埸之間，惟戎車是利；勝負之數，非地勢不分。是以城濮之師，背酅而舍；陽陵之役，夾潁而軍。

蓋聞君子篤於親，從無異志；小人喻於利，各挾私心。是以桃子出師，周鄭之懿親竟廢；楊孫置戍，晉秦之姻好難尋。

蓋聞録人之善，必問其由來；繩人之愆，當原其已改。是以東郭書之貍製，未敢居功；右宰穀之狐裘，亦堪免罪。

蓋聞好生者天之德，彼昏不知；不忍者人之心，惟狂罔念。是以晉之臺下，衆避夷皋之丸；莒之國中，人試庚輿之劍。

蓋聞禍福之至，必有其先機；成敗之形，不難於預卜。是以鳳鏘鏘而敬仲其昌，鳥譆譆而伯姬無禄。

蓋聞制勝之道，固在爭先；行軍之方，尤宜持重。是以虎皮先犯，胥臣以之奏功；馬首是瞻，荀偃因而失衆。

蓋聞善悟者無關口耳，用智者别運神奇。是以左顧右顧，叔孫婼之心如見；上手下手，伯州犂之意可知。

蓋聞報應之理，所以警淫；妖祥之興，亦以觀德。是以彭生死而化豕，徒爲厲於齊邦；昭公生而夢烏，乃有後於宋國。

蓋聞蓍蔡之靈，本因人而寄；犬馬之好，實累德之資。是以臧氏僂句之龜，寶之無益；魯侯啓服之馬，櫝也奚爲？

蓋聞忠厚之澤，没世而不衰；幹濟之才，遇險而不避。是以甘棠可愛，欒武子足以及人；苦葉不材，魯叔孫期於濟事。

蓋聞大小之形，固由於前定；安危之算，亦定於平居。是以晝伏夜行，齊君似鼠；闔門塞竇，衛國如魚。

蓋聞物無美醜，可以齊觀；人有貪廉，固非一格。是以虞叔獻玉而不辭，宋公求珠而無獲。

蓋聞嗜好不形，可以有立；精神不露，可以有爲。是以玩細事者無遠圖，衛侯好鶴；負大略者多近患，楚子投龜。

蓋聞順逆之理，難言於末造；安危之際，尤重乎世卿。是以王室既卑，野有魚麗之陣；故家未改，朝有騂旆之盟。

蓋聞治世之臣，雖家庭而整肅；亂世之士，在宫府而讙囂。是以鄭公孫拔戟於廟，晉行人撫劍於朝。

蓋聞事大字小，貴有常經；棄親用羈，實非良策。是以楚不假道，則鄭昭而宋聾；晉來治田，則杞肥而魯瘠。

蓋聞心膂之臣，以資密勿；柱石之佐，以奠危傾。是以鄭有子皮，譬之如棟；魯有季氏，喻之以楹。

蓋聞物以有用於世爲珍，亦以見用於人而毁。是以象因有齒而自焚其身，雞憚爲犧而自斷其尾。

蓋聞君子之德，仁義咸宜；小人之性，剛柔俱亂。是以南宫長萬之於宋，以勇力興戎；東關嬖五之在晉，以讒言搆難。

蓋聞好事者務取乎恢奇，察言者不遺乎微小。是以虺也豹也，叔孫侈爲嘉祥；鸜之鵒之，師己驚爲異兆。

蓋聞行兵以奇爲勝，治國以正爲模。是以翩爲鸛而御爲鵞，可見軍容之盛；卒出豭而行出犬，轉嫌法律之疏。

蓋聞故府典章，所以立國；列邦賄賂，適以成仇。是以楚受桃弧，可以共王之事；宋獻楊楯，徒爲賈禍之由。

蓋聞治亂興衰，不離乎理數；孤虚王相，有驗於天人。是以晉滅虢之期，十月之交丙子；吳入郢之日，六年之後庚辰。

蓋聞衡人者不以身寵而家溫，觀國者不以德齊而地醜。是以夏日冬日，別衰盾之寬嚴；南風北風，決晉楚之勝負。

《困學紀聞》載李宗衢《春秋十賦》，有『象焚身，雞斷尾』一聯，余適與闇合，初意欲易之。然何義門先生謂：二事不類。如余此聯，則二事之意未始不貫通也。欲初學知運用故實之法，故仍存之。

【校記】

〔一〕伯樂，原作『樂伯』，據《春秋經傳類對賦》改。

梵珠

梵珠

余生平未窺釋典，丙子季秋，自吳下至西湖精舍，偶從竹樵方伯借得《法苑珠林》，於舟中讀之，剌取其事，成連珠一百八首。意雖止於搰華，義亦資乎勸善，因皆取材梵典，故名曰《梵珠》。

蓋聞氤氳之始，人物未殊；造化之初，聖神接踵。是以佉盧大仙，實出驢根；賢劫千佛，皆是鹿種。

蓋聞物至斯感，雖異體而能通；道在則尊，雖微物而勿狎。是以衆鹿會合，能使梵志動心；野干登坐，便爲天帝説法。

蓋聞聖凡分而去取各異，道俗判而愛惡自殊。是以婆羅門兩女並好，而佛言皆醜；旃陀利七男得道，而王怒行誅。

蓋聞微妙之言，非愚頑能識；悲憫之意，雖微細不遺。是以飼溷豬者，不必有甘露之味；惜井蟲者，必須以漉袋自隨。

蓋聞昏闇之性，非可提撕；墮落之軀，無從解脱。是以利劍割臭屍，雖痛不知；醉人落糞坑，無髮可拔。

蓋聞累世苦修，自然獲報；前生福果，終不成空。是以拘留沙王土中，銅盆隨掘便得；阿育王女手内，金錢任用不窮。

蓋聞機械之巧，無益而有損；附和之衆，是禍而非福。是以野干鬭二獸，適以自殺其軀；師子生諸蟲，還以自食其肉。

蓋聞物性癡貪，徒爲可笑；生命勞苦，豈得自休。是以狗至他家謂是我家，反瞋後來之狗；牛破前車續有後車，仍爲枙項之牛。

蓋聞無窮功行，有待圓成；第一身心，先須檢束。是以受三依歸者，護衛自有善神；犯四放逸者，墮落終歸地獄。

蓋聞衆生自作之孽，必有天刑；地府變形之城，仍由心造。是以喜殺生者，他生爲蜉蝣之蟲；好兩舌者，轉世作鵂鶹之鳥。

蓋聞人獸之途，隨感而入；貪嗔之念，至死不休。是以毒蛇瞋目怒眼，前身是賢面長者；惡牛翹尾低角，夙世則三藏比丘。

蓋聞積而不散，是謂鄙夫；有而不用，何異窮子。是以難陀七重門閤，終作盲兒；盧至五錢鹽麨，還成慳鬼。

蓋聞學道之士，不可有貪吝之心；出世之人，豈復存留戀之意。是以舍利弗之一眼，施與乞人；須大拏之兩兒，舍爲奴婢。

蓋聞罪孽無邊，慳貪爲最；福德無量，施舍爲先。是以舍主之一兒一婦，皆成餓鬼；織師之一奴一婢，並得生天。

蓋聞盲聾之俗，示之而不知；卑下之人，勝之而不武。是以癡犬逐瓦石，不知尋人；臭豬落廁涸，可以鬬虎。

蓋聞過去未來，還如一瞬；天堂地獄，各有由來。是以均提呵一僧，便得餓狗報；忉利歸三寶，免墮癩豬胎。

蓋聞纖翳不除，終虧性體；微塵未滌，亦污心源。是以拔毒箭者，須觀其鏃；伐毒樹者，必盡其根。

蓋聞具宏量者，非小惠所能結；貞内體者，非外物所能妨。是以波提金氈一端，奉佛而佛不受；申日火坑六丈，陷佛而佛不傷。

蓋聞人世罪愆，有輕重之各異；鬼神報應，準銖兩而必均。是以妬女化遮吒迦鳥，俾仰給於一雨；贓吏作鳩盤荼鬼，使游戲於五塵。

蓋聞善本於心，貴賤皆宜自盡；物惟其意，多寡固所不論。是以盧至白氎，不足奉帝釋；德勝土麨，可以供世尊。

蓋聞心性一定，譬猶堅城；形骸非真，謂之假館。是以持禁戒者手縛青草，不敢動搖；修忍辱者臂如藕根，任從斬斵。

蓋聞百歲流連，無非幻境；六親恩愛，總是冤愆。是以金女配金男，未能常好；鐵杵打鐵臼，那得完全。

蓋聞物之潔污，有定者形；世無貴賤，所重者我。是以澡盤中水，雖自飲而不堪；糞掃中錢，以供佛而亦可。

蓋聞入道之要，首重乎勿欺；作聖之功，尤嚴乎所見。是以戒妄語者，願以利劍截舌；懲淫視者，甘以鐵錐燒眼。

蓋聞先迷後得，無損善根；殊途同歸，斯稱大造。是以蛇皮醜女，仍返王宫；鹿頭梵志，亦歸正道。

蓋聞塵壒之中，各甘其味；泥塗之内，莫潔其身。是以羣豬飽大糞，誇言美食；餓狗銜瓅骨，瞋視行人。

蓋聞修聖行者，不外乎理欲；化下愚者，先定其從違。是以惡病四種，便有四良藥；打賊三下，卽是三歸依。

蓋聞知足者，不足而常足；善取者，有取而無取。是以得寶物而用之無度，舞破天帝之得瓶；欲美果而求之無方，截斷國王之高樹。

蓋聞精進若登天之難，墮落如轉丸之速。是以清信士未忘愛戀，便成婦鼻内之蟲；佛弟子偶涉淫邪，幾爲鬼瓮中之肉。

蓋聞取法者貴從其上，問塗者無迷其方。是以商人捐八牛而贖龍女，比丘舍羣豬而學獅王。

蓋聞不得真傳，無從入道；欲求美報，務在信心。是以龍王爲八關齋經文，奉金盤美果；提婆以五百錢供養，得銅甕真金。

蓋聞性體堅剛，以靜制動；道力貞固，雖屈能伸。是以阿利那毒龍，避持戒之士；沙吒盧惡鬼，畏精進之人。

蓋聞大道無外，豈問靈頑；成功非難，但計勤惰。是以雁聞佛法，亦得生天；雉有宏願，便能滅火。

蓋聞微妙之至，自具神通；定靜之功，卽徵法力。是以俱胝魔軍三十六，不能使菩薩動搖；婆羅門衆五百人，正可供沙彌噉食。

蓋聞應得之物，不待營求；非分之財，無庸希望。是以土窖中之穀賊，招致金精；石室內之藥叉，護守寶藏。

蓋聞一氣所感，不隔胡越；四海之內，皆成弟兄。是以小夫人乳汁分流，徧及千子；大自在人根長偉，斯有衆生。

蓋聞含生之屬，各有所能；蠕動之微，詎無所覺。是以龜負護命之鎧，而水狗不能傷；蝨知節食之方，而土蚤不能學。

蓋聞同居萬類，何判蠢靈；並列五蟲，詎分毛倮。是以墮驢胎者，非無帝釋之身；生鶴卵者，或成羅漢之果。

蓋聞緣所不屬，無可因依；志所不存，終歸虛誕。是以羅旬之鉢，所至皆空；難陀之瓶，無時得滿。

蓋聞不證無上，詎知俗眼之非真；未悟真如，安得世情之盡斷。是以戀美婦者，如從瞎猴於山中；得藏金者，猶拾毒蛇於田畔。

蓋聞道在虛空，盡人可見；力本自具，何事不任。是以小比丘打老比丘，亦能證果；五由旬改三由旬，只在信心。

蓋聞專精之至，久則通於神明；見異而遷，終必歸於廢棄。是以得帚忘掃，得掃忘帚，可期一旦貫通；捕鳥爲鼠，捕鼠爲鳥，不過終身游戲。

蓋聞稱人之惡，慘於矛戟；成人之美，藹如陽春。是以逢人罵詈者，必有臭蟲在口；遇物補治者，常得金象隨身。

蓋聞入世之道，首在乎謙；處己之方，莫妙於嗇。是以愚而自大者，猶蛇之頭尾爭雄；貪而無饜者，譬馬之口尻並食。

蓋聞俗子以造作爲工，淺夫以空虛爲有。是以壓甘蔗汁而種甘蔗，終不能甜；著師子皮而爲師子，徒形其醜。

蓋聞勇於精進者，見善而必爲；喜於捨財者，當仁而不讓。是以老婢臭瀋，可施佛鉢之中；丐女金珠，可裝佛面之上。

蓋聞一種業根，便難振拔；既墮惡趣，豈免沈淪。是以落地獄者，仰臥俯臥，皆九百萬億歲；游鬼國者，已食未食，各二百五十人。

蓋聞彼此不可以齊觀，大小難歸以一致。是以狗烏各有樂，所樂不同；鴿鹿自言苦，所苦亦異。

蓋聞邪正之辨，不可不明；取舍之間，所宜早定。是以甘露貿毒藥，謂之大愚；猛火戰乾薪，必無不勝。

蓋聞宿世善根，能與春荄並茁；前生福報，不隨朝露同晞。是以耶奢密多，口中自有功德水；

伽尸陀利，胎内即著袈裟衣。

蓋聞修性體者，以疏密爲成虧；課功行者，以精粗爲生熟。是以貧窮老母，五合之膏，亦自光明；難陁國王，一瓶之酥，詎云滿足。

蓋聞靈奇之迹，似異而實常；拘墟之人，少見而多怪。是以阿那律之天眼，一覽皆周；目犍連之神足，八荒悉屆。

蓋聞願不必宏，有定者貴；力不在大，自貢者真。是以放牛兒持齋，必無四沙門正果；牧羊人覆佛，自有七寶蓋隨身。

蓋聞人同一念，大判其精粗；世有兩途，須觀其去就。是以採好華以獻佛，仍留滿篋之香；負燆糞以養豬，適染一身之臭。

蓋聞見美斯惡，老氏之至言；即色是空，我佛非妄語。是以臭爛死屍，乃金色之妹；傴僂老母，是青蓮之女。

蓋聞聖種非凡夫所能畜，靈迹非濁世所能知。是以蓮華之胎，易以馬肺；金色之子，變作豬兒。

蓋聞百念易滅，惟貪難除；諸障可消，惟癡難悟。是以寺主施糞，而奪摩尼之珠；夫人澆乳，而殺菩提之樹。

蓋聞厚薄之數，不繫乎外物；有無之故，非可以言詮。是以閻浮提王，敬施半果；薄拘羅塔，不須一錢。

蓋聞見淺見深，各隨分量；求人求己，迥判津途。是以如佛如比丘，三小兒心願自別；依業依王活，兩内官道理懸殊。

蓋聞具善知識，人物何殊；作大功德，天人各足。是以禮塔者，五百獼猴，五百羅漢，並得生天；布施者，一分如來，一分乞人，皆能獲福。

蓋聞不歷一切苦，難言苦行；欲享無量福，須有福胎。是以持戒之僧，金牀銀牀不坐；夙根之子，寶珠寶蓋俱來。

蓋聞妙義既敷，自無不傾之聽；誠心既發，豈有不捨之財。是以長者子以六十萬金錢買香，而塗寶塔；大家主以三十里銀衣布地，而奉如來。

蓋聞舉大木者，有待乎衆擎；涉遠塗者，無嫌乎並駕。是以大梵天王經絲，堅牢地王緯絲，共作法衣；須達長者園地，祇陀太子樹木，合成精舍。

蓋聞力不能制者，有理以勝之；理不能喻者，無術以處此。是以八王爭舍利，尚可平分；二鬼奪死人，難言孰是。

蓋聞神明所契，不患無徒；道德既高，豈憂無侶。是以鴿鳥蛇鹿，依比丘以爲安；獺兔狐猴，與道人而共處。

蓋聞感通者天道之常，報施者造物之巧。是以淚吒捕兔而得金，燈指擔屍而成寶。

蓋聞起居有一定之度，飲食有不易之時。是以仰臥脩羅臥，伏臥餓鬼臥，四體不可不謹；暮食畜生食，夜食鬼神食，一飽而有非宜。

蓋聞天於衆生，各付以靈性；聖於萬類，悉鑒其誠心。是以黎耆闍河畔獼猴，佛受其蜜；摩竭提城外鸚鵡，佛宿其林。

蓋聞游化城者，各予以安全；餐勝果者，無虞乎墮落。是以瞿曇入舍，滅尸利仇之火坑；比丘騰空，出阿育王之油鑊。

蓋聞遠而百世，有隆汚之殊；近而一生，有盛衰之異。是以彌勒佛出世後，統御四洲，自金輪、銀輪、銅輪而至鐵輪；阿育王數終時，布施三寶，自金器、銀器、鐵器而至瓦器。

蓋聞在我者止有一心，在物者原無定質。是以老母賣白髓餅，從癰瘡得來；比丘入鐵油鑊，有蓮華生出。

蓋聞一念之誤，轉展而無窮；終身之愆，迷惘而不復。是以愚人殺一子以葬一子，謂可取兩頭之平；暴王割百兩而補千兩，謂已償十倍之肉。

蓋聞作惡者徒失本來之善，縱樂者易生事後之悲。是以戒體不可虧，勿以金易鍮石、銀易白鑞；世情無足戀，當知味如芥子、苦如須彌。

蓋聞危莫危於理欲之畍，捷莫捷於操舍之機。是以頂生王徧游四域三十三天，而終歸墮落；噉人王已取四百九十九人，而仍許歸依。

蓋聞人無自作孽，雖至險而必全；人有未昧之良，雖極頑而可牖。是以凶惡如羅刹之國，終度脱以馬王；殘暴如迦尸之王，竟化導以鸚母。

蓋聞善與惡遇，善長而惡消；仁與暴逢，仁行而暴止。是以尼乾子能化嚴熾王，阿育王終殺耆梨子。

蓋聞愛網相纏，紛紜難理；情絲自縛，解脱爲宜。是以梵志壺内，兼有女男，牽連不已；阿難身中，但有屎尿，愛戀何爲。

蓋聞良懦之人，必食報於其後；剛愎之性，必速戾於其躬。是以師子善心，卒得金棺之報；野干狼戾，終遭木罐之凶。

蓋聞執紛紜之説，敵有可乘；存專一之心，物無能賊。是以二鬼爭一篋，畢竟成空；大意失四珠，依然復得。

蓋聞惑於利者，易昏其心志；騖於名者，虚費其聰明。是以愛好華而不知有毒蛇，終歸有害；磨大石而但以爲小牛，不如無成。

蓋聞善惡未形，根株早具；衍尤既積，補救無功。是以三人繞塔，而意則異；六人在釜，而罪則同。

蓋聞物之爲物，原質異而性同；心猶此心，匪物賤而人貴。是以狗聽經而皆得人生，鴿依佛而全消怖畏。

蓋聞碧落雖高，止憑善果；黄泉既近，無可潛藏。是以長者兩夫妻，因功德而同生忉利；仙人五兄弟，具神通而莫避無常。

蓋聞飲冰雪者豈待湔除，墮泥塗者無從薰祓。是以鴛鴦不住溷廁之中，鵜胡惟食糞穢之物。

蓋聞愚蠢之徒，取其一端之善；精修之士，責其片念之荒。是以嬾壻鑊湯中，尚堪念佛；比丘蓮池畔，不許偷香。

蓋聞戒行宜持，要期堅忍；凡心難淨，首戒貪嗔。是以比丘不取鵝腹之珠，雖見血而不死；太子務奪鳥巢之果，終遇毒而亡身。

蓋聞好勇好色，乃性命之累；戒淫戒殺，是入道之關。是以婆藪仙人，以殺羊而没地；扇陀婬女，能騎鹿而出山。

蓋聞禍不虚生，由語言之喋喋；災非无〔二〕妄，因口舌之喃喃。是以鼈多問而鶴不能拯，龜有言而雁不能銜。

蓋聞無恆之士，不可以成功；有定之人，斯可以奏績。是以波羅奈太子，十三年不肎出聲；薄矩羅尊者，八十年未嘗倚壁。

蓋聞好施者，遏之而不能；見小者，喻之而不省。是以薩和達王見婆羅門，而甘捨其身；難陀老母遇賓頭盧，而猶吝其餅。

蓋聞孝弟之誠，固可感通於天地；忠信之至，亦或疑謗於君親。是以迦尸國象，以養親而化其俗；那俱羅蟲，以救弟而殺其身。

蓋聞誘以巽言，雖頑能化；迎以善氣，雖暴猶親。是以報恩之牛，聞毁呰則怯，聞讚歎則勇；敗態之驢，言娶婦則喜，言截尾則嗔。

蓋聞游移之見，徒失師資；化導之功，要歸浹洽。是以學烏學鷄，終不成聲；調象調馬，初無異法。

蓋聞人非木石，不能無聲色之移；心似菩提，未必絶塵埃之累。是以大樹王彈琴，而一切凡聖不能自持；緊陀羅歌曲，而五百仙人爲之皆醉。

蓋聞順天者必降之祥，逆理者不可以活。是以睒子中毒箭，仍許復生；童女戴火輪，無時可脱。

蓋聞倫常之理，無間羣生；慈孝之心，不分異類。是以鶴裂肉以食鶴子，勿笑其愚；烏竊食以奉烏王，亦謂之義。

蓋聞課功於密，惟力是程；擇友不精，亦躬之疚。是以阿闍國王之象，有時而重，有時而輕；難陀長老之手，無端而香，無端而臭。

蓋聞得道者道在終不滅，恃術者術盡斯不神。是以如來皂衣，可以周徧世界；龍樹青丸，不能翳隱一身。

蓋聞修途無盡，難判速遲；聖域可登，詎分小大。是以脇尊者八十方始出家，舍利弗八歲已登高坐。

蓋聞物慾逾分，廉固可以勝貪；事在當機，愚終不能敵智。是以貓吞鼠而轉貽内藏之災，狙分魚而反成野干之利。

蓋聞昏昧之人，求多而反失；貪冒之士，躐等而無功。是以比丘分衣，舍二聚而得一聚；愚人造屋，無下重而作上重。

蓋聞疑團莫釋，以妄爲真；因果不虚，似非實是。是以甕中人影，翻成兩對夫妻；案上鷄肥，誰識前生父子。

蓋聞物無蠢而無靈，道有伸而有詘。是以阿育王之鐵網，不足縛龍；佉達羅之木槍，竟能刺佛。

蓋聞一念之間，可分凡聖；三歸之旨，不論人禽。是以十二獸能修聲聞之果，五百馬皆發菩提之心。

蓋聞尊雖無上，頑梗不能消；道雖至高，宿孽無可遯。是以脩羅時時與天帝爭雄，調達世世共如來結怨。

蓋聞至人微妙，不聲色而威；大德尊嚴，不垣墉而固。是以須摩提女奉佛，六千梵志皆逃；祇陀太子在宫，五百天兵共護。

蓋聞因微知著，不外精研；遇物能名，非由陳迹。是以善悟者觀象跡，而已知其雄雌；勤學者遇夜叉，而猶問其黑白。

蓋聞參妙諦者，乃能結最勝之緣；獵浮詞者，詎足語甚深之義。是以沙彌持金沙，不能飛行；山羌偷寶衣，都無次弟。

【校記】

〔一〕无，原作『旡』，據《校勘記》改。

賓萌集

序

蔭甫同年，鋭意著述。蔣香泉中丞爲浙藩時，曾刻其《羣經平議》三十五卷行諸世，而《諸子平議》亦次第獲梓。余私意，君所著述，如良金美玉，有目者皆識之，數年後，君篋中書必盡爲人刊刻。余與君同歲成進士，又重之以婚姻，獨不任剞劂之役，無乃當仁而讓，爲君子所笑乎？因謀刻其詩文集，而適從浙臬遷粵藩，悤促以去，未果也。今歲書來，并寄示《春在堂詩編》六卷，則知君詩集已爲楊石泉方伯所刻矣，憬然有高辛先我之懼。乃移書，請刻君文集。君之文曰《賓萌集》，蓋用《呂覽・高義》篇『比於賓萌』之義，集凡五卷，曰《論篇》、曰《説篇》、曰《釋篇》、曰《議篇》、曰《褋篇》，蓋從《晏子春秋》《諫》篇、《問》篇、《褋》篇之例。余受而讀之，其論切當而不浮，其説精微而不腐，其釋詳明而不煩，其議正大而不詭，其褋文亦有法度，不苟作，信如君言，今之集卽古之子。而讀君集者，猶讀子也，彼襲周秦諸子之貌以爲古者，不足以語此矣。刻既竟，輒書所見於卷端，君尚有《外集》四卷，皆駢儷之文，已爲杜小舫觀察所刻，故茲不及焉。同治九年孟春，寶應王凱泰。

賓萌集目錄

論篇一

説篇二

釋篇三

議篇四

襍篇五

或曰：子之集分五篇，篇各一卷，唐宋以來諸家文集有若是者乎？曰：無有也。然則子若是，何也？曰：子亦知文集之所自始乎？蓋始於諸子也。古之君子既歿，而其徒譔次其行事與其文詞以傳於後，若《管子》、《晏子》是也，此卽文集之權輿，故《荀子》書有《賦》篇焉，後世人各有集，而不知其原出於諸子，於是集日以多而文日以卑矣。吾用《晏子春秋》《諫》篇、《問》篇、《襍》篇之例，分《賓萌集》爲五篇，以類相從，蓋吾文雖不逮乎古，而今之集卽古之子，則吾猶及知之也。因書于目錄之後，以告觀者焉。

賓萌集卷一　論篇

丹朱商均論〔一〕

孟子曰：丹子朱不肖，商均亦不肖。啓賢，能敬承繼禹之道。嗚呼〔二〕！啓則賢矣，而丹朱、商均豈必皆〔三〕不肖哉？武王數紂之辠，後世猶疑之，而況丹朱、商均乎？當堯之時而有舜，當舜之時而有禹，此丹朱、商均所以不有天下也。益之德不及〔四〕舜，而功不及禹，則天下不歸益而歸啓。使堯不得舜，舜不得禹，天下固丹朱、商均之天下也。繼世而有天下者，天之所廢，必若桀、紂。丹朱、商均而有天下，其視舜、禹固有間矣，而視太甲、成王，宜無媿焉。然而曰『不肖』者，何也？曰〔五〕：仲尼之子，不能復爲仲尼；堯、舜之子，亦不能復爲堯、舜。以堯、舜爲之父，而責其子以必肖，此亦難矣〔六〕。故丹朱、商均謂之不肖可也，謂之不賢不可也。且夫以天子之子安然而處人臣之位，不賢而能若是乎？後世之君，以百戰而得天下，天下既定，中外無復異志，而爭敚之禍，常起於門内〔七〕。丹朱、商均處禪讓之際，拱手而去，没齒而無怨言，所謂知命者歟？堯、舜以天下與人而無所難者，以其子能安之也。舜、禹受人之天下而無所嫌者，以二子之無言也。昔武王〔八〕克商，使武庚不反，則遂定矣。武庚反而天下從之，幾至於亂。及微子事周，然後復定。嗚呼！天下之心可知矣。夫使天下晏然戴舜、禹以爲君者，誰乎？丹朱、商均也。聖人以萬全爲計，非丹朱、商均之賢，則堯、舜不敢與，舜、禹不敢受〔九〕。然則，以天下讓，民無得而稱者，丹朱、商均之謂歟？

【校記】

〔一〕《好文》此題爲卷一第一篇。

〔二〕嗚呼，《好文》作『嗟夫』。

〔三〕豈必皆，《好文》作『亦豈必』。

〔四〕及，《好文》作『如』。

〔五〕曰，《好文》作『夫』。

〔六〕『以堯』至『難矣』，《好文》在『仲尼之子』一句前。

〔七〕『門』下，《好文》多『自漢晉迄於元明，蓋皆有之矣』。

〔八〕『王』下，《好文》多『既』字。

〔九〕受，《好文》作『取』。

鄭殺申侯論〔一〕

異哉，鄭之殺申侯也。當是時，鄭無人焉〔二〕。夫鄭之從楚，天王命之，宰周公主之，非鄭之私計〔三〕也。爲鄭謀者宜告於齊曰：鄭雖從楚，非有貳心，以王命之故。君若以王命來，惟命是聽。夫齊桓，方挾天子以令天下，其敢因區區之鄭而犯不韙之名乎？鄭之君臣，聞有齊師，則不知所以爲計，而姑殺申侯以説焉〔四〕。不知齊欲得鄭耳，雖朝刑一士、莫〔五〕殺一大夫，齊師猶在城下也。魯僖公時，齊伐魯，魯使展喜犒師，對以先王之命，齊不敢伐而還。〔六〕使鄭人而知此，則何以殺申侯爲哉？且夫小國，既無文德，又無武功，而惟知殺人以媚〔七〕人，其不至乎亡者，幸也。魯殺公子買卜以説於楚，衛殺大夫孔達以説於晉，皆非計也。夫無辜而殺大夫〔八〕且不可，況爲敵國殺之乎？彼敵國，何饜之有，殺其臣不足，則有出其君以説之，如衛成公者；出其君不足，則且有弑其君以説之，如齊莊公、悼公者〔九〕。是尚足以爲國乎〔一〇〕？漢景帝用袁盎之言，殺鼂錯以謝七國，而七國不爲罷兵。唐昭宗時，李茂貞犯京師，殺兩樞密使以謝之，猶不足〔一一〕，又殺杜讓能，茂貞乃罷，而唐亦旋亡矣。宋韓侂胄謀恢復，金兵南下，問首謀，方信孺使於金，爭之曰：縛送首謀，自古無之。金人不可，宋卒殺侂胄，以首畀金。夫侂胄之罪誠可誅矣，而至於函首謝敵〔一二〕，其國尚可爲乎〔一三〕？昔樊於期亡秦之燕，太傅鞠武欲使入匈奴，太子丹不可，於是樊於期感其義，至爲之死。其後燕王喜用代王嘉計，殺太子丹以説於秦，而燕卒亡。故夫殺人以媚〔一四〕人，無策之甚者也。

【校記】

〔一〕《好文》此題爲卷一第三篇。

〔二〕無人焉，《好文》作『其無人乎』。

〔三〕計，《好文》作『謀』。

〔四〕焉，《好文》作『之』。

〔五〕莫，《好文》作『而暮』。

〔六〕『使』上，《好文》多『嗟夫』二字。
〔七〕媢，《好文》作『悦』。
〔八〕『夫』下，《好文》多『猶』字。
〔九〕『則有』至『公者』，《好文》作『則必出其君；出其君不足，則必弑其君。此衛成公所以出奔，齊莊公、悼公所以見弑乎』。
〔一〇〕『是尚』至『國乎』，《好文》無。
〔一一〕足，《好文》作『解』。
〔一二〕謝敵，《好文》作『金廷』。
〔一三〕『其國』至『爲乎』，《好文》作『宋尚足以爲國乎』。
〔一四〕媢，《好文》作『悦』。

晉文公論〔一〕

唐叔之始封也，箕子曰：『其後必大。』至晉文公而遂霸諸侯，其言信矣。楚成王曰：『吾聞姬姓唐叔之後，其後衰者也。』而晉爲三家所滅，乃〔二〕先諸侯而亡，何哉？烏乎，晉之所以霸者，其所以亡也。孔子曰：『晉文公譎而不正，齊桓公正而不譎。』今觀晉文與其臣，所以取威定霸者，皆陰謀也。有陰謀者，必有陰禍，晉祚所以不永〔三〕歟？自古以陰謀勝人者，莫如越句踐，句踐雖能滅吳，而數十年之後子孫竟亡於楚。故〔四〕知天下之事，得之光明，乃可以久，得之曖昧，終必失之。漢高祖取天下於秦項之亂，其事近正，故傳四百餘年，絶而復續。既簒於魏，而昭烈〔五〕建號於一隅〔六〕，又數十年，傳二世而後滅。宋太祖之代周，難言之矣，故〔七〕南渡之後，不能爲光武之中興。而益王之立於福州，衞王之立於磠州，亦不足以比蜀漢。烏乎，天道神明，不於此而可見乎？陳平曰：吾多陰謀，是道家之所忌，吾世卽廢，終不能復起，以吾多陰禍也。其後曾孫何坐法國除，竟不得續封。晉文之臣，所與深謀者，胥臣、郤穀、狐毛、狐偃、欒貞子之徒，不久而子孫降於皁隸，豈非晉之君臣皆有陰禍哉？雖然，孔子稱齊桓公正而不譎，而齊亡乃先於晉，何也？太史公曰：西伯昌與呂尚，陰謀以傾商政，其事多兵權奇計，後世言兵及周之陰權，皆宗太公爲本謀。由是言之，太公以陰謀興，宜其祚之不永也〔八〕。

【校記】

〔一〕《好文》此題爲卷一第四篇。

〔二〕乃，《好文》作『竟』。

〔三〕永，《好文》作『長』。

〔四〕『故』下，《好文》多『其爲國逼於契丹、絶於女貞，亡於蒙古』。

〔五〕昭烈，《好文》作『先主』。

〔六〕『隅』下，《好文》多『之地』二字。

〔七〕『故』下，《好文》多『其爲國，逼於契丹、絶於女貞、亡於蒙古』。

〔八〕『宜其』至『永也』，《好文》作『其祀之不永也宜哉』。

蹇叔論〔一〕

有進説於其君者，而君不聽，則亦已矣。必嘵嘵然語於衆，曰：『君之爲此〔二〕也，吾知其不可也，吾言於君，而君不用〔三〕也。』則似幸其有失〔四〕以中其言，不幸而其言果中，則人主將有所甚愧。且夫愧而能悔者，賢主也，豈可望之中主以下者哉？是故，古之大臣，入以語其君，出不以告其子，使異日者君無所愧於我，君無所愧於我，則今日棄之，明日收之，略不芥蔕於其胷。昔秦穆公使孟明襲鄭，蹇叔以爲〔五〕不可，及秦師既敗，穆公益用孟明而不及蹇叔，豈蹇叔已死歟？烏乎，蹇叔年雖高，有少年之氣，才識有餘而不能藏，雖不死，猶不用也。《書》曰：『爾有嘉謀嘉猷，入告爾后於內，爾乃順之於外，曰：「斯謀斯猷，惟我后之德。」』古君臣之間，豈好爲此戔戔小讓哉？懼傷君心也。今夫朋友之過，猶必忠告而善道之〔六〕，而況君臣之間乎〔七〕？蹇叔一言不用，則悻悻之氣不能自默，既哭其師，又訣其子，必使通國皆知而後已。秦師一敗，崤函以西，無不稱蹇叔之智，而笑〔八〕秦穆之愚。秦穆何如主，而肯屈於其臣乎？一戰不勝則再戰，再戰不勝則三戰，不責孟明以僨事之罪，乃不欲自任失人之咎，而使蹇叔受知言之名也。夫王官之〔九〕役，晉人厭兵，自不出耳，非孟明之能勝晉也。以兩敗易一勝，兩戰之敗不以爲辠，一戰之勝遂以爲功，此秦穆之所以自解於國人也。其後晉以一旅拒桃林之塞，而秦遂不能東征，諸侯倖一時之功，貽數世之禍。秦穆君臣不足惜，然而激而成之者，何人哉？向使蹇叔諫而不用則杜門不出，深自諱匿，穆公始雖不用，終必能悔，悔而復用，成功名於天下，甚未晚也。

惜乎，蹇叔才識有餘而不能藏也。

【校記】

〔一〕《好文》此題爲卷一第五篇。

〔二〕君之爲此，《好文》作『是謀』。

〔三〕用，《好文》作『我聽』。

〔四〕有失，《好文》作『無功』。

〔五〕以爲，《好文》無。

〔六〕『猶必』至『道之』，《好文》作『尚爲之諱』。

〔七〕之間乎，《好文》作『也哉』。

〔八〕笑，《好文》作『惜』。

〔九〕九，《好文》作『一』。

晏平仲論〔一〕

晏平仲，一狐裘三十年，澣衣濯冠以朝，豚肩不掩豆以祭，其所居湫溢囂塵而亦安之。故太史公曰：『晏平仲以節儉力行重於齊。』烏乎，晏子非徒儉者〔二〕也。古之君子，敝車羸馬，菲衣惡食，其自奉有嗇於斯養者，豈徒儉哉？蓋處亂世之道也。今夫君子，誠不以衆人之匈匈而易其行，然以一身而處乎匈匈之中，則亦危矣。彼君子何恃以處〔三〕此？曰：君子之於亂世也，天下雖忌之、嫉之、欲得而殺之，而至觀其食無兼膳，衣無完衣，出無一宿之糧，入無一日之積〔四〕，則雖其深怒積怨者，不能不自媿不如，而甚者至於〔五〕太息泣下也。何也〔六〕？天下之小人，未始無是非之心也，雖惡其剛直〔七〕之節，而不能不服其廉潔之行。是故處亂世、犯衆怒而莫或傷之也。孔子曰：『危邦不入，亂邦不居。』後君子不幸而處此，如之何而可歟？曰：菜羹疏食而能飽，蓽門圭竇而能安，親僮僕之役而能不以爲勞，聞妻子飢寒愁苦之聲而能不以爲恥〔八〕，則無往而不可。世之人所以貶其道、屈其守者，豈有他哉？飢寒之弗能忍，而勞辱之弗能堪也。當晏子時，齊多故矣，而卒有以自全。故曰〔九〕：晏子非徒儉者也。

【校記】

〔一〕《好文》此題爲卷一第八篇。
〔二〕者，《好文》無。
〔三〕處，《好文》作『爲』。
〔四〕『出無』之『之積』，《好文》作『囊無一金之積，家無一昔之糧』。
〔五〕於，《好文》作『乎』。
〔六〕何也，《好文》無。
〔七〕直，《好文》作『正』。
〔八〕不以爲恥，《好文》作『無動於色』。
〔九〕『當晏』至『故曰』，《好文》作『嗚呼』。

先縠論〔一〕

邲之戰，晉大夫見於軍者十有〔二〕八人，獨先縠堪其職耳。晉師之出也，聞鄭既及楚平，桓子欲還，先縠欲戰，戰而敗，則先縠爲無謀。雖然，晉之彊，匹於楚，晉之救鄭，聞於諸侯。昔孫良夫、石稷、寧相、向禽侵齊，與齊師遇，石子欲還。夫以區區之衛，當齊屢勝之鋒，其勢不敵。而孫子曰：『以師伐人，遇其師而還，將謂君何？』卒與齊戰。然則以衛避齊且不可，況以晉避楚而可哉？且諸侯所以望晉而歸之者，以晉庇我也。今小國有急，晉師遷延不出竟，豈獨失鄭，諸侯其誰不懏焉？是故鄢陵之役，范文子不欲戰者，其所憂有在也。若論其常〔三〕，則先縠之言，萬世法也。雖然，如必敗何？曰：敗猶可也，而不戰〔四〕不可也。天下之大勢，不在一戰之勝負，使先縠不以中軍佐濟，而從桓子之謀而歸，則可以無邲之敗。然自此諸侯益離，楚益無忌，天下之勢，必且折而入於楚。晉平公時，楚滅陳、蔡，晉爲合諸侯而不能救，遂以失霸，吾惜其時之無先縠也。或又咎先縠不從郤獻子之言而設備。夫秦穆之伐晉也，濟河焚舟；項籍之救趙也，沉舟破釜，安有如晉人之設覆於敖、具舟於河者乎？設覆，所以拒追者，具舟，所以濟逃者，此非戰備，乃逃備也。邲之戰，非將不具、兵不衆，患在人人未戰而期於必敗。曹劌之論戰也，曰：『夫戰，勇氣也。』今成師以出，未折一矢，未絶一弦，而能逆〔五〕知其必敗而爲之備，三軍之氣，不戰而自挫矣，何以戰乎？夫備豫不虞，軍之善政也。不備不虞，燕人所以敗於制也。是役也，楚亦嘗爲備矣，前茅慮無，左轅，右追蓐，未聞其設覆而具舟也。然則晉將何以待楚？曰：城濮以來，楚之不競〔六〕久矣。觀其告唐惠侯曰：『不穀不德，以遇大敵。然楚不克，君之羞也，敢藉君靈以濟楚師。』是晉固〔七〕畏楚，楚亦畏〔八〕晉。誠如先縠之意，敖鄗既遇，鼓而進之，車馳卒奔，以乘楚軍，則〔九〕楚師雖衆，可以一鼓走也。烏乎，先縠晉之良，不幸與庸人共事，不能成其功，且不能保其身。而或謂先縠召赤狄伐晉，宜其死。夫事固不可知。鄢陵之役，欒武子怨郤至之不從己也〔一〇〕，乃使楚公子筏告晉侯曰：『郤至實召寡君。』夫〔一一〕以欒武子之賢稱於諸侯，而猶爲此〔一二〕，吾安知先縠之召狄，不亦猶郤至之召楚哉〔一三〕？

【校記】

〔一〕《好文》此題爲卷一第九篇。目錄題同此，正文題『先』上多『晉』字。

〔二〕有，《好文》無。

〔三〕論其常，《好文》作『夫爲子孫之計』。

〔四〕不戰，《好文》作『還』。

〔五〕逆，《好文》作『預』。

〔六〕競，原作『兢』，據《好文》、《校勘記》改。

〔七〕是晉固，《好文》作『則知晉雖』。

〔八〕亦畏，《好文》作『實懼』。

〔九〕則，《好文》無。

〔一〇〕也，《好文》作『而敗楚師』。

〔一一〕夫，《好文》無。

〔一二〕 此，《好文》作『此也』。

〔一三〕 哉，《好文》作『也哉』。

季札論〔一〕

天下事，其始不斷，其後不勝悔。君子於事之始來，審之以禮，決之以義，而守之以勇。故雖事起倉猝之中，變生智慮之外，而終無累於其身。且夫簞食豆羹之細，一不慎，終身悔，況家國之際乎？鄭人欲立子良，子良曰：『以賢則去疾不足，以順則公子堅長。』楚平王卒，令尹子常欲立子西，子西曰：『是亂國而禍君王也。』必殺令尹。夫此二子者，雖有剛柔之異，而其勇一也，故皆至於沒齒而無悔。吴壽夢之死也，諸子以季札爲賢，弟兄代立，以求致國乎札。然札終不果立，而僚光爭國，乃至相弑。烏乎，季子，賢者也，吾惜其始之不斷也，猶〔二〕幸其善於自處，致國闔閭〔三〕，歸老延陵，死而有知，尚可見壽夢於地下。然爲季子計，終不若當壽夢之未死逃之諸侯，以絶諸兄致國之意，則父子兄弟之間所全實多。古之人有行之者，太伯是也。當壽夢之時，札不能自引去〔四〕，至僚弑之後乃曰〔五〕：『吾受爾國，是與爾爲篡也；爾弑爾兄，吾又殺爾，是父子兄弟相殺無已時也。』去之延陵，終身不入吴國。札所以處此者，固得矣，而豈知移此舉於壽夢未死之日，尤爲萬全哉？故曰：其始不斷，其後不勝悔。季子，賢者也，吾惜其始之不斷也。

【校記】

〔一〕《好文》此題爲卷一第十篇。目録題同此，正文題作『吳季子論』。

〔二〕猶，《好文》作『而猶』。

〔三〕闔閭，《好文》作『闔廬』。

〔四〕『當壽』至『引去』，《好文》作『札於此時既不能去』。

〔五〕乃曰，《好文》作『曰』。

滕文公論〔一〕

烏乎，滕文公豈能用孟子哉？其用孟子也，無聊之思而已矣。滕與齊、梁異，齊、梁之國大，而其勢彊，欲其一旦舉國而委之匹夫，如湯之於伊尹，文王之於太公望，豈可得哉？滕則不然，截長補短，僅可五十里，介於齊楚，岌岌不可終日〔二〕。文公自度，用孟子亦亡，不用孟子亦亡，是以用孟子而不疑也〔三〕。蘇秦、張儀之徒所不至，而孟子獨來。今夫文公之爲世子也〔四〕，知馳馬試劍而已，其後知父兄百官之不我足也，而欲得天下賢者以自強，是以過宋而見孟子，非知孟子賢也〔五〕，高其名也。夫果高其名也，則亦與馳馬試劍同，爲戰國公子之常態而已矣。彼許行者，自楚之滕，尚有數十人與之俱，則〔六〕其在楚可知也。文公過宋，既見孟子，其之〔七〕楚也，必見許行。孟子言堯、舜，而許行言神農，且以爲賢於孟子矣。孟子曰：『世子疑吾言乎？夫道一而已矣。』此有爲而言之，非虚言也。烏乎，吾安知許行之來非文公召之也哉〔八〕？不然〔九〕，許行與其徒〔一〇〕捆屨織席足以自給，彼何慕乎區區五〔一一〕十里之滕而來爲之氓也〔一二〕？孟氏之徒不能知其事之本末，故於文公來見書其『將之楚』，又書其『自楚反』。而〔一三〕許行之來，亦自楚而之滕，此欲使後之學者有以得其故也。或乃以滕之無成爲孟子病，吾故備論之，以見文公非能用孟子。使文公而爲齊、梁大國之君，則亦齊宣、梁惠而已〔一四〕矣。

【校記】

〔一〕《好文》此題爲卷一第十四篇。

〔二〕『截長』至『終日』，《好文》作『東逼齊，南逼楚，勢且不支』。

〔三〕『用孟』至『疑也』，《好文》作『吾國固待亡之國也，是故授孟子以國而不疑』。

〔四〕『今夫』至『子也』，《好文》作『今夫滕文公者，好善而未聞道者也，其始』。

〔五〕『非知』至『賢也』，《好文》作『然而非知其賢也』。

〔六〕則，《好文》無。

〔七〕之，《好文》作『至』。

〔八〕也哉，《好文》作『歟』。

〔九〕『然』下，《好文》多『楚滕相去千里』。

〔一〇〕與其徒，《好文》無。

〔一一〕五，原作『七』（《好文》同），據《校勘記》改。

〔一二〕也，《好文》作『作』。

〔一三〕『而』下,《好文》多『他日』二字。

〔一四〕而已,《好文》無。

盆成括論〔一〕

烏乎,有才之難也〔二〕。孟子,才之大者也,盆成括,才之小者也。齊人於孟子則不能用,於盆成括則始用之而終殺之〔三〕。其用之也,君子不以爲倖;其殺之也,君子不以爲冤,何者?其才果〔四〕足以用,果足以殺也。〔五〕夫才小者,始未有不用,終未有不殺。鄧析用於鄭、殺於鄭,文種用於越、殺於越,吴起用於楚、殺於楚,李斯用於秦、殺於秦〔六〕,豈始皆幸,後皆不幸哉?其才使然也。賈誼、鼂錯皆漢之才臣,而誼之才大,錯之才小,故誼廢〔七〕棄而錯爲戮。夫誼之才,宜乎不用;錯之才,宜乎不免也。牛馬用於人、殺於人,鳥有鳳,獸有麟,超然遠〔八〕禍矣,而不爲天下用。才小者,牛馬也;才大者,麟鳳也。今夫木長者可爲楹,短者可爲桷,圓者可爲輪,直者可爲軸,然皆不免於斧斤;千尋之木〔九〕,萬〔一〇〕夫不能舉,百牛不能載〔一一〕,則亦腐棄山中矣。是故有才之難也〔一二〕,小才,天下之所忌;大才,天下之所棄。夫欲〔一三〕有濟於世而無禍於身,豈易言哉〔一四〕?《易》曰:『上不在天,下不在田,無咎。』古君子處於亂世,與爲所忌,寧爲所棄也〔一五〕。

【校記】

〔一〕《好文》此題爲卷一第十六篇。

〔二〕『也』下，《好文》多『才小則殺，才大則棄』。

〔三〕『於盆』至『殺之』，《好文》作『齊人於盆成括始則用之終則殺之』。

〔四〕果，《好文》作『固』，下同。

〔五〕『也』下，《好文》多『舜相堯而殛鯀，孔子相魯而誅少正卯，故』。

〔六〕『鄧析』至『於秦』，《好文》作『商君用於秦、殺於秦，吳起用於楚、殺於楚，文種用於越、殺於越』。

〔七〕廢，《好文》作『老』。

〔八〕遠，《好文》作『免』。

〔九〕『木』下，《好文》多『負雲霓而倚危巖』。

〔一〇〕萬，《好文》作『百』。

〔一一〕『百牛』句，《好文》作『斧斤無所施』。

〔一二〕『是故』句，《好文》作『是故小才可悲而大才亦無足樂也』。

〔一三〕夫欲，《好文》作『故』，其上并多『君子之才，處夫大小之間，既不爲所忌，又不爲所棄』。

〔一四〕『豈亦』句，《好文》作『方其得志也，當大任而不懼，執大柄而不疑，享大福而不蕩。至其不得志也，奔走於一官，迴翔於一邑，而無怨言、無慍色，職脩事舉，亦不獲罪於當時』。

〔一五〕『古君』至『棄也』，《好文》作『信乎其無咎歟』。

陳仲子論〔一〕

醫者之用藥也，將以補其氣之不足，養其體之不充，則非品之正、性之良者，莫敢用也。至欲去其膏肓之疾，而治其瘤癧癰疽之毒，則雖可以殺人如烏喙、蝮蠍之屬，亦將用之而無所擇。夫非不知其能爲人患也，然而人之疾有非此無以治者，則雖其毒足以殺人，而亦醫者之所不廢〔二〕。今夫天下大矣，其異乎吾道者固宜有之，而世之君子必以爲非吾族也而攻之、而絶之，則亦未得醫者用烏喙、蝮蠍之意矣。陳仲子之廉，至於辟兄離母，無親戚、君臣、上下，是其爲辠固不〔三〕勝誅，而吾顧〔四〕有取者，何哉？君子有萬世之計，有一時之計。爲萬世計，期於無弊；爲一時計，期於勝弊。當是時，四公子之屬方以富貴聲勢傾天下士，而范雎、蔡澤、張儀、蘇秦〔五〕之徒，亦各挾其材辯取卿相之位及金玉錦繡而已矣〔六〕。夫上與下而惟利之知，則天下之亂未有艾也。天生陳仲子於此時，或者其有意乎？是故陳〔七〕仲子而得遇孔子，則宜未至於見絶也。昔管仲之器，孔子固嘗小之，而又曰：『九合諸侯，不以兵車，管仲之力也〔八〕。如其仁，如其仁。』夫小其器而亟稱其仁，何哉？孔子見天下之相尋於干戈而不得一日息也，以爲有如管仲者，則兵革之禍可以少衰，蓋深惜定、哀之間莫能爲管仲也。然而孔子之意，豈欲後之君子不爲伊尹、太公而爲管仲哉？亦以爲一時之計而已矣。吾故曰：陳仲子而遇孔子，則宜未至於見絶也。烏乎，君子有世道之責者，當知一時之計異於萬世之計，毋曰烏喙、蝮蠍可以殺人而不可以已疾也，天下其可得而治歟？

【校記】

〔一〕《好文》此題爲卷一第十三篇。

〔二〕『廢』下，《好文》多『也』字。

〔三〕固不，《好文》作『不可』。

〔四〕顧，《好文》作『固』。

〔五〕『秦』下，《好文》多『公孫衍』。

〔六〕『亦各』句，《好文》作『亦各恃其材辯徼一時之功取相印金玉錦繡而已』。

〔七〕陳，《好文》無。

〔八〕管仲之力也，《好文》無。

伯魯論〔一〕

趙簡子二子，長曰伯魯，次曰無恤，不知所立，乃書訓戒之辭於二簡以授二子。三年而問之，伯魯不能舉其辭，并失簡；無恤誦之甚悉，求其簡，出之袖中。乃立無恤。夫伯魯之所爲，雖常人父子之間無所覬覦有不至此者，況世祿之家乎？且伯魯愚妄如是，則簡子固當知之，必決之於此而後定，何哉？烏乎，古人之事未可以言語求矣。孟子曰：『以意逆志，是爲得之。』當是時，晉日以衰而三家者日以盛，晉之必爲韓、魏、趙也，勢也。彼伯魯者，殆不義夫有晉而逃之者歟？是故伯魯之志，太伯之志也。太伯知周之必代商，伯魯知趙之必代晉也。然則以千乘之國讓，世無得而稱者，其伯魯之謂歟？三代以下能爲伯魯者，陳思王也。武帝欲立植爲太子，而植不自修飾，飲酒無節，以失其父之歡，遂不得立，此必有不義其父之所爲者矣。吾觀《周易》『蠱』之爲卦，皆以父子爲言，至『上九』，處卦之窮，則〔二〕其爻曰：『不事王侯，高尚其志。』太伯、伯魯、曹植之徒，其有得於此義也夫？

【校記】

〔一〕《好文》此題爲卷一第十五篇。

〔二〕『則』下，《好文》多『父子之際有難言者，而』。

屈原論〔一〕

屈原，賢者也，然而未若柳下惠焉。柳下惠不羞汙君，不卑小官，遺佚而不怨，阨窮而不憫。或曰：『子未可以去乎？』曰：『直道而事人焉，往而不三黜；枉道而事人，何必去父母之邦？』烏乎〔二〕，此不足以見己重而物輕也哉？雖與之天下，吾不以之榮；雖奪之天下，吾不以之辱，而豈臧文仲之徒所能爲之榮辱哉？彼屈原者，一爲上官大夫、令尹子蘭所讒，則幽愁顑頷，繼之以死，何其小也？太史公曰：『屈原之作《離騷》，蓋自怨生焉。』今讀其詞，乃如婦人女子失意於人所爲者。君子不怨天，不尤人。知我者其天乎？〔三〕又何怨！原之言曰：『新沐者必彈冠，新浴者必振衣，不能以身之察察，受物之汶汶。』夫君子無入而不自得焉，不曰堅乎？磨而不磷；不曰白乎？涅而不緇。世人皆醉，而我亦從之醉則不可，若夫人自醉、我自醒，不亦可乎？而何死乎？且夫黃鐘之大，固不與瓦釜爭鳴；千鈞之任〔四〕，亦豈與蟬翼較其輕重哉〔五〕？原之死，吾惜之。人固有一死，或重於太山，或輕於鴻毛〔六〕，彼上官大夫、令尹子蘭何人哉而原爲死也〔七〕？賈誼弔屈原，惜其不能去而死於楚。然而滔滔者天下，皆楚也，原無往而不死也。故必如柳下惠，而後可以不死也〔八〕。

【校記】

〔一〕《好文》此題爲卷一第十七篇。

〔二〕烏乎，《好文》作『嗟乎』。

〔三〕『乎』下，《好文》多『求仁而得仁』。

〔四〕任，《好文》作『重』。

〔五〕輕重哉，《好文》作『重輕乎』。

〔六〕鴻毛，《好文》作『秋毫』。

〔七〕哉、也，《好文》互乙。

〔八〕『故必』至『死也』，《好文》作『若柳下惠者，魑魅與居，豺虎與游可也』。

申韓論〔一〕

自太史公有『申、韓原於道德』之説，而宋蘇氏論之曰：『不殺人不足爲仁，則殺人不足爲不仁，刀鋸斧鉞何施而不可？』斯言也，如獄吏治獄，鍛鍊周内而已，烏〔二〕足以服老、莊之徒哉？然則老、莊之爲申、韓，其故何也〔三〕？曰〔四〕：聖人之治天下，必本於〔五〕仁義。仁者，天下之所〔六〕以生；義者，天下之所以成。仁義之道行，而天下之性剛柔皆得〔七〕其中。婦人女子皆有難犯之容，介胄匹〔八〕夫皆有可親之色〔九〕。何者？所以感之者得其平也。老、莊之學，一死生，齊物我，舉天下之大而歸之空虛，充其意，君臣父子之名可以不立，禮樂刑政可以不設，善可以無賞，惡可以無罰，〔一〇〕天下之治亂可以不知，相與以無事爲安而已矣。嗟夫，後世之天下，能遂如大庭、庸成之世乎？不能也〔一一〕。有國家者不幸而用其說，法敝而不知修，事廢而不知舉〔一二〕，天下靡然不可爲矣。大風之起也，行乎〔一三〕空中而已，一遇崇山峻嶺，遏〔一四〕之而使回，則走巨石，摧叢柯，扶搖乎〔一五〕數千里之外未盡其怒也；水之注而東也，渾渾浩浩〔一六〕而已，一遇危磯險陜，折之而使回〔一七〕，則潰隄防，毀城郭，奔騰乎數百里之外〔一八〕未盡其怒也。天下之勢，無異於〔一九〕此。老、莊之説用於天下，則所以感之者豈得其平哉？智久不用，人有餘智；勇久不用，人有餘勇。鬱之也深，蓄之也固〔二〇〕，其發之也愈烈，而申、韓之徒出其間矣。吾觀漢初，曹參用蓋公言，清靜無爲，文、景因之，而閭閻富溢，無復限制；武、宣之世，乃復尚嚴。夫文、景之後，不能不爲武、宣，則知老、莊之後，不能不爲申、韓也。史公之論，其以此發歟？彼蘇氏者固未得其恉也〔二一〕。

【校記】

〔一〕《好文》此題爲卷一第二十一篇。

〔二〕烏，《好文》作『豈』。

〔三〕『然則』至『何也』，《好文》作『然而老、莊之弊，未有不爲申、韓，何也』。

〔四〕曰，《好文》作『蓋』。

〔五〕於，《好文》作『乎』。

〔六〕之所，《好文》作『所恃』，下同。

〔七〕皆得，《好文》作『各適』。

〔八〕匹，《好文》作『武』。

〔九〕色，《好文》作『意』。

〔一〇〕『罰』下，《好文》多『洪水猛獸可以不治，窮無告者可以不恤，而』。

〔一一〕不能也，《好文》無。

〔一二〕舉，《好文》作『理』。

〔一三〕行乎，《好文》作『散漫於』。

〔一四〕遏，《好文》作『格』。

〔一五〕扶搖乎，《好文》作『翱翔』。

〔一六〕渾渾浩浩，《好文》作『渾淪浩渺』。

〔一七〕折、回，《好文》作『阻』、『退』。

〔一八〕外，《好文》作『間』。

〔一九〕異於，《好文》作『以異』。

〔二〇〕固，《好文》作『久』。

〔二一〕『彼蘇』句，《好文》作『嗚呼，申、韓之於老、莊，非相師也，而其得用於天下，則老、莊爲之也。是以聖人之治天下，必本於仁義』。

秦始皇帝論上

世以變古罪始皇，不知變者也。三皇異世，不相襲禮；五帝殊時，不相沿樂。是以董子曰：『繼治世者，其道同；繼亂世者，其道異。』秦人繼大亂之後，其道固不能無異矣。麻冕，禮也，而今也純儉，則孔子從衆。《易》曰：『化而裁之謂之變，推而行之謂之通。』又曰：『變而通之以盡利。』又曰：『物窮則變，變則通，通則久。』然則變也者，聖人所以通天下之窮也。古之治天下者，至於周而窮矣。孔子曰：『周監於二代，郁郁乎文哉，吾從周。』蓋言周之爲治，兼二代之所有，而增二代之所無，雖有聖人，無以加之也。夫無以加之，則窮之道也。故自平王東遷而諸侯竝爭，天下大亂，及戰國，而知者騁其謀，勇者奮其力，以先王之道爲迂闊，三代禮樂，掃地無遺。及秦有天下，遂乃燔燒《詩》、《書》，投棄俎豆，刱造百度，自成一代之治。秦滅漢興，不能反古，叔孫通之徒褃采秦儀而用之。於是上自朝廷，下至鄉黨，皆秦之流風遺俗，而成周之文固已不可見矣。然則周、秦之際，古今之交也，雖欲無變，不可得也。古者，天下之地，天子不得而私焉；天下之田，農夫不得而私焉。秦廢封建，而盡以天下之地歸天子；廢井田，而盡以天下之田予農夫，於古人之意失之遠矣。然而其事簡易，至今未有以易之也。此皆古今之變，而秦不與焉。是故秦之所以二世而亡者，非變古之罪；以變古罪始皇，不知變者也。

秦始皇帝論中

荀卿子曰：『欲觀聖王之迹，則於其粲然者矣，後王是也。彼後王者，天下之君也，舍後王而道上古，是猶舍己之君而事人之君也。』其後李斯相秦，用荀卿之説，廢先王之制，而壹用秦法。後之論者因以爲李斯罪，而并罪荀卿子。烏乎，此不知變者之説也。夫周、秦之際，天固將大有變易以開萬世之治，當其時，學士大夫皆見及之，豈獨荀卿與其徒一二人之私言哉？吾讀呂不韋之書，有曰：『上胡不法先王之治，非不賢也，爲其不可得而法。』又曰：『治國無法則亂，守法而弗變則悖，悖亂不可以持國。世易時移，變法宜矣。譬之若良醫，病萬變，藥亦萬變，病變而藥不變，嚮之壽民，今爲殤子矣。夫不敢議法者，衆庶也；以死守法者，有司也；因時變法者，賢主也。』呂氏之書，所采皆當時士大夫之説，然則因時變法，固當日之通論矣。秦雖不用李斯，而呂氏之徒固在也，以其説施於下，則亦李斯也，豈必荀卿子哉？當戰國時，守先王之道而欲用之當世者，莫如孟子。孟子之道不行，則天之意固可知矣。彼荀卿、呂不韋之徒，不可謂不知天者也。周之衰也，天下之國無大於秦、楚，繼周而有天下者，非秦卽楚耳。荀卿子在楚，呂不韋在秦，其地之相去至遠，而其言若合符節，則使秦人不得天下而楚得之，其變改古制，猶夫秦也。而後之儒者，乃以變古爲始皇罪，遂於數千年後欲胥先王之道而復之，而卒不可復，吾恐其適爲秦人笑也。

秦始皇帝論下

昔周公制謚法，使大行受大名，細行受細名，行出於己，名生於人。秦始皇帝以爲，如此則是臣子得議其君父也，於是廢謚法而自稱始皇帝，其子稱二世皇帝，自二世、三世以至萬世，傳之無窮。後之論者莫不以周公之制爲是，而非始皇帝。夫謚法非古也，堯、舜、禹皆名耳，未有謚也。自周而興之，自秦而廢之，何必周之是而秦之非哉？周以前蓋有以十干爲號者，然而以十干爲號，則前後有時而相襲，故成湯曰乙，紂之父亦曰乙，讀《易》者疑焉；湯之孫曰甲，武丁之子亦曰甲，讀《尚書》者疑焉。秦以世爲號，則雖質而不至於無別，視古人十干之號或反勝之矣。漢世諸事皆仍秦舊，而獨復謚法，然太史公於《高帝紀》曰『上尊號爲高皇帝』，於《文帝紀》曰『上尊號爲孝文皇帝』。稱『尊號』而不稱謚，蓋亦避秦人臣子議君父之嫌也，則何如仍用秦法而以世紀哉？後世浮文日盛，而謚號益緐。唐德宗時，顔真卿言：『玄宗末，姦臣竊命，列聖之謚有加至十一字者，謚號太廣，有踰古制，請皆從初謚，以省文尚質，正名敦本。』而議者以陵廟、玉册、木主皆已刊勒，不可輕改，竟不果行。夫使後世而亦如秦人之以世爲號，又安有此紛紛者哉？是故秦人之制，雖異於古，未可盡以爲非也。孔子曰：『唐虞禪，夏后、殷、周繼，其義一也。』夫禪之與繼，至不一矣，而孔子以爲一者，惟其宜而已矣。故曰：以變古罪始皇，不知變者也。

項羽論〔一〕

語曰：『得士者彊。』楚、漢之際，豪傑竝爭，智謀之士，所在多有，而吾竊怪項氏之無人也。項王入關，不務安輯秦民，而收寶貨、婦女以東，遂使秦人〔二〕怨入骨髓，而沛公得以還定三秦，此楚之所以敗也。然沛公初至關中，見秦宮室幃帳〔三〕，欲留居之，此其志與項王何異？使非張良、樊噲交諫，則項王所爲，沛公先之矣。吾於〔四〕此歎項氏之無人也。彼范增，號爲智士，而所見曾不及樊噲，何哉〔五〕？或曰：『項王暴虐，非可諫者。』是不然。項王圍外黃，三日而降，將盡坑之。外黃令舍人兒年十三，説項王曰：『外黃畏彭越，故且降以待大王，今又坑之，百姓安所歸心？』項王竟從其言。然則，項王非不可諫。而爲楚之臣者，曾一孺子之不如矣〔六〕。或又曰：『項王雖得人不能用，以韓信之才、陳平之智卒使去而歸漢，其他可知矣。』是又不然。韓信去楚歸漢，微滕公〔七〕則已坐法斬，而滕公言於漢王，亦不過以爲治粟都尉，及蕭何薦之，乃爲大將。漢無蕭何，高祖安知有韓信哉〔八〕？陳平得用於漢由魏無知，其後爲灌嬰之徒所讒，平欲求去，賴魏無知卒保全之。然則，信與平之不用於楚，非項王之罪，彼范增〔九〕、鍾離昧之徒〔一〇〕安在哉？以陳平、韓信在其軍中而不知也。夫二子在楚，楚無知者，是可知楚之無人矣。烏乎，此楚之所以敗也。

【校記】

〔一〕《好文》此題爲卷一第十八篇。

〔二〕人，《好文》作「父兄」。

〔三〕「帳」下，《好文》多「寶貨」二字。

〔四〕於，《好文》作「以」。

〔五〕「彼范」至「何哉」，《好文》無。

〔六〕「曾一」句，《好文》作「曾不及一豎子也」。

〔七〕「公」下，《好文》多「言」字。

〔八〕「高祖」句，《好文》作「能用信乎」。

〔九〕彼范增，《好文》作「亞父」。

〔一〇〕徒，《好文》作「屬竟」。

范增論〔一〕

范增非智士也。留侯始將以少年百餘人往從景駒，道遇高祖，遂事之而不去。更始之立也，豪傑多薦鄧禹，而禹不從，及光武安集河北，禹乃杖策追及之於鄴。夫智者之審於所從也如此。韓信數以策干羽，羽不用，始逃楚歸漢。陳平爲楚將，以罪懼誅，乃杖劍而投高祖。此二子者，不可謂〔二〕不智，吾猶惜其始之不審所從也〔三〕。是故范增非智士也〔四〕。君子之〔五〕事其君也，苟其君未至如〔六〕桀、紂之無道，則無不可以善其終。白圭仕〔七〕魏，或惡之於魏文侯，文侯不聽。蘇秦仕〔八〕燕，或譖之於燕王，燕王按劍而怒。夫蘇秦之徒，猶能使其君信之而不疑〔九〕，況君子乎？古之〔一〇〕君子，將依其人以成功名，必有以深結乎其人者〔一一〕。是故蕭何守關中，用鮑生之言而高祖悦；寇恂守河内，從董崇之計而光武喜。然則處艱難之際，使其君信而不疑者，必有道矣。陳平既歸高祖，而灌嬰之屬〔一二〕交譖之，夫陳平，楚之亡卒，而灌、絳皆高帝故人，然平能使帝益厚己而不惑於諸將之多言，安有身爲謀主者〔一三〕十餘年而猶爲敵人所間者哉？是故〔一四〕范增非智士也。

【校記】

〔一〕《好文》此題爲卷一第二十篇。

〔二〕謂，《好文》作『爲』。

〔三〕也，《好文》作『焉』，并多『且夫既已事之矣，則於義不可去。豫讓，刺客耳，猶不背知伯而事趙簡子，況士大夫乎？馬援之去隗囂，而自託於光武，智矣，然吾謂終不免於負隗氏。且囂之待援何如哉？其使洛陽而歸囂，至與同臥起，而援一言事漢，則遂質其愛子而不辭。當是時，天下反覆，盜名字者不可勝數，援事光武，豈患無立功之地哉？囂，其故主也，而援自歸洛陽，無日不以蜀爲圖，光武西征，諸將猶豫，而援固請之。君子交絶，不出惡聲，況爲戎首乎？其後以梁松之譖，藁葬城西，非不幸也，宜也』一段。

〔四〕『是故』句，《好文》作『然而以此賢范增，則又不可』。

〔五〕之，《好文》作『既』。

〔六〕如，《好文》無。

〔七〕治，《好文》作『仕』。

〔八〕仕，《好文》作『治』。

〔九〕『疑』下，《好文》多『也』字。

〔一〇〕『況君』至『古之』，《好文》作『且』。
〔一一〕者，《好文》無。
〔一二〕屬，《好文》作『徒』。
〔一三〕者，《好文》無。
〔一四〕是故，《好文》無。

韓信論〔一〕

世多惜淮陰之死。吾謂，淮陰不死，劉氏不安。然則信必反乎？曰：然。信之不用蒯通之説也，以爲漢不奪我齊也。奪之齊而王之楚，信已不平，況又奪之楚〔二〕而侯之淮陰哉？是故〔三〕漢不殺信，亡劉氏者必信也。然則舍人弟告變，信乎？曰：否。高祖在，漢未有變，彭越、英布〔四〕之徒適以爲笑耳。信雖鞅鞅〔五〕，羞與絳、灌〔六〕伍，豈肯如彭越、英布輩冒昧舉事、俯首受戮哉〔七〕？世之論者乃謂：信失齊，後雖欲反，無能爲是。何不思信始遇高帝時何如也？且夫提三尺劍起布衣而爲天子者〔八〕，非高帝〔九〕乎？天下無變，擁數十城而王，何能爲？天下有變，徒手奮呼，取天下而有餘。信特患不得其時耳，苟得其時，王齊〔一〇〕可，王楚〔一一〕可，即爲淮陰侯〔一二〕亦無不可，豈必齊？今夫高帝崩而呂氏亂作，此信之時也。劉、呂之際，天下岌岌矣，以祿、產諸庸才，奉呂后一女主，而〔一三〕陳平、周勃諸大臣謀之，然且數年而後定。韓信，梟雄之姿，世無高帝則不能制，而欲以平、勃之徒當之，此羣羊咋虎也。故其時，亦幸而韓信已誅，使信尚在，以誅諸呂爲名號召天下，天下素震於信之威名，可傳檄而定。既去〔一四〕呂氏，則操、莽之業豈足道哉？論者乃責漢於信寡恩。烏乎，蝮蛇螫手，壯士斷腕。蕭何識信於亡卒之中，薦〔一五〕爲大將，而鐘室之謀〔一六〕，何亦與焉，豈非有不得已者歟？夫漢始患無信，而項氏非所憂；繼〔一七〕患有信，而呂氏非所憂。故自淮陰侯之死，而高帝可以老矣。

【校記】

〔一〕《好文》此題爲卷一第十九篇。

〔二〕楚，原作『齊』，據《好文》改。

〔三〕是故，《好文》無。

〔四〕英布，《好文》作『黥布』，下同。

〔五〕『信雖』句，《好文》作『信，英雄，雖其意鞅鞅』。

〔六〕『灌』下，《好文》多『等』字。

〔七〕受戮哉，《好文》作『誅夷乎』。

〔八〕者，《好文》無。

〔九〕祖，《好文》作『帝』。

〔一〇〕『齊』下，《好文》多『時』字。

〔一一〕『楚』下，《好文》多『時』字。

〔一二〕卽爲淮陰侯，《好文》作『卽侯淮陰時』。

〔一三〕而，《好文》無。

〔一四〕去，《好文》作『定』。
〔一五〕薦，《好文》作『以』。
〔一六〕謀，《好文》作『事』。
〔一七〕繼，《好文》作『後』。

馬援論

馬援事光武，爲中興名將，而不能善其終，世以爲惜。吾謂其有以取之也。夫馬援之去隗囂而歸光武，猶陳平、韓信之去項羽而歸高祖也。然而隗囂之遇馬援何如哉？其使洛陽而歸囂，至與同卧起，而援一言事漢，則遂遣其愛子入質而不辭，此乃所謂以國士遇之者，非如陳平、韓信之在楚而項羽不用也。當是時，天下反覆，盜名字者不可勝數，援事光武，豈患無立功之地哉？而援自歸洛陽，無日不以蜀爲圖，光武之征隗囂，諸將猶豫，而援固請之，異哉！君子交絶，不出惡聲，乃爲戎首乎？魯哀公時，吳將伐魯，問於叔孫輒，輒以告公山不狃，不狃曰：『君子違，不適讎國。且人之行也，不以所惡廢鄉。今子以小惡而欲覆宗國，不亦難乎？』叔孫病之。夫不狃，固小人而能爲是言；彼馬援者，曾不狃之不如矣。昔趙惠文王與樂毅謀伐燕，毅泣曰：『臣昔事昭王，猶今事大王也。若復得罪，在他國，終身不敢謀趙之奴隸，況子孫乎？』趙王乃止。烏乎，仁人君子之用心固如是也。馬援，功名之士，急於立功，雖獲所歸，終不免於負隗氏。然則，其後以梁松之謗藁葬城西，非不幸矣。

魏文帝論〔一〕

昔東漢之衰，豪傑竝起而爭天下。孫與劉，區區於一隅之地，其形勢，其兵力，皆不足以敵曹氏，而終魏之世不能一。烏乎，天下有急之而適以緩之〔二〕者，魏之謂歟？蓋魏之不能一天下，由丕之急以篡漢也〔三〕。當操之時，劉氏之不絶一線耳。然而先主已〔四〕得益州，其勢已足自立，而孫權藉〔五〕父兄之業，盡有東南之壤，亦非可旦夕取者。夫不能取蜀與吳，則雖篡漢，而天下猶未一也。魏武之不篡漢，豈其力不足以取之哉？今夫以魏篡〔六〕漢，譬如捕已斷之蛇，逐已斃之鹿，其勢必得。然而，漢在則可用以制吳、蜀，挾天子以令天下，固曹氏之所以得志也。曹丕庸才，不足以知其父之意，而遽取之。其明年，先主稱帝於蜀，又明年，孫權自王於江東，自此三國竝立者五十餘年。烏乎，魏而無漢，則亦與吳、蜀等〔七〕耳，其形勢，其兵力，又非有以大過之也，宜其不足以一之也。昔項梁立義帝，諸侯服從；項羽弑之，高祖遂以此起兵，而羽卒敗死。曹氏之不能一天下，與項氏無異，其不亡也，亦幸而已矣。夫諸侯未定，義帝未可弑也；吳、蜀未平，漢未可篡也。吾是以笑羽之愚，歎操之智，而又咎曹丕之庸才不足以知其父也。

【校記】

〔一〕《好文》此題爲卷一第二十二篇。

〔二〕之，《好文》無。

〔三〕 丕、以，《好文》作『文帝』、『於』。

〔四〕 已，《好文》作『既』。

〔五〕 藉，《好文》作『席』。

〔六〕 簒，《好文》作『代』。

〔七〕 等，《好文》作『均』。

錢徽論〔一〕

唐禮部侍郎錢徽掌貢舉，西川節度使段文昌、翰林學士李紳以書屬所善進士，榜出，所屬皆〔二〕不與。文昌因言於上曰：『今歲禮部所取士，皆以關節得之。』上乃命覆試而貶徽。或勸徽奏二人屬書，上必悟〔三〕。徽曰：『苟無媿心，得喪一致，奈何奏人私書？』遂焚之。時人以此賢徽。烏乎，賢者之於天下也，人望之如雷霆，如神明，有爲不善者，惴惴乎惟恐其聞之也。夫使聞之且不敢，而況敢以非禮之事干〔四〕之乎？徽以大臣掌貢舉，文昌與紳乃敢〔五〕以書屬其所善者〔六〕，二子不足責〔七〕，吾獨怪徽之爲人何使人不忌如此也？〔八〕徽知文昌之譖，而終不肯發其私書，其所爲固類長者，然而不知大臣之體。徽當日者受其書而即奏之，使知朝廷之有人，而大臣之不可干以非禮〔九〕，則豈獨無文昌之譖，亦所以尊朝廷〔一〇〕也。淮南王將反，而獨憚汲黯，以爲守節死義，難惑以非。使朝廷之上而皆如錢徽，天下豈不殆哉？〔一一〕當其時，叛臣悍將，擁兵負固而懷異志者，天下皆是也，設有遺之以書，而使爲弑逆之事者，亦將曰『此人之私書也』而受之、而焚之歟？ 鄭子公與子家謀弑靈公，子家不可，將反譖之，懼而從焉。《春秋》書之〔一二〕曰：『鄭公子歸生弑其君夷。』使子家聞子公之謀即以〔一三〕告於公而誅之，其爲功大矣，何反譖之足憂？ 後之君子〔一四〕，喜忠厚之名，而無不可犯之節，幸則爲錢徽，不幸則〔一五〕爲公子歸生矣〔一六〕，可不戒乎？

【校記】

〔一〕《好文》此題爲卷二第二篇。

〔二〕所屬皆，《好文》無。

〔三〕上必悟，《好文》無。

〔四〕干，《好文》作『加』。

〔五〕『敢』下，《好文》多『私其所善而』。

〔六〕其所善者，《好文》作『焉』。

〔七〕責，《好文》作『言』。

〔八〕『也』下，《好文》多『天下豈有不取一介之人而或強以行劫者哉』。

〔九〕干、禮，《好文》作『犯』、『義』。

〔一〇〕朝廷，《好文》作『天子』。

〔一一〕『哉』下，《好文》多『漢申屠嘉，賢相也，曰：吾不受私。徽掌貢舉，而受人私書，嘉之罪人也』。

〔一二〕之，《好文》無。

〔一三〕以，《好文》無。

〔一四〕 後之君子，《好文》作「士大夫」。
〔一五〕 「則」下，《好文》多「未有不」。
〔一六〕 矣，《好文》作「者也」。

劉蕡論〔一〕

唐太和二年，劉蕡對策，極言宦官之禍。考官馮宿讀而歎之，卒不敢取。蕡由是不得仕於朝，終於柳州司户。烏乎，蕡之言直矣。然吾有爲蕡惜者，以爲蕡直於言而拙於用。夫宦官之爲唐患，非一世矣，蕡之言曰：「揭國權以歸相，持兵柄以歸將。」此豈易言哉？〔二〕以裴度之元勳而居相位之重，未嘗一言及是，至於數日之間，三易其主，宰相不預〔三〕聞，而度亦安之，其遺表以儲嗣未定〔四〕爲憂，不以宦官爲言。夫裴度所不〔五〕言者，而蕡言之，交淺而言深，力近而圖遠，其〔六〕有濟乎？陳平將去吕氏，則日縱酒，無一言；狄梁公〔七〕將去武氏，則姑周旋其際，使信而不疑〔八〕。王曾之除丁謂，楊一清之除劉瑾，徐階之除嚴嵩，其外皆不見異同之迹，徐竢其可圖而爲之圖，故一發而有以制其死命〔九〕。夫憤憤一擊，以倖其或勝者，未有能濟者也。孫子曰：「善守者，藏於九地之下。」豈惟用兵？事莫不然〔一〇〕。昔范雎之入秦，其意蓋在穰侯，而其初見秦王，乃無一言，強之再三〔一一〕，則言攻齊之非計〔一二〕。夫使范雎一見而卽及穰侯，秦王固未必能用，而其言或泄於左右，則雎危矣〔一三〕。烏乎，劉蕡之見乃不及此，將去宦官之禍，而先使其身不能一日安於朝廷之上，而〔一四〕尚何爲哉？故曰：直於言而拙於用也。此吾所以爲蕡惜也〔一五〕。

【校記】

〔一〕《好文》此題爲卷二第一篇。

〔二〕『烏乎』至『言哉』，《好文》作『嗚呼，蕡非獨直於言，乃工於謀者也。蕡之言曰：「揭國權以歸相，持兵柄以歸將。」夫唐初之制，宦官止於給掃除、備守衛而已。自得相之權，而北司始尊；自得將之權，而天子廢置，在其掌握。果使將相各舉其職，而宦官尚何爲哉？然吾有爲蕡惜者何？則蕡工於謀而拙於用謀。宦官之爲唐患，非一世矣』。

〔三〕預，《好文》作『與』。

〔四〕未定，《好文》無。

〔五〕不，《好文》作『不能』。

〔六〕其，《好文》作『豈』。

〔七〕梁公，《好文》作『仁傑』。

〔八〕『使信』一句，《好文》作『而徐爲之謀』。

〔九〕『王曾』至『死命』，《好文》無。

〔一〇〕『孫子』至『不然』，《好文》無。

〔一一〕『乃無』至『再三』，《好文》無。

〔一二〕非計，《好文》作『失』。

〔一三〕『而其』至『危矣』，《好文》作『而其身危矣』。

〔一四〕 而,《好文》無。

〔一五〕 『直於』至『惜也』,《好文》作『工於謀而拙於用謀,其不用於唐焉,宜也』。

鄒元標論

烏乎,有明中葉以後,士大夫議論愈多,而國事愈壞,蓋自爭江陵奪情始矣。夫吴、趙諸賢,其陳義甚高,其立説甚正,固不得以爲非也。雖然,若鄒元標之疏,是亦不可以已乎? 君子之建言也,非以爲名也,冀其君之我聽也。若知君之必不我聽而猶以爲言,則悻悻小丈夫也。當是時,編修吴中行、檢討趙用賢、員外艾穆、主事沈思孝既以此廷杖矣,而鄒君者,亦既見之矣,吾道之不行,吾言之不用,夫亦不待智者而知之矣。君臣之間,以義合者也。彼鄒君者,將謂諸賢之去無損吾君臣之義歟? 留可也。若謂三綱淪矣,九法斁矣,吾不忍立於其朝矣,去可也。乃視諸賢杖畢,復以疏進,進必不用之言,以徼必不免之辠,嗚呼,可謂豪傑之士,而於君子之庸行,或未有合也。且其爲此疏果何爲也哉? 爭奪情歟? 必不可得而爭矣。明大義於天下歟? 言之者已非一人矣。然則此疏果何爲也哉? 無乃近乎好名者之所爲歟? 且夫古之君子誠有殺身以成仁者矣,然而,江陵奪情,江陵之辠也,殺吾之身以成人之仁,亦已過矣,况殺吾之身而不足以成人之仁! 何不愛其身之甚歟? 吾故爲此論。後之君子,或不幸而遇此,當有味乎吾言也。

明代爭國本諸臣論〔一〕

有明一代，士大夫喜名譽，好議論，乃宋以來之積習也。其爭大禮，爭國本，稍有依違，卽爲公論所不容。以今論之，大禮之議，互有得失，〔二〕而其爭國本者，亦未爲得也。夫光宗生於萬曆十年，福王生於十四年，相去纔〔三〕四歲。是時神宗春秋尚富，國賴長君之説，固無取也。且《春秋》之義，立嫡以長，立庶以貴。神宗孝端王皇后無子，則光宗與福王皆庶也，非所以論長幼也，論貴賤可矣〔四〕。光宗母王氏乃慈寧宮宮人，神宗私幸而有身，萬曆十年始封恭妃，是年光宗生，其亦微矣；福王母鄭氏始入宮卽爲貴妃，福王生，又進封皇貴妃。然則以《春秋》之義而論，光宗猶魯之隱公也，福王猶魯之桓公也，公羊子曰：『隱長，則何以不宜立〔五〕？立嫡以長不以賢，立子〔六〕以貴不以長。桓何以貴？母貴也。』又曰：『其爲尊卑也微，國人莫知。』夫隱、桓之母，尊卑至微，而隱猶不宜立。有明諸臣，其未讀《春秋》者矣。且神宗執祖訓『立嫡不立庶』之説，謂皇后尚少，倘後有出，是二儲也。其議〔七〕甚正，而王如堅、朱維京乃云：『后若〔八〕有出，所册元子自宜〔九〕避位，何嫌何疑？』夫所以立太子者，爲國本也，國本不可數易也。如諸臣之言，則是立之之時，先存廢之之意，狐埋狐搰，事同兒戲，豈所以重國本乎？若謂福王得立，則鄭氏擅政，將不可制。夫如是，必立無母之人而後可也，且必如元魏子貴母死之例而後可也，天下未來之禍，豈勝防哉〔一〇〕？光宗卽位，其母先死，無母后之亂〔一一〕矣。而李選侍者恣睢其間，至於宮府交鬬而後已。熹宗卽位，李選侍無權矣，而奉聖夫人客氏，乃挾阿母之恩，與魏忠賢表裏相煽，荼毒天下，馴致〔一二〕亂亡。使爭國本者將逆杜未來之禍，則吾謂天啓之亂，諸臣爲之也，而諸臣又豈受之乎？是故諸臣之爭，皆爭所不必爭，而其甚者，因神宗有立嫡之説，遂疑后病已殆，帝且立妃爲后，然孝端至四十八年始崩，崩而鄭貴妃竟不進位，爲人臣子而逆探君父所未有之邪志，罪莫甚焉。且使孝端竟殁於太子未立之前，鄭貴妃果進位爲后，則亦聽其以福王爲太子可矣。諸臣獨未聞殷太史之事乎？乃必乘后之猶在，先擁光宗而立之，使夫福王者必無可立之道，吾不知其何心也！至於妖書之獄、梃擊之案，盈廷喧鬨，意主攻擊。古之君子，處人骨肉之間，豈如是歟？嗟乎，明人之學未有自得者也，小而詩文之體〔一三〕規規摹擬，大而乘朝車、議國事，亦徒泥夫〔一四〕古人之見，而不知所以裁之，其爭大禮、爭國本，皆宋人之緒論也。然而宋之英宗受命於仁宗而爲之子，明之世宗未嘗受命於孝宗而爲之子，則大禮之議，固已襲宋人而失之矣。若夫宋人之爭國本，其君無子也，明神宗既有子矣，自臣子觀之均之，吾君之子，而又皆非嫡也。諸臣不知《春秋》之義，區區以長幼之説爭之，何其陋也〔一五〕。《記》曰：『天下無道，則辭有枝葉。』其明人之謂歟？

【校記】

〔一〕《好文》此題爲卷二第三篇，題作『明人爭國本論』。

〔二〕『失』下，《好文》多『近世如隨園袁氏、甌北趙氏，皆嘗言之』。

〔三〕纔，《好文》作『止』。

〔四〕『論貴』句，《好文》作『請論貴賤』。

〔五〕『隱長』至『宜立』，《好文》無。

〔六〕子，《好文》作『庶』。

〔七〕議，《好文》作『説』。

〔八〕后若，《好文》作『皇后』。

〔九〕宜，《好文》作『可』。

〔一〇〕哉，《好文》作『歟』。

〔一一〕亂，《好文》作『禍』。

〔一二〕致，《好文》作『至』。

〔一三〕體，《好文》作『間』。

〔一四〕夫，《好文》無。

〔一五〕何其陋也，《好文》無。

賓萌集卷二　説篇

治説上

治天下者，先審所求而已矣。獵者得獸，漁者得魚，其所得者，皆其所求也。治天下者豈異是歟？求王而王，求霸而霸，所求在是，所得在是，故所求不可不審也。蓋嘗論之，古之治天下者，求其無亂天下，既已安矣，既已治矣，以爲未也，懼其猶可以危，猶可以亂焉，日夜求而去之，有一之存則皇皇焉以爲大憂。後之治天下者，求其無事，異日天下治歟、亂歟、安歟、危歟，吾不得而知焉，饑饉之未臻，盜賊之未作，諸侯之未叛，夷狄之未侵，及吾之世猶可以無事則已矣。古之治天下者，若農夫之治田，有害吾田者，則務去之而後即安。後之治天下者，若其在逆旅之中，苟不至乎覆壓斯已矣，雖塵囂湫隘而亦安之。嗚呼，此非古今治亂之故歟？天下何時可以云無亂？天下何時不可以云無事？故治天下而惟無事之求，其不至乎亂者未之有也。吾讀書至公劉、太王之詩，而歎其於流離遷徙之餘有子孫萬世之慮也。《公劉》之詩曰：『既溥既長，既景迺岡，相其陰陽，觀其流泉。其軍三單，度其隰原，徹田爲糧。度其夕陽，豳居允荒。』太王之詩曰：『乃召司空，乃召司徒，俾立室家。其繩則直，縮板以載，作廟翼翼。』又曰：『迺立皋門，皋門有伉。迺立應門，應門將將。迺立冢土，戎醜攸行。』且夫詩人之詞，固但言其略，而使人推之以知其詳也。故其歌文王也，不言其他，而靈臺、靈沼之作則侈言之；其歌宣王也，不言其他，而《斯干》者，其考室之詩也；《無羊》者，其考牧之詩也，《車攻》、《吉日》者，皆其田獵之詩也。豈詩人之意舍其大而言其小者哉？將使人以此而推之也。公劉、太王之事，見於詩者寡矣，然卽其詩觀之，其規制之宏遠、經理之微密如此，則其施之於政事者可得而見也。夫公劉、太王，豈逆知其子孫之將王而爲之刱造百度以成一代之制歟？要在乎不可亂也。周由方百里起而有天下，成、康之世，刑錯而不用，可謂極盛矣。而昭王南征，遂有膠舟之難，是亦天下一大變也。爲周嗣王者，發師以逆昭王之喪，而問其罪，雖罪無所歸，然所在之國六師陊之，豈不足以張王室而僵諸侯之心哉？周之君臣竟置不問，天下遂有以窺周之不足忌，故雖以穆天子之彊，而徐且南面稱王；宣王發憤中興，而王師之敗於戎狄者屢矣。平王東遷，周益不競，然其始王命猶行於諸侯也，繻葛一戰，王夷師熸，周竟不復以一矢加鄭，於是天下愈不忌周，禮樂征伐自諸侯出，霸者興而周遂衰矣。嗚呼，夏、商之亡也，吾無怪焉；桀、紂之無道，固有以取之也。周之子孫，則豈有如桀、紂之無道者歟？不過因循苟且，以無事爲安，日復一日，天下之權因而去之而不自知也。然則，有天下而惟求其無事，信不可也。今夫漢之文帝、宋之仁宗，豈非三代下所謂賢君哉？當文帝時，諸侯彊盛，賈誼固嘗以爲言，而文帝不能用。至景帝之世，鼂錯謀削七國，竟發大難，而漢幾亡。宋仁宗時，吏治因循，百事廢弛，文彦博嘗以琴瑟不調必更張之爲言，而仁宗不能用。至神宗之世，王安石爲相，改易法度，天下騷然，卒以亡宋。夫使文帝能用賈誼之謀，則鼂錯之策不行；仁宗能用文彦博之言，則王安石之説不作。是故二君之治天下，亦惟求其無事而已。夫以漢文帝、宋仁宗之賢而惟無事之求，此後世之天下所以多亂而少治也。澶淵之役，寇準欲使契丹稱臣，若少持之，議且定矣，而仁宗〔一〕厭兵，不能盡用其謀，遽許之和而還。由是契丹益驕，終爲子孫之患。其後高宗南渡，偏安於杭，韓、岳之流，皆中興名將，而高宗晏然無恢復之志，及至孝宗，雖欲有爲而舊臣宿將皆盡，所恃惟一張浚，苟離一敗，不可復振，俯首而就和議，乃歎高宗時可以有爲而不爲，是可惜也。且夫人主上承祖宗之重，下爲萬世之計，而曰『吾姑求其無事』，如何可哉？《易》曰『其亡其亡』，求無亂者歟？《書》曰『今日樂』，求無事者歟？吾故曰：治天下先審所求。若治天下而惟無事之求，其不至乎亂者，未之有也。

【校記】

〔一〕澶淵之盟，發生在宋真宗時，底本作『仁宗』，誤。

治說下

天下之物，同類者相濟也，異類者相制也。物之白者，投之黑則黑矣；物之黑者，投之白而白矣。若白雪之白與白玉之白，白玉之白與白羽之白，則安能以相變？故天下之物，未有同類而相制者也。今夫醫之用藥，必察其品之孰爲溫、孰爲涼，又察人之疾之孰爲熱、孰爲寒，有熱疾者，投之以涼，有寒疾者，投之以溫，故隨其所用而無弗效焉。若熱而益之熱，寒而益之寒，其不至於殺人者幾希。是故，良醫不反其性不足以治疾，聖人不反其道不足以制人。昔項羽既破秦兵於鉅鹿，遂鼓行而西入關，殺秦王子嬰，燒秦宮室，分建諸侯王，而王漢高帝於漢中。當是時，羽挾百戰百勝之鋒，諸侯相顧莫敢枝梧，高帝雖有良、平之善謀，韓、彭之善戰，不能與之爭。於是逡巡引去，俯首而入漢中，燒絶棧道，示天下不復出。然而數年之間，天下卒歸於漢，蓋高帝之能勝項羽者，以柔制剛也。及漢之衰，三國竝立，諸葛亮以王佐之才善用其民，既定南蠻之地，整師而出，北伐中原，其勢不可當。然以轉餉之艱，利在速戰，司馬宣王知之，與之相持而不與之決戰，受其巾幗之辱而亦安之，人謂司馬懿畏蜀如虎，而亮固已坐困矣。蓋司馬宣王所以能勝諸葛亮者，以鈍制利也。夫剛與利，天下至美之名也；柔與鈍，天下至不美之名也。使漢高帝、司馬宣王恥其名之不美，而欲以己之剛勝人之剛，以己之利勝人之利，則終歸於敗而已。故夫名無論美惡，取足以相制而止。柔與剛反，則柔雖不美之名，而制剛者必柔也；鈍與利反，則鈍雖不美之名，而制利者必鈍也。吾故曰：凡異類者相制也。方今天下，所與吾爲難者誰歟？其人無多也，其地至遠也，以大小之形言之，我大而彼小也；以主客之勢言之，我主而彼客也；徒以其人心計之巧、技術之工，遂足抗衡乎中國而與我爲難，於是吾士大夫相與謀曰：『吾安得亦如其人心計之巧、技術之工乎？』日夜思所以及之，甚者奉其人以爲師。嗟乎，彼以巧勝我，而我亦欲以巧勝彼，則非吾向者之説矣。況學人之巧，以求勝人之巧歟？秦青，天下之善謳者也，有從之學謳者，三年，自以爲盡其妙矣，將辭而歸。秦青曰：『子今將歸，吾爲子謳。』於是抗聲而謳，聲振梁欐。學謳者大驚，終身不言歸。甘蠅，古之善射者也，有從之學射者，三年，自以爲天下莫己若矣，乃謀殺甘蠅，弙弓而射之。甘蠅張口而承之，嘻曰：『子從我三年，未教子齧鏃也』。學射者大驚，播弓矢而謝之。是故學於人者，未有能盡其人之技者也，而望以勝其人乎？羿之盡其技以授逢蒙也，不知其將殺己也。今明告之曰『吾將以爾爲羿』而求其盡術以予我，必不可得之，數也。是故學人以求勝人，大惑之道也。然則勝之將奈何？曰：吾固言之矣。兩剛不能以相制，制剛者柔也；兩利不能以相制，制利者鈍也；然則兩巧不能以相制，制巧者拙也。今使朝廷之上屏棄繁文，删除縟節，凡鋪張粉飾以爲耳目之觀者，悉置不用。罷不急之官，廢無實之事，賞必副其功，罰必當其罪，内與外不相遁，上與下不相蒙。然後封疆之吏，誠於察吏安民，而不文飾於章奏；郡縣之官，誠於興利除害，而不諉諉於簿書；將帥之臣，誠於殺敵致果，而不以冒濫爲功；學校之師，誠於敦品勵行，而不以速化爲教。然後士信而民敦，工樸而商慤。然後田野辟而衣食足，廉恥重而禮讓行。若是者，皆拙之效也。彼挾其心計之巧，技術之工以眩吾之耳目，而吾不爲之動，則彼固索然而返矣。卽或決命於疆埸，彼之利器足以傷我者，不過數百人耳、數十人耳，吾賞罰信，必號令嚴明，千百爲輩，如牆而進，彼奈我何？故曰惟拙可以制巧，以大拙制大巧，必勝之術也。吾願世之士大夫，但求其可以相制，而無恥乎名之不美，以莅中國而撫四夷，其諸猶運之掌歟？

性説上

孟子曰『人之性善』，荀子曰『人之性惡』。夫性之善惡，孔子所不言，則二子之説，未有以決其是非也。然而吾之論性，不從孟而從荀。孟子曰：『孩提之童，無不知愛其親，及其長也，無不知敬其兄。』烏乎，孩提之童，豈誠知愛其親歟？其母乳之，其父噢休之，故赤子之愛其親者，私其所昵也。順是以至於長大，於是有同異之見，於是有憎愛之私，而獄訟由此興，兵戎由此起。適足以明性之不善而已矣，安見其爲善哉？今使鄰之人與之糗餌，其兄敓而返之，則且瞋目而視其兄，然則孟子之説非也。孟子曰：『人無有不善，水無有不下。今夫水，搏而躍之，可使過顙，激而行之，可使在山。是豈水之性哉？其勢則然也。人之可使爲不善，其性亦猶是也。』嗚呼，使天下之人而皆聖人、賢人，即其不肖者，亦不失爲君子，而爲不善者，千百之一也，則孟子之言信也。今天下之人爲善者少，而爲不善者多，何其性之善變乎？夫水之搏而過顙也，俄而復其故矣；水之激而在山也，不崇朝而復其故矣。其性不如是，而彊之如是，固未有能久者也。人之爲不善，若將終身焉？然則孟子之説非也。且人之有善惡，猶人之有壽夭也。人之壽至七十者稀矣，八十、九十者，或僅有之，至百年者，往往而絶焉，故一邑之中，有百年者則且以爲異矣。夫所謂聖人、賢人者，或數百年、或數十年而始一人焉。一邑之人之衆，而百年者一人固已謂之異，千百年之人之衆，而聖人、賢人者一人，豈得謂之同乎？孟子曰：『堯、舜與人同耳。』嗚呼，何其言之易也！若夫人皆可以爲堯、舜則有之矣，今夫吾壽固不可得而知也，然而善養生者，慎寒暑，節飲食，損嗜欲，亦自足以卻病而益壽，是故百年可以養而至也，堯、舜可以學而至也。此非直孟子言之，雖荀子亦言之。故曰：『涂之人可以爲禹。』然而荀子取必於學者也，孟子取必於性者也。從孟子之説，將使天下恃性而廢學，而釋氏之教得行其間矣。《書》曰『節性惟日其邁』，《記》曰『率性之爲道』，孟子之説，其率性者歟？荀子之説，其節性者歟？夫有君師之責者，使人知率性，不如使人知節性也。故吾之論性，不從孟而從荀。

性説下

荀子曰：『古者聖人以人之性惡，以爲偏險而不正，悖亂而不治，故爲之立君上之勢以臨之，明禮義以化之，起法正以治之，重刑罰以禁之，使天下皆出於治，合於善也。是聖人之治而禮義之化也。』嗚呼，其言盡之矣。民之初生，固若禽獸然。聖人者作，懼其人之禽焉、獸焉，於是教之，使知有父子之親，夫婦之别，尊卑、上下、長幼之分。而民始皆芒然無所措手足，於是制之爲禮，若曰：能如吾禮足矣。而民又不能皆然，於是制之爲刑。夫使人之性而固善也者，聖人何爲屑屑焉若是。或乃曰：『聖人之教人，以人性之本善也，若人性不善，則教無所施。今將執禽獸而使知有父子之親，夫婦之别，尊卑、上下、長幼之分得乎哉？』吾則曰：此非性之異也，才之異也。禽獸無人之才，故不能爲善，而亦不能大爲惡。人則不然，其耳之聰、目之明、手足之便利、心思之巧變，可以無所不爲，故能役萬物而爲之君，配天地而參焉。若是者，皆其才爲之也。故方其未有聖人也，天下之人，率其性之不善而又佐之以才，蓋其爲惡，有什伯於禽獸者矣。聖人曰：『是能爲惡，亦將能爲善，非如禽獸之冥頑不靈，無所施吾教也。』於是以其所能，教人之不能，以其所知，教人之不知。而人之才果足以及之，故孟子曰：『人皆可以爲堯、舜。』荀子曰：『涂之人可以爲禹。』夫其所以可者，才也，非性也。且夫人有人之聖，物亦有物之聖。《記》曰：『有羽之蟲三百六十，而鳳皇爲之長；有毛之蟲三百六十，而麒麟爲之長；有甲之蟲三百六十，而神龜爲之長；有鱗之蟲三百六十，而蛟龍爲之長；倮之蟲三百六十，而聖人爲之長。』然則鳳皇、麒麟、神龜、蛟龍之數者，亦物之聖者也。人之聖者，能以其所能教人之不能，以其所知教人之不知，而物之聖者不能焉。此非其性之不足，而其才之不足也。是故性也者，人與物所同也，才也者，人與物所異也。吾之論性，不從孟而從荀。然性既惡矣，人且曰：『吾禽獸耳，何善之能爲？』故吾屈性而申才，使人知性之不足恃然，故不學者懼矣；使人知性不足恃，而才足恃然，故學者勸矣。

封建郡縣説

自秦廢封建，以郡縣治之，遂爲萬世不易之法。論者以爲如冬裘、夏葛之各適其時耳，吾謂：封建必以郡縣之法行之，郡縣必以封建之法輔之，兩者竝用，然後無弊。古者，天子畿内，其地千里，千里之中，有六卿六遂之制，卽郡縣之法也；其外以八州之地爲一千六百八十國，五國則有長，十國則有帥，三十國則有正，二百一十國則有伯，凡八伯、五十六正、一百六十八帥、三百三十六長，分而屬於天子之老二人，曰二伯。此其大小相制，内外相維，亦卽郡縣之法也。自齊桓、晉文興，而諸侯以力相勝，其地大、其國彊則遂爲之長，天下之諸侯聚而聽命乎盟主，而屬長連帥之制蕩然無存，自此天下之勢楸而無紀，至秦而同歸於盡。吾故曰：封建必以郡縣之法行之然後無弊。雖然，郡縣之世亦豈可以廢封建乎哉？世以罷侯置守爲始皇辠。夫罷侯置守未失也，其失在乎專用郡縣而不復存封建之制。方秦初并天下，李斯言置諸侯不便，丞相綰等言燕、齊地遠宜置王，而始皇曰：『廷尉議是。』夫使始皇取綰與斯之議而兼用之，内地置守尉監而遠地置王，則夫陳勝者安能起隴畝之中而亂天下哉？且亦何畏乎匈奴而竭天下之力以築長城也哉？是故，郡縣亦必以封建之法輔之而後無弊也。嗚呼，宋之已事可以觀矣。宋太祖既有天下，以爲中國之患莫大乎藩鎮，於是罷節度使，而以文臣領郡，爲彊榦弱枝之計，然而河東之折氏、靈武之李氏則猶許其世襲如故也。其後議者以世襲不便，移李氏於陝西，而靈武之失不旋踵矣。然則内地郡縣，而邊地封建，固有天下者之長計也。世之論者，自唐以前，皆是封建而非郡縣；自唐以後，皆右郡縣而左封建，胥一偏之見而已矣。

公私説

古之聖人，先公乎？先私乎？曰先私也。夫古之人有曰公而忘私者矣，今謂聖人先私而後公，豈有説乎？曰：吾以聖人之制字知之矣。夫『厶』者，古之公私字也。《韓非子》曰：『倉頡作字，自營爲厶，背厶爲公。』然則古者固先有『厶』字，而後有『公』字矣。夫自後世言之，則公者美名，而私者姦袤不正之號也。若夫聖人制字之意，或者其不然乎？夫『自』者，對人而言之者也，自爲營帀以安其身，所謂『自營爲厶』也。於是推以及人，使人人得以自營，是卽公矣。以其爲人謀，而非自爲謀，故曰『背厶爲公』。然則，公者生于私者也，先私後公，固其理也。《中庸》曰：『誠者，所以成己也，所以成物也。』先成己，而後成物，此卽先私後公之旨也。《堯典》曰：『克明俊德，以親九族，九族既睦，平章百姓，百姓昭明，協和萬邦黎民，於變時雝。』先九族，而後及於萬邦黎民，此卽先私後公之旨也。古人之辭，言公必及私，其在《詩》曰：『雨吾公田，遂及我私。』又曰：『言私其豵，獻豜於公。』《聘禮》有『公幣』，又有『私幣』，私固聖人之所不禁也。至《僞古文尚書》，乃有『以公滅私，民其允懷』之説，非古誼矣。夫無私，則公於何有？使天下之人而盡滅其私，則人之類滅久矣。《禮運》曰：『大道之行也，不獨親其親，不獨子其子。』此非聖人之言也。《孟子》曰：『人人親其親，長其長，而天下平。』此則聖人之言也。是故，推私以及公者，聖人也。有私無公，則爲楊子之爲我；有公無私，則爲墨子之兼愛。兼愛非聖人也，爲我亦非聖人也。然而《孟子》曰：『逃墨必歸於楊，逃楊必歸於儒。』是爲我猶近於儒也。後之君子執以公滅私之説，而欲示天下以無私，不知其適爲墨氏之徒矣。《孟子》曰『天之生物也，使之一本』，而以墨者夷子爲二本。故曰：『親親而仁民，仁民而愛物。』然則，先私後公可知矣。昔周公立七十一國，而姬姓者五十有三，天下不以周公爲非者，聖人固先私而後公也。先私而後公，非聖人之德之不廣也，理固然也。一家安，而後一國安，一國安，而後天下安也。是以周之宗盟，異姓爲後，春秋之誼，内其國而外諸夏，内諸夏而外四夷，孰非先私而後公也哉？嗚呼，吾斯言也，自漢以來儒者未有及此者也，其爲世所詬病必矣。然而後之君子得吾説而深思之，其諸可以治天下歟？

禮理説

禮出於理乎？理出於禮乎？曰：禮雖先王未之有，可以義起也，是禮固出於理也。然而聖人治天下則以禮，而不以理。以禮不以理，無弊之道也。且如君臣無獄，父子無獄，若是者何也？禮所不得爭也。禮所不得爭，故以無獄絶之也。使不以禮而以理，則固有是非曲直在矣，君臣、父子而論是非曲直，大亂之道也。是故，聖人治天下以禮，不得已而以理，何也？天下之人而皆從吾禮則固善矣，不幸而有不合乎禮，且大悖乎禮者，不得不以理曉之。此古治獄之官所以名之曰理也。禮者，治之於未訟之先；理者，治之於既訟之後也。然而遇君臣、父子之獄，則仍不言理而言禮，舍禮而言理，是使天下多訟也。且禮者，天下無一人不可以遵行，而理則能明之者尠矣。孔子曰：『麻冕，禮也。今也純儉，吾從衆。』此在聖人則可耳，使胥天下之人而使之斟酌乎理以定從違，則必有得而有失矣。幸而從純之儉可也，不幸而從拜下之泰將奈何？固不如一概繩之以禮爲無弊也。夫天理之説，已見於《樂記》，非宋儒刱爲之，然聖人治天下以禮不以理。理也者，不得已而用之於治獄，舍禮言理，是治獄也。治天下非治獄也，以治獄者治天下，而人倫之變滋矣。今夫婦人從一而終，周公著其文於《易》，理固如此也，及其制禮也，則有同母異父昆弟之服，是又許之再嫁矣。然後知聖人之於人，繩之以禮，不繩之以理也，故中材以下，皆可勉而及也。後之君子，以理繩人，則天下無全人矣，嗚呼，是司空城旦書也。

《周書》『明醜』説

吾讀《周書·度訓》篇曰：『罰多則困，賞多則乏，乏困無醜，教乃不立。是故明王明醜，以長子孫。』《命〔一〕訓》篇曰：『夫民生而醜，不明無以明之，能無醜乎？若有醜而競行不醜，則度至於極。』又曰：『天道三，人道三，天有命、有禍、有福，人有醜、有紼絻、有斧鉞。以人之醜當天之命，以紼絻當天之福，以斧鉞當天之禍。』《常訓》篇曰：『明王自血氣耳目之習以明之醜，醜明乃樂義，樂義乃至上。』此三篇者，皆文王之書，而其書皆言醜，且與紼絻、斧鉞竝列而爲三。嗚呼，古之聖人，所爲移風易俗、使民日遷善遠罪而不自知者，其莫大於醜乎？蓋聞上古之時，無所謂五刑也，畫衣冠、異章服以醜之而已矣。故曰：『以幪巾當墨，以草纓當劓，以菲屨當刖，以艾韠當宮，以布衣無領當大辟。』夫如此者，其於人非有毫髮之損也，然而人之受之者，不啻刀鋸之在其身，是何也？曰醜也。至於後世，刑不可得而廢矣。然而人之耳目形色猶古也，其血氣心知亦猶古也，亦安在不可以醜之哉？是故，聖人之立教也，曰：不用吾教者不與之齒。夫不與之齒，亦於其人無毫髮之損也，然而是人也，行乎國中，而居乎宗族，鄉黨曏之時，有與我等夷者焉，今不與我齒矣；有卑幼於我者焉，今不與我齒矣，此其醜，豈直撻之於市而已哉？今夫紼絻也、斧鉞也，實焉者也，醜則虚焉者也。實之爲用有窮，而虚之爲用無窮，故醜者，聖人治天下之大權也。今之世，孝子、順孫、義夫、節婦，有聞於朝而旌其閭者矣；至於干名、犯義、傷風敗俗者，未聞別異其衣服、居處，禁不與齊民齒也。是民知爲善者之榮，而不知爲不善者之醜也。此刑罰之所以日繁，而奸宄之所以不息歟？昔孔子射於矍相之圃，使子路出延射曰：『賁軍之將、亡國之大夫與爲人後者不入。』是亦醜之之意也。後世若蔡興宗之於王道隆、江斆之於紀僧真，其有矍相之遺風乎？是故紼絻也、斧鉞也，朝廷之事也，不在其位，不得議也。至於醜，則士大夫與有責矣。

【校記】

〔一〕命，原作『度』，以下引文出於《逸周書·命訓解》，因改。

《左氏春秋傳》以成敗論人説〔一〕

天道有時而變，聖人必言其常，所以杜〔二〕人僥倖之心，而使善者有所慕〔三〕，惡者有所懼〔四〕也。今夫〔五〕以孔子之聖而逐於魯，戹於宋，菜色於陳、蔡；晉之六卿，魯之三家，其材不足爲孔氏之僕隸，而執國之大柄。然而孔子作《春秋》，微其文，約其詞，於當時諸侯大夫之罪未嘗斥言之也。夫使當時諸侯大夫之罪而皆箸於後世，則人將以天道爲疑。天道不信於天下，而天下之亂從此起矣。左氏因《春秋》而作傳，蓋深得聖人之意者也，故於齊之陳氏，晉之韓、魏、趙氏，皆箸其所以興；小而江、黄，大而陳、蔡諸國，皆著其所以亡。其興也，以爲是固足以得之也；其亡也，以爲是固足以失之也。世之讀其書者，因以成敗論人爲左氏病。嗚呼，使左氏不以成敗論人而務得其實，則可免於後世之譏，然其爲天下禍且愈以烈。夫人知國之可以無罪滅也，則大國日以肆，小國日以偷。夫人知爲人臣者，苟得其權卽可以取其國而代之也，則國之彊臣人人以操、莽爲可爲，而亂臣賊子，接踵於世矣。何者？以天道爲不足信，其弊固必至於此也。左氏之後稱良史者，莫如太史公，太史公之書，不以成敗論人者也，故其爲《伯夷傳》，於顔子之夭，盜跖之善終，反復太息，三致意焉。夫若此者，皆聖人所未言也，豈聖人所見固不及此歟？存而不論，論而不議，正聖人之善存天道也，自太史公始言之，而後世嘵嘵無已時矣。今夫項羽殘暴，不得天下固宜，而垓下之敗，自謂天亡我，至今悲之。李廣無功，其不得侯又何足道？而至今以爲數奇。雖大儒如韓退之，猶感田横義高，能得死士，過其墓而弔焉。凡此，皆太史公啓之也。南宮适問於孔子曰：『羿善射，奡盪舟，俱不得其死。然禹、稷躬稼而有天下。』夫子不答。南宮适出，子曰：『君子哉若人！尚德哉若人！』左氏之書，有尚德之意，其聖人之徒歟？

【校記】

〔一〕《好文》此題作『《左氏春秋傳》論』，爲卷二第八篇。

〔二〕杜，《好文》作『絶』。

〔三〕慕，《好文》作『勸』。

〔四〕懼，《好文》作『懲』。

〔五〕『今夫』以下，兩本差别較大，故全録《好文》如次：『後世小儒不足以知聖人之意，而恣其不平之口，至謂：邪正由乎人，吉凶在乎命。於是善者無所勸，惡者無所懲，爲士者怠於脩，爲國者怠於治，天下之亂，裸然起矣。當春秋之時，小役大，弱役強，爵不必當其德，而位不必稱其才，所謂無道之天下也。然而孔子作《春秋》，褒其善者而諱其不善者，當時君卿大夫之罪，蓋有不著於後世者矣。夫君卿大夫之罪而皆著於後世，則後世將以天道爲疑。嗟乎，天道不信於天下，而人道亦幾於絶矣。左氏因《春秋》以作傳，其書多得聖人之意，而後之學者病其以成敗論人。雖然，使左氏不以成敗論人而務著其實，則其爲萬世禍且愈以烈，何則？人知國之可以無罪滅也，則大國日以肆，小國日以偷；人之國之威柄可以徒手取也，則五尺童子人人有操、莽之意。左氏之書，於陳、於蔡、於夔黄諸國，皆著其所以滅，而田氏之於齊，韓、魏、趙之於晉，亦各有所以興，吾以此歎左氏之善存天道也。自古不以成敗論人者，莫如太史公，其於《伯夷傳》反覆太息，弔孔、顔之厄，而怪盜蹠之壽。如此者，聖人所未言也。而豈聖人不能言歟？存而不論，論而不議，聖人所以存天道也。自史公始言之，而後世嘵嘵無已時矣。昔孔子於南宮适之問曰：「君子哉若人！尚德哉若人！」左氏之書，有尚德之意，其聖人之徒歟』。

《論語》『正名』説〔一〕

《論語》載孔子之言曰：『必也正名乎！』馬融以爲正百事之名〔二〕，其説是也。蓋萬物之名，皆不可以不正。昔黄帝正名百物，《記》曰：『名者，人治之大者也。』傳曰：『名以出義，義以制禮。』自古聖人，未有不以此爲先者〔三〕。吾觀王莽之世，一郡之名或至五易而還復其故，吏民不能記。每下詔書，輒繫其故名，當時天下莫不苦其煩擾，而後之作史者且書之以爲笑。然後知孔子之言非迂也。國之將亡，於名號之間必多更易。漢末，改司空爲御史大夫，改部刺史爲州牧，又改并州郡，復古九州，而漢亡〔四〕。宋政和中，以古制改易官名，又改公主爲帝姬，又上昊天、后土徽號，而宋亡。是故，孔子之言，萬世法也。後之儒者〔五〕乃徒以祖禰爲説，夫〔六〕正，則無不正，不必以一事爭也〔七〕。聖人所存者神，所過者化，豈屑屑〔八〕焉如宋人之議濮園、明人之爭大禮哉？

【校記】

〔一〕《好文》此題作『《左氏春秋傳》論』，爲卷二第二十篇。

〔二〕『論語』至『之名』，《好文》作『孔子曰「必也正名乎」，馬融曰「正百事之名」』。

〔三〕『蓋萬物』至『先者』，《好文》作『蓋上而朝廷之禮樂、官府之制度，下而里黨之一胥一吏、市井之一物一器，皆不可以不正。昔者黄帝正名百物，唐虞之世，五載一巡狩，協時月正日，同律度量衡，周治天下；七歲而論言語，協辭命；九歲而諭書名，聽聲音；十有一歲而達瑞節，同度量。自古聖人之治天下，未有不以此爲先者。而儒者不知，則往往以爲迂』。

〔四〕亡，《好文》作『旋亡』，下同。

〔五〕後之儒者，《好文》作『朱子』。

〔六〕『夫』下，《好文》多『以孫禰祖，其所失固甚矣，然而』。

〔七〕不、一事，《好文》作『非』、『此』。

〔八〕屑屑，《好文》作『斤斤』。

孔門四科説

昔《論語》列顔、閔諸人而分之爲四科，蓋非孔子之意也。孔子曰：『有德者必有言。』然則德行、言語可分乎？又曰：『爲政以德。』然則德行、政事可分乎？又曰：『德之不修，學之不講，是吾憂也。』然則德行、文學可分乎？且顔淵居德行之首，而曰『夫子博我以文』，是豈不足於文學？其次爲閔子騫，而夫子曰『夫人不言，言必有中』，是豈不足於言語？終之以仲弓，而夫子曰『雍也可使南面』，是豈不足於政事？是故，四科非孔子之意也。自孔氏之門有四科之目，而後世又妄有軒輊於其間，遂爲古今學術之一變。《周禮》曰：『太宰以九兩繫邦國……三曰師……四曰儒。』分師、儒而二之，蓋卽德行與文學之異也。此非周公之制也。鄭康成曰：『師，諸侯師氏，有德行以教民者。保，諸侯保氏，有六藝以教民者。』古師、保之職豈以是分乎？考之周初，周公爲師而召公爲保，豈周公不長於六藝，而召公不優於德行乎？相沿以至後世，而儒林與文苑分矣，道學與儒林又分矣。後之學者，喜其名之尊而託焉。彼固謂吾於聖門得列於德行之科矣，而不知與齊、梁之士雕琢字句以爲文學者，蓋無以異焉。何也？其無實一也。夫人各有能不能，孔氏之徒，各有所長，固無足怪。然分爲四科，而以德行冠之，使後世空疏不學之徒得而託焉，則於學術之盛衰、人材之升降，所繫甚大，是不可以不辯。故曰：四科非孔子之意也。

蜀漢非正統説〔一〕

以正統予蜀者，朱子之失也。自陳壽《三國志》之後，皆以魏爲正統，習鑿齒生東晉之時，刱爲帝蜀之説，而温公《通鑑》仍以魏爲正統。固〔二〕知其説之不足據矣。〔三〕至朱子作《綱目》，乃始黜魏而帝蜀。嗚呼〔四〕，正統者天下之公〔五〕，非可以私意予敚〔六〕其間。當是時，中原之地已盡入於魏，安見夫天下之統不在中原之魏而反在區區一州之蜀歟？先主於漢，無論其昭穆無考〔七〕，不得以光武比，即使其果爲漢裔，而漢自桓、靈失道，自絶於天，天命不常，豈一姓所得而私哉？先主崎嶇畢世，不能爭〔八〕尺寸於中原，孔明繼之，亦無所濟，天之棄漢，已可知矣。而作史者乃欲於千百年後追而予之，不亦誣乎？且夫漢有天下四百餘年〔九〕，當時臣子〔一〇〕，或不忍其遽亡而冀幸其少延於蜀，此固仁人誼士之用心，而亦君子之所許也。是故，晉既亡矣，而韓延之之徒不忘晉；唐既亡矣，而孫郃、韓偓之徒不忘唐。君子未始〔一一〕不哀其遇而悲其志，然而此一二人之私也，由百世之後，等百世之王，奈何徇一二人之私而廢天下之公乎？天下重器，王者大統，天實主之〔一二〕，亦豈儒者所能敚彼以與此乎？故曰：以正統予蜀者，朱子之失也。〔一三〕

或〔一四〕曰：『《春秋》莊〔一五〕公十七年，齊人殲於遂。穀梁子曰：「無遂，則何以言遂？其猶存遂也。」昭公九年，陳火。公羊子曰：「存陳也。」〔一六〕然則聖人之重絶人國固如此，今子之説，無乃非《春秋》之義乎？』曰：〔一七〕陳滅於楚，不久而復，此可以例西漢之中絶，而不可以例東漢之亡。是故王莽與朱溫，均之篡也。漢能復〔一八〕興，則王莽不得〔一九〕成其爲新；唐不復興，則朱溫得成其爲梁。使昭烈而〔二〇〕能爲光武，以之黜魏可也。若夫據一州之地而欲竊天下之統，君子不許也。且《春秋》之存遂，非存遂也。當是時，遂既亡矣，而遂之遺民不忍其亡，殲齊之〔二一〕成者以報故主之怨〔二二〕，雖不足以復國，亦仁者所哀矜焉，是故〔二三〕《春秋》書之，以勸後世之爲人臣子者。《綱目》於宋元嘉四年書：『晉處士陶潛卒。』吾以爲得《春秋》存遂之意，而豈所以論天下之統乎〔二四〕？故曰：以正統予蜀者，朱子之失也〔二五〕。

【校記】

〔一〕《好文》此題爲卷二第十四、十五篇。前半題作『蜀漢非正統辨上』，自『或曰春秋』以下題作『蜀漢非正統辨下』。

〔二〕固，《好文》作『亦』。

〔三〕『矣』下，《好文》多『北宋儒者如歐陽永叔、蘇子瞻，皆無從其説者』。

〔四〕嗚呼，《好文》作『嗟夫』。

〔五〕 公，《好文》作『公義』。

〔六〕 予敚，《好文》作『厚薄』。

〔七〕 無考，《好文》作『疏遠』。

〔八〕 爭，《好文》作『得』。

〔九〕 年，《好文》作『載』。

〔一〇〕 子，《好文》作『庶』。

〔一一〕 未始，《好文》作『未嘗』。

〔一二〕 天實主之，《好文》無。

〔一三〕 『也』下，《好文》多『今以《綱目》帝蜀之例，上而例之夏商，必待桀死南巢而後商爲正統乎？ 必待武庚死於殷而後周爲正統乎？ 下而例之元明，必待元昭宗殂於和林而後明爲正統乎？ 必待明桂王俘於緬甸而後我大清爲正統乎？ 夫人而知其不可也。 愚蓋伏讀《御批綱鑑》，於宋元之際而竊歎其仁之至、義之盡也。 其於帝㬎降元之後而卽以正統歸元者，所以明天下之公義也； 於帝昺赴海之後而後書宋亡者，所以伸當時臣子之私情也。 嗚呼，此豈《綱目》所能及哉？ 然則《綱目》於三國宜如何？ 曰： 獻帝既禪，宜卽書魏文帝黄初元年，而以蜀與吳附焉； 至魏滅蜀，乃書漢亡。 則既得大一統之義，而亦無損乎興滅國、繼絶世之仁。 聖人復生，吾言不易』一段。

〔一四〕 或，《好文》作『問』。

〔一五〕 莊，原作『僖』。『齊人殲於遂』語出《春秋·莊公十七年》，故改。

〔一六〕 『也』下，《好文》多『存陳悕矣』。

〔一七〕 『曰』下，《好文》多『是《春秋》之義也』。

〔一八〕 復，《好文》作『中』。

〔一九〕 得，《好文》無。

〔二〇〕 而，《好文》作『果』。

〔二一〕 齊之，《好文》作『其』。

〔二二〕 之怨，《好文》無。

〔二三〕 故，《好文》作『以』。

〔二四〕 豈、乎，《好文》作『非』、『也』。

〔二五〕 『故曰』至『失也』，《好文》作『愚觀《春秋》莊公五年冬，州公如曹。六年春正月，寔來。左氏釋之曰：不復其國也。蓋不復其國，則與國絶，不得復謂之州公，故曰寔來。然則以《春秋》之義而論，先主棄宗廟而自帝於蜀，則已與中國絶，天下之統，不當在蜀，此《春秋》之義也』。

十二支說

古者用干而不用支，郊之辛也，社之甲也，外事用剛日，則甲、丙之屬也；内事用柔日，則乙、丁之屬也。《易》有先甲、後甲、先庚、後庚，《春秋》有上辛、季辛，《禮》有上丁、仲丁，皆干也。《月令》言『其日甲、乙』，『其日丙、丁』，『其日戊、己』，『其日庚、辛』，『其日壬、癸』，而不及十二支。然則，古人不以十二支配五行明矣。其不以十二支配五行，何也？曰：十二支無土也。世以辰爲春季之土，未爲夏季之土，戌爲秋季之土，丑爲冬季之土。夫土，位乎中央者也，今寄王四時而各居其末，則爲四時之餘氣矣。且土寄王四時各十八日，故合之爲七十二日，五行各七十二日，所以無偏勝也。若以辰、未、戌、丑之月爲土，則不止於七十二日，若各以其月之十八日爲土所寄王之日，則辰、未、戌、丑不得爲純乎土，是二者皆未合也。且土王則水死，丑爲土所寄王，而於時則冬也，水德方盛，而謂其遽死乎？蓋嘗論之，十干屬乎天，天者，太虛無物，而自天以下之物，其象皆見於天。有木，則有木星；有火，則有火星；有土，則有土星；有金，則有金星；有水，則有水星。故以十干配五行，於理、於數無不合也。若十二支屬乎地，地則塊然皆土而已矣，是故十二支皆土也。合之爲土，而分之則寅、卯、辰爲木，巳、午、未爲火，申、酉、戌爲金，亥、子、丑爲水，木也，火也，金也，水也，皆附於土者也。是故十二支皆土，十二支無土也。古人用干而不用支，以此也。然則，土寄王於四時，如何？曰：土寄王於四時，非寄王於四季，其寄王也，仍以干而不以支，《禮》所謂中央土，其日戊、己是也。蓋孟、仲、季三月，以九十日爲率，九十日之中，戊日九，己日九，其大較也。古之王者以此爲土所寄王之日，於是衣黃衣，服黃玉，居太廟太室以應中央土，四時皆然，禮家無所繫之，乃繫之夏、秋之交，夏、秋之交，四時之中也，合四時計之，得七十二日，爲土所寄王之日，而五行各得七十二日矣。後人讀《禮》不審，而疑土寄王於夏季，因推之於春、於秋、於冬，各以其季月爲土所寄王。然則，所謂『其日戊、己』者，何爲也哉？蓋土無正位，非戊、己之日則無所寄，故特著之曰『其日戊、己』。彼木、火、金、水，各王一時，固不繫乎日也，而亦書其日者，以配中央土之文耳。夫土寄王於戊、己之日，經有明文，世儒不知其義，而以辰、未、戌、丑之月當之，其失已甚。故自土寄王之義明，而十二支無土之説益信。

鬼説

生而不知樂其生，死而不知畏其死者，草木是也。禽獸則不然，其生也樂之，其死也畏之。樂其生而不知所以養生，畏其死而不知所以避死者，禽獸是也。人則不然，凡可以養生者無不爲，凡可以避死者亦無不爲。由是言之，禽獸靈於草木者也，人靈於禽獸者也。是故草木生而無知，禽獸生而有知，死而無知，人生而有知，死而有餘知。夫死而有餘知，所謂鬼也。是故萬物無鬼，而人有鬼。人之生有盡時，人之死而爲鬼，亦有盡時，或一二年而泯矣，或十數年、或數十年而泯矣。世無百年之人，則亦無百年之鬼也。且書傳言鬼神者，往往出於衰亂之世，是何也？衰亂之世，人之不得遂其生者多矣，或死於水火，或死於盜賊，或死於疫癘，此皆未盡其所受以生之氣而忽然以死者也。今有人氣血彊盛，無纖芥之疾，而適遇盜賊之變，聲未絶而脰已斷，此斯須之間，豈能泯焉澌滅，若蟣蝨之糜於爪甲，蚊虻之碎於指掌哉？其有鬼也必矣。若夫治平之世，人人得終其天年，至於死而所受之生氣已盡，又何鬼之有？卽有鬼，亦不能著靈怪、爲禍福矣。是故治世之鬼少，亂世之鬼多，治世之鬼弱，亂世之鬼彊。

神説

有鬼焉，因而有神。夫人之生也，不能無爭奪、賊害焉，則必擇人之賢且才者以治之。其死也，其遂能如尊盧、赫胥之世乎？亦不能無爭奪、賊害焉，則必擇鬼之賢且才者以治之。既擇鬼之賢且才者以治之，則必爲之名以異之，於是命之曰魋。《説文解字》曰：『魋，鬼之神者也。』是其物也。至於神，則天神也。後人因魋、神同音，借神以爲魋，而天神與人鬼之魋始無别矣。今人或死而復蘇，見所謂神者，率皆人間官長也。然則生而爲官長者，死或卽爲神矣。世無百年之人，則亦無百年之鬼，無百年之鬼，則亦無百年之神。然而神或久而不泯，何也？蓋其生也，得氣獨厚，異乎常人，故其死也，餘氣亦厚，異乎常鬼。以人言之，若古稱彭祖，後世稱李八百是也。以神言之，若前代所奉城陽景王、蔣子文，近代所奉關壯繆是也。以世有久而不死之人，知亦有久而不泯之神也。以人之不死者，卒無不死，知神之不泯者，終無不泯也。是以城陽景王、蔣子文，今世無聞焉。自夏以上，祀柱爲稷，自商以來，祀棄爲稷，蓋柱之神泯矣。此聖人知鬼神之情狀也。且世俗立一神祠，必有靈鬼附之，非必卽其所奉之神也。何以知之？如城隍者，地祇之類，非人鬼也。而世人或見城隍神者服本朝之衣，冠本朝之冠，豈非有靈鬼以附之乎？然則若城陽景王、蔣子文之流，著靈異，爲禍福，或亦此類矣。夫天不加高也，地不加厚也，人則日益多也。人多則鬼多，鬼多則神多，不惟治鬼也，且以治人胥，天下而聽之神。嗚呼，神哉！神哉！

經義襍説

唐虞以前，不知凡幾千百年矣，而禮樂猶未興，制度猶未備。然則聖人之於天下，何苟且因循如是邪？及讀《易》，屯、蒙之後繼之以需，乃釋然曰：聖人固有所待也。使天下之人，橧巢營窟猶足以爲居處，茹毛飲血猶足以爲飲食，則聖人不亟亟焉舍其舊而謀其新。魯兩生曰：天下初定，死者未葬，傷者未起，又欲起禮樂，吾不忍爲也。兩生者，其有得乎需之義者邪？

大畜，乾在内，得天者也，可以有爲，而外卦爲艮，是可以有爲而不得有爲也。豈非時爲之乎？故曰：『大畜，時也。』无妄，乾在外，天已去之矣，不可以有爲，而内卦爲震，是不可以有爲而欲有爲也，災必逮夫身矣。故曰：『无妄，災也。』君子之於大畜也，修德以待時；君子之於无妄也，守正以免災。

人情於安樂之中，惟恐其不能久；而於患難之中，惟恐其久。聖人於豫之六三曰『遲有悔』，戒人之溺也；於困之九五[一]曰『徐有説』，欲人之安也。

【校記】

〔一〕五，原文作『三』，『徐有说』出困卦九五，故改。

豐上六曰：『三歲不覿。』困初六亦曰：『三歲不覿。』豐之極，困之始矣。困而卽求出，非行乎患難之道也。故困九二曰：『征凶。』困而不求出，又非生於憂患之道也。故困上六曰：『征吉。』

夫洪水之患，自生民始矣。蓋自有天地而卽有水，女媧氏之世已有水患，而栗陸氏亦嘗疏導泉原，伏羲氏六佐陽侯主江海，少昊氏四子修與熙相繼爲水正。蓋世有泛濫衝突之憂，亦世有防禦修理之事。當堯之時，天下大治，固已水患漸去而水利漸興。其云『洚水警余』，正《孟子》所謂『猶未平』耳，非自堯始也。世以堯、湯水旱竝言，未得其實。

吾讀《書》，而知夏后氏之德之遠也。武王孟津之會，諸侯不期而會者八百國，商先王之遺澤微矣。至湯之伐桀，雖毫之民有不樂焉，故曰：『爾尚輔予一人，致天之罰，予其大賚女！爾無不信，朕不食言。爾不從誓言，予則奴戮女，罔有修赦。』嗚呼，誘之以利，脅之以威，豈如周人之歌舞以從事乎？桀奔南巢，巢之人遂奉以爲君；桀死之後，疑又奉其子孫。是故，武王克商，以旅巢之命命巢伯，謂之旅者，其亦以先代之後而賓之邪？蓋禹有大功於天下，而享國又不如商之久，故桀雖無道，而人不忍其亡，《仲虺之誥》所以作也。若曰：釋其君之慙云爾，則仲虺之愛其君亦陋矣。

《微子》之篇曰：『凡有辜罪，乃罔恆獲。』又云：『今殷民乃攘竊神祇之犧牷牲用，以容將食，無災。』法令之不行乃至於此，雖欲不亡，得乎？論者謂殷道尚嚴，而不知其亡也，乃失之寬。是何也？嚴極則反寬矣。昔漢武帝作沈命法，羣盜起不發覺，發覺而捕弗滿品者，二千石以下至小吏主者皆死。其小吏畏誅，雖有盜，不敢發，恐不能得，坐課累府，府亦使其不言，故盜賊寖多，上下相爲匿，以文辭避法焉。《老子》曰：『天網恢恢，疏而不失。』天下事，固有以密而反失之者。殷之末造，或亦類此歟？

世之攻古文《尚書》者，皆知《泰誓》之僞矣。然其中有大謬於聖人者，或未之知也。夫牧野之事，武王之不幸也。此何如事而必以累文王哉？今乃曰：『吾文考固將爲之，吾受命於文考者也。』此非武王之言也。且夫文王，豈有意於取商哉？非特文王，雖武王，亦豈必欲取商哉？向使周師未出而紂先自斃，武王必不因其喪而伐之也。紂死，而所立者賢，武王北面而事之，必不以失天下爲惜也。『時哉弗可失』，斯言也，何不仁之甚哉！范蠡勸句踐勿與吳平，張良勸高祖追擊項羽，羊祜、杜預之徒勸晉武早定江南，皆此意也。武王爲天下除暴亂，非爭天下也，何爲而言此？此亦非武王之言也。《孟子》曰：『王者之不作，未有疏於此時者也；民之憔悴於虐政，未有甚於此時者也。』『雖有知慧，不如乘勢；雖有鎡基，不如待時。』孟子此言，特以勸當時之君，使知王政之可行而已矣。若以武王言之，則是幸紂之將亡而取之惟恐不及，雖以爲無利天下之心，吾不信也。夫吳公子光之刺王僚也，曰：『此時也，弗可失。』蒯徹之説淮陰侯反漢也，曰：『時乎，時乎，不再來。』斯言也，豈宜出之武王之口哉？然則《泰誓》之僞，卽此可見，若徒推求於字句之間，抑末矣。

《洪範》五福，曰壽、曰富、曰康寧、曰考終命，此其爲福，人所知也；曰攸好德，此其爲福，人所不知也。夫好德而謂之福，何也？曰：此乃福之自己求者也。其外四者，則皆不可必也。謂壽可必乎？顏淵夭矣。謂富可必乎？夷齊餓矣。謂康寧可必乎？孔子厄於陳、蔡矣。謂考終命可必乎？龍逄、比干不得其死矣。而德則所得於己者也。飯蔬食、飲水，曲肱而枕之，樂亦在其中矣，何必富？朝聞道，夕死可矣，何必壽？素富貴，行乎富貴；素貧賤，行乎貧賤；素夷狄，行乎夷狄；素患難，行乎患難。君子無入而不自得焉，何必康寧？生亦我欲也，義亦我所欲也，二者不可得兼，舍生而取義者也，何必考終命？是故，君子坦蕩蕩，惟有德也，小人長戚戚，惟無德也。夫終身坦然，無戚戚之意，福莫大於此矣，此攸好德所以列於五福也。

『厥或告曰：「羣飲，女勿佚，盡執拘以歸於周，予其殺。又惟殷之迪諸臣惟工，乃湎於酒，勿庸殺之，姑惟教之。」』夫人相與飲酒而輒殺之，商鞅、韓非之所不爲，而成王、周公爲之乎？至於殷之迪諸臣惟工，始既從君於昏，又不知自悛，而仍湎於酒，此宜法之所不宥，而反曰：『勿庸殺之，姑惟教之。』輕重失宜，孰甚於此？吾意，此必傳之者倒其文也。『厥或告曰：「羣飲，勿庸殺之，姑惟教之。又惟殷之迪諸臣惟工，乃湎於酒，女勿佚，盡執拘以歸於周，予其殺。」』蓋一眚災，一怙終也。其下云『弗蠲乃事，時同於殺』，正承『予其殺』而言，若如今所傳，則『勿庸殺之』之後乃有『時同於殺』之文，而文義不倫矣。

穆王之作《呂刑》也，五刑之疑，而皆使之贖，殆周之弊政歟？曰：非也，人之罪固有可疑者，不使之贖，何以處之？或曰：罪疑惟輕，古之制也，而亦有不可者。今使疑於大辟，則降而宮；疑於宮、疑於剕，則降而剕、而劓、而墨。是人也，一犯疑似之迹，而終身不得爲完人，仁者之所不忍也。或又謂：《堯典》流宥五刑，固所以處夫入於五刑而情可疑者，然人情重去其鄉，固有願罰而不願流者矣。穆王此書，豈非仁者之用心歟？孔子所以有取也。若其詞之哀矜惻怛，猶末也。

《春秋》始隱公元年，終哀公十四年，魯史豈止此哉？孔子非史官，不必備也。《詩》始《關雎》，終《殷武》，《詩》豈止此哉？孔子非樂官，不必備也。其後禮廢樂缺，而《詩》亦亡，惟此三百十一篇，孔氏門人世守之以不至泯滅。司馬子長生於漢世，見《詩》之存者止此也，於是有孔子刪詩之說。吾謂：孔子於《詩》，錄其善者，而未嘗刪其不善者，但可云《詩》三百篇，因夫子所錄而存，不可云《詩》三千篇，因夫子所刪而亡。

甚矣夫，《詩》之不易解也。且如「習習谷風」一篇，婦人見棄於夫而作，然此婦所以見棄之故誰知之哉？今欲釋其詩，豈獨當知其見棄之故，且必周知其平日家庭瑣屑之事，而後詩中之意可知也。此不惟今人不知，雖孔子當日未必知也，然則詩中之意，獨此婦與其夫知之耳。夫《禮》雖亡缺，其存者固可考。《易》之所言者，理數也，猶可推測而知。《春秋》之事，具於三傳，知其事卽可求其旨矣。詩人之意，吾何從而測之哉？甚矣夫，《詩》之不易解也。

《野有死麕》之詩曰：『無感我帨兮，無使尨也吠。』『將仲子兮』之詩曰：『無踰我里，無折我樹杞。』二詩語意正同，皆所謂『發乎情，止乎禮義』者。朱文公於『將仲子兮』卽不用序說，亦何至以爲淫奔之詩哉？使此詩幸而得列於二南，朱子亦必曰『其凜然不可犯之意可見矣』。

『山樞』之詩曰：『宛其死矣，他人入室。』夫其身雖死，其子孫固在也，豈其衣裳鐘鼓遽屬之他人哉？然則他人者，正指其子孫而言。古聖人於鐘鼎銘詞莫不曰『子子孫孫永寶用』，今乃以他人外之，其意達矣。自後莊、列之徒出，以天地爲逆旅，以形骸爲外物，況於子孫乎？然而其旨則已見於《三百篇》矣。

『惡惡如《巷伯》』，蓋取其惡惡之中而不失忠厚之意也。詩中再言『彼譖人者，誰適與謀』，若曰：彼之譖人，不知何人爲之謀，非其本心也。所以寬之者至矣。

《瓠葉》之詩，乃傷世亂民貧，不能如禮也。國之將興，財力充裕，吾於《魚麗》諸篇見之；及其亡也，物力雕敝，萬事苟簡而已，吾於《瓠葉》一篇見之。

《桑柔》之詩，有『滅我立王』之語，或疑爲共和之詩。吾以爲東遷時之詩也。其時諸侯奉太子宜臼爲王，而虢公別立王子余臣於攜，作此詩者，其攜王之臣歟？宜臼以母廢奔申，居申七年，而申侯以犬戎入。然則『滅我立王』即指驪山之變，『降此蟊賊』謂犬戎也，『誰生厲階』斥宜臼也，『維此惠君』美攜王也，『考慎其相』謂虢公也，『維彼不順』、『自有肺腸』言宜臼知有母而不知有父，真非人心也。詩中多以彼此爲言，此者攜王，彼者宜臼也。王子朝之告諸侯也，曰『攜王姦命，諸侯替之，而建王嗣』，以攜王爲奸命，此乃臣子之辭，非正論也。當日犬戎之禍，宜臼縱不與謀，亦當從《春秋》趙盾許止之例，無所逃罪矣。虢公之立余臣，蓋仗義之舉，未可以成敗論也。孔子錄此詩於《雅》，其旨微矣。

《禮》之不近人情者，非其至者也，吾觀《曲禮》一篇，無非戒人之不近人情耳。竝坐不橫肱、共飯不澤手，毋踐屨、毋踖席，户開亦開，户闔亦闔，有後入者闔而弗遂，將上堂，聲必揚，君子欠申，侍〔一〕坐者請出矣。如此之類，其於人情，委曲周到。學者能留意於此，馴而至於動容周旋中禮，不難矣。若其繁文曲節，古今不能通行者，皆禮之末也，非其至者也。

【校記】

〔一〕侍，原作『待』，據《校勘記》改。

夫禮，雖先王未之有，可以義起焉。是故後人之所爲，有足補古人所未及者，未可是古而非今也。

古者，大夫、士無不有廟，至後世，廟廢而墓祭興焉。夫舉親之遺體而委之野，乃巋焉而隆其堂，闃焉而深其室，曰『吾親之神在是』，無乃舍其所可知而求其所不可知乎？知鬼神之情狀者，莫如聖人，孔子之論鬼神也，曰：『骨肉斃於下，陰爲野土，其氣發揚於上，爲昭明、焄蒿、悽愴。』由是言之，墓祭雖非古，孔子復生，亦所不廢也。古者，祭必有尸，至後世尸廢而圖像興焉。夫祭之立尸孫，而以祖奉之，人而以鬼事之，近於戲矣。自《楚辭》有『像設君室』之文，而後世子孫之於祖父，無不圖其像而藏焉。唐制，於别殿安置祖宗御容，每日具服朝謁，雖於古禮無徵，然子孫而不覩祖父之像，則何以云『如見所祭』乎？是二者，皆足補古人所未及也。

《儀禮》十七篇，而射居二焉。春合諸學，秋合諸射，先王之世，所以士兼文武也。《記》曰：『射者，男子之事也，因而飾之以禮樂焉。』蓋聖人以弧矢威天下，故欲人人習之，而以禮樂爲之飾。『民可使由之，不可使知之』，此類是也。若夫樵夫笑危冠之飾，輿臺恥短後之服，此則後人高論，而非先王之教矣。明初取士之制，中式者復以五事試之，而首以騎射。厥後此制廢，而專以括帖取士，於造就人材之道，或猶未盡乎？

《周官》之書，非周公所作也。意周室既衰之後，有志之士感王者之不作，禮樂崩壞，刑政紊亂，乃因周制而損益之，以成此書，亦欲成一代之制，爲後世之法，故與周制頗有不合。即天、地、春、夏、秋、冬六官之名，亦非周制也。孟子論周禮，不及此書，豈大儒如孟子未之見乎？固知非周公之書矣。

《禮》云『勞毋袒，暑毋褰裳』，此可知袒之爲不敬；《孟子》『袒裼裸裎』，亦是極言其不敬耳。而《内則》又云『非有敬事，不敢袒裼』，遂有以袒裼爲敬者。吾謂，袒裼自是大不敬之事，而有時不得已，用之至敬之地。祭禮，君肉袒親割。夫親割，非肉袒不可也，束〔一〕帶佩玉而割，其可乎？若非親割，必不敢袒，此即『非有敬事，不敢袒裼』之謂也。

【校記】

〔一〕束，原作『束』，據《校勘記》改。

子卯之忌〔一〕，在漢世有三説。鄭司農注《春秋》，以爲五行子卯自刑〔二〕，此一説也。鄭康成注《禮》、何休注《公羊傳》，並云『桀以乙卯亡，紂以甲子亡』，又一説也。翼奉《傳》曰『子爲貪狼，卯爲陰賊』，又一説也。夫〔三〕紂以甲子亡，有《尚書》可證，至桀以乙卯亡，經〔四〕無明文，賈、孔之疏皆據《商頌》『昆吾夏桀』一語，謂夏桀與昆吾同日誅〔五〕。而《左傳》昭十八年二月乙卯，周毛得殺毛伯過，萇宏曰：『是昆吾稔之日也。』遂謂桀亦以乙卯亡。然則萇宏何不云桀亡之日而云昆吾稔乎？《呂氏春秋·簡選》篇曰〔六〕：『殷湯良車七十乘，必死六千人，以戊子戰於郕。遂禽推移大犧，登自鳴條，入巢門，遂有夏。』是桀之亡以戊子，非以乙卯也〔七〕。古事茫昧，不可推知，而桀以乙卯亡之説終無依據。且經文但〔八〕言子卯，無言甲子、乙卯者，鄭司農之注、翼少君之説，或〔九〕未可廢乎？

【校記】

〔一〕《好文》此則題作『子卯不樂辨』，爲卷二第二十四篇。

〔二〕『刑』下，《好文》多『張晏曰：子刑卯，卯刑子，相刑之日，故以爲忌』。

〔三〕夫，《好文》作『愚按』。

〔四〕經，《好文》作『初』。

〔五〕夏桀、誅，《好文》作『桀』、『亡』。

〔六〕曰，《好文》作『云』。

〔七〕『是桀』至『卯也』，《好文》作『則桀以戊子日亡，非乙卯日亡也』。

〔八〕文但，《好文》作『傳止』。

〔九〕『或』下，《好文》多『亦』字。

《春秋》，詳略之間，各有其義。隱十一年，『滕侯、薛侯來朝』，桓十七年，『郳人、牟人、葛人來朝』，侯則皆侯也，人則皆人也，故一書來朝。桓七年，『穀伯綏來朝，鄧侯吾離來朝』，一則伯也，一則侯也，故兩書來朝，詳略之間，所謂游、夏不能贊一辭者歟？

《春秋》詞簡而意明。如鄭忽、突之爭國也，《春秋》於忽書鄭世子，於突書鄭伯。聖人之意若曰：當有鄭國者忽也，終有鄭國者突也，而鄭事定矣。子儀、子亹之事，不見於經，蓋有所不足書也。

鄫季姬之事，傳者異辭。吾意，季姬必已許鄫子而未嫁者也。公怒鄫子之不朝，而中絶其婚，季姬不肯改適，故爲防之遇，而使來朝。於是鄫子感季姬之義，卒朝於魯，僖公嘉季姬之節，卒歸之鄫。夫未嫁之女而與夫遇，非禮也。雖然，權也。《春秋》詳書其事，蓋善之也。如謂僖公愛女，聽其擇配，固非人情；卽謂歸寧見止，是惡壻而執女，亦非人情。且季姬於何年始歸鄫，不見於經，何也？《春秋》所書，魯女既嫁則繫以國，季姬已歸鄫而不書鄫，又何也？

齊桓夫人三，皆無子，而庶子之中獨公子無虧長，則無虧之立，正也。宋襄欲圖諸侯，而知諸侯之未能忘齊桓，是故納孝公。蓋孝公立，則德宋必甚，必不與宋爭諸侯矣。左氏謂『桓公與管仲屬孝公於宋襄公』，此宋襄所以欺諸侯也。《春秋》書『師救齊』、『狄救齊』，穀梁子曰：『善救齊也。』救之者是，則伐齊而納孝公者非矣。

《春秋》亡國之君不再見於經。有宗廟焉，有社稷焉，而不能守，而又不能死，是固不足復見之於經矣。且既去國，則一匹夫耳，不得復謂之某公也。是故，桓五年書『州公如曹』，其明年來魯，則不復書州公。或以爲省文。聖人作《春秋》，爲萬世法，豈省此兩字哉？

僖二十四年，『天王出居於鄭』，書『出』，而昭二十二年，『王猛居於皇』，二十三年，『天王居於狄泉』，不書『出』。蓋皇與狄泉皆周地，而襄王居鄭，則出乎王畿之外矣，故書『出』也。必謂天子無出，書『出』則爲貶者，非也。王朝之臣亦然。自王朝而出奔，自宜書『出』。襄十三年，『王子瑕奔晉』，昭二十六年，『王子朝奔楚』，皆不書『出』者，二子爲亂，《春秋》蓋絶之於周，若曰非周之臣子也。成十二年，周公出〔一〕奔晉。周公懟王，固有罪矣，而未至如二子之甚，故書『出』。必謂自周無出，書『出』則爲貶者，亦非也。

【校記】

〔一〕出，原本無，據下文文意及《左傳》補。

晉納捷菑於邾。經不曰『弗果納』，而曰『弗克納』，則知聖人之意，美邾也，非美晉也。春秋之世，小國畏大國如虎，有出其君以説者，衛成公是也；有弑其君以説者，齊莊公、悼公是也。況貜且未成爲君，晉欲納捷菑，則貜且雖長，若之何？乃能拒而弗受。邾雖小國，有人焉。《春秋》書『弗克納』，其予邾人也深矣。

伯姬歸宋，三國媵之，蓋前此，魯女適諸侯皆小國，如紀、如鄫、如杞、如郯，大國固不屑來媵，卽魯，亦未必聞於諸侯。獨伯姬歸宋，宋，大國也，諸侯所以來媵耳。謂因伯姬之賢而録之，非也。

通都大邑，得以名通，則不繫以國，如楚丘不書衛，下陽不書虢是也。若小邑，不得以名通，則但書其國，而不書其地，如盟於宋、會於曹，必有所在之地，然其地小，名亦不箸，若書之史策，將使後世不知其所在，故以國書之。後儒説《春秋》，謂不地者，卽於其都也。盟會猶或有之，若戰於其都，恐無是理也。

汶陽之田，非魯故地也，成二年書『取汶陽田』，八年書『晉侯使韓穿來言，汶陽之田，歸之於齊』。夫魯得之於齊曰『取』，齊得之於魯曰『歸』，則汶陽之爲齊田矣。蓋鞌之役，晉人使齊人割以謝魯耳，觀魯、衛之言，曰『子得其國寶，我亦得地寶』，乃齊所以賂晉，則地亦齊，所以賂魯、衛矣，賓媚人所謂『先君之敝器、土地不敢愛也』。

楚不書葬，魯不往會也。若謂以稱王之故，則楚自稱王，《春秋》自書公。猶楚之公子，自楚言之，則曰王子，自《春秋》書之，則曰公子，奚不可乎？雖然，康王之喪，襄公在楚，而亦不書，何也？蓋諸侯而親送葬，非禮也。是故晉景公之葬，公在晉，則不書葬晉景公；楚康王之葬，公在楚，則不書葬楚康王。

《春秋》於諸侯之卒，或名或不名，訃辭異也。古者，葬而虞，虞而卒哭，卒哭而諱。凡以名訃者，卒哭之前來訃也；不以名訃者，卒哭之後來訃也。訃有遲速，何也？春秋之世，不能盡與古合。且如五月而葬，禮也。而經之所書，或過，或不及，葬且有遲速，況訃乎？夫卒哭之後來訃，則已葬矣，魯不及往會矣。故隱八年，宿男卒；莊三十一年，薛伯卒；僖二十三年，杞子卒；宣九年，滕子卒；皆不名，而皆不書葬，則以卒哭後來訃可知也。諸國皆弱小，或其孤不敢以先君之葬煩大國之往會，故遲至卒哭後始訃歟？獨秦不然，秦景公、哀公、惠公，魯皆往會其葬，而其卒不名，豈秦俗尊君，未卒哭而先諱歟？

賓萌集卷三　釋篇

釋盤古

盤古者，元氣之名也。盤古猶盤互也。《漢書·谷永傳》『百官盤互』，師古注曰：『盤互，盤結而交互也。』亦作磐互，《劉向傳》『宗族磐互』是也。古與互，同部字，《史記·封禪書》『秋涸涷』，《索隱》引小顏曰：『涸，讀與沍同。』涸從固聲，卽從古聲，而與沍同讀，此盤互所以爲盤古也。《太玄·中首》曰：『昆侖旁薄，幽。』昆侖卽渾沌也，旁薄卽盤互也。旁、盤雙聲，薄、互疊韻耳。古書乃有盤古氏之稱，此猶《莊子·天地篇》所稱『渾沌氏』，皆寓言也。《三五曆記》曰：『天地混沌如雞子，盤古生其中，天日高一丈，地日厚一丈，盤古日長一丈，如此萬八千歲，天數極高，地數極深，盤古極長。』此見元氣在天地之中，上極天，下際地，無間隙也。《述異記》曰：『昔盤古氏之死也，頭爲四岳，目爲日月，脂膏爲江海，毛髮爲草木。』又引秦漢閒俗說，『盤古氏頭爲東岳，腹爲中岳，左臂爲南岳，右臂爲北岳，足爲西岳』。又引先儒說，『泣爲江河，氣爲風，聲爲雷，目瞳爲電』。又引古說，『喜爲晴，怒爲陰』。此見天地之中形形色色，皆元氣之所生也。《莊子·應帝王篇》曰：『南海之帝爲儵，北海之帝爲忽，中央之帝爲渾沌。』假爲之名，豈實有其人歟？夫中央之帝曰渾沌，太古之帝爲盤互，一而已矣。因假古爲互，其義不顯，莫知其爲託名。胡五峯《皇王大紀》遂首列盤古氏，陋矣。

釋姜嫄

周、魯皆特立姜嫄廟，疑於有妣而無祖。李氏惇著《羣經識小》，謂姜嫄之名特著，而其夫失傳。蓋由合不以正，若楚令尹子文之母者，故諱之。是説也，誣古人甚矣。然則姜嫄何以特立廟？曰：姜嫄者，帝嚳之妾也，非帝嚳之正妃也，而實生后稷，爲周人之所自出，以其爲周人之所自出，故不可以無廟；以其妾也，故不敢以配帝嚳，於是別立廟以祀之。所謂禮以義起也。昔魏文帝納袁熙妻甄氏，實生明帝，明帝卽位，追尊爲文昭皇后。於是三公奏曰：『周人始祖后稷，又特立廟以祀姜嫄，今文昭皇后之於萬嗣，聖德之化，豈有量哉？而無寢廟以承享祀，非所以報顯德、昭孝敬也。稽之古制，宜依周禮，先妣別立寢廟。』至景初元年，有司議定七廟，又奏曰：『武宣皇后、文德皇后各配無窮之祚。至於文昭皇后，膺天靈符，誕育明聖，功濟生民，德盈宇宙，開諸後嗣，乃道化之所興也，寢廟特祀，亦姜嫄之閟宫也，宜世世享祀，永簭不毁之典。』夫以魏人之尊甄后，皆以姜嫄爲比，然則姜嫄爲帝嚳之妾明矣。當時文帝之廟自有文德皇后郭氏爲之配，甄后不得與焉，而明帝實甄后所生，因別立廟以祀之，正周人祀姜嫄之義也。魏人去古未遠，疑必有所依據。史公以姜嫄爲帝嚳正妃，轉非其實矣。

釋太公望〔一〕

《史記·齊太公世家》曰：『周西伯遇太公於渭之陽，與語，大悦，曰：「自吾先君太公曰當有聖人適周，子真是矣。吾太公望子久矣。」故號之曰「太公望」。』樾謂〔二〕，此説非也。太公者，死而其子孫尊之之稱也。夏、殷無謚，周始有之，而當時諸侯往往無謚。是故魯之始封曰魯公伯禽，衛之始封曰康叔、曰康伯，晉之始封曰唐叔虞、曰晉侯燮，蔡之始封曰蔡仲胡、曰蔡伯荒，曹之始封曰曹叔振鐸、曰太伯脾、曰仲君平，杞之始封曰東樓公、曰西樓公、曰題公、曰謀娶公，宋之始封曰微子、曰微仲、曰宋公稽，皆無謚也〔三〕。齊之有謚，自哀侯始，哀侯以前曰丁公伋、曰乙公得、曰癸公茲母，凡三公無謚。而太公者，始封之君，又有大功，故尊之曰『太公』云爾。周之王業，始乎古公亶父，既有天下，則追王之曰『太王』；齊之太公，猶周之太王也。吴自太伯適吴，遂以有國，至武王追封爲吴伯，謂之太伯；齊之太公，猶吴之太伯也。《左傳》曰〔四〕『武王邑姜方震太叔』，然則唐叔虞亦有太叔之稱矣；齊之太公，猶晉之太叔也。非獨此也。太王之妃曰太姜〔五〕，文王之母曰太任妃、曰太姒，武王元女配陳胡公〔六〕曰太姬。蓋太爲尊稱，故尊而無謚者〔七〕皆曰太焉。秦始皇帝〔八〕尊其父莊襄王爲太上皇，漢高祖因之，其死也，即立太上皇廟而無謚，蓋古人之遺意焉。太公之稱，猶之乎太上皇也。其後田氏代有齊國，實始於田和，而謂之太公和，以後證前，益知太公爲始祖之尊稱矣。是故，太公望猶太公和也，望與和皆名也。太公望蓋名望而字尚父，古人名字相配，尚者上也，故名望字尚也。《詩》曰『維師尚父』，猶曰『程伯休父』。毛公生六國時，沿傳聞之誤而爲之説，曰『可尚可父』，此與《史記》『太公望子』之説，皆齊東野人之語也。

【校記】

〔一〕《好文》此題爲卷二第十七篇。

〔二〕樾謂，《好文》作『愚按』。

〔三〕『是故』至『謚也』，《好文》作『是故魯之魯公，蔡之蔡仲，衛之康叔，晉之唐叔，宋之微子、微仲，杞之東樓公、西樓公，雖始封之君而皆無謚』。

〔四〕左傳曰，《好文》作『《左氏傳》載子産之言曰』。

〔五〕太王之妃曰太姜，《好文》無。

〔六〕配陳胡公，《好文》無。

〔七〕而無謚者，《好文》作『之則』。

〔八〕『秦始皇帝』以下，兩本差異較大，故全録《好文》如次：『其後田氏代有齊，國實始於田和，而謂之太公和，益可知太公爲始祖之尊稱矣。秦始皇帝追尊其父莊襄王爲太上皇，漢高祖因之，其殁也，即立太上皇廟而無謚，此得古人之意者也。然則所謂太公望者何也？望，其名也。曰吕尚者何也？尚，其字也。自漢以來皆以尚爲其名，然而非也。《詩》曰「維師尚父」，師則太師，尚則其字。曰「尚父」者猶曰「程伯休父」耳。漢儒既以尚爲其名，而於所謂尚父則又以「可尚可父」釋之，至唐而遂以「尚父」之號尊寵其臣，誤矣。』

釋荆楚

楚之見於《春秋》也，始於莊公之十年，其稱曰荆；至僖公之元年，乃始以楚稱。公羊子曰：『荆者何？州名也。州不若國。』樾謂其説非也。夫荆與楚，一而已矣。《説文》曰：『荆，楚木也。』又曰：『楚，叢木，一曰荆也。』然則荆、楚本無異義。孔穎達《左傳正義》曰：『荆、楚，一木二名，故以爲國號，亦得二名。』斯得其義矣。《春秋》先書荆，後書楚，蓋本國史原文，猶齊之陳氏，在《左傳》則爲陳，在《戰國策》則爲田，後人明知陳、田爲一姓，而凡所稱引，本之《左傳》者，從而謂之陳；本之《國策》者，從而謂之田，以非義理所繫，不必易其文也。陳與田，其音近，荆與楚，其義同，楚之爲荆，猶田之爲陳耳。孔子因國史修《春秋》，在僖公以前，國史之文皆曰荆無曰楚者，則孔子亦荆之而已矣，在僖公以後，國史之文皆曰楚無曰荆者，則孔子亦楚之而已矣。故以或書荆、或書荆人、或書楚子謂孔子有進退予敚之微意可也，若以書荆、書楚爲有異義，則鑿矣。且推公羊子之意，將謂魯史原文皆曰楚，而孔子改之曰荆乎？然則，以楚爲荆乃吾夫子之特筆，宜止見於《春秋》，而在他書必無曰荆者矣。乃《國語》者，當時列國紀載之書也，《晉語》曰『晉伐鄭，荆救之』，又曰『畢陽實送州犂於荆』；《鄭語》曰『夫荆子熊嚴』，是荆、楚爲當時之通稱而非夫子之特筆明矣。《詩》曰『奮伐荆楚』，蓋荆楚之名，猶殷商也，合言之曰荆楚，而分言之，則或爲荆，或爲楚，猶合言之曰殷商，而分言之，則或爲殷，或爲商也。孔子定四代之書，自帝告至於微子，謂之《商書》，而《書序》所稱則皆曰『殷』。今以書荆、書楚之異文而説《春秋》者，卽以爲孔子之特筆，然則孔子爲《商書》作《序》，何以言殷乎？ 夫商者，殷之本號也，自殷之號盛行，而人之恒言或言殷而不言商，孔子曰『予殷人也』，又曰『殷因於夏禮』，又曰『殷禮吾能言之』，是故定四代之書而謂之《商書》者，所以存其本號也，至於作《序》則遂謂之『殷』矣。 荆者，楚之本號也，自楚之號盛行，而人之恒言亦或言楚而不言荆，其見於僖公以前者，猶其本號也，自僖以後，則天下稱之皆曰楚矣，國史書之亦皆曰楚矣。 夫子何必不謂之楚乎？ 是故荆之與楚，乃古今之異言，因其荆而荆之，因其楚而楚之，乃臨文之常例。 後人因荆、楚異文曲爲之説，斯亦儒者之蔽也。 顧氏炎武曰：『五經中文字不同，有一經之中而自不同者，如「桑葚」見於衞詩，而魯則爲「黮」；「鬯弓」見於鄭詩，而秦則爲「韔」。 左氏一書，其錄楚也，「薳氏」或爲「蔿氏」，「箴尹」或爲「鍼尹」。』然則荆、楚異文，亦若是而已矣。

釋《春秋》絶筆獲麟〔一〕

吾觀《詩》，聖人〔二〕於變風之末繫以思治〔三〕之詩，以示亂之可治、變之可正〔四〕。 又觀《易》，聖人於『屯』之『上六』、『否』之『上九』皆曰：『何可長也〔五〕。』嗚呼，聖人憂天下深而望天下切，如此哉〔六〕。 天下方治也，而聖人之心則已憂其亂； 天下方亂也，而聖人之心則已望其治。 是故《春秋》絶筆於獲麟，思治也。 今夫春秋，二百四十年，弒君三十六，亡國五十二，生民之禍，未有烈於春秋者也〔七〕。 而麟，仁獸也，王者之瑞也，春秋之世，何爲乎來哉？ 夫子曰：『天下其庶幾〔八〕治矣，天下其庶幾〔九〕有王者出矣。』夫天下之亂，起於春秋，極於戰國，蔓延於秦漢之際，至文、景而始定〔一〇〕。方定、哀之間〔一一〕，正如江河之趨於下，其勢〔一二〕未有艾也。然而麟之出，必俟聖人，必俟聖人在乎位。後世非有聖人，非有聖人在乎位，則麟何爲乎來？有來告者曰『有麢而角者』，而夫子喜可知也，書曰『西狩獲麟』，而《春秋》以此終焉。蓋平日〔一三〕河圖、鳳鳥之思，至此一快，而欲以黜陟予奪〔一四〕之權歸之後王也。論者乃以麟出非時，謂之不祥，豈其然乎〔一五〕？吾以《詩》、《易》例《春秋》，殆得聖人之意者矣〔一六〕。若夫反袂拭面，稱『吾道窮』，則公羊子之誣也。

【校記】

〔一〕《好文》此題作『《春秋》絶筆獲麟論』，爲卷二第七篇。

〔二〕聖人，《好文》作『夫子』。

〔三〕思治，《好文》作『周公』。

〔四〕以、之、之，《好文》無。

〔五〕『聖人』至『長也』，《好文》作『夫子於「屯」之「上六」曰「何可長也」，於「否」之「上九」亦曰「何可長也」』。

〔六〕『聖人』至『此哉』，《好文》作『是何愛天下之深而望天下之切哉』。

〔七〕『今夫』至『者也』，《好文》作『春秋之世，弑君三十二，亡國五十六，生民以來，天下之變未有甚於春秋者也』，并多『孔子因魯史修《春秋》，至定、哀之間而其憂深矣』。

〔八〕庶幾，《好文》作『將』。

〔九〕庶幾，《好文》作『復』。

〔一〇〕『夫天』至『始定』，《好文》作『嗚呼，天下之變，起於春秋，烈於七國，而極於楚漢之間』。

〔一一〕之間，《好文》作『時』。

〔一二〕其勢，《好文》無。

〔一三〕『有來』至『平日』，《好文》作『或來告曰「有麏而角者」，而夫子喜可知也。是夫子非有感而絶筆於此，乃』。

〔一四〕黜陟予奪，《好文》作『南面』。

〔一五〕『論者』至『然乎』，《好文》作『而絶筆於此也。朱子曰：麟出非時，卽爲不祥。故有感而作《春秋》，因卽止於所感。夫以麟爲不祥，豈聖人之意哉』。

〔一六〕『殆得』句，《好文》作『似爲得之』。

釋孔子弟子三千人〔一〕

《孔子世家》有『弟子三千人』之説，而愚未敢信也。孔子弟子見於《論語》、《家語》及《史記》列傳、文翁石室圖者，纔七十餘人。蘇子由《古史》合諸書所有而并錄之，亦止七十九人耳，安得有三千人歟？其不足據一也〔二〕。諸子之書，多託於孔氏，而〔三〕《漢書·藝文志》所載如芊子、世子、公孫尼子之徒，皆七十子之弟子，而三千人無聞焉。其不足據二也〔四〕。漢武帝始置五經博士，僅置弟子五十人，其後稍增，至成帝時乃有三千人，在西京之世，已爲極盛矣。唐制，國學生七十二員，太學生一百四十員，四門學生一百三十員〔五〕。夫以天子之尊，而所養士不過此數，孔子一人〔六〕，乃聚三千人而爲之師，其不足據三也〔七〕。且夫孔子之門，非必以多爲貴也，侈三千之數〔八〕，而指不知誰何之人以爲孔子之弟子，吾未見其尊孔子也。太史公敘述周秦間〔九〕事，於數之多者，必曰三千：《魏公子無忌傳》曰〔一〇〕『客三千人』，春申君、孟嘗君及呂不韋《傳》亦曰『客三千人』，《平原君傳》曰『敢死之士三千人』。夫此數公者，其賓客固多矣，非必皆三千人也。然則謂孔子弟子三千人者，亦此類也。

【校記】

〔一〕《好文》此題作『孔子弟子三千人辨』，爲卷二第十八篇。

〔二〕『安得』至『一也』，《好文》作『其泯滅無傳者，不宜如是之衆，愚未敢信者一也』。

〔三〕而，《好文》無。

〔四〕『其不』至『二也』，《好文》作『愚未敢信二也』。

〔五〕『唐制』至『十員』，《好文》作『唐貞觀中廣學舍千二百區，益三學生員，并置書、算二學。終唐之世，以此爲盛，而諸學生員亦止三千二百人』。

〔六〕一人，《好文》作『匹夫』。

〔七〕『其不』至『三也』，《好文》作『坐而食則無食，耕而食則無田，愚未敢信者三也』。

〔八〕數，《好文》作『名』。

〔九〕間，《好文》作『之』。

〔一〇〕曰，《好文》作『云』，下同。

釋楚漢五諸侯

項王將五諸侯滅秦，漢王部五諸侯伐楚，楚漢之興，皆以五諸侯，非偶然也。《高紀》『五諸侯』，説各不同，徐廣〔一〕曰：『塞、翟、魏、殷、河南也。』應邵〔二〕曰：『雍、翟、塞、殷、韓也。』韋昭曰：『塞、翟、殷、韓、魏也。』師古注《漢書》曰：『常山、河南、韓、魏、殷也。』今按《月表》，雍王章邯都廢丘，爲漢所圍，凡十一月始終不降，而死未嘗從漢也。應劭之説非矣。常山王張耳，爲陳餘所逐，走歸漢。據《功臣表》，張耳棄國，與大臣歸漢，則與陳平、韓信之來固當不同，然亦不過如九江王英布與隨何間行而至者等耳，未必以兵從也。師古之説亦非矣。徐廣、韋昭二説，未知孰是。然《月表》明言韓王信從漢伐楚，信本傳亦云『漢復立以爲韓王，竟從擊破項羽』，則韓王必在五諸侯之數，韋昭之説，疑其得之矣。《淮陰侯傳》乃云『漢二年出關，合齊、趙，共擊楚』。按，是時田榮擊殺齊王市自立，項王擊之，榮敗死。榮弟横收齊散兵，得數萬人，反擊項羽。羽聞漢王東伐楚，卽令諸將擊齊，而自以精兵還擊漢於彭城。然則齊方爲楚所擊，無緣得從漢，故諸家説五諸侯，均不數齊。《淮陰侯傳》誤耳。至《項羽紀》『五諸侯』，注以爲齊、趙、韓、魏、燕。按，魏王豹親從入關，齊、燕、趙三王皆不從，齊則田都，趙則張耳，燕則臧荼也。韓王成據《月表》則云『從項羽略入關』，而《韓王信傳》云：『項籍之封諸王，皆就國，韓王成以不從無功，不遣就國，更以爲列侯。』《項王本紀》亦云：『韓王成無軍功，不使之國，與俱至彭城，廢以爲侯，已又殺之。』然則韓王成不從入關明甚。《羽本紀》云：『鄱君吳芮率百越佐諸侯，又從入關，故立芮爲衡山王。』然則，五諸侯當數鄱君，不當數韓王成也。

【校記】

〔一〕徐廣，《漢書》作『如淳』。

〔二〕邵，《漢書》作『劭』。

釋公主〔一〕

古無公主之稱〔二〕，然婦人之〔三〕稱主，則春秋時已有之矣〔四〕，《魯語》曰〔五〕『以歜之家而主猶績』是也。蓋主本大夫之稱，故其妻亦得稱之〔六〕。後世因以人君之女謂之君主，《史記·六國〔七〕年表》秦靈公八年初『以君主妻河』是也。君主之稱，殆始於人君之女而適大夫者乎？《左氏傳》有曰『君姬氏』者，稱主而繫於君，與稱某氏而繫於君，其誼一也。後世〔八〕又因人君稱公，而謂之公主，《吳起傳》『公叔爲相，尚魏公主』是也。至秦有天下，稱皇帝，而其男尚稱公子。《始皇本紀》『公子將閭』、『公子高』是也，故其女亦仍稱公主。《李斯傳》『十公主矺死於杜』是也。漢承秦舊，亦曰公主，而王之女謂之王主。《漢書·成帝紀》『建始二年〔九〕賜王太后、公主、王主黄金』是也。夫以王之女而謂之王主〔一〇〕，則知〔一一〕古所謂公主者，以其爲公之女也。後儒不達此誼，以爲天子之女，使公主婚，故曰公主，失之矣。

【校記】

〔一〕《好文》此題作『公主辨』，爲卷二第二十一篇。

〔二〕稱，《好文》作『名』，其下并多『唐虞謂之帝女，《戰國策》云「帝女令儀狄作酒」是也。周謂之王姬，《春秋》「王姬歸于齊」是也』。

〔三〕之，《好文》無。

〔四〕矣，《好文》無。

〔五〕曰，《好文》作『云』。

〔六〕『蓋主』至『稱之』，《好文》無。

〔七〕六國，《好文》無。

〔八〕『君主之稱』至『後世』，《好文》無。

〔九〕二年，《漢書》此文在建始元年。

〔一〇〕以、而，《好文》無。

〔一一〕『則知』以下，兩本差異較大，故全錄《好文》如次：『猶古者公之女謂之公主也。然則公主者，古諸侯之女之稱，秦起諸侯而爲天子，遂沿其號，而漢因之。後之儒者，不達此義，以爲天子之女，使公主婚，故曰公主，非也。又按，漢世帝女謂之公主，而帝之姑或謂之太主，《漢書·東方朔傳》「竇太主」是也。王女謂之王主，而王之姑或謂之翁主，《文三王傳》「我好翁主」是也。太主與翁主，皆尊其姑之辭，非其正稱也。顔師古注《漢書》乃曰「諸王之女皆稱翁主，以其父自主婚」，又非也。』

釋佛寺

古者，郊焉而天神格，廟焉而人鬼享，如此而已矣。秦起西戎，襄公作西畤，文公作鄜畤，於是有畤之名。然史稱雍旁故有吳陽武畤，則畤之起也久矣，蓋西戎之俗也。嗣後宣公作密畤祭青帝，靈公作吳陽上畤祭黄帝，下畤祭赤帝，獻公作畦畤祭白帝，漢興，高帝作北畤祭黑帝，是謂雍五畤。至釋氏自西戎入中國，名其所居曰寺，即畤之省也。蓋佛徒所奉金人，本爲祭天而設，《漢書·霍去病傳》破匈奴，獲休屠祭天金人，師古曰：『今佛像是也。』然則原佛寺之始，與雍五畤之祭五帝者正同。世謂攝摩騰、竺法蘭始至中國，居鴻臚寺，因以爲名，而至今仍之，猶未得其誼也。《説文》『寺，廷也，有法度者也』，今官制有大理寺、鴻臚寺、太常寺、光禄寺之名。而浮屠氏所居亦冒此名，可乎？宜正其名曰『畤』，以還西戎之本俗，然後與中國所謂寺者不相亂矣。

釋相

儀徵阮文達《揅經室集》有《釋相》一篇，其大旨以爲，自周秦以來，凡宰輔之臣皆名曰相，乃《説文》相在目部，曷嘗有佐助之義？此必叚借字，其本字當爲襄。此説非也。襄字《説文》在衣部，其説解曰『漢令解衣耕謂之襄』，亦曷嘗有佐助之義？乃以耕必有耦附會之，斯曲説矣。《臯陶謨》曰『思曰贊贊襄哉』，馬融訓襄爲因，鄭康成訓襄爲揚，是贊襄之襄，非謂佐助也，而謂卽輔相之相，其於古訓更歖矣。然則輔相之相當爲何字？曰：相卽其本字也。蓋其始，起於瞽之有相。《説文》『相，省視也』。瞽者無目，不能省視，故必有人代爲省視，而扶助之，導引之，卽謂之相。其後因以爲輔政者之稱，如云舜相堯，禹相舜，益相禹，伊尹相湯，周公相武王，皆是也。冉有、季路爲季氏臣，孔子引周任之言以責之，曰：『危而不持，顛而不扶，則將焉用彼相矣？』又曰『今由與求也，相夫子』，是輔相之相，與瞽者之相，固同字同義矣。然古者未以相爲官名，凡輔助者通稱爲相，故儐介亦稱相。《周官》司儀之職曰『每門止一相』，鄭注曰：『相，謂主君儐者及賓之介也。』太僕之官亦稱相，《尚書·顧命》曰『相被冕服』，鄭注曰：『相者，正服位之臣，謂太僕也。』至秦有相國、丞相之官，而相之名始尊，後世遂不知其始起於瞽之有相矣。苟知輔相之相與瞽者之相同字同誼，則與《説文》相字之誼正合，又何疑而以爲非本字乎？

釋主

《説文》丶部『丶，有所絶止，丶而識之也。』此字今經典不見，皆以主爲之。主之本義，鐙中火主也，與丶字音同義異，作書者以丶不成字，故叚主爲丶。凡經典主字，皆丶字也，其義皆從『有所絶止』而引申之。今俗字作住者，是其義也。《説文》無『住』字，然邁篆曰『讀如住』，則此字亦古矣。蓋凡物有所絶止謂之丶，其字既皆作主，故人有所絶止，又加人作住耳。經典無『住』字，則仍以主爲之，如云『主顔讎由』、

『主司城貞子』，猶俗云住於某所也。因而有主客之稱。《老子》曰『吾不敢爲主而爲客』，主客對文，由來久矣。又因而有臣主之稱，《晉語》載欒氏之臣辛俞曰『三世仕家君之，再世以下主之』，蓋再世以下恩義尚殺，君臣之分未定，故仍從所止之稱而曰『主』。其後因以爲大夫之稱，《左傳》載醫和與趙孟言，稱主是也。相沿既久，而君與主遂爲通稱。《管子》書已有《七臣七主》之篇，《老子》書亦有『萬乘之主』之文，於是主之名遂尊，而於字之本義亦稍遠矣。主又訓守，《廣雅·釋詁》曰『主，守也』。蓋古人適異國，必有所常主。昭三年《左傳》曰『豐氏故主韓氏』是也。以其有常主，故有主守之義，因又訓專、訓親，師古注《漢書·淳于長傳》曰『主猶專也』，鄭康成注《論語》『主忠信』曰『主，親也』，蓋亦以其有常主，故引申之爲專一、爲親密也。至於祭之有主，其義亦出於此，神之所依，猶人之所住也，故亦曰主焉。而《説文》乃又有『宔』字，其説解曰『宗廟宔祏』，此後出字也。廟主字從宀作宔，何異鐙主字從火作炷乎？苟知經典主字皆、字『有所絶止』一義所引申，則無不可通矣。

釋欽

《爾雅·釋詁》曰『欽，敬也』，《説文》欠部『欽，欠皃』，於訓敬之義絶遠。孫氏星衍《尚書注疏》於《多方》篇『乃惟有夏之民叨懫日欽，劓割夏邑』、《立政》篇『帝欽罰之』，竝云『欽與廞通』，而引《爾雅》『廞，興也』之文爲説。愚謂《尚書》所有『欽』字，皆『廞』之叚字也。《説文》广部『廞，陳輿服於廷也』。《禮》曰：『大人之器威敬。』古者有大事則陳輿服於廷，如《顧命》所記是也。彖朝之禮器，先王之法物，森然具在，以此思敬，敬可知矣，故廞有敬義也。《周書・謚法》篇曰『威儀悉備曰欽』，《尚書・堯典》《釋文》引馬注曰『威儀表備謂之欽』。然則，古人所謂欽者，皆謂其威儀之盛，正從陳興服之義而引申之。後世儒者但以主一無適爲敬，則不足以知此矣。《詩・常武》篇『既敬既戒』，鄭箋曰：『敬之言警也。』《禮記・文王世子》篇『所以警眾也』，鄭注曰：『警猶起也。』《爾雅・釋詁》曰：『廞，興也。』廞之爲興，猶警之爲起矣。虞、夏、商《書》所有『欽』字，其義皆爲敬，《周書》《多方》、《立政》篇兩『欽』字，則當訓爲興，而要皆『廞』字之義。所引申作『欽』者，叚字也。段氏玉裁謂人氣不足則欠，故有欿然如不足之義，斯乃曲說。或又疑爲顉之叚字。顉，低頭也，有敬慎之意，然許君引《左傳》『迎於門者顉〔一〕之而已』，其義正與敬反，安得以爲欽敬之本字乎？

【校記】

〔一〕迎、顉，《左傳》作『逆』、『頷』。

釋左右

《說文》左部『左，手相左助也，從𠂇工。』又部『右〔二〕，手口相助也，從又從口。』愚謂，許君說此二字，竝未得也。左、右對文，其義亦當相配。左從工，而右從口，則不倫矣。今按，左字從工，乃從巨而省，古人製字，有從省之例，如會字從曾，乃增之省；朢字從壬，乃廷之省；制字從未，乃味之省；辟字、辭字從辛，乃辠之省，竝其例也。工部曰：『巨，規巨也，從工，象手持之形。』工部所隸之字三，巨也、巧也、式也，巧從工，乃工巧之工； 式從工，則從巨而省。《爾雅・釋詁》『矩，法也』，故『式』篆説解亦曰『法也』。不然，則式字從工，何意乎？ 左之從工，與式同意，竝從巨省。巨者，所以爲方之器，故從巨省，猶從方也。右字從口，不從手口之口，如石字《説文》作『𠰅』，而世傳秦刻石文作『𠰅』，蓋二形相似，其殽亂者多矣。《説文》囗部『囗，回也，象回帀之形。』古之製字者，既象回帀之形，則其形必圓，隸體始變而方之耳。凡匊圍字、圍繞字，竝當如此作。今借圍守之圍爲之，非其本字也。右字從囗，正從其象回帀之形，故從囗，猶從圓也。夫天下之形，方、圓盡之矣，广執方，又執圓，古人製字之意正如此。傳曰： 天道圓，地道方，君道圓，臣道方。古之聖人所以裁成天地之道，輔相天地之宜，以左右民者，不外乎此矣。是故左右二字之義，其所包甚大也。今右字既誤從手口之口，而左字又不得其所以從工之意，則二字皆失其義矣。

【校記】

〔一〕 右，原作『又』，據文義及《説文》改。

賓萌集卷四　議篇

文廟祀典議

咸豐六年，樾在河南學政任，奏請援蘧瑗之例，以鄭公孫僑從祀文廟兩廡，又請以孔子兄孟皮配享崇聖祠。詔下禮部議，皆如所請。樾旋以人言去職，跧伏草野，又經兵亂，流離奔走，靡有定居。然念文廟祀典尚有宜增益者。樾故官學政，俎豆之事，固所職也。兹雖放棄，敢默而息乎？謹私議之如左：

一曰：今所傳《毛詩故訓傳》者，大毛公亨所爲也。謹按，陸德明《經典釋文序錄》曰：『毛詩者，出自毛公。徐整云：子夏授高行子，高行子授薛蒼子，薛蒼子授帛妙子，帛妙子授河間人大毛公。』『一云子夏傳曾申，申傳魏人李克，克傳魯人孟仲子，孟仲子傳根牟子，根牟子傳趙人孫卿子，孫卿子傳魯人大毛公。』是大毛公之詩，其原出於子夏。鄭康成本之而爲《箋》，孔穎達因之而爲《正義》，至今學者誦習，謂之《毛詩》。齊、魯、韓三家之《詩》皆不傳，而《毛詩》獨行。昔唐貞觀二十一年，詔以左丘明、卜子夏等二十二人〔一〕，代用其書，埀於國胄，自今有事大學，竝令配享。若大毛公之《故訓傳》，非所謂代用其書者歟？徐堅《初學記》載大毛公之名曰亨，是較高行子之徒傳其氏而不傳其名者，其迹之顯晦有殊矣。乃文廟從祀，有小毛公萇，而無大毛公亨。《禮》曰：『三王之祭川也，先河而後海，或原也，或委也，此之謂務本。』今祭小毛公，而不及大毛公，無乃飲其委而忘其原歟？非先河後海之誼也。是宜增入者一。

一曰：義理存乎訓詁，訓詁存乎文字，無文字，是無詁訓也，無詁訓，是無義理也。然則文字所繫顧不重歟？漢太尉南閣祭酒許慎，生東漢中葉，去古稍遠，俗儒或詭更正文以耀於世，慎學於賈逵，從受古學，著《説文解字》十四篇，五百四十部，九千三百五十三文，敘篆文，合以古籀，使學者得以考見六書之原，因文字而通訓詁，因訓詁而明義理，厥功甚巨。其稱《易》孟氏、《書》孔氏、《詩》毛氏、《禮》、《周官》、《春秋》、《左氏》、《論語》、《孝經》，皆古文也。凡古文舊説散失無傳者，賴其書猶存什一。鄭康成注《禮》嘗徵引及之，鄭之於許，年代未遠，而其書已爲鄭所刺取。慎又著《孝經孔氏説》及《五經異義》，是其貫通經學，著述非一。而《説文解字》一書，尤爲言小學者所宗，士生今日而欲因文見道，舍是奚由哉？伏念我朝同文之治超踰前代，家有許氏之書，人習《説文》之學，而春秋有事文廟，慎不得與配享之列，無乃闕歟？是宜增入者二。

【校記】

〔一〕二十二人，《舊唐書》、《貞觀政要》作『二十一人』。

孔忠移祀崇聖祠議

謹按，《家語》孔忠字子蔑，孔子兄子，蓋卽孟皮之子也。今從祀大成殿東廡，其位在狄黑之下，公西藏之上。《説苑》載孔子弟子有孔蔑者，與宓子賤同仕。孔蔑卽孔忠也。其賢固不若子賤，然既爲孔子兄子，則子思子之從伯叔父也。子思爲四配之一，祭於殿上，而孔忠祭於廡，揆之倫理，有未順焉。伏思顔路、曾皙，竝孔子弟子，宜從祀大成殿兩廡，而今入崇聖祠者，避其子顔子、曾子也。孔忠於子思，固非父子，然而《禮》曰：『兄弟之子，猶子也。』竊謂孔忠宜移祀崇聖祠，以安子思之神。樾於咸豐六年奏請以孟皮配享崇聖祠，而未見及此，因著其説，俟後之君子焉。

學校祀倉頡議

古者崇德報功，凡有功德於民者，必在祀典，是故農則祭先嗇，蠶則祭先蠶，使民反本追遠，不忘所自始也。夫文字之興，自倉頡始矣。謹按，許慎《説文解字序》曰：『黄帝之史倉頡，見鳥獸蹏迒之迹，知分理之可相别異也。初造書契，百工以乂，萬品以察，蓋取諸夬。』是易結繩而爲書契，皆倉頡之功。慎又曰：『文字者，經藝之本，王政之始，前人所以垂後，後人所以識古。』然則倉頡之功，不在嗇與蠶之下矣。鄭康成注《周官・肆師》曰：『貉，師祭也。祭造軍法者，其神蓋蚩尤。』夫兵者凶器，聖人所不得已而用者也。然既用其法，則不得不報其功，故雖以蚩尤之凶人，而亦祀典之所不廢，況倉頡，親爲黄帝史，刱造書契，以利萬世者乎？竊謂天下學校，上自京師，下至郡縣，宜皆建立倉頡祠，祭孔子前一日祭以少牢，以報其刱造文字之功，亦祀典之所不容已者也。倉頡祠既立，請定配享之位。衛恆《四體書勢》曰：『昔在黄帝，創制造物，有沮誦、倉頡者，始作書契，以代結繩。』然諸書多言倉頡，少言沮誦。意沮誦，其倉頡之佐歟？今定沮誦爲配享第一。周宣王時，太史籀著大篆十五篇，是大篆所自始，今定周太史籀爲配享第二。秦始皇帝既并天下，丞相李斯作《倉頡篇》，中車府令趙高作《爰歷篇》，太史令胡毋敬作《博學篇》，婿改大篆，是小篆所自始。李斯、趙高，其人均不當祀，今定秦太史令胡毋敬爲配享第三。秦下杜人程邈得辠，幽繫雲陽，增減大篆體，去其繁複，始皇善之，出爲御史，名其書曰『隸書』，是隸書所自始。今定秦御史程邈爲配享第四。配享既定，請定從祀之位。自李斯作《倉頡篇》，漢初學者，以《倉頡》、《爰歷》、《博學》合爲《三倉》。嗣漢武帝時，司馬相如作《凡將篇》，元帝時，黄門令史游作《急就篇》，成帝時，將作大匠李長作《元尚篇》，平帝時，楊雄作《訓纂篇》。至後漢，班固又續作十三章，有《太甲篇》、《在昔篇》，和帝時，郎中賈魴又作《滂喜篇》，而後之學者，因以李斯、趙高、胡毋敬所作爲上卷，楊雄所作爲中卷，賈魴所作爲下卷，亦謂之《三倉》。凡此諸書，今惟《急就篇》尚存，餘竝散佚。然有功小學，許慎《説文解字》之書，蓋本於此，淵源所自，不可没也。竊謂，自司馬相如至賈滂六人竝宜從祀倉頡祠。至許慎《説文解字》，爲言小學者所祖，俾學者因文字而通訓詁，因訓詁而通義理，厥功甚巨，當從祀文廟，故不列於此。若夫言書法者，以羲、獻爲聖，言韻學者，以周、沈爲宗，實則破斁字體，變亂古音，斯乃六藝之辠人，八體之巨蠹，後之議者，無儳入也。

考定文字議

孔子曰：『必也正名乎！』鄭康成曰：『正名，謂正書字也。古者曰名，今世曰字。』夫文字之不正，似于爲政無損，而孔子論政，以此爲先，且曰『名不正則言不順，言不順則事不成』，推而極之，至於『禮樂不興』、『刑罰不中』、『而民無所措手足』，然則文字之所繫，顧不重歟？ 嬴秦氏興，事不師古，變改籀文，以從簡易。 周内史之職廢，而所謂達書名於四方者不可復見。 漢儒許慎于是有《説文解字》之作，敘篆文，合以古籀，古聖人刱造書契之意，其不盡泯滅者，賴有此書之存。 而經典相承，尚沿譌體，類多苟且，不合六書，今宜考正文字，專以許氏書爲埻。 一曰正字義。 夫古人制字，皆有本義，經典所用，每多叚借。 而許君解字，必從其朔，所以明字之本義也。 如逆爲送逆字，而順逆字止當作屰； 降爲升降字，而降伏字止當作夅； 化爲教化字，而變化字止當作匕； 氣爲氣廩字，而雲氣字止當作气； 樹爲樹木字，而樹立字止當作尌； 漏爲漏刻字，而穿漏字止當作屚； 假爲真假字，而假借字止當作叚； 湮爲湮没字，而湮塞字止當作垔； 微爲隱微字，而微細字止當作𢼸； 違爲違離字，而違背字止當作韋； 懷爲懷思字，而懷俠字止當作褱； 辯爲辯治字，而辯訟字止當作辡； 垂爲邊垂字，而下垂字止當作𠂹； 距爲雞距字，而距止字止當作歫； 鄙者，五家爲鄙也，而鄙嗇字止當作啚； 災者，天火曰災也，而災害字止當作巛； 厚者，山陵之厚也，而厚薄字止當作㫗； 兩者，二十四銖也，而參兩字止當作㒳； 溫者，水名也，而溫良字止當作𥁕； 蒙者，艸名也，而蒙覆字止當作冡； 郭者，齊之郭氏也，而城郭字止當作𩫏； 節者，竹約也，而符節字止當作卪； 捷者，軍獲得也，而捷速字止當作疌； 啓者，教也，而開啓字止當作启； 肇者，擊也，而肇始字止當作肁； 散者，襍肉也，而分散字止當作㪔； 裂者，繒餘也，而分裂字止當作列； 備者，慎也，而具備字止當作𤰈； 愛者，行皃也，而慈愛字止當作㤅； 憂者，和之行也，而憂愁字止當作𢝊； 稱者，銓也，而稱舉字止當作爯； 譟者，擾也，而呼譟字止當作喿； 私者，禾也，而公私字止當作厶； 遂者，亡也，而遂意字止當作㒸； 腥者，星見食豕肉令肉中生小息肉也，而腥臭及腥熟字止當作胜。此皆增益之而失其本字者也。又如：旨爲甘旨字，而意旨字必當從心作恉； 㪔爲㪔細字，而㪔伺字必當從見作覹； 須爲須眉字，而須待字必當從立作䇓； 咎爲災咎字，而咎怨字必當從心作⿱咎心； 卒爲隸卒字，而生卒字必當從歺作⿰歺卒； 交爲交脛字，而交會字必當從辵作这； 芻爲芻蕘字，而芻豢字必當從牛作犓； 典爲典謨字，而典主字必當從攴作敟； 美爲甘美字，而美色字必當從女作媄； 陳者國名也，而陳列字必當從攴作敶； 強者蟲名也，而勉強字必當從力作勥； 淨者，魯北城門池名也，而潔淨字必當從靜作瀞； 朱者，赤心之木也，而朱紫字必當從糸作絑； 衰者，艸雨衣也，而衰減字必當從廾作⿸疒衰； 黨者，不鮮也，而朋黨字必當從手作攩； 乂者，芟艸也，而乂治字必當從辟作⿱辟乂； 率者，捕鳥畢也，而率先字必當從辵作⿺辵率； 渴者，盡也，而飢渴字必當從欠作㵣； 蔑者，目無精也，而輕蔑字必當從心作懱； 尤者，異也，而尤悔字必當從言作訧； 臾者，束縛捽抴也，而斞臾字必當從斗作斞； 弭者，弓無緣也，而弭止字必當從心作⿰忄弭； 監者，臨下也，而監視字必當從目作⿰目監； 專者，六寸薄，又紡車也，而專壹字必當從女作嫥； 復者，往來也，而重復字必當從勹作⿹勹復。此減消之而失其本字者也。又若：鬱鬯字當作鬱，鬱則森鬱字矣； 涼風字當作⿰京風，涼則涼薄字矣； 烈風字當作颲，烈則火烈字矣； 敷播字當作譒，播則播種字矣； 保守字當作宲，保則保養字矣； 扶疎字當作枎，扶則扶佐字矣； 期年字當作稘，期則期會字矣； 偏枯字當作㾫，偏則偏頗字矣； 𡝩異字當作䄏，𡝩則𡝩婬字矣； 接續字當作椄，接則交接字矣； 漸進字當作⿺辶斬，漸者水名也； 蒿里字當作薧，蒿者艸名也； 耕芸字當作䎣，或作⿱艹耘，芸者艸名也；　懲艾字當作忞，艾者艸名也；　觚棱字當作柧，觚者酒器也；　敷施字當作敀，施者旗皃也；　昭穆字當作佋，昭者日明也；　柴望字當作祡，柴者小木楸材也；　遷移字當作迻，移者禾相倚也；　兼該字當作晐，該者軍中約也；　渾厚字當作惲，渾者混流聲也；　合巹字當作菳，巹者謹身有所承也；　煩亂字當作敿，亂者治也；　範法字當作笵，範者軷也；　稍地字當作鄁，稍者出物有漸也；　急暴字當作暴，暴者晞也；　戮力字當作勠，戮者殺也；　朔望字當作朢，望者出外望其還也；　商賈字當作商，商者從外知内也；　華嶽字當作崋，華者榮也；　沖虛字當作盅，沖者涌搖也；　披靡字當作旇，披者從旁持也；　格鬬字當作挌，格者木長皃也；　儌幸字當作儌，儌者循也；　俟待字當作竢，俟者大也；　詭譎字當作恑，詭者責也；　抵觸字當作牴，抵者擠也；　混同字當作掍，混者豐流也；　袒裼字當作但，袒者衣縫解也；　攜貳字當作懏，攜者提也。又若：　容爲容受，非頌皃之頌；　周爲周密，非匊徧之匊；　墳爲墳墓，非坋衍之坋；　殘爲殘殺，非歺餘之歺；　原者水泉本也，非平邍之邍；　昆者同也，非翼弟之翼；　梟者不孝鳥也，非県首之県；　豪者豕鬣也，非勢彊之勢；　滍者清水也，非宎下之宎；　序者東西牆也，非次敘之敘；　暨者日頗見也，非臮與之臮；　篤者馬行遲也，非竺厚之竺；　蛉者蜻蛉也，非螟蠕之蠕；　爪者丮也，非叉甲之叉；　頒者大首也，非叢賦之叢及攽分之攽；　鮮者魚名也，非新鱻之鱻及尟少之尟。此其始皆由同音叚借，而積久相沿，遂失其本字。又若：　帥、帨一字也，杭、抗一字也，穅、康一字也，簠、匭一字也，呂、膂一字也，或、域一字也，昔、腊一字也，咳、孩一字也，臚、膚一字也，枹、桴一字也，冰、凝一字也，常、裳一字也，今則誤分之。詞爲言詞，而詞訟字當爲辭，辭受字當爲辤；　讓爲責讓，而推讓字當爲攘，攘臂字當爲纕；　圄爲守圄，而囹圄字當爲圉，禁圉字當爲敔；　溺爲弱水，而陷溺字當爲休，便溺字當爲𡲾；各有本義，元非一字，今則誤合之。如此之類，不可悉數。夫叚借爲六書之一，必欲盡改經典，以從許氏之書，非通論也。然至於操筆吮墨自爲文字，則本字具在，何不可書，必舍本字而用叚字，又豈理乎？所謂正字義者，此也。二曰正字體。許氏《説文》，兼收或體，蓋其博采通人以成一家之書，用力勤矣。然每字先必列正文，次附或字，許君所重固有在也。今乃有以或體而廢正體者：如鬃或作祊，祊行而鬃廢矣；𤫊或作靈，靈行而𤫊廢矣；𡴀或作芬，芬行而𡴀廢矣；藼或作萱，萱行而藼廢矣；莕或作荇，荇行而莕廢矣；薻或作藻，藻行而薻廢矣；延或作征，征行而延廢矣；逎或作遒，遒行而逎廢矣；衙或作衙，衙行而衙廢矣；䶵或作篪，篪行而䶵废矣；詾或作訩，訩行而詾廢矣；𡭊或作對，對行而𡭊廢矣；鬴或作釜，釜行而鬴廢矣；䰻或作餌，餌行而䰻廢矣；䰞或作煮，煮行而䰞廢矣；厷或作肱，肱行而厷廢矣；蒦或作䕶，䕶行而蒦廢矣；雧或作集，集行而雧廢矣；㱙或作朽，朽行而㱙廢矣；肊或作臆，臆行而肊廢矣；胑或作肢，肢行而胑廢矣；𦟝或作膟，膟行而𦟝廢矣；觵或作觥，觥行而觵廢矣；𩰪或作秬，秬行而𩰪廢矣；餴或作饙，饙行而餴廢矣；㐭或作廩，廩行而㐭廢矣；𩏂或作擊，擊行而𩏂廢矣；櫑或作罍，罍行而櫑廢矣；郊或作岐，岐行而郊廢矣；曐或作星，星行而曐廢矣；曑或作參，參行而曑廢矣；曟或作晨，晨行而曟廢矣；爟或作烜，烜行而爟廢矣；躳或作躬，躬行而躳廢矣；幝或作褌，褌行而幝廢矣；㑵或作嫉，嫉行而㑵廢矣；羸或作裸，裸行而羸廢矣；𩠐或作剸，剸行而𩠐廢矣；厎或作砥，砥行而厎廢矣；彙或作蝟，蝟行而彙廢矣；𪊺或作麂，麂行而𪊺廢矣；㹤或作怯，怯行而㹤廢矣；悑或作怖，怖行而悑廢矣；澣或作浣，浣行而澣廢矣；鰻或作鰋，鰋行而鰻廢矣；䲔或作鯨，鯨行而鱷廢矣；　聝或作馘，馘行而聝廢矣；　㨨或作抽，抽行而㨨廢矣；　繛或作綽，綽行而繛廢矣；　䋸或作緩，緩行而䋸廢矣；　螾或作蚓，蚓行而螾廢矣；　蠣或作蜾，蜾行而蠣廢矣；　𧖸或作蚍，蚍行而𧖸廢矣；　鼄或作蛛，蛛行而鼄廢矣；　畺或作疆，疆行而畺廢矣；　処或作處，處行而処廢矣；　𢍜或作尊，尊行而𢍜廢矣；　鷬或作難，難行而鷬廢矣；　羴或作羶，羶行而羴廢矣；　𤒹或作焦，焦行而𤒹廢矣；　它或作蛇，蛇行而它廢矣；　䞓或作赬，赬行而䞓廢矣；　滕或作𡕢，𡕢行而滕廢矣。　夫許君既收此字，則間一用之固無不可，乃承用既久，至以正體爲僻字，廢而不用，大非許君雅意矣。　又如：　肩俗作肩，今用肩而廢肩；　盥俗作膿，今用膿而廢盥；　采俗作穗，今用穗而廢采；　鼓俗作鼔，今用鼔而廢鼓；　帬俗作裠，今用裠而廢帬；　歗俗作嘯，今用嘯而廢歗；　𤅊俗作灘，今用灘而廢𤅊；　則以俗體而廢正體，尤乖許君之恉。　此雖《説文》所有者，不可不正也。　若乃許氏所載九千三百五十三文，今不盡用，而所用率多俗字，不合六書。　如童增作瞳，須增作鬚，頟增作額，辟增作躄，番增作蹯，景增作影，縣增作懸，淖增作潮，鉏增作鋤，幏增作幪，叉增作釵，莫增作暮，汻增作滸，筱增作篠，虛增作墟，頻增作顰，䍃增作謠，鮏增作鯹，糲增作糲，賮增作贐，飻增作餮，𤵸增作痼，皆俗書誤增者也。　如蘁省作薑，娒省作姆，䬸省作飫，𣵽省作沃，媄省作妖，𣸣省作洳，鐊省作錫，蔆省作菱，衞省作衛，菭省作苔，𡺹省作岷，燓省作焚，㑴省作侵，㝷省作尋，獮省作獮，顰省作顰，誒省作唉，皆俗書誤省也。　它若頿之爲髭，𩑧之爲機，胆之爲蛆，餔之爲哺，鑺之爲戳，谿之爲溪，鼃之爲蛙，闠之爲繽，貟之爲紜，殽之爲淆，佗之爲鮀，雅之爲鴉，譽之爲噿，斻之爲航，缾之爲瓶，儋之爲擔，䫇之爲髯，厀之爲膝，趮之爲躁，歫之爲拒，綵之爲裸，裖之爲脤，髕之爲臏，𡧮之爲疢，㮴之爲艘，輓之爲挽，稛之爲捆，版之爲板，㛴之爲惱，𤁳之爲讞，闔之爲鑰，則聲是而形非也。錘之爲鎚，鞵之爲鞋，齗之爲齦，鶤之爲鵾，瞑之爲眠，鴍之爲鳶，次之爲涎，媻之爲婆，拕之爲拖，酳之爲酗，摚之爲撐，狾之爲猘，崝之爲崢，黱之爲黛，瀓之爲澄，瞚之爲瞬，蕢之爲蘋，彴之爲徇，蹸之爲躪，汳之爲汴，瀳之爲洊，捦之爲擒，棓之爲棒，韈之爲屣，礳之爲磨，螘之爲蟀，則形是而聲非也。至於亘之爲亙，㝈之爲票，秊之爲年，畀之爲昊，竝之爲並，普之爲替，簪之爲晉，舜之爲舜，椉之爲乘，兢之爲兢，粦之爲粦，皃之爲兒，絫之爲累，壼之爲壼，屑之爲屑，烾之爲赤，歬之爲前，則似是而實非。又若：黏之爲糊，陛之爲狴，雞之爲鸝，薶之爲埋，姓之爲晴，蔽之爲蒯，沫之爲靧，掔之爲腕，凭之爲憑，蒙之爲毫，僂之爲膢，頫之爲俯，鬻之爲炒，塙之爲確，膌之爲瘠，則於正書絕遠，形聲俱異矣。若夫竵之爲歪，欸之爲甦，則本有形聲字而造爲會意字；冃之爲帽，𠂤之爲堆，則本有象形字而造爲形聲字。凡此之類，皆許君所謂詭更正文以燿於世者。胥史文書，市井薄記，承襲舛謬，或無譏焉；大疋君子，高文典册，豈宜有是哉？此《説文》所無者，尤不可不正也。所謂正字體者，此也。字義與字體，皆考正文字所宜先，好古之士，儻有取乎是而更廣其所未備，箸爲一書，使學者有所依據，視《佩觿》、《干禄》諸書誼例尤精矣。或於正名之道，未始無補與？

取士議

同治元年，貴州貢生黎庶昌條陳時事，有取士之法，鄉、會試仍分三場，第一場試經義，以《詩》、《書》爲一科，三《禮》、《大戴記》爲一科，三《傳》、《孝經》、《爾雅》爲一科，《四書》爲一科；弟二場試子、史論，以周、程、張、朱、陸爲一科，《孫》、《吳》、《武經》爲一科，《管》、《荀》、《老》、《莊》爲一科，《董》、《賈》、《楊》、《文中》爲一科，《國語》、《國策》、《史記》、前後《漢書》、《三國志》爲一科，《晉書》、南北《史》、隋、唐、五代、宋、遼、金、元、明諸《史》爲一科； 第三場試時務，策爲一科，詩一首爲一科。縣、府、學政試分四場，第一場經義二道，第二場子史論二道，第三場時務策二道，第四場詩、賦各一道。竊謂其法太涉煩重，不可用也。且其所定各科，亦有未盡得者。如以三《傳》、《孝經》、《爾雅》爲一科，此三者各自成學，非如三《禮》、《大戴》可以並而一之也，何得強爲牽合置之一科？又以《管》、《荀》、《老》、《莊》爲一科，老、莊之書，與聖人異趣，雖其書亦不容廢，然著爲功令，以之取士固不可也。管子書，如《侈靡》等篇多脱文譌字，《心術》等篇皆老、莊之緒言，或後人僞託，《輕重》等篇則陰謀譎計，尤近猥鄙，亦非可以取士也。又以周、程、張、朱、陸爲一科，則卽今世所行性理論而已，不過竊陳腐之言，駕空虛之説，安足以見實學乎？當今之世，誠欲罷去八股時文，別求取士之法，務宜簡易，使天下可以遵行，不必過涉繁重，轉致有空文而無實際。第一場試《論語》義二道，《孟子》、《荀子》義各一道。或謂《荀子·性惡》篇與《孟子》相背，不可竝列爲經。然孔子論性，但曰『性相近也』，初無善惡之説，孟子言性善，荀子言性惡，各有所見，實則殊途而同歸。故《孟子》曰：『人皆可以爲堯舜。』《荀子》曰：『塗之人皆可以爲禹。』蓋荀子之意，懼人之恃性而廢學，故其書首篇卽爲《勸學》。孔子曰：『生而知之者上也，學而知之者次也，困而學之又其次也。』天下之人，中下居多，然則荀子抑性而申學，正所以爲教矣。宋蘇軾謂：荀子有桀紂性也、堯舜僞也之説。今徧考《荀子》，實無此文，原書具在，可以覆按。所言皆近切要，又多引古禮，粹然儒者之言。其《王制》篇曰：『春耕、夏耘、秋收、冬藏，四者不失時，故五穀不絶而百姓有餘食也；　汙池淵沼川澤謹其時禁，故魚鼈優多而百姓有餘用也；　斬伐長養不失其時，故山林不童而百姓有餘材也。』《大略》篇曰：『家五畝宅，百畝田，務其業而勿奪其時，所以富之也。立大學，設庠序，修六禮，明十教，所以道之也。』《正名》篇曰：『人之所欲生甚矣，人之所惡死甚矣，然人有從生成死者，非不欲生而欲死也，不可以生而可以死也。』《王霸》篇曰：『行一不義，殺一無罪，而得天下，仁者不爲也。』皆與孟子之言不謀而合。太史公以孟、荀合傳，實爲卓見。考《孟子》一書，本亦在諸子之中，後升爲經。今若升《荀子》爲經，與《孟子》配次《論語》之後，竝立學官，鄉、會試首場卽用此一聖二賢之書出題取士，允爲千古定論。宋岳珂《桯史》云：元祐時，詔閤試制論，於九經、正史、《孟》、《荀》並注出題。然則荀子書宋時固以出題矣。至所試之文，不得仍沿八股之體，當如朱子所云『通貫經文，條舉衆説，而斷以己意』，方爲合格。第二場試經義五道，仍如今制，以《易》、《詩》、《書》、《春秋》、《禮記》出題，《大學》、《中庸》歸并在《禮記》中，不必别出，試文格式與第一場同。第三場試史論三道：《史記》、《漢書》、《後漢書》各一道。此三史，文詞古茂，體例謹嚴，爲後來諸史所不及。且兩漢人材，超越唐宋士子，從事於此，他日學問、經濟亦必卓然可觀矣。三史之外，益以《文選》之學。考《舊唐書·儒學傳》曰：『江淮間爲《文選》學者本於曹憲，而李善等繼之。』是唐時固有《文選》之學。故唐人所作詩、文，皆沈厚典雅，無宋、元空疏之弊。今宜於第三場試史論外，更試詩一首，以《文選》出題，其所限官韻卽用本篇題目中字，士子不知出處不能押韻，則不得不熟讀《文選》矣。夫以經、史爲之根柢，而又以選學佐之，科場所得，必多華實竝茂之士。數十年之後，經術、吏治，自將駕唐、宋而上之矣。小試亦宜仿鄉、會之例，量爲簡省。然此亦非可以旦夕期也。夫以八股取士，自明至今，四百餘年，一旦舍其舊而新是謀，幾於不戒而視成矣。故苟欲行此，則宜豫定章程，布告天下，以十年之後某科鄉試爲始，廢八股時文，改從新制，庶士子得先自砥礪，以副上求，不然，則董仲舒所謂『不琢玉而求文采』，愚未見其有得也。

仿造浮梅檻議

明人聞子將有《西湖打船啓》一篇，極言湖居之不可無船，誠哉是言乎！然其議，欲勼合十人，人出萬錢，以十萬錢造一舟，十年之後，人各一舟，爲期太遼闊矣。今者百物騰貴，十萬錢恐未足成舟，卽成舟，亦不過如杜老所云『恰受兩三人』者耳，未足容琴尊、暢游覽也。按，厲樊榭《湖船錄》云：黄貞父儀部，用巨竹爲泭，浮湖中，編篷屋其上，朱闌周遭，設青幕障之，行則揭焉，支以小戟，其下用文木，斲平若砥，布於泭上，中可容六七胡牀，位置几席觴豆，旁及彝鼎、罍洗、茶鐺、棊局之屬。兩黄頭刺之而行。吳江周本音名之曰『浮梅檻』。此事極新奇可喜，前此未有聞，後亦無繼者。果此制可行，不較造船爲省乎？考《西湖志》，儀部有《浮梅檻記》，同時王在晉有《浮梅檻賦》，湯臨川有《浮梅檻詩》，足見其傾倒一時矣。又其子婦顧若璞有《同夫子坐浮梅檻詩》，是浮梅一檻，不獨終此老之身逍遥容與而已，未始不耐久也。惜貞父自記，不詳載其制，今大略言之，似亦不宜過大，寬九尺，長倍之，或長二丈足矣。其下編筏，須用巨竹徑二寸許者，或兩層，或三層，量所載之重輕以爲厚薄，其上施版，版或卽附著於筏，或於筏上施横木以承之，使版與筏相去一二寸，以防水之上溢，此在營造時相度矣。其上立六柱，前、後、中各二。前柱至中柱設朱欄緑幕，分上下兩半，其上半支以戟，其下半捲置欄下，遇風雨則上者下垂、下者上引，兩半相合而維繫之。中柱至後柱亦設朱欄緑幕，幕上下合一，表裏兩層，仿北方車幃之式置玻璃窗焉。蓋一筏之中，前爲游覽之所，於軒豁宜，後爲休息之所，於嚴密宜，中以簾幙隔之，所陳設，宜蘇州山塘竹器，大約不過榻一、棹一、茶几二、杌子六，多則難容也。其上仍置篋篷，如船式。至行筏宜以篙，而湖中似於篙非宜，或兩人划一小舟在前以繂引之，使坐筏上者但覺其平移水面，而不知所以行，意趣更勝也。此蓋以意刱爲之，未知與貞父浮梅檻同異何如？若夫踵事而增加，隨宜而施設，固非此所能盡矣。余嘗謂：湖居有三要，一築湖樓，二造湖船，三製山轎，而浪迹半生，癡願莫遂。今年主講詁經精舍，曾以《擬聞子將打船啓》命題，作者拘於原議，不能各抒所見。近聞薛慰農觀察刱議造船，因走筆成此，備好事者採擇。昔黄儀部爲浮梅檻，蓋與其友吳德聚謀之。方今有吳君其人乎？余日望之矣。

賓萌集卷五　襍篇

奏定文廟祀典記

咸豐六年十有一月，河南學政臣樾言：昔孔子周流列國，同時賢大夫其克協聖心者，於衛則有伯玉，於鄭則有子產，而觀《論語》所載，則於子產尤稱道弗衰。蓋孔子在鄭嘗以兄事之，及其卒也，爲之流涕。今文廟從祀有蘧瑗而無公孫僑，非所以遵循聖心，修明祀事也。臣比因校士，再至鄭州，登東里之虚，渡溱洧之水，緬懷遺愛，想見其人。夫附驥益顯，非必及門，衛鄭兩賢，事同一體，瑗既從祀〔一〕，僑胡獨遺？臣愚以爲，先賢鄭大夫公孫僑，宜從祀文廟大成殿兩廡。又按，孔子有兄曰孟皮，故《論語》稱孔子以兄子妻南容，而《史記·弟子列傳》有孔子兄子孔忠，蓋皆孟皮之子也。孟皮言行，無所表見，然既爲孔子之兄，則亦祀典所不可闕者。孔子曰『所求乎弟以事兄，未能也』。今以孔子爲帝王萬世之師，京師郡縣，莫不崇祀，上及其祖，下逮其孫，而獨缺其兄，揆之至聖之心，或者猶有憾乎？臣愚以爲，孟皮宜配享文廟崇聖祠。奏上。詔下其議於禮部，僉曰：宜如臣樾言。爰定：公孫僑從祀大成殿西廡，位林放上，孟皮配享崇聖祠，位西向第一。天子俞焉。於是上自國學，下至郡縣學，咸奉行如詔書，禮也。其明年，樾以人言免官。自惟奉職無狀，不稱朝廷遣使者之意，惟此二事，祀典存焉。

且孟皮之議，實發於先臣，蓋先臣有《詠古詩》四章，其次章爲孟皮未與配享而作。奉承先志，幸無失隊。念漢世如乙瑛請置卒史、韓勑造立禮器，咸刻石勒名，垂示後世。作而不紀，後無述焉。爰著本末，以毖方來。乃爲頌曰：

英英子產，君子之風。兄事勿替，尼父所欽。宜祀於廡，以尊孔心。扶彼蘧氏，爲聖作朋。孟皮弱足，不良能行。有開必先，實惟聖兄。所求未能，聖心悲傷。配食先代，祀事孔明。

【校記】

〔一〕祀，原作『事』，據《校勘記》改。

春在堂記

余自幼不習小楷書。而故事，殿廷考試，尤以字體爲重。道光三十年，余成進士，保和殿覆試，獲在第一人，皆疑焉。後知由湘鄉相公。時相公以禮部侍郎充閱卷官，得余文，極賞之，且因詩首句云『花落春仍在』，謂與小宋『將飛更作迴風舞，已落猶存半面妝』無異，他日所至，未可量也。遂以第一進呈。然余竟淪棄終身，負吾公期望。同治四年，余在金陵，寓書於公，述及前句。且曰：『由今思之，蓬山乍到，風引仍回，洵符花落之讖矣。然窮愁著述，已及百卷，儻有一字流傳，或亦可言春在乎？』此則無賴之語，聊以解嘲。因顏所居曰『春在堂』，歲在彊圉〔二〕單閼，請公書之，而記其緣起焉。

【校記】

〔一〕 彊圉，原作『疆圉』，據文義改。

胡雲林先生《飛雲山授經圖》記

素王殂落，道在六經。暴嬴閏位，焚如棄如，闇曶不彰。卯金代興，彗掃頑凶，遺書始出，山厓屋壁，往往而在。老師大生，口受其文，心通其義，洙泗微言，庶幾未沫。繇唐歷宋，是式是遵，後世德薄，蔑棄古舊。《易》刱先天之學，《書》習後出之本，顛到剝摧，厥緒用微。聖朝憫憐，首崇古學。於是碩儒輩出，昭前之美。新安勝區，學者斯萃，婺源之江，休寧之戴，海内瞻仰，譬猶高山。維績溪胡氏，自明諸生東峯先生以來，咸研綜典埶，甄極毖緯。九傳而至雲林先生，齔毻入學，耄期不亂，優游名山，傳述樸學，後生歎誦，播爲丹青。先生有令子曰培系子繼，約身剛己，克紹先軌，余與之游，因獲覽觀而私記之。讚曰：

維古經訓，重專家兮。游談不根，以儒戲兮。吁嗟先生，古之徒兮。董理六書，窮萌芽兮。説詩地理，無齟齬兮。先生雖往，德音遐兮。謂余不信，視斯圖兮。

胡春喬先生遺書記

績溪胡氏，自明諸生東峯先生以來以經學世其家，代有譔述。八傳而至春喬先生，諱秉虔，字伯敬。以名進士官刑部主事，後改就本班。以知縣起家，官至甘肅丹噶爾同知。所至有治聲，詳見其孫肇昕所譔《行略》。先生自幼嗜學，宦游京師，出彭文勤、朱文正、阮文達諸巨公之門，而吾鄉姚文僖、高郵王文簡、武進張皋聞先生，皆其同年友。故其學有根柢，尤精於聲音、訓詁之學。所著有《周易小識》八卷、《尚書小識》六卷、《論語小識》八卷、《卦本圖考》一卷、《尚書序録》一卷、《毛詩序録》四卷、《漢西京博士考》二卷、《甘州明季成仁録》四卷、《河州景忠録》三卷。又有《經義聞斯録》、《槐南麗澤編》、《月令小識》、《四書釋名》、《小學卮言》、《對牀夜話》、《惜分齋叢録》、《鎖夏録》、《文集》、《詩集》各如干卷，詳見其從子培翬所譔《遺書記》。嗚呼，先生之學可謂博矣！樾於同治七年主講詁經精舍，而先生之從子曰培系子繼以先生遺書來，凡五種，曰《卦本圖考》、曰《尚書序録》、曰《甘州成仁録》，皆原記所有者，曰《古韻論》三卷、曰《説文管見》三卷，皆原記所無者。樾受而讀之，信乎，先生之學之博，而於聲音、訓詁爲尤精也。夫古音自鄭氏庠以來，崑山顧氏、婺源江氏、金壇段氏、休寧戴氏、曲阜孔氏、吾鄉歸安嚴氏各有成書，先生於其後補葺之，所論細入毫芒，塙不可易。至《説文》一書，明季如王船山、顧亭林兩先生之博極羣書，而始一終亥之本竟未之見，其爲絶學久矣。國朝諸大儒始講明之。先生此書謙曰『管見』，然發明古音古義，多獨得之見。此二書者，卓然其可傳矣。樾幼失學，中年以後鑽掔經訓，困而學之，一無所得，讀先生書，望洋向若而已，安足以知學海之津厓哉？重違子繼之意，輒書數語於其後，歎誦之外，不知所云。

高氏祠堂記

昔聖人立人之道曰仁與義。義者不敢顧其私，而仁者不敢遺其親，顧其私非義也，遺其親非仁也。若郭君日長之立高氏宗祠也，其仁與義兩得之乎？君名德炎，本姓高氏，廣東潮陽人，自幼出爲郭氏後。器宇恢袥，識量淵深，輕財上義，有古烈士風，故能遭遇盛時，自致通顯。以六部郎中加鹽運使銜，賞戴花翎，垂纓髟組，翔步郎署，一時藉藉稱郭氏有子矣。然而落葉糞本，物之理也，飲其流，思其原，人之情也。今郭氏已顯融光大，而高氏之壟，焚黃不及，君之心歉焉，爰請於朝，乞以其官封本生三代。是時，天子方以孝治天下，凡士大夫篤念所生、以情陳請者，罔弗俞。乃詔封君本生曾祖父及祖若父皆通議大夫，母皆淑人。君奉璽書，感激涕泗交頤，敬布几筵，具告：已遘辰遅時，致身貴顯，及聖天子加恩泉壤之至意。而又念在高氏時，故有兄德耀，不幸短命，先父母遺體，更無異人，大懼高氏之不血食，乃營善地，筮吉日，刱立高氏宗祠。垣墉之，丹雘之，巋焉而隆其堂，窬焉而深其室，下至井匽，罔不潔清。掄擇高氏之賢者，使爲之後，而奉其祀若節，春秋以烝以嘗，凡高氏無嗣者，皆附祭焉。祠成，求余文爲之記。客有獻疑者曰：古有爲人後之禮，無爲異姓後之禮，既異姓矣，於所生乎何有？郭君此舉，禮歟？非禮歟？余應之曰：唯唯否否，不然，《詩》不云乎，『謂他人父』，則疑出後異姓者，古亦有之。郭君既不敢背郭氏，又不忍忘高氏，天子哀其志，爲褒封高氏三代，皆如其官。然則郭君之所爲，聖人固許之矣。抑又嘗考之《國語》，晉有大夫郭偃，而墨子之書稱晉文公染於舅犯高偃，是郭偃亦稱高偃，蓋高、郭一聲之轉耳。三代以下，小史奠世繫之職廢，而氏族混淆，遂不可考。故有一姓而實非同姓者，如王氏，或出舜後，爲姚姓，或出王子晉後，爲姬姓，是矣。有非一姓而實同姓者，如杜子美有《寄族弟唐十八使君》詩，則唐、杜同姓矣。韓退之《送何堅序》曰『何於韓，同姓爲近』，則何、韓同姓矣。高之與郭，或亦猶是與？君以高氏子爲郭氏後，不背郭氏，不忘高氏，君子以其不背郭氏爲義，不忘高氏爲仁，仁且義，禮也。客不能詰，逡遁告去，於是譔次其言而爲之記。

吴縣重建關帝廟碑

惟聖清與天剖靈符，百神率職，有司奉祀，咸秩無紊。咸豐中，以關帝靈應尤著，制詔禮官，晉之中祀，於是廟制與句龍、棄、孔子侔盛比尊，牲牢舞溢，靡不登進，用昭上儀，薄海内外，是式是遵。吴縣飲馬橋，故有關帝廟，權輿於明洪武十二年，國朝康熙三十六年繕完葺之，乾隆六年增建後閣，至三十八年，又擴舊制，闢左右門，樹前垣焉。雕甍鏤桷，焜燿中衢，兒童走卒，厥角其下，父老謳吟，稱述靈貺。相傳順治之初，大兵南下，順刃者生，蘇刃者死，悚悚黔首，駭瞿奔觸，乞命於神。總兵官土國寶，入自盤門，至於橋下，恍忽有見，英姿颯爽，乘馬翰如，乃共羅拜，不僇一人，惠我無疆，斯之謂歟？咸豐十年，粤賊之亂，燬於兵火。疆宇既復，庿貌未葺。吴縣知縣，唐君翰題，明允篤信，克寬克仁，下車未期，百廢具舉。乃尋遺址，瞻顧咨嗟，懼上無以稱詔書崇極大神之義，下無以慰吳民之心，爰屬其耆老而謀焉。庀材鳩工，卜日首事，垣墉丹雘，罔不肸飾，前堂後室，悉還舊觀，材美工巧，有加於昔，若節春秋，齋戒奉祀，神歆其祭，民受其福。於時，德清俞樾，薄游於吳，聿觀厥成，樂爲之記，因述本末，刊嘉石焉。銘曰：

赫赫明神，惟漢虎臣。皓然之氣，昭回於天。竝天四海，莫不蒙恩。維吳有廟，祀事孔虔。中遭元二，越在荆榛。明府涖止，乃謀鼎新。匪曰新之，舊貫是仁。降福吳土，於萬斯年。

《鄒氏恩卹全錄》序

咸豐之末，粵賊爲封狐雄虺，縻沸東南，而吾浙實終受其毒。自上章之歲，以至重光，杭城淪陷，匪一而再，窫窳鑿齒之徒，相與磨牙而爭之。衣冠塗炭，閭閻煨燼，吁其酷矣。天厭厥亂，光啓中興，王師猋騰電發，羣盜殄夷，東南永綏。天子憫羣黎之不康，逢此百罹，制詔有司，凡官若民，死於王事，或抗節不辱，咸與褒揚。於是錢唐鄒氏以積勞病故聞者四人，曰山東莘縣知縣諱淦、曰候選訓導諱志路、曰內閣中書諱在官、曰江蘇候補府照磨諱福昌。其婦人以殉難聞者五人，曰在官之妻程、曰在陸之妻陸、曰志路之妻湯、曰在寬之妻湯、曰在寅之妻張。其女子子適人者六人，曰高光陛之妻、曰吳理綜之妻、曰周桂生之妻、曰陳繼鄒之妻、曰孫國培之妻、曰徐承敬之妻，未適人者三人，女子子之女，子二人，曰高、曰陳，咸賜卹、賜旌如律令，禮也。夫義重於身，人臣之高節，賞延於世，國家之令典，有美弗記，後無述焉。華縣君有子曰在衡，孝友淵懿，博學於文，作爲歌詩，摛其光曜，詞文旨遠，庶傳方來。舊史氏俞樾讀而歎之，伏惟述先德、示後昆，所以勸孝也，陳國家恩德之厚，所以勸忠也，嘉其原本忠孝，匪直雕章縟采而已，故樂爲之序焉。

書張文敏劉文清所書《上海曹氏志傳》後

余童子時侍先朝議君，即聞言乾隆中侍御曹劍亭先生劾和珅事，云：先生至熱河待罪，高宗純皇帝召入，諭之曰：爾讀書人，不讀《易》歟？『君不密則失臣，臣不密則失身。』先生叩頭流涕而出。嗚呼，先生之直，非純皇帝之聖，則禍且不測矣。觀於有明楊、沈諸公，而後歎先生遭際盛時，得以行其志，所謂主聖臣直、千載一時者也。曹故上海巨族，其先有諱泰曾者，爲福建莆田令，治鄭元振獄，以執法咈大府意，坐以失人劾去之，於侍御爲大父行。侍御事至仁廟時大白，璽書褒美，海内咸知，而莆田君事卒不得白。既殁之後，其所治鄭獄舊牘猶封置匧中，題曰『官可黜，案不可易』。嗚呼，是亦可悲也矣。州縣之官，壓於督撫，有所屈抑，噤不得一言，朝廷雖明聖，無由知之，吾是以因侍御而重爲莆田君惜也。爲莆田君作傳者，黃山布衣宋和字介山，書之者張文敏也，銘侍御君之墓者朱文正公，書之者劉文清公也，其邑人王叔彝太守刻入《詒安堂藏帖》。曹海林學博，其昆裔也，合爲一卷，出以示余，因書其後。

書應敏齋觀察所記張貞女事後

余同年生應敏齋觀察，出所記張貞女事示余，余大書『奇貞苦節』四字於其卷首。或問余曰：『未嫁而爲夫守節，禮與？』余應之曰：《禮記·曾子問》篇『曾子問曰：「取女有吉日，而女死，如之何？」孔子曰：「壻齊衰而弔，既葬而除之。夫死亦如之。」』鄭注曰：『未有期三年之恩也，女服斬衰。』孔氏《正義》曰：『以壻服齊衰，故知女服斬衰。』夫婦人不二斬，在室爲父母，已嫁爲夫。今聞壻死，斬衰往弔，是固以夫之服服之也。惟是聖人制禮，本乎人情，使必斬衰三年、終身不嫁，則是強人以所難行，而中人以下之人，其不能仰而跂者衆矣，故爲之制，既葬而除之，除之而女得嫁於他族，斯禮也，所以全中人以下之人，而使天下可以通行也。世之儒者執此以繩天下之女子，見有未嫁夫死而爲之守者，輒以非禮詆之。嗚呼，過矣。《士昏禮》鄭注曰：『婦人年十五許嫁，笄而禮之，因著纓，明有繫也。』是許嫁之後，此身已有所繫屬矣，故必待成昏之夕，夫親爲脱纓。今不幸夫死，此纓孰脱之乎？將遂不脱而又繫於他族乎？是一繫再繫也。將自脱之，待其許嫁他族而又著纓乎？是繫而不繫也。以是言之，設有壻死往弔而遂不歸，奉舅姑、撫嗣子，數十年如一日者，聖人必深許之也，必不以非禮詆之也。《列女傳》曰：『衞寡〔一〕夫人者，齊侯之女也，嫁於衞，至城門而衞君死。保母曰：「可以還矣。」女不聽，遂入，行三年之喪，作《詩》曰：「我心匪石，不可轉也。我心匪席，不可卷也。」』聖人録其詩於《邶風》，不以爲非禮明矣。且夫聖人之禮，豈獨未嫁夫死可以改嫁乎？雖已嫁夫死亦可以改嫁也，是故《禮》有同母異父昆弟之服，使執此而謂『夫死改嫁禮也』，可乎？不可乎？或據《曾子問》篇，昏禮有吉日，壻之父母死，致命女氏曰：『某之子有父母之喪，不得嗣爲兄弟，使某致命。』女氏許諾而不敢嫁，禮也。壻免喪，女之父母使人請，壻弗取，而後嫁之，禮也。是壻之父母死且得改嫁，況壻死乎？是固不然。夫《禮經》之晦久矣，此經兩曰『禮也』，具有深意。『女氏許諾而不敢嫁，禮也』，此禮之正也。『壻弗取，而後嫁之，禮也』，此禮之權也。曰『壻弗取，而後嫁之』，可知壻取則仍歸此壻矣。古人昏禮自納采、問名至請期而成禮，爲時初不甚久，非如後世之論，昏於髫齓之年也，故遇父母之喪，待至三年之後，已爲曠日持久，聖人知久要不忘之義，非可概責之中人以下也，故其制禮，委曲如此，亦所以全中人以下之人，而豈謂女必改嫁乎？余所著《羣經平義》曾詳言之。世儒不達禮意，遂謂昏禮成於親迎，未親迎之前猶塗人也，改嫁不爲過。嗚呼，豈有塗人而聖人爲制斬衰之服者乎？推不二斬之義，女已爲壻斬衰矣，設壻未葬，而己之父母死，必降而服期，乃既葬之後，又還爲父母斬衰，聖人制禮，有如是浮游不定者乎？夫斬衰之服，三年之喪也，聖人既爲制斬衰之服，必欲其終三年之喪，苟不欲其終三年之喪，必不爲制斬衰之服。是故既葬而除之，聖人之不得已也。或又曰：『《禮》「女未廟見而死，不遷於祖，不祔於皇姑，壻不杖、不菲、不次，歸葬於女氏之黨，示未成婦也。」是未廟見且未成婦，況未成昏乎？』是又不然。婦者，對舅姑而言，未廟見，故未成婦，非謂其未成乎妻也。妻之道，成於親迎，而實始於許嫁，許嫁之後，已有夫矣。《傳》曰：『六禮不備，貞女不行。』此因夫在而然，若不幸而夫死，則固當奔赴矣。且其斬衰往弔也，見舅姑乎？不見舅姑乎？既往弔矣，其必見舅姑可知也，既見舅姑矣，其已成婦又可知也。是故女未廟見而死，不遷於祖，不祔於皇姑，示未成婦道也；未成昏而夫死，斬衰往弔，示已有妻道也。聖人制禮，或遠之，或近之，豈可執一而論乎？昔延陵季子，一劍之細，不因生死易心，況女子以身許人而忍負之？國家定制，凡未昏守志者，皆旌如例。考之《禮經》，則有斬衰之服，稽之功令，則有旌表之典，然則，子於貞女何譏焉？余既以應問者，因次敘其詞，而書其後。

【校記】

〔一〕寡，《列女傳》作『宣』。

舅氏平泉姚公家傳

姚公初名琨，字仲瑜，更名慶寅，又更名光晉，杭州仁和人。所居臨平鎮有泉曰安平，故自號平泉。幼穎悟，與兄東石公齊名，應童子試，皆以句股算術受知學使者儀徵阮文達公，補博士弟子員。東石公名珣，後以優行貢成均，早卒。公事嫂、撫兄子，二十餘年如一日，鄉里偁之。道光五年，公年四十有六，始舉於鄉。八應禮部試，卒不第，充國史館謄錄。二十六年，《一統志》告成，部議，以知縣用。公不樂吏職，改授教諭，南歸時年已六十有八矣。遂不復遠遊，主石門、長興兩邑講席者數年，至咸豐三年冬，始選授上虞縣學教諭。公既之官，訓諸生以經義，每歲科試，它廣文於新進諸生斷斷如也，惟公獨否，故虞人雖婦女、豎子無不知公之賢，每言及公，不稱其官，輒曰『姚菩薩』云。學校官故清苦，公落落不善治生，歲所入恆不給，然親戚待以舉火者猶數家。公於醫學甚精，有求治者輒應之。樾嘗侍公坐，有人貿然來，自道所苦。公卽爲切脈，授以方，並告以飲食所宜。其人得方自去。樾問：『此何人？』公笑曰：『不識也。』其坦易類如此。少時負經世之志，喜論天下事。道光初，客吳中，適歲大無。時侯官林文忠公爲江蘇按察使，公上《救荒議》及《疏濬三江水利議》，文忠甚韙之。讀書不屑爲章句之學，議論多先儒所未發。常箸《性論》三篇，其略曰：性者何？心之所生也，故於文心生爲性。天道不能有陽而無陰，則人心不能有善而無惡。善者乃吾性中之義理，卽孟子『性善』之說也；惡者乃吾性中之嗜欲，卽荀子『性惡』之說也。二者皆心之所生，同原共軌而出，故孔子曰『性相近』也。或曰：先儒論性有義理、氣質之分，與子之說將無同。曰：非也。氣質者，天之所賦，非心之所生，不得以性名也。氣有清濁，質有厚薄，得其清者，靈秀而聰明，得其濁者，庸愚而昏昧，得其厚者，和平而寬大，得其薄者，殘刻而乖張，乃稟賦之不同耳。然得其清且厚者，性中必善多而惡少，得其濁且薄者，性中必惡多而善少。善多而惡少，則惡不能奪善，惡多而善少，則善不能制惡，所謂『唯上知與下愚不移』是也。知愚以稟賦言，非謂心生之性也。又曰：《中庸》言『天命之謂性』，是舉孔子盡性制命之說而到言之者也，夫不曰『盡性以至命』，而曰『天命之謂性』，則是性中有善無惡，不必克己復禮、扶陰抑陽而自無不善矣。孟子之學，出於子思，遂發爲性善之說，非孔子論性之旨也。且此乃孟子初年之說，及讀『口之於味』一章，則已明性之有善惡。且曰『盡其心者，知其性也，知其性則知天』，是卽孔子『盡性至命』之説，而非復子思之説矣。又曰：孟子『口之於味』數語，卽佛家之六賊，道家之三尸也。聖人以扶陽抑陰之理，盡克己復禮之功，使嗜欲皆合乎義禮，所謂『盡性』也。蓋性之生於心之陽者，魂也；生於心之陰者，魄也；魂善而魄惡，卽太極之陰陽也。天生君子，亦生小人，聖人能使小人聽命於君子而天下治。心有善性，亦有惡性，聖人能使嗜欲皆合乎義理而吾心治。然不可謂吾心無嗜欲也，又不可謂嗜欲盡可去也，何也？血肉之軀，有魂又有魄也。使有魂而無魄，則必如佛之涅槃、仙之尸解，而後三尸六賊斬滅無遺矣。然而鬼矣，無用於世矣，而謂聖人爲之乎？公又著《大學辯正》，其略曰：格物、致知，皆小學也，大學之教，以正心、誠意爲始，但大學所教，必由小學而來，故列格物、致知於誠意之先，原所自也，本非大學所教，何必釋？又何必補？宋儒不知此，而支離割裂紊亂甚矣。公所箸書，惟《詩》十卷行於時，《瑣談》三卷、《襍著》二卷皆未寫定。樾嘗受而讀之，故録其大者著於篇。吾母姚太恭人，公之女弟也，公於諸甥中獨甚喜樾。每讀樾文，輒歎曰『天才也』。以弟四女妻之。嘗謂樾曰：『薛、歐兩《五代史》皆成於宋，不得不以相禪者遞推而上，然至李存勖則直接李唐矣，朱梁雖上受唐禪，而下無所授，苟削去之，與宋之得統無損，以唐固不受梁禪也，何以薛、歐及《通鑑綱目》必合爲五代，附朱溫盜賊於帝王之列哉？吾擬譔一書，爲《十一國志》，以李克用爲首，以其用唐正朔也；其次則王建、朱溫、楊行密、劉巖、王審知，以其同時開國、不相臣屬也；其次爲石敬瑭〔二〕、劉知遠，而以劉崇并入；又其次爲李昪，又其次爲郭威，凡十一國，國自爲書，如陳壽《三國志》之例，而楚與南平、吳越則別爲載記，各以其臣附之。蓋唐宋之間，散而無紀，不得執宋人之見，以五代爲正統也。吾精力已衰，恐不能成此書，子盍爲我成之？』樾唯唯，謝不敏，然謹志之，不敢忘。公殁之前十許日，手書寄樾於吳中，曰：『老氏言「人之大患在吾有身」，此語已涉佛氏，然《道德》一經，有體有用，可以治世，非佛氏所及。孔子十翼，吾味之，皆老氏之旨也，豈可以異端斥之乎？上虞無可語此者，故爲爾言之。』時公固無恙也。俄而病，病中起居猶如故，一夕，忽有兩鐙自中門入，家人咸見之，詰問誰何，則無人焉，鐙亦遂不見。其明日，公卒，時咸豐十年三月二十六日也，年八十有一。公之未至上虞也，曾夢至一處，四面山若立壁，上有瀑布，屈曲下流。及至虞，游仙姑洞，宛如所夢。公笑曰：『吾前生豈山中老僧歟？』因繪圖記之。公在虞凡六年，愛其地僻而民樸，有終焉之志。故其殁也，卽葬於上虞之長者山。

樾既私爲公立傳，乃妄論其後曰：孔子曰『朝聞道夕死可矣』，言聞道之難也。若吾公者，殆所謂聞道者歟？公生平以信天翁自比，樾請其説，公曰：『《易》不云乎，「天之所右者順也，人之所助者信也，履信思乎順，又以尚賢也。是以自天祐之，吉无不利」，此吾之謂也。』然則公之窮理盡性以至命者，於此可見矣。公自言以出世之心行入世之事，故行年八十而神明不衰。信乎，其聞道者也！

【校記】

〔一〕瑭，原作『塘』，據文義及《舊五代史》改。

王封公傳

公姓王氏，諱瑤楨，字戟門，揚州寶應人。祖諱箴本，以恩貢就職直隸州州判，未仕，卒。《寶應縣志·文苑》有傳。父諱曰晉，爲郡學增生，早卒。公時尚幼，哀毁骨立，見者驚歎，謂成人不及也。事母劉，以孝聞。王氏，故寶應著姓，在順治時有曰有容者，以恩貢知江西泰和縣，多異政，民私謚『清惠』，卽公六世祖也。其四世伯祖式丹，康熙四十二年進士，廷對第一，世稱『樓村先生』。伯曾祖懋竑，康熙五十七年進士，官教授，特旨授編修，入直上書房，有文集行世，《四庫全書》著録，所稱《白田草堂集》是也。公承家學，益自刻厲，善爲功令文字。入縣學，旋補增廣生員。居鄉教授生徒，從者甚衆，門下大生往往掇巍科躋華膴，而公竟以諸生終。其於榮利恬如也。家故貧，自奉尤儉嗇，衣履敝乃易之，一冠或十年。然性好義，樂成人之美。嘗客海陵，鄰有女子已許嫁，而壻遠出不歸，母貧不能守，鬻女爲人妾，女將行，與母抱持大哭，聞於外。公入，問之曰：『若女爲妾，願乎？』母垂涕洟曰：『願則胡哭？迫於寒餓耳。』公卽質行篋中衣，代償聘錢七十五千。女遂輟行，後卒歸其壻。又公葭莩戚有婦，任身而夫死，貧不能自存。公曰：『此婦或死或他適，腹中子不保，則其夫絶無後矣，宜賙之。』賙之，婦竟舉一男。又有巨族婦，夫死，貧無子，族之人莫之顧，異姓又引嫌不敢預。公資以金，擇其族之賢者後之。《詩》曰：『禮義之不愆兮？何恤人之言兮？』公之謂也。又有許嫁而夫死者，將斬衰而往，舅姑以貧不能養辭。公曰：『奈何使貞女不得行其志乎？』遂出金助之。女之族、女之夫族，以公出金畢出金，貞女遂如夫氏以終。凡公所爲，多此類，鄉里以此稱公。公曰：『孟子言，不忍人之心，人皆有之，吾亦行吾不忍人之心而已，他何知焉？』道光十一年大水，明年饑，公戒鄉人飲，中酒起曰：『吾儕飲酒樂甚，如溝中瘠何？』乃議，率錢振之，活數萬人。公長子凱泰，道光三十年進士，以編修授浙江按察使，今遷廣東布政使。次子毓敏，縣學生，入貲，以同知注選籍。孫臚卿、豫卿，皆有名黌舍中。識者謂：『天之報施善人，未有艾也。』公年七十二，以同治二年卒於家。妻楊，前公卒，有賢聲。

論曰：昔讀太史公書，於顔氏子之夭、盜跖之壽反復太息，疑天道之不可問。然景惠陰德，罕樂陽施，炳烺前載，又何也？嘗以數十年來耳目所聞見證之，凡子孫炎炎隆隆大昌其家者，其祖若父必有利澤及人者也，不則睦婣任卹爲鄉里所推服者也。嗚呼，誰謂天道之貳差乎？樾與凱泰同年成進士，又以長女女豫卿，故得備聞公遺事，益信歐陽子之言，爲善固無不報矣。

贊曰：哲人雖往，遺澤孔攸。既厚其本，必豐其條。先德往獻，後福來疇。維彼造物，孰云不讎。王氏之興，捷於鼓枹。言告來哲，天命不慆。

周君雲笈外傳

周君名承謙，後更名祖誥，字雲笈，杭州仁和人。祖諱駿發，以名孝廉作令江西，有政聲。父諱肇蓮，始自城中遷於臨平鎮。君弱冠有大志，不苟言笑，每言節義事，輒張目握拳，或擊案有聲。其婦爲平泉舅氏長女，與余婦兄弟也。故余與君少相狎，嘗偕至永平庵，庵故傾圮，兩人同坐階石上，縱談當世事。君顧謂余曰：『人能不惜頭顱，然後百事可爲。』余甚壯之。道光二十年舉於鄉，試禮部者七次，卒不第。咸豐三年，大挑一等，以知縣分發江西。君志在成進士，頗不自得，已而歎曰：『是吾祖宦遊之地也，敢不勉乎？』是時粵賊犯江西，省城雖已解圍，而賊蹤四出，境無安土。君孑身赴豫章，襆被蕭然，與寒士不異。居一年，代理豐城縣，適鄱陽水發，幾毀隄岸，君晝夜堵禦，須髮皆白。又自出養廉銀爲部民倡，於是民爭出錢修築，隄岸不日而成，遂以安堵。及君去任，民送者數千人，餞者道相望。君在豐城纔四月耳，其德政感人已如此。已而奉檄署安義縣。安義小邑，無險可守，四面皆賊巢。或勸無往。君曰：『是何言歟？』即日具車而行。既至，命鄉自爲守，人自爲戰，善必賞，惡必罰，事無大小皆親決，不藉手胥吏，夜則徒步巡行，雨雪無間。故雖寇警疊至，而盜賊斂迹，市井晏如，父老稱『江西第一好官』云。六年正月，賊氛愈迫，幕客家童皆星散。君知事不可爲，以一死自矢，顏色如平時。先將獄囚及倉庫錢糧具公牘送省中，而自居危城不少動。十九日黎明，賊大至，君率鄉勇數百人出城，大呼殺賊，手刃四人，君亦身受數刃，竟力竭而死，年四十有四。賊退後，有吳姓者失其名，求得君骸骨，面如生，佩有象牙章一，其文曰『敬爾在公』，部民莫不感泣。巡撫以其事聞，詔贈知府銜，入祀昭忠祠。世襲雲騎尉。

論曰：守土之吏，與城同存亡，固其分也。然自粵賊騷東南，蹂躪幾徧，所在官吏輒先去爲民望，及賊退，又引爲己功，以收復告。嗚呼，守土者類如此，賊所至，千里無堅城，何怪哉？君在官止數十日，賊猝至，或稍避其鋒，人猶諒之，而竟死，何其壯也！君於國史宜有傳。余舊史官也，竊譔次其事實爲外傳，以諷凡守土者。每憶君永平庵中之言，則其死難時意氣之盛可以想見矣。

汪君樵鄰傳

汪君名翔麟，字東垣，樵鄰其自號也，安徽休寧人。其先出唐越國公汪華。君世居休寧東鄉之汪邨，爲邑著姓。五歲入塾讀書，未成童，《十三經》、兩《漢書》、《文選》皆卒業，補博士弟子員。鄉試屢薦皆不中。君以家事緐冗，不獲專力舉子業，而所以期子弟者甚切。又因所居僻遠，子弟無以廣交游、通聲氣，乃移家僑寓常州。是時海内承平，江南尤爲繁華淵藪，君絫世富厚，獨恂恂無聲伎之好，厚修脯、豐摯幣，延浙中知名士，如丁庶常士元、馬孝廉晉蕃輩，課其子若弟，而予舅氏姚平泉廣文及先君子先後主其家尤久。予從先君子讀書，因得識君。君豪飲喜客，取陶詩『聞多素心人，樂與數晨夕』之義，名其所居曰『樂數軒』。每至秋日，庋菊花數百盆，張鐙置酒，召賓客觴詠其中，或漏三下猶未休。有《秋興分詠》、《銷寒偶吟》諸集行於世，皆其時所作也。會母吳恭人卒，君以遺命歸新安舊里，自是興亦稍衰矣。君回徽後，復延予至家教其子，凡六年。君每日晨起必至予室談數語始去，風雨寒暑無間。君性喜施與，又好醫，雖不讀岐黃書，而每得良方，輒手錄以歸，製如法。有求者，問所苦，投之立愈。君嘗自常州回徽，椓舟險灘下，山水驟至，夜半舟人移牂柯植高處，一失手，舟隨流下駛，行亂石間，瞚息數十里，咸謂無全理。忽有老人自岸上投以巨緪，遂得攀援就岸，而老人已不見矣。識者謂『陰德之報』云。君自五十歲後絶不飲酒，然素無病。咸豐四年十月，君年六十矣，自營生壙，徧拜祖塋，歸，得寒疾，是月十六日爲君生日，猶起受家人禮，越數日竟卒。君長子芝芳，受業於先君子，與予交甚厚。次子鴻逵，爲予門下大生，早歲餼於庠，頗有聲，咸豐二年予入都，君命逵也從行，應順天試，不中，納貲得選六安州學訓導，後改官工部主事，咸豐十一年舉人。三子鴻運，諸子，以予知君最深，請爲之傳。因書其大略如此。

論曰：君孝友出於天性，與人言諄諄然，而人自敬畏之，殆古所謂長者歟？壽至六十，婚嫁皆畢，考終於家。君歿之明年而徽亂，休寧屢陷於賊，流離遷徙，民無所定，死亡者過半，而君已不見矣。《洪範》『五福』，一曰壽、二曰富、三曰康寧、四曰攸好德、五曰考終命。君以一身備之，天之報施善人，豈爽也哉？

符烈婦傳

符烈婦，姓牛氏，河南嵩縣人。父牛元吉。婦生三歲，許嫁同縣貢生符篆玉之子錫蕃，道光十二年歸符氏，年十七。時舅姑皆在，且有祖姑，老而多病，婦奉侍甚謹。祖姑臨終謂其姑曰：『新婦真孝婦也。』婦歸十年而錫蕃卒，無子，婦欲死之。其生母雷謂之曰：『爾尚有舅姑，且壻無嗣，奈何死乎？』婦曰：『諾。』已而嗣其夫兄之子廷揚爲子，婦親教之。或廷揚讀書稍懈，輒流涕自撻，母子常相抱而哭。咸豐二年，舅姑相繼卒，時廷揚已屢應童子試矣。婦出所蓄私貲，爲廷揚援例入成均。五年九月服闋，婦如母氏，省其生母，數日始歸。歸則與娣姒輩語家事，又諄諄訓其子若婦，語甚悉。聞者咸謂偶語及之，未之異也。十月五日夜縊而死，年四十歲，距夫亡十有三年矣。於是昔大驚歎。聞於有司，有司具其事以上，時予爲河南學政，手批其牘曰：『婦歷十三年之久，竟成初志，從容就義，可謂心堅金石者矣。』會同巡撫，具題旌如例。

論曰：古所稱烈婦以身殉夫者衆矣，大都於其夫初亡之日，痛不欲生，斷脰絶粒，一瞑不視。斯固恆情之所難。然或感於情，或激於意氣，一念之間，慷慨引決，事雖難，猶易也。若符烈婦者，距夫死十三年，爲夫奉父母，教嗣子，至父母考終，嗣子成立，而後成其初志，從容以死。嗚呼，此古烈丈夫之所難，而乃得之女子哉。

周孝女傳

周孝女名芝，字叔英，杭州仁和人。贈知府、署安義縣知縣周君之第三女。母姚恭人，於余爲舅之子，於余婦則兄弟也。孝女始生，適余新婚，安義君來賀，且戲曰：『君已得一子婦矣。』又三年，余長子紹萊生，遂聘爲婦。性淑慎，寡言笑，不喜發人過。女功餘暇好作字，或靜坐而已。内子極愛憐之，謂『吾家得佳婦』。咸豐六年正月，安義君死寇難，事具余所譔安義君《外傳》。女聞訃悲慟，然啓處飲食仍如故。四月十日，女晨起盥櫛，焚香於其父之位前，拜且哭，哭已，入所臥室，呼婢索茗飲。母入視之，側身臥牀中，呼之則曰『諾』，問有恙乎則曰『無』。諸兄弟姊妹環問之，應皆如是，疑其得暴疾。有嫗能以按摩治人疾，趣使治之。女向嫗搖手，示勿欲。召醫，未至，其伯父慕陶孝廉爲切脈，脈初如常，再按之，已無脈。比醫至，氣已絶矣。然側身臥如故，體仍溫和，貌益腴潤。鼻孔有物出，白而瑩，如絮。及歛，已隔宿矣，四肢猶能屈申，雙目俱閉。或啓視之，童子尚瑩然也。女嘗語諸姊曰：『人生無疾而終至不易得，獨吾能之，餘人無此福也。』將卒前一日，檢所用筆墨及其父手蹟平時所摹寫者，屏當置一篋，以授其兄，復謂諸兄弟曰：『吾父大節，卓卓可傳，行狀不可不早定也。』聞者亦不爲意。迨後思之，女若前知其將死者。又嘗咄咄獨語曰：『宦游何味？今之仕宦者，宜早勸令歸休矣。』時余方視學河南，其明年，卽以人言罷。斯言也，豈爲余發歟？皆可異也。卒年十有八。

論曰：世傳得道尸解者，鼻有玉柱下垂。女鼻孔物，豈卽是歟？女卒數月，其姊伯英、仲英同夕夢至一處，見安義君南面坐，女西面坐，女出一紙示兩姊，不甚可識，中數字差明白，曰『萬事如雹耳』。異哉，豈女果死而不死歟？事雖不可知，然安義君秉性慷慨，又死王事，所謂『生而爲英，死而爲靈』者。女從父九原，其必不至泯然澌滅，蓋可知矣。

誥授通議大夫賞戴花翎按察司銜貴州即補道署平越直隸州兼署開州知州贈太常寺卿世襲騎都尉戴君墓表

道光十七年，余始應鄉試，廁名副榜，榜末爲戴君商山。越二年而君舉於鄉，又五年而成進士。諸同年生咸詫曰：『吾榜成進士者匙，君列榜末，不數年掇高第以去，豈非吾榜之高才生歟？』乃始藉藉稱『戴商山』、『戴商山』然，而余固未之識也。同治五年，余寓吳下，有戴氏子曰儒者投刺於吾門，稱年家子而求見，進而問焉，則君之嗣子也。手一編，曰是君之家傳。嗚呼，君死矣。余跧伏久，於時事罕聞見，不知君死狀。受而讀之，乃歎曰：『若君者，豈獨吾榜之高材生歟？乃當代之魁士名人也。』按《家傳》，君諱鹿芝，商山其自號也，浙江蘭溪人。道光二十四年進士，二十七年補應朝考，以知縣發貴州試用，補印江縣知縣，升朗岱同知，歷署修文縣知縣、定番州、開州、永寧州、平越州知州，代理安順府知府。咸豐二年秋九月，開州賊何二攻陷州城，君時攝開州牧，冠服死於堂皇。君才識明練，勇於任事，不畏彊圉，不避囏阻。其攝修文令也，修文民屠福生謀叛，前令上變，大府即命君往代之。君疾馳至修文，屠氏詗者日數輩，三日夜無動靜，意稍懈。君忽單騎率數役馳入屠所居寨，屠父子五人皆大驚，厥角於地，稱死罪。君笑曰：『無恐，從我歸耳。』皆傫然從行。君釋其罪而用之。後賊至，屠父子殊死戰，城竟以全焉。其攝永寧州牧也，州故苗疆，頑民結寨自固者相望，劇盜伍王臣踞石頭寨，地尤險，大軍攻之，未卽下，以武功爵羈縻之，益偃蹇。君偶有事於小箐，距其寨甚近，有儋何鴉片而過者，趾數千，接於道，問之，皆賊黨也。命奪而燒之。一夫鏤頭突鬢六品冠服騁而前，疾呼曰：『勿，勿。』

『君誰何之?』曰:『吾石頭寨伍王臣也。』君大怒,手捽之蹄地,欲殺之,無刀,顧曰:『刀來,刀來。』

倉卒無應者，乃反接之以入城。城中皆大驚。或勸勿殺，君怒曰：『賊來在我，終不令爾曹獨死。』遲明，出伍王臣辜磔之，竿其首，縣之石頭寨。明日仍有事於小箐，則伍王臣妻子、兄弟皆囚服，道旁叩頭，血漉漉，求免死。君揮以肱曰：『去，去。勉爲良民，無犯吾法矣。』於是威望益振，大吏倚之爲重。所至，羣盜皆屏氣，莫敢枝梧。然竟死何二之難。先是，開人獲穿窬二，官桎梏之，斃一人，一踰數日不死，憐而釋之，卽何二也。咸豐九年，何二踞尚大坪以叛。君時方攝平越州牧，未至，大府千里飛檄，委君兼攝開州事。君知開事急，遂改道赴開。賊知君有備，不敢窺州城，然踞巢穴如故。君以兵禍不解，民且廢耕，思如屠福生事，勸之降。十年閏三月，單騎馳賊營。父老遮道，留甚苦。君曰：『吾計之孰矣。彼脅從者皆吾民，未必卽我害。得還延十許日，雖殺我，耕事畢矣。』聞者皆泣下。既至，何二箕踞坐上其手曰：『官來，吾英雄，官亦英雄。』君吐曰：『否，汝言何也？吾，汝父母；若曹，吾子耳。父母不忍其子死，來活汝，汝言何也？』何二意稍沮，君百端陳説利害，卒不聽。居尚大坪賊巢者七月，惟取所攜《周易》諸書讀之，見賊輒怒駡，然賊終不忍害，竟送之回城，羅拜而去，曰：『公在，吾曹敢闚城闉一步乎？』明年，君坐事去官，代者未至，賊不知，謂君行矣，率衆攻城。城無兵無餉，無以守。君檄調修文舊部至，而修文距開數百里，賊斷餉道，士皆枵腹，城遂陷。君偕妻姚淑人坐堂上，賊至，淑人縊。君手劍擊賊，賊還擊之，中額顱，血湧出，遂仆。賊相戒勿殺君。君復蘇，顧其弟鹿榛曰：『吾此時心愈定，亦愈清，平日讀書之效，至此驗矣。吾生無愧怍，死且爲神。』言已大笑，遂卒。嗚呼，雖古所稱結纓銜須者，何以過哉？事聞，贈太常寺卿，予騎都尉世職。蓋君雖以州牧死事，然前已有旨以道員用。又加按察使銜，故從三品例賜卹。且詔原籍及死事之地皆建專祠，以時致祭。君雖死不朽矣。君舊所部民聞君死，莫不流涕，雖賊何二，亦稱君爲『貴州第一好官』，蓋其忠誠所感發如此。然則，吾儕當日藉藉稱『戴商山』、『戴商山』，其知君殊淺也。君於國史宜有傳，其同鄉先達唐耕石銀臺又詳述其行事，爲之《家傳》，應敏齋觀察取以銘其墓，薶之幽宮，凡君歷官先後、生卒年月及先世名諱具矣，而嗣子儒又乞余一言。余故舉其犖犖大者，表於其阡，俾後世過墓而式者有可考焉。

清故徵仕郎中書科中書程君墓誌銘

嗚呼，粵賊驛騷東南，所至無完城，而不數年間，禽獮草薙，剿殄無遺，非惟師武臣力也，由國家德澤深厚，士大夫尚義者，無不以敵鎎爲念，智者効謀，富者輸力，故舉事易而成功速也。方咸豐三年，金陵戒嚴，方伯祁公謀以木橫截江流，程君故以木爲業，罄所有作筏，屯兵安礮，遮迾上游。城陷後，無以其事上聞者，君亦不自言也。後又以木製雲梯，造浮橋，助官軍克鎮江，非所謂尚義之士，能爲朝廷敵愾者與？君歿後八年，其子詒孫爲吳縣訓導，奉檄監紫陽書院。適余主講席，遂以狀乞銘。余高君行誼，故樂爲之銘焉。按狀，君姓程諱紱，字澤雲。其先世自歙縣篁墩徙居婺源，遂爲婺源人。君生有至性，居喪骨立。其仲父卒，三子皆幼，君養之教之，以至成立。素儉約，惟好書籍，勇施與。在金陵時，捌設義濟堂，死不能殮者，施之棺。又於冬日設養幼局，生子不能舉者，收養之。與人交，有肝膽。同鄉胡某，木簰自金陵賊巢内流至京口，守簰者爲黃秋桂，髮鬝然三月未鬀，官軍獲之，將置之法。君力請免之，願以家口保，皆曰：『程君信人也，可無疑。』黃遂得免。又有鄭某，木簰流至丹徒，爲水軍所得，君代贖出之，且爲運之蘇，人皆稱焉。然君行事既有犖犖大者，此固其緒餘矣。咸豐九年，金都轉安清至蘇州勸捐，供皖北軍需，凡木商之捐，以君總之。四月十六日，君晨起趨局，猶無恙也，中道，痰忽坌湧，目冥眴，不知人，家人輩奔往舁歸，已不復能言。日加申遂歿，年五十八。配單氏。生丈夫子四，鍾銘、詒孫，鐸銘〔一〕，先君卒。女子四，張鐘、孫國榮、俞桂彬、俞明忠，皆女夫也。孫四，朝佐、朝伯、朝佑、朝保。某年月日，諸子葬君於某原。銘曰：

其位不必崇，其奉上則忠。其家不必豐，其施物則洪。君固不自言其功，造物者亦不使食報於其躬。吾銘其幽宮。

【校記】

〔一〕原文作『生丈夫子四』，下僅列三人名，疑有缺誤。

先府君行述

府君姓俞氏，浙江德清人。諱與唐詩人陸羽之字同，故字儀伯，晚年自號㵎花。世居東門外之南埭，潛德不耀。先祖南莊府君，砥學礪行，乾隆五十九年應鄉試，中式矣，將寫榜，監臨某公見其年已七十，曰：『是可邀恩賜。』言於主考，以它卷易之。及循例入奏，而年七十以上者止得副榜貢生。某公悔焉，人皆以爲惜。南莊府君笑曰：『留此以貽子孫，不更優乎？』事具《家傳》。南莊府君年五十無子，先大母戴恭人禱於藺村百子堂而府君以生。幼穎悟，先叔祖筠巖公開塾於家，授唐人詩百餘首，輒成誦。年六歲，南莊府君館城南徐氏，遂攜以俱。徐故巨族，亭沼之勝甲一邑。府君讀書其中十年，今集中有《茗雲草堂歌》，卽其地也。府君於學無所不通，而皆南莊府君所口授，無它師。嘉慶二年春，南莊府君病，秋八月病甚，府君時已聘蔡恭人，婚有日矣，至是以戴恭人之命倉猝成禮，禮成而南莊府君捐館舍。自是家益落，薄田數畝，不足具饘粥。乃館於新市李氏，藉脩脯供甘旨。蔡恭人佐以鍼黹，僅乃足焉。六年蔡恭人卒。七年府君受知學使者文遠臯先生，補博士弟子員。十年嵇恭人來歸，十一年卒。是歲戴恭人亦卒。府君哀毁幾不起，於是家中事悉委之金氏姑。金氏姑者，南莊府君之季女，適金氏，數月而寡，家貧，恆居母氏。戴恭人之歿也，以府君託姑，亦以姑託府君，故内事皆姑主之。至十八年，吾母姚太恭人始來歸，而金氏姑卒依府君以終。府君服既闋，益勖於學。十五年鄉試，蔣勵堂相國時撫吾浙，於落卷中見府君文，大異之，手錄其名，送敷文書院肄業。學使者周蓮塘先生𨽻湖，試優行士，見無府君名，亟縣牌於門，趣入試，雖皆不赴，然自此名益盛。二十一年舉於鄉，是科主浙試者，直隸顧筠巖先生德慶、安徽李樅亭先生振庸，一時號得士焉。府君游京師，所交皆知名士，趙竹泉少司寇方爲部曹，延府君於家，其三子皆以摯見。筠巖先生於府君爲舉主，亦命其子執弟子禮焉。道光二年，吴小匏明府招游萬全。萬全隸宣化〔一〕府，所轄有張家口，口外卽蒙古部落。邊垂景物，與內地絶異，雖距京師僅五百里，而出居庸關，踰叭噠嶺，所經如懷來、土木，皆明代屯兵列戍與也先俺答諸部相持之所，蓋古戰場也。府君既連不得志於有司，則以意之所鬱，一發之於詩，而耳目聞見，又有以副之，以故萬全所作，尤沈雄博厚，爲識者所推服。七年出都。同年吴姓郊明府留之丹徒署中，遂徧探京口諸名勝，間作廣陵游，借庵上人爲方外交。八年冬，又赴公車。九年，自京師南下，客吴松。十年，又自京師客河南，應康蘭皋中丞之招。河南居天下中，花事特盛，牡丹備五色，大或如斗，中丞僑寓豫之懷慶府，所居曰緱山村，茂林修竹，與南中無異。故府君集中《覃懷游草》二卷，皆言其地山水之美、花木之饒，而無幽愁顛頷之音，亦可見府君所養也。明年，又自豫入晉，太行山界豫晉之間，綿延數百里，路僅一線，舁行亂山中，九日而至晉，府君每云：『吾足迹所至，幾半天下，而北出居庸，西踰太行，則尤奇絶，爲生平冠。』十五年南還，客於毗陵，主人海陽汪樵鄰明經，嗜酒好客，有《蘭陵菊社詩》行於時。每夜張燈宴客，或漏三下猶未休。府君雅不善飲，而與宴亦未嘗不歡，其和易近人類如此。二十三年，兄林舉於鄉。明年，府君與俱北上，蓋試禮部者十一次矣。報罷南歸，而府君年已六十有四，遂不復遠遊。是歲，樾舉於鄉，府君色甚喜，以樾未習鞍馬，手爲治裝，一襆一囊，必躬視之，時府君精力固未衰也。俄病噎，踰年不瘳，二十六年春大寒，病益甚，然起居猶如故。病中刪定詩集爲十六卷，及門諸君以文就正者，塗竄如常時。易簀前兩日，晨起，坐牖下，時四方以書問疾者積寸許，皆發視，授林作覆函，又爲手書寄樾於新安。命移枕就正寢，甫就枕而神散，遂不復有言。比樾自新安馳歸，距府君之歿十日矣。嗚呼，痛哉！君性純穆，寡言笑，重然諾，雖寒士而能急人之急。客京師時，遇鄉人無以歸者輒助之歸，已不足則代請之人，必歸之而後已。常至邑中，有拜於路者，驚問誰何。其人曰：『君不識邪？吾潘某也。微君，則長安餓莩耳。』乃始憶有此事，笑而遣之。自奉儉約，衣履敝然後易。生平無嗜好，惟以圖籍自娱。所著有《印雪軒文集》二卷、《詩集》十六卷、《隨筆》四卷、《讀三國志隨筆》一卷。爲文章，藁成於腹而後書之，不易一字。其門下士顧君駿、吳君斑皆成進士，葉君世圻、趙君景賢、鄭君訓成、汪君丙照皆舉孝廉。晚年館鄭夢白中丞家，從者益衆。姚太恭人以府君年高，勸謝客，而府君意殊不倦，誘掖益力。居里中，無疾言甚色，而人自敬畏之。道光四年，自德清遷居仁和之臨平，爲林、樾讀書計也。然府君嘗曰：『吾家自元末提舉希賢公始居烏巾山下，至今四百餘年，枕山臨流，繡塍交錯，每新穀既入，盂飯壺酒，互相招延，猶見古人鄉鄰風俗之美。吾雖奔走風塵，終不忘此樂也。』以故林、樾遵府君遺意，歸葬於德清南門外金鵞山之原。府君生於乾隆四十六年閏五月六日巳時，歿於道光二十六年四月八日寅時，年六十有六。子二人，林、樾。孫五人，祖壽、祖福、祖綬、紹萊、紹瀛。嗚呼，以吾府君之才之學，而蘊其所負，不克見於時，豈非命歟？雖然，士苟有以自立，則區區之名固弗論也。矧府君之著述足以傳後，而其德足以覆翼我子孫。雖以樾之不肖，猶得蒙其餘澤，以叨竊聖世之科名，則天之所以待府君者又豈薄歟？當府君客覃懷時，著《詠古詩》四章，其次章蓋爲孟皮未與配享而發。及樾視學中州，遂奏行之。嗚呼，此特一事耳，而府君之詒我後人者可見矣。謹就耳目聞見所及，譔次其事如右。男樾述。

【校記】

〔一〕化，原作『花』，據《校勘記》改。

先妣姚太夫人行述

先太夫人姓姚氏，杭州仁和縣臨平鎮人。姚故臨平舊族，元劉大彬《茅山志》云：姚俊，錢唐人，爲交阯太守。漢末棄官，入增城山修道，有家在錢唐臨平，墳壇歷然，苗裔猶在。今雖世系無可考，然臨平之有姚氏舊矣。太夫人祖諱之龍，字意山，故大學士孫文靖公有《十友圖》，意山公其一也。父諱樹楷，字蘭皋。母祝孺人。太夫人之始生也，其祖母傅孺人年老且瞽矣，然精於星命之學，用其術推算，笑謂祝孺人曰：『有福有壽，不知誰家一老夫人也。』生六歲，蘭皋公卒，育於舅家祝氏者十有餘年。年二十有八，始歸先通奉公爲繼室。先通奉公自領鄉薦後赴公車者十有一次，常客游於外。先兄林及樾皆太夫人自教之。四子書畢，始出就外傅。所居在德清鄉間，苦無師，乃遷居臨平。先兄亦聘臨平孫氏，親串相依以居。太夫人治家儉，通奉公所得脩脯雖不豐，家無逋累，内政井然。至道光二十六年，通奉公捐館舍，時先兄及樾已先後舉於鄉，仍藉館穀養母。太夫人恆勉之曰：『毋替先型，毋墮初志。』三十年，樾成進士，入詞林，奉太夫人入都。旋以不耐北地嚴寒，乞假送太夫人南返。而先兄已以實錄館謄錄，議敘知縣，分發福建，遂迎養至閩，居閩二十年。先兄由知縣起家，官至福寧府知府，方任永安縣知縣時，粤賊擾旁縣，勢甚迫切，永安戒嚴。或勸太夫人暫避，太夫人曰：『吾子官此，吾焉往歟？』率家人作女功如常。邑之搢紳有至署者，輒命入見，又自出至各廟行香，以安衆心。由是民有固志，無一外徙者，城竟獲全焉。同治十二年，先兄卒於福寧。樾時寓吴，親往奉迎太夫人至吴下寓廬，所賃屋在馬醫巷，苦湫隘，乃買地於其西，築春在堂，營曲園。其明年，太夫人年九十矣，而是歲適在穆宗毅皇帝遏密八音期内，乃先一月於慈安皇太后萬壽之辰爲太夫人壽，自中丞以下咸集，故鄉親舊亦靡不至。太夫人雖年逾大耋，惟兩耳重聽，步履少蹇，而每看細書，猶不用眼鏡。平生謹慎安詳，一器一皿，無不安置妥帖，整肅之意，至老不衰。光緒四年夏暑甚，眠食皆無恙。七月之末，始有不安，節醫者切脈，猶曰無慮。未卒前二日，諸病皆愈，至其日，日加申，謂樾曰：『此時極舒適。』命進糜粥半甌。俄而驟發寒戰，急加衣被，而戰亦止。索飲，進米湯二匙，蔆湯一匙，尚將繼進，搖首，微示不欲，俄頃之間，神色遽變。痛哉！樾奉侍無狀，致耄耋遐齡，不能滿百，其罪尚可逭哉！太夫人生於乾隆五十一年八月十一日子時，殁於光緒四年八月十四日戌時，年九十有三。初以樾官封太孺人，加級封太恭人，後以兄林及樾長子紹萊官加級封太夫人。卽於是歲合葬於先通奉公金鵞山之塋。至今歲而太夫人百歲矣，樾亦六十有五，衰病積唐，不久仍當依侍膝下。因念太夫人一生事實，若不及今撰次，將遂泯滅，乃恂述大略，補刻入《賓萌集》第五卷，附先通奉公《行述》之後，以示子孫云爾。男樾述。

賓萌集卷六　補篇

序

余舊定《賓萌集》五卷，終於《褋篇》。其後所作褋文日益多，遂别爲《春在堂褋文》，已刻至五編，而不入於集。至論、説諸文，亦有繼作者，然寥寥數篇，不能各成一卷，乃總編附後，題曰《補篇》。

周平王東遷論

蘇子曰：『周之失計，未有如東遷之甚者也。』余則曰：周不遷遂無周矣，東遷非失計也。夫都洛，武王之志也。《史記》載武王之言曰：『自洛汭延於伊汭，居易毋固。其有夏之居，我南望三塗，北望嶽鄙，顧詹有河，粤詹雒伊，毋遠天室，營周居於雒邑而後去。』然則武王固有意於都河雒矣，因克商未久而崩故不克，定都雒之計，其後周公卒成之，《書》曰：『營大邑于東國洛。』周公成武王之志也。周公雖營洛邑，而豐鎬故壤，居之已久，武王不遷，周公亦不敢遷。至幽王之亂，平王崎嶇於兵火之餘，始遷都於此，舍此亦無以立國矣。嘗考古之帝王，伏羲、神農並都陳，黄帝都涿鹿，少昊都曲阜，顓項〔一〕都帝丘，未有僻處西陲者。周自不窋失官，自竄於戎狄之間，大王始遷岐下，肇基王迹，文武因之，此周之所以西也。秦承周舊，漢承秦舊，唐承秦漢之舊，皆都關中，於是後世目論之士遂以爲關中之固，金城千里，真帝王之都也。亭林顧氏猶以爲奉春一策，無踰關中。然則武王定鼎，何爲不於豐鎬而於郟鄏？周公又何爲而營洛邑乎？洛陽居天下之中，漢翼奉稱其左據成皋，右阻澠池，前鄉嵩高，後界大河。余嘗奉使中州，經臨其地，於水見龍門砥柱之險，於山見殽、函、虎牢之勝，真天之神皋，地之奥府也。周公建東都於此，北而幽、并，西而梁、益，東而青、徐，南而荆、楊，譬猶振裘而挈領矣。平王東遷，不能修德，寖微寖弱，夷於列國。此東周之所以不振，而非東遷之罪也。宋太祖既定中原，不都洛陽而都汴梁，此則因循前代之陋規，而無經營四方之遠略，中原既失，高宗南渡，僻處錢唐，更無取矣。然南宋立國猶及百年，使蘇子生於南宋，必不薄視東周矣。吾故曰：平王東遷非失計也。

【校記】

〔一〕顓頊，底本誤乙。

秦穆殺三良論

秦穆公以三良從死，不一其説。《史記》曰：『從死者百七十七人，秦之良臣子輿氏三人，名曰奄息、仲行、鍼虎，亦在從死之中。』若然，則秦穆初不必以三良從死，而三良者，不幸而與其數也。古者，凡起徒役，無過家一人，況以人從死，而一家之中盡取其三子以去，有是理乎？《史記正義》引應劭之説曰：『秦穆公與羣臣飲酒酣，公曰：「生共此樂，死共此哀。」於是奄息、仲行、鍼虎許諾。及公薨，皆從死。』是從死出三良之志也。鄭康成亦言：『自殺以從。』若然，則三子者，楚之安陵君也，惡足爲良？愚謂：三良之死，秦穆公死之也。穆公，梟雄之君，而三子者，詩人詠之曰『百夫之特』、『百夫之防』、『百夫之禦』，意其人皆有過人之材智者。穆公自度，我在則可以用三子，我死則此三子者恐非後人所能制矣。故平日以同死相要，而將死則竟殺之以殉也。《秦誓》曰：『若有一个臣，斷斷兮無他技。』秦穆忌才之意，卽此可見，此三良所以死歟？《左傳》載君子之論，責穆公無法以遺後嗣，而收其良以死，洵定論矣。蘇明允論漢高祖之欲斬樊噲，謂：噲豪健，諸將所不能制，後世之患，無大於此。噲死則足以死而無憂矣。秦穆之殺三良，猶此意也。漢景帝謂周亞夫鞅鞅，非少主臣，竟下獄死。宋檀道濟立功前朝，威名甚重，朝廷疑畏之。彭城王義康慮道濟不可復制，召入朝，收付廷尉殺之。嗚呼，此皆秦三良也。明太祖晚年猜忌特甚，功臣如傅友德、馮勝諸人，皆以無罪死。海寧朱一是書傅潁公傳後曰：『潁公，開平後一人，高帝必欲去之者，其時帝春秋高，皇太孫幼，不能無漢景疑亞夫之心。然潁公死而少帝之長城壞矣。』先君子詩亦曰：『安劉他日無平勃，可悔貽謀遜漢高。』此《黄鳥》之詩所以深刺穆公也。

越句踐論

余嘗讀《國語》、《國策》、《吳越春秋》、《越絶書》諸書，見越主句踐與其臣范蠡、文種之徒，陰謀詭計，積十餘年之力，竟滅吳而有其國，未嘗不歎句踐之爲人，亦人傑也。乃《孟子》則曰：『惟知者爲能以小事大，故太王事獯鬻，句踐事吳。』然則孟子稱句踐之知，以其能事吳，不以其能滅吳。句踐之事吳，知也；句踐之滅吳，句踐之失計也。當春秋之季，晉已衰而秦未強，天下之所患者楚也。楚與吳，世爲仇讎，日尋干戈，而其患不及越者，非楚之愛越也，有吳以爲之蔽也。越既滅吳，而以淮上之地與楚，楚東廣地，至於泗上，則越遂與楚鄰矣。故春秋後之楚與越，猶春秋時之楚與吳也。及越王無彊伐楚，爲楚威王所敗，殺無彊，盡取吳故地，至浙江，而越於此散亡矣。使句踐不滅吳而助吳以拒楚，吳不滅，越亦可以不亡。嗚呼，吳越同壤之國，吳可以無越，越不可以無吳，無吳則無以蔽楚也。孟子稱句踐事吳爲知，則必以句踐滅吳爲不知矣。以後世之事言之：北宋之滅遼也，北宋之君臣自以爲得計，而不知遼亡而與女真鄰，爲大不利也；南宋之滅金也，南宋之君臣自以爲得計，而不知金亡而與蒙古鄰，爲大不利也。是皆越句踐也。東海之濱，蕞爾小國，不思吾中國實爲之屏蔽，而妄欲蠶食我邊疆，吾歎其失計之已甚矣。

自強論

昔孟子生戰國之世，其時宋、衛、中山諸小國外，號爲大國者七，地醜德齊，莫能相尚，其君若臣，皆日夜思所以自強，而士之游人國者，亦各思富強其國，以成功名，而取富貴。於是有善戰者，有連諸侯者，有闢草萊、任土地者，人各自爲説，家各自爲書，巧者知盡，材者能索，雖孟子亦不知所以加之矣。

孟子於斯時游齊、梁之廷，言富國則無以加乎李悝、商鞅之徒也，言強兵則無以加乎孫臏、吳起之倫也，於是盡掃而空之，易一說，曰：『盍亦反其本矣。』烏乎，此自強之上策也。夫所謂反其本者，何也？行仁政也。誠能施仁政於民，省刑罰，薄稅斂，使民親其上，死其長，仕者皆欲立於其朝，耕者皆欲耕於其野，商賈皆欲藏於其市，行旅皆欲出於其塗，鄰國之民皆仰之如父母，則雖朝秦楚、莅中國而撫四夷，豈所難哉？此言也，當時諸侯皆莫能用，卒并於秦，而秦亦旋得而旋失之。楚漢之間，天下大亂，生民幾盡，蓋向所謂善戰者、連諸侯者、辟草萊者、任土地者，其流弊餘毒若是其甚也。漢興，乃稍求孔孟之遺書，粗用其說，自是之後，莫不依據以爲立國之本。然漢、唐以來，與孟子之時固不同矣。孟子之時，七國並列，故曰：『海内之地，方千里者九，齊集有其一，以一服八，何以異於鄒敵楚哉？盍亦反其本矣。』漢、唐以來，天下一統，既無以一服八之難，則猶未足以見反本之要也。乃自泰西諸邦交於中國，而近又踵之以東洋海外各國，皆與我抗衡而不能相下。禮樂刑政，中外交通，鄒衍所謂『天下有大九州，而中國其一州』者，至是而信。欲踰越而上之，亦幾幾乎有以一服八之勢矣。於是賢知之士爭言自強，而又不得其術，徒見其器械之巧、技藝之精，乃從而效之，奉其人以爲師，曰：非此不足以自強也。嗟乎，彼之智巧，日出而不窮，而我乃區區襲其已成之迹，竊其唾棄之餘，刻舟而求其劍，削足以合其屨，庸有濟乎？盍亦反其本矣。竊謂：當今之世，欲行仁政，莫急於吏治，國家畫數百里或百十里之地以爲州若縣，而任之一人，此與古所謂『得百里之地而君之』者何異？誠得其人，而寬以歲月，假以事權，使之興起教化，勸課農桑，數年之後，官之與民，若父兄子弟然，一旦有敵國外患，鑿斯池也，築斯城也，與民守之，效死而民弗去。夫何守之不固乎？壯者以暇日修其孝弟忠信，入以事其父兄，出以事其長上，可使制梃以撻秦、楚之堅甲利兵矣，夫何戰之不克乎？此自強之上策也。今州縣吏乃若傭力者然，計一歲之利，任一歲之事，其地誠肥饒邪？上之人，不欲使久擅其利，滿一歲率去之，其地誠瘠薄邪？其人又不待一歲而急急以求去，以故賢者莫能有所施設，而不肖者惟知飽其私，官與民漠不相習，一旦有急，城非不高也，池非不深也，米粟非不多也，兵甲非不堅利也，委而去之，疾視其長上之死而莫之救。然而曰：吾將以自強。愚未見其可也。

痛快陳詞，如傾三峽流泉，勢不可遏。然其中有無數猿啼，聲聲是淚，世上有心人讀之，同聲一哭。

『行仁政』一句總理全綱。近時人悉舍本求末，烏得不壞事。辛巳春仲，南嶽七十二峯樵者讀竟書此。

此與下兩篇皆嘗示老友彭剛直公，公手加圈點，且有跋語，每一檢閱，如見其掀髯擊節時也。

三大憂論

愚竊惟事勢有可大憂者三。一曰：中國之號將替也。古稱神農以上有大九州，黃帝以來不能及遠，惟於一州之地畫爲九州而治之，是爲中國。夫此中國者，在大九州則一國也，惟不與彼八者通，然後得成其爲中國。自黃帝、堯、舜以來，相承至今，莫之或替。周成王時，越裳氏來朝，周公曰：『德澤不加，君子不饗其質；政令不施，君子不臣其人。』此聖人所以善全中國之尊也。中國以外，黃帝之所不能臣，而吾得而臣之乎？吾不得而臣，而與之通，則必與之等倫，而不復能全中國之尊矣。今夫匹夫匹婦，有一畝之宫、環堵之室，則必爲牆垣以蔽之，爲門户以限之，使門牆之内自成一家，然後有以約束其子姓而爲之長。若使鄰比之人襍糅乎其室，行道之人喧鬨乎其堂，是不成其爲家矣。尚靦然曰：吾大家也，世家也，非猶夫人之家也，其誰信之？今之中國，不幸而類此，故曰：中國之號將替也。

一曰：孔子之道將廢也。昔戰國時，孔子之道猶未行，秦用申、商之言，驅其民於耕戰，使欲富者力耕，欲貴者力戰，力耕則國富，力戰則兵强，竟用此術，滅六王而一天下。使秦之享國如漢長久，則孔子之道遂廢矣。而秦有天下，二世而亡。漢興，乃復求孔氏遺書，表章六藝。自漢、唐至今二千餘年，雖學術不同，門户或異，其推本孔子之教則一也。今士大夫讀孔子之書，而所孜孜講求者，則在外國之學，京師首善之地，建立館舍，號召生徒，甚者選吾國之秀民，至海外而受業焉，豈吾中國禮樂詩書不足爲學乎？海外之書，譯行於中國者日以增益，推論微眇，創造新奇，誠若可愕可喜，而視孔子之書反覺平淡而無奇。彼中人或譏吾孔子能守舊章而不能出新法，如此議論，漢、唐以來，未之前聞。風會遷流，不知其所既極。故曰：孔子之道將廢也。

一曰：天地之運將終也。俗傳，天地有開闢，有混沌，理固有之。歷世久遠，菁華衰竭，不能生人生物，是爲混沌。收斂閉藏，以休爲息，歷千百年，復能生人生物，是爲開闢。人生一小天地，天地之由開闢而混沌，猶人之由少壯而衰老也。是以聖人務爲天地愛惜元氣。《禮》曰：『獺祭魚，然後虞人入澤梁；豺祭獸，然後田獵；鳩化爲鷹，然後設罻羅；草木零落，然後入山林。』孟子曰：『數罟不入洿池，斧斤以時入山林。』凡若此者，非徒愛惜物命而已，皆欲留其有餘，爲天地愛惜元氣也。今彼中人則不然，但知窮極天地之所有，以供吾一日之用，語曰：

『竭澤而漁，明年無魚。』聞彼中用煤無度，產煤之地日以少矣。夫煤者，有形之物也，其消息人得而見。若彼所取諸氣，無形之物也，其消息人不得而知。然卽煤之一物而推之，則知用之無度，必有窮時，天地雖大，而不足以供其求，日復一日，菁華衰竭，恐天地塊然不復能生人物矣。故曰：天地之運將終也。是三大憂也。

至理名言，痛切時弊，人所不能言者而能言之，人所不敢言者而敢言之。時余發咯血疾，一月以來，情緒蕭索，卒讀斯文，神爲之王，氣爲之舒，覺胷中有喜氣漸達眉宇。及一再讀，默念天時人事，國家多故，又不禁悲從中來，撫膺三歎，淚潸潸下，憂與之俱深矣。奈何！奈何！辛巳花朝退省散人識於金閶客館。

田獵説

昔周公之戒成王也，曰：『無淫于觀、于逸、于游、于田。』而周辛甲爲虞人之箴，亦以忘其國恤，思其麀牡爲戒。然則田獵之事可以已矣。乃《周禮》大宗伯所掌，則有大田之禮；大司馬之職，則又詳言蒐田、苗田、獮田、狩田之制，若是者何也？教戰也。孔子曰『以不教民戰，是謂棄之』，而欲教戰，則非田獵不可。後世所謂教戰者，吾見之矣。大將坐戎幄，建旗鼓，騎兵若干，步兵若干，環而伺下，一令曰：演某陣，則旝動而鼓，左旋右抽，捷於風雨；下一令曰：演弓箭，則樹鵠百步外，射者持弓矢，審固以期其中，一矢中的，鼓聲填然；下一令曰：演火器，則排列而發，聲如萬雷，烟塵坌起，不可諦視。演刀矛，演干盾，無不如是。諸技畢奏，鼓吹嗚轍，大將回車，觀者襍遝，頒斌相與，動容而歎曰：美矣哉，軍威之盛乎！不知此戲劇也，非教戰也。何也？無强敵以臨其前也。無强敵以臨其前，則雖以孫武爲之將，鼓之而有笑者矣。雖然，平居無事，安得强敵之臨其前乎？先王知其然也，故以猛獸爲之强敵，不觀楊子雲之言獵乎？其於陸也曰：拕蒼豨，跋犀犛，蹶浮麋，斮巨狿；其於水也曰：索蛟螭，蹈獱獺，據黿鼉，抾靈蠵。夫以軼才之獸駭不存之地，相如所謂『雖有烏獲、逢蒙伎力不得用』者也。獵者，奮不顧身，以血肉之軀，當爪牙之利，可以鍊其膽，或攻其前，或擊其後，或襲其左右，務使矢不虛舍，鋋不苟躍，可以鍊其智。獵於陸有獲焉，獵於水有獲焉，然則他日用之陸戰、水戰，無不如志矣。此先王教戰之妙術也。古者兵民不分，披堅執鋭之士，卽春耕夏耨之人，而所向有功，不致聞風而奔潰者，恃有此術也。自田獵之禮廢，而天下之兵皆不習戰矣。嗚呼，此中國之所以日趨於弱歟？

戰説

孔子曰：『俎豆之事則嘗聞之矣，軍旅之事未之學也。』夫軍旅之事，雖孔子不能自信，而況他人乎？以彈琴詠風之士，爲搴旗斬將之人，孔子所難者而易言之，陸機河橋之師、房琯陳濤斜之戰，可爲殷鑒矣。然孔子又曰：『我戰則克。』蓋其事雖非所習，而其理可得而言，士大夫欲於有事之日慷慨請纓，必先於無事之時陰求奇士，或草澤之内、或屠沽之流，少則三四人，多則七八人，深相結納，詣若弟昆，一旦有事，此數人者皆爲吾用。或猶未足，則使此數人轉相延訪，蓋其人既爲材知之士，其所與游者，材知亦必相埒，所謂以類爲招也。既得其人，使之各募數百人以爲一軍，即以其人爲之將，如此則兵與兵習，將與兵習，視夫烏合之衆，相去天壤矣。我爲大帥，又必自有敢死之士，不二心之人，或數十，或數百，結以恩義，置爲親兵，然後可與共臨死地。世之爲大帥者，高居戎幕，不歷行陣，及將戰之際，惟令某爲前隊，某爲次隊，某爲後隊，金鼓一鳴，各鳥獸散，前隊潰則中隊繼之，後隊又繼之，土崩瓦解，不可收拾矣。故爲大帥者，必率領親兵，躬居前隊，我不退則親兵皆不退，而前隊亦不退，而中隊、後隊亦皆不退，可無潰散之虞；我進一步則親兵皆進一步，而前隊亦進一步，而中隊、後隊亦皆進一步，可以制勝。若夫糧饟之必裕也，器械之必精也，此宜籌之於先事者也。相度形勢，占據上風，又宜審之於臨事者也。雖能言之而不能行之，紙上空談，無裨實用。今夫醫者雖日讀黄帝、岐伯之書，而不臨診，則不能處方。儒者雖日讀孫武、吴起之書，而不臨陣，則不能制敵。古來如漢之韓淮陰、宋之岳忠武，天生將才，世不多覯，以諸葛武侯之才，而論者猶謂用兵非其所長。戰不易言也，是故孔子慎戰。

醫藥説

余有《廢醫論》五篇，刻入《俞樓襍纂》，余固不信醫也。然余不信醫而信藥，於是又有醫藥之説。夫醫師諸職，列於《周官》，醫不可信，何也？曰：《周官》非周公之書也。周衰，有志之士私爲一家之言，以立後世之法者也。古之聖人未始言醫，王季有疾，文王不爲求醫也；文王有疾，武王不爲求醫也；武王有疾，周公不爲求醫也；孔子有疾，子路不爲求醫也；伯牛有疾，孔子問之。鯉也死，回也死，孔子深悼之，不爲求醫也。夫使古人而尚醫，則以周公之多材多藝，孔子之聖又多能，豈不知醫乎？孔子曰：『人而無恆，不可以爲巫醫。』是孔子亦嘗言醫，不知非言醫也，言巫也。上古治疾，祝由而已，故古之醫，實古之巫，無恆之人，朝莫二三，雖巫者能通神達明，而不能測其意，故曰：『不可以爲巫醫。』《禮記》引其文，則不爲巫醫，而爲卜筮，故知孔子此言非言醫也。醫術之盛行於世也，蓋始於春秋，不學無術之諸侯，彼皆身都富貴，而惟恐失之，一旦有病，聞有道術之士能以術治之，則不惜重幣以求之，和緩之徒，所以出也。就和、緩二人言，則和爲優，彼醫緩者，乃後世方士之流，結交宦官、宮妾，刺探人君陰事以自神其說。故晉侯夢疾爲二豎子，在膏之下肓之上，而緩卽云：『疾在膏下肓上。』殆晉侯嘗以夢告近侍之人，緩刺探而得之也，故雖能言之，而不言何以知之。晉侯聞其言與其夢合，卽以良醫稱之。方士之徒，所以欺世主者，類如此也。和之言稍稍近理，然與漢以後醫家之言皆不合，卽與世所傳黄帝《素問》諸書亦不合，故知《素問》諸書，春秋時未有也。且和、緩皆秦人，蓋秦人多能爲醫者。晉與秦近，且昏姻之國，故有病卽求之，他國固不然也。齊景公疾，梁丘據請誅祝固、史嚚。使其時已重醫，何不殺一二庸醫以謝諸侯，而惟祝史是問乎？可知當時治疾猶以巫，不以醫，乃自古相傳之説。子路爲孔子禱，不爲孔子求醫，亦此意也。至戰國時，齊固有醫矣。孟子有疾，王使醫來，然孟子云『巫匠亦然』，不云『醫匠亦然』，是仍以巫爲重，古之遺言也。藥出於醫，醫不可信，何以信藥？曰：所謂藥者，非使醫生切脈、處方，襍書藥十數種或數十種，合而煮之而飲之也，藥乃丸散之類也。丸散之類，由來久矣。康子饋藥，藥者，丸散也。不然，則其性之爲溫爲寒，其用之爲攻爲補，聖如孔子，豈有不知，而云未達乎？諺云：『神仙不識丸散。』故孔子未達而不敢嘗也。《曲禮》云：『醫不三世，不服其藥。』天下有祖爲名醫，至其孫而失傳者矣；又有身爲名醫，而其祖若父則皆不能者矣。而云『醫不三世，不服其藥』，豈理也哉？藥亦丸散也。醫者，賣藥之家也。故必三世之後，人皆知其藥之善，然後敢服之。宋孟元老《東京夢華録》所載有李生菜小兒藥鋪，吳自牧《夢粱録》所載有修義坊三不欺藥鋪，近時如京師之同仁堂、蘇州之沐泰山堂、杭州之葉種德堂，皆近之矣。余次子娶於唐棲姚氏，其家以致和堂痧藥名天下二百餘年，此非特三世之醫，乃十世之醫也。若必切脈、處方然後謂之醫，則《曲禮》之文尤不可通矣。原藥之所自起，蓋天生五穀，所以養人，人可常服；其餘百果草木，則皆不可以常服，故亦不可以養人，然其性有與人之疾宜者。生民之初，皆食草木之實，遇有風雨晦明、寒暑不時之疾，偶食一草一木，忽然而愈，始猶不察，繼而驚異，轉相傳告。或暴而乾之，屑之爲末，或合數種爲一，以水和合之，此丸散之名所以始也。其名蓋出於勺藥。古語和調五味謂之『勺藥』，《文選·子虛賦》『勺藥之和具』、《七命》篇『和兼勺藥』，其義皆同。丸散之類，皆以調和而成，故取『勺藥』之義名之曰『藥』。合衆味而爲藥，猶合衆音而爲樂也。許氏《説文》以『藥』爲『治病草』，未得其義。然其字從『草』，則知後世醫家襍用金石，彌失古意矣。既有丸散之類，因有世以爲業者，羣謂之醫，而三世之醫，遂以有聞於世，醫和、醫緩，卽其人也。其尤工者，則能運以己意，不拘成法，始以醫名。蓋醫與藥，自此分矣，其初不爲無功，而其後流弊益滋。許悼公飲世子止之藥而卒，《春秋》謂之『弒君』，傳《春秋》者因有舍藥物之説，余廢醫之論本之此也。然醫可廢，而藥則不可盡廢。余每歲配合所謂普濟丸者數十料，又於京師、於廣東、於上海買膏丹丸散無慮數十種，有求者，問所患而與之，往往有神效。而世之延醫切脈、處方以治疾病者，則十而失之八九也。此余所以不信醫而信藥也。藥之始，固出於醫，然此等醫皆神而明之，非世俗之醫也。余亦豈敢謂世間必無良醫？然醫之良不良，余不知也，必歷試而後知焉。身其可試乎哉？不如其廢之也。世之好行其德者，夏秋之間，輒設一局，以施醫施藥。余謂：施藥可，施醫不可。彼高手之醫，不屑入局，其來局者，皆不知醫，苟求此一輿之值、一飯之資而已，而以治人之疾，名爲行善，實則作孽，不如多購各處名藥以施人之爲得也。余是以又出醫藥之説以告世人。至醫之可廢，則具在《廢醫論》，茲不具説。

嫁娶説

古禮，男子三十而娶，女子二十而嫁，此示人以極至之時，明逾三十無不娶之男，逾二十無不嫁之女，非以此爲定期也。《傳》曰：『國君十五而生子。』則男子之娶，有不待三十者矣。《禮》曰：『女子雖未許嫁，二十而笄。』則女子有逾二十而未嫁者矣。嫁娶之故，情事萬端，聖人不能預定，姑示以極至之期而已。然愚謂，聖人於此殆未之深思也。夫婦人内夫家，外父母家，此惟婦人之賢明者知之，愚婦人不知也。女子出嫁，則爲異姓，而子婦自異姓來歸，轉爲至親，此舅姑之賢明者知之，不賢明者不知也。舅之知者，或十而六七，姑之知者，不過十而二三，而家庭之變，自此繁矣。竊謂：上古聖人既定嫁娶之禮，即當定嫁娶之期，大夫以上，不自乳其子者，所生女子，三月而嫁；士以下，必自乳其子者，所生女子，三歲而嫁。依此以行，有六利焉。無愆期之男女，一利也。無嫁娶之浮費，二利也。女子自幼即居夫家，所見尊卑長幼，皆夫家之人，則於夫家不期内而自無不内矣，兄弟、伯叔、諸姑、姊妹可以覿面不識，則於父母家不期外而自無不外矣，三利也。女子自幼依舅姑以生以長，自無不孝，舅姑自其婦幼時保抱攜持，自無不慈，其夫與之自幼相習，飲食同焉，嬉戲同焉，自無不憐愛，四利也。先後築里，易啓猜嫌，兄弟之不和，半由婦言爲之搆釁，若此法行，則兄弟之妻，皆由一舅姑撫育，自幼至老，何異同胞，無不睦之娣姒，既無不和之兄弟矣，五利也。父母遺嫁其女，未有不蠹然傷心者，故《禮》有『三日夜不息燭』之文，念其後之不得時時相見，而夜以繼日，冀緩須臾，亦可悲矣，此法行，則三月之女未解笑啼，三歲之女甫離襁褓，時日不久，恩愛未深，卒然抱持而去，初亦未能忘情，久之竟如未有，父母之悲思，可以消釋，爲女子者，雖罔極之恩一無所報，而不至以此身重父母之悲思，則心亦可以稍安，六利也。或曰：今世童養之婦，往往爲舅姑虐遇而死，此法一行，死者益衆矣。余謂不然。今世惟不行此法，故畜童養婦者止在小家，小家婦女，姿性愚蠢，故多此弊。若詩書仕宦之家，必不至此。且愛女甚男，亦人情所常有，膝下既無女子，則必以愛女者愛其子婦，錦棚繡被中，其珍護可知也。小家化之，亦當不復肆其虐矣。此事理之常也。若仍虐遇之者，事理之變也，凡事論其常而已。天下婦女，豈無不得於舅姑與夫而抑鬱以死者？然則女子將不嫁乎？請陳六利，釋此一慮，聖人復起，不易吾言。

妾媵説

俞理初著論謂，妬非女子惡德。此論非也。自古以來，以一妬婦而破國亡家者往往有之矣。誰謂妬非惡德哉？然妬雖惡德，而實亦恆情。《易》曰：『一人行，三則疑也。』又曰：『二女同居，其志不相得。』古之聖人，明庶物而察人倫者，其知之矣。雖然，嗣續不可以不廣，則妾御又不可以無。聖人曰：吾必禁人之娶妾，不可得也。吾許人之妾而望人妻妾之必相安，又不可得也。許人娶妾，而又欲其相安，則必使由女家置妾，而夫家不得置妾。所謂妾者，皆自女家來而後可，於是乎有媵。古者，諸侯娶一國，則二國往媵之，夫人自有姪娣，二媵又自有姪娣，故諸侯一娶九女。若大夫士，無二媵，卽以姪娣爲媵。《士昏禮》有『女從者』，鄭注云：『謂姪娣也。』是自天子至士皆有媵，天子、諸侯，必其同姓之國，士大夫必其姪娣。其分本親，而又初娶之時與之俱來，其情又相習，如是而不相安者，固已寡矣。卽使有之，亦什百之一二耳。聖人緣情制禮，其慮固甚周哉！後世妾媵之禮不行，所謂妾者，皆由夫家自置之，分則不相親，情則不相習，而閨房之故，從此多矣。愚謂，以姪娣爲媵，此古禮，不可行於今者。然宜略倣其意，庶人之家，匹夫匹婦，在所不論，自士大夫以上，父母之愛女者，宜買他人之女視己女年稍弱者，使與己女同居，或一人，或二人，及嫁則以爲媵。若己女幸而有子，女之夫又不欲置妾，則聽其擇良奥之家而嫁之；若欲置妾，則取之此，而夫家不得自置焉。夫家自置，卽爲律之所不許。如此則變通古法，在今世可行，而於古聖人制妾媵之意或稍有合乎？抑又論之，妻則一，而妾必二，妻一則尊，妾一則混，使如齊人之一妻一妾，則妾之視妻若儕耦，然下淩上替，職此之由，故妾必有二，則二妾者互相牽制，而不能與妻抗，妻既得自全其尊，必不復虐待其妾，且待此一人，必使彼一人服，則自不敢輕喜而輕怒矣。此齊家之君子所宜知也。

禦火器議

嗚呼，自古兵戈之禍，未有甚於今日者也，以火器之爲害烈也。然則火器遂無可禦乎？曰：有中國之藤牌在。藤牌之爲用，就地滚舞，隨滚隨進。就地滚舞則甚卑，卑則槍礮之所不及；隨滚隨進則甚速，速則直入敵隊，短刀相斫，使敵人雖有槍礮而不得施。是故用之水戰則非宜，用之陸戰則實爲制火器之良法。此非余臆説也，本朝故事可按也。恭讀《平定羅刹方略》云：康熙二十三年十二月乙巳，命選擇藤牌官兵。上諭兵部，征剿羅刹所需藤牌官兵，應分遣司員至山東、河南、山西三省，於安插墾荒福建投誠官兵内選擇善用藤牌、願行效力五百人，令地方大臣給銀，贍其妻子，兼爲整裝。又諭：聞福建有雙層堅好藤牌，移文提督施琅，選取四百，并長刀，速送至京，毋誤軍機。是康熙時征羅刹，以藤牌爲利器也。此事，大興劉獻廷所著《廣陽襍記》，述建義侯林興珠事，言之最詳。甲子冬，上在景山召見林興珠，論及火器之利，問所以禦之者，曰：『惟滚被爲第一。』上問何物。曰：『即人家所用棉被也，柔能制剛。』因詳言其進退滚閃之法。上問被之外更有何法。曰：『有滚牌，臣家有之。』曰：『汝家有能用此之人否？』曰：『有數人耳。』因命取至，并召六人來，於上前跳舞。上命善射者射之，皆不能中，滚至面前，疾於飛鳥。上大喜，問何方可以召募。曰：『惟臣鄉漳、泉之人多善此者。』上曰：『此去閩遠，今直隸、山東、河南多臺灣投誠墾種者，召用之可也。』此康熙間用藤牌之緣起也。今藤牌雖存，而軍中視同戲具，莫知爲制火器之利器矣。誠能精練善用藤牌之人，使成一軍，又或訪求國初滚被之遺制參而用之，則雖不足制敵人於水路，亦足制敵人於陸路矣。

海軍議

今天下競言海防矣。夫備豫不虞，軍之善政也，然不過施於一陣之間，如《左傳》所謂『前茅慮無，中權，後勁』、『右轅，左追蓐』之類。又或施於一城一堡之間，如《墨子》所謂『備城門』、『備梯』、『備突』、『備穴』、『備蛾傅』之類。若夫海，則中國東南皆海也，其爲地緜歷七八千里，處處而防之，歲歲而防之，安有此財力哉？是故言海防，不如言海戰，欲言海戰，必治海軍。中國自古未有海軍也，顧亭林氏《日知録》詳言海道行軍之效，此不過取道於海，而初非鏖戰於驚濤駭浪之中也。風濤之不習，沙線之不明，測量之不精，駕駛之不熟，而欲與戰於海，是棄之也。欲治海軍，必先擇大臣中忠義勇敢，通曉夷情，可以爲海軍將帥之人。未得其人，勿輕舉也；既得其人，則與之謀：吾中國之大，海面之寬，宜用船若干，或購之外洋，或製之内地，其價若干，每船用人若干，需費若干。其始也，必以外國人爲教習，教成之後，純用華人，不用夷人，其爲年月若干，一一與之定議。議定之後，謹如其約，年月既滿，責其成效，若無成效，則有大刑。所謂成效者，非止往來於中國洋面而已，欲至某國，展輪竟行，略無阻閡。平居無事，所謂水軍將帥及各船統領，均居船中，不許登岸。大帥居無定所，南洋、北洋之名可以不立，今日泊南洋，明日泊北洋，欲調某號船，無論南洋、北洋，電報一至，登時啓行，限於某日某時至某所，逾期者斬。中國海面有此等船數十，來往游行，外國必無敢犯我矣。設或彼以兵來，甫涉吾界，我則迎而謂之曰：『兩國和好，兵來何爲？速退則已，稍一遷延，吾礮立發。』誠如是也，東南瀕海之地，可以高枕而臥，焉用防爲？

治河議

太史公作《河渠書》，以『禹抑洪水』發端，司馬貞釋之曰：『抑者，遏也。洪水滔天，故禹遏之，不令害人也。《漢書·地理〔一〕志》作「堙」。「堙」、「抑」，皆塞也。』嗟乎，一字之誤解，遂成千古治河之通病矣。其引《漢志》爲證，何不引史公《自序》爲證乎？《自序》於《河渠書》曰『維禹浚川，九州攸寧』。《春秋》『浚洙』、《孟子》『浚井』，皆有浚之使深之意，然則『抑』者亦當是抑之使下，非遏之也。趙岐注《孟子》，但訓『抑』爲『治』，而不言其何以治。班氏作《志》，以『湮』字代之，小司馬注史，以『遏』字訓之，則禹亦一鯀矣。《洪範》曰：『鯀陻洪水。』『陻』卽『湮』也。鯀之治水，九年而無成功，其失正在『陻』之一字。禹知其然，故繼鯀而治水，則變『陻』之一字爲『掘』之一字，《孟子》曰『禹掘地而注之海』，『掘』之一字，此禹治水之要言，亦千古治河之良法也。嘗謂：大禹之治河，至今稱神者，不在乎積石以東，而在乎大陸以北。《史記·河渠書》曰：『道河自積石歷龍門，南到華陰，東下砥柱，及孟津、雒汭，至於大邳。於是禹以爲河所從來者高，水湍悍，難以行平地，數爲敗。乃廝二渠以引其河，載之高地，過洚水，至於大陸，播爲九河，同爲逆河，入於勃海。』嗚呼，禹之治河盡此矣。夫河自雍州而至豫州，使順其性之所至，則直瀉徐、揚矣。禹以爲徐、揚地下而土薄，河行其間，無所約束，泛濫爲害，不可勝言。是以引使北行，載之高地，從兖州以入於海。河譬猶驕子也，非有父兄師保嚴爲之制，則放縱無所不至。兖州地高土存，足以制河，猶嚴父師也。然水性順下，安能引之至高？欲引之至高，惟有掘之一法而已矣。禹就其旁廝爲二渠，掘使極深，然後決河使入其中，河但喜其下而就之，而不知已爲禹引之高地，此禹之所以稱神也。後世河行日趨於南，是以河患益劇，近者黄河北行，幾復神禹之故迹，此天之福我中國，非人力之所能爲也。乃北行以後，山東無歲不被其災，民之昏墊轉甚於前，此由任事者但能爲鯀，不能爲禹，有陻之一法，無掘之一法，欲無河患，其可得哉？愚謂，宜於河旁爲引河，以達於海，必掘使極深，從引河望河身，若在天上，然後決河而入之，儼有高屋建瓴之勢，則自就我範矣。若知陻而不知掘，則以土制水，雖亦有理，然河性湍悍，尋常之隄，焉能制之？即爲遥隄，使其勢稍形寬衍，然棄地太多，民生益蹙，久之仍歸一決，皆非善法也。鯀以治水無功爲舜殛死，孰知後世治水者則皆鯀哉？欲籌治河之法，使數百年間河不爲害，無他道也，一言以蔽之，曰掘。

【校記】

〔一〕 地理，《史記索隱》作『溝洫』。

副榜貢生補宴鹿鳴議

古者以鄉飲酒之禮賓興賢能，而工歌有《鹿鳴》、《四牡》、《皇皇者華》三篇，於是後世相沿，以爲故事。昌黎《送楊少尹序》云『楊侯始冠，舉於其鄉，歌《鹿鳴》而來』，則唐世已然矣。工歌三篇，而止云

《鹿鳴》者，舉其首篇耳。宋制因之，有鹿鳴之宴，東坡集中有《鹿鳴宴詩》，是其證也。我朝文治之隆，超逾前代，列聖嘉惠士林，加恩耆宿，凡士有重遇鄉舉之年者，準其重赴鹿鳴之宴。稽之《會典》，乾隆朝有，若順天府霸州康熙甲午科舉人孟琇，雲南石屏州雍正己酉科舉人賽璵，自嘉慶以來，史不絶書，如阮元、湯金釗之碩德重望，翁方綱、王念孫之博學名儒，皆以耆年膺此異數，誠一朝盛事也。惟鄉試中式者，有正榜，有副榜，正榜謂之舉人，副榜謂之貢生，正榜舉人有鹿鳴宴，副榜貢生無鹿鳴宴，此固國家定制，萬年遵守，莫敢更張。然重宴鹿鳴爲本朝之曠典，既加恩及於正榜，似亦可推恩及於副榜。擬請明降諭旨，以某科爲始，凡副榜貢生，例無鹿鳴筵宴者，如中式逾六十年，再届是科，由疆臣照正榜舉人之例，分别三品以上、三品以下，或題或奏，先期陳明，請朝廷量予恩施，一例補給鹿鳴筵宴，與新科中式舉人一同赴宴，正榜爲重宴鹿鳴，副榜爲補宴鹿鳴，以示區别，而實則笙簧酒醴，共沐恩榮，無不感逾格之隆施而頌引年之盛典矣。

文昌改稱梓潼文君議

文昌，天星也，而今世所奉文昌，稱爲梓潼帝君，又相傳二月三日爲其生日。夫天星則何生日之有？且亦豈可係之梓潼一邑哉？然則今世所奉文昌殆非天星也。愚謂，東漢之初，自有梓潼文君見於高眹《禮殿記》，洪氏《隸釋》據《華陽國志》證其人爲文參。而余所見《華陽國志》則作「文齊」，字之奇。齊篆作𠂉，與「参」相似，必有一誤。論古人名字相比附，或者其名取參兩之「参」，而其字取奇偶之『奇』歟？文君爲梓潼人，官益州太守，王莽、公孫述並徵用之，皆拒不受，是其人固賢者也。其子名忳，爲北海守，父子相繼，同典大郡。又有文恭，字仲寳，必其子姓也。是梓潼文氏亦大族矣。梓潼文君之祠，必始於益州，蓋文君既殁，而益州之民立祠祀之，如石相祠、于公祠之例耳。相沿既久，而梓潼文君之祠滿於蜀中，流俗訛傳，因文君之稱附會爲文昌之神，至今遂徧天下矣。功令：文帝與關帝同列中祀，文帝生西漢之末，武帝生東漢之末，一以文德，一以武功，皆漢臣之賢者。生有明德，殁爲明神，俎豆千秋，亦固其所。關帝生日相傳爲五月十三日，既爲人鬼，而非天神，宜有生日。則文帝之於二月三日降生，雖載籍無徵，而流傳有自，牲牢秩祀，所謂禮亦宜之者也。明嘉靖間，議禮諸臣欲廢文昌，由不知其爲梓潼文君耳。余曾作《文昌生日歌》，始發此論。浙江學使署中有文昌祠，瞿子玖學士視浙學時乞余文爲記，余亦詳述斯意，刻石祠中。竊謂，祀文昌者宜改稱梓潼文君，庶天人不紊，而名實相符，或於聖清稽古右文之化不無小補乎？

創建驪山老母祠議

驪山老母，見於唐宋以來小説、傳記，以爲神仙妖異之流，而不知其見於《尚書》，見於《左傳》，見於《論語》，固與周、召諸公並列於『亂臣十人』之數者也。武王曰：『予有亂臣十人。』孔子曰：『有婦人焉，九人而已。』此婦人謂誰乎？子無臣母之理，以爲太姒，非也。夫亦無稱其臣並及其妻之理，以爲邑姜，亦非也。然則此婦人謂誰乎？曰：驪山老母也。驪山老母，實有其人乎？曰：是見於

《史記》、《漢書》。《史記・秦本紀》申侯言於孝王曰：『昔我先酈山之女，爲戎胥軒妻，生中潏，以親故歸周，保西垂，西垂以其故和睦。』《漢書・律曆志》載張壽王言，『驪山女亦爲天子，在殷周間』。以此言之，驪山女爲戎胥軒妻，中潏之母，考其世系，乃仲衍之曾孫婦也。是本申國之女，故申侯稱之曰『我先酈山之女』，蓋姜姓也。其係之酈山者，申國之君娶於酈山氏而生此女，故係其母以稱之，猶《左傳》顔懿姬、鬷聲姬之比也。其爲人必有非常材略，故嫁戎胥軒之後，卽能和睦西垂。當日，西方諸戎皆所悦服，朝覲、獄訟歸焉，故傳至後世，猶有爲天子之説也。文王興於西夷，必有倚以爲重者，經營王業，無西顧之憂，驪山女之力爲多。武王誓師，嘉念其功，置之亂臣之列。在春秋時，舊籍猶存，記載未泯，故孔子得而知之也。後世經生疏於史學，遂莫能得其主名矣。唐宋以來，酈山女之名猶在人口，《神仙感遇傳》載：唐少室書生李筌游嵩山，得《黄帝陰符經》，遇酈山老母，指授祕要。宋鄭所南有《酈山老母磨杵作針圖》，尊爲老母，傳爲女仙，卽其人也。《太平廣記》卷六十三有《驪山姥》一篇，云出《集仙傳》，其篇首云：『驪山姥，不知何代人也。』蓋古事之失考久矣。余讀《毛詩序》云『文王時，西有昆夷之患，北有玁允之難』，而其詩曰：『赫赫南仲，玁允于襄。』又曰：『赫赫南仲，薄伐西戎。』夫玁允曰于襄，而西戎僅曰薄伐，可知西戎終不能大定，南仲所不能定者，而酈山女能鎮撫之，過後世所稱『馮夫人』、『譙國夫人』遠矣。嘗謂，自古中國恆以西戎爲患，故《禹貢》之末，大書『西戎卽敘』，而周初『西旅獻獒』特見於《書》，誠重之也。班固《漢書》創立《西域傳》，羅列諸國詳矣。後漢和帝時，都護班超遣甘英使大秦，抵條支，臨大海，竟阻於安息船人之言而不敢度，是則今西洋諸國，彼時固未嘗問津也。今輪舶周流，無遠不届，世無南仲，誰伐西戎？夫神道設教，古人不廢。是故，宗布祭羿，兵祭蚩尤，況如酈山女者，生則雄長西垂，死則列名十亂，經史紀載，昭然著明，祀典及之，不爲淫祀。愚以爲，宜創立酈山女祠，從俗稱驪山老母，憑藉威棱，鎮定西戎，或不無小補也。

弭兵議

春秋時有偉人焉，曰向戌，戰國時有偉人焉，曰宋牼，當晉楚爭霸之時，而向戌獨創爲弭兵之盟，雖不久而渝，其志則大矣，宋牼聞秦楚搆兵，不遠千里，欲往説而罷之，雖不知果往與否，其志亦大矣。子罕曰：『天生五材，民並用之，誰能去兵。』斯言非也。金、木、水、火、土、穀，古謂之六府，天之生是，將以養人也，豈以殺人哉？至後世，不以金爲兵而以火爲兵，兵之爲禍乃日以烈，是尤不可以不弭也。嘗謂，春秋之後，秦、楚、齊、燕、韓、魏、趙同時稱王者七，是一小戰國。今日英、美、德、法、俄、日以及比、義、奥、秘、日斯巴尼亞、朝鮮，據欽使所駐各國而言。交於我國者十有二，是一大戰國。小戰國則有一秦始皇出即可以並之而爲一，若大戰國，則環列地球，重洋數萬里，雖有秦始皇，恐無此兼容並包之量，長駕遠馭之才矣。兵連禍結，長此安窮？遠事吾不敢知，即以今俄日之戰言之。竊未知其所税駕也，所費錢財，不可以數計，所傷民命，不可以數計，究其歸，則俄不能滅日，日不能滅俄，勢窮力竭，同歸於敝而後已，則亦何益有之哉？吾故謂今日之計，弭兵爲尤要也。曩者，俄人亦嘗創弭兵之説矣，乃未久而侵占我東三省，是非弭兵，乃召兵也。愚爲各國計，宜乘俄日交困之日，各遣重臣，馳赴二國，令其罷兵，從此明定條約，各國不得添造戰船，添置火器，果有聰明智巧之士，能出新意，止準其製造日用有益之物，若宫室、車馬、衣服、飲饌之類，不妨窮極工巧，敢爲製造火器，於常製之外精益求精者，懸爲厲禁，處以大刑。其各國兵隊，止準於本國之内，遇有盜賊叛亂之人，用兵撲滅，不準出境一步，侵犯他國，亦不得占人尺寸之地，以啓爭端。有犯此禁，各國共起而伐之。此議也，休兵息民，安上全下，乃萬國共享之利，非一國獨霑之利，各當實力奉行，勿得借端要約，挾私心而壞公議。自此以後，干戈永息，玉帛之使交錯乎境外，絃歌之聲洋溢乎國中，合五大洲而同享昇平之福，豈不美哉？愚不能爲向戌，而竊願爲宋牼也，使孟子復作，或亦許其志之大乎？

弭兵餘議

或問於余曰：『南皮公方著非弭兵之論，而子乃昌言弭兵，不將爲其所非乎？』余曰：南皮公之非弭兵，爲吾國計也，余之議弭兵，爲天下計也。使環地球諸大國皆用吾説，休兵息民，同享太平之福，則南皮公之論可不作矣。或曰：『子意甚善，但彼諸强國必不能從，則奈何？』余曰：彼未深思我言也，深思吾言，則必從吾言矣。何以故？今之戰國，非古之戰國也。古之戰國，若楚、若齊、若燕、若韓、魏、趙，一秦始皇出，足以一之矣。今之戰國，雖有秦始皇，不能一也。既不能一，則英猶是英也，美猶是美也，法猶是法也，德猶是德也，俄猶是俄也，日本猶是日本也，而徒然爭地以戰，殺人盈野，爭城以戰，殺人盈城，荼毒億萬之生靈，糜費億萬之銀錢，勢窮力竭，終歸於議和而後已。雖然，和則議矣，戰則已矣，而慈父孝子之哭聲未之絶也，盈千累萬之國債未之償也，積數年之久，積數十年之久，而國家之元氣未盡復，閭閻之瘡痍未盡起也。中夜以思，有不撫膺而歎、伏枕而泣者乎？與其悔之以後，何如慎之於前？吾故曰：深思吾言，必從吾言也。或曰：『古人有言「忘戰必危」，如子之言，非忘戰乎？』曰：吾弭兵也，非廢兵也。是故軍政不可不講也，軍費不可不籌也，從古相傳之刀矛弓矢不可不修也，近時所習用之槍礮不可不製也。設本國之中有亂民竊發，如黄巢、李闖之徒，或姦臣奸位如窮羿、新莽之類，則非用兵不可。猶之治家焉，一家之長於一家之人，宜無人不親之愛之衣之食之，然使其頑梗不率吾教，則鞭扑以從事，亦烏可以已乎？然使執此鞭朴入左右鄰比之家，執其人而鞭之朴之，則羣起而譁然，或怒目而罵，或攘臂而爭，其甚者，縛送有司矣。今以兵伐人之國，何以異此？吾願諸強國之君，各君其國，各子其民，勿干預他國之政治，勿覬覦他國之土地，所謂兵者，用之于本國，勿用之於他國，則吾説與南皮公之説，固並行而不悖也。以南皮公之説各治其國，以吾之説治天下萬國，一國治，萬國治，而天下乃無乎不治矣。

賓萌外集

序

羲爻奇偶，爲駢儷之權輿。是故經莫古於《尚書》，而『五典克從，百揆時敘』諸句即儷句也；諸子之書莫古於《道德經》，而『合抱之木，生於豪末；九層之臺，起於累土』諸句即儷句也。自唐以前，朝廷詔命、私家碑碣，無不用儷偶之文，意味深厚，文詞典雅，故可貴也。至宋後，儒者以古文自尊，乃始尚單行而賤儷偶，而於古人修詞之道或反失之矣。余自幼喜爲四六文，然氣體卑下，尚不能望唐人之籓籬，又安能由六朝而窺兩漢哉？故以余文而論，誠哉鄙薄，無足觀也，十餘年來，從事樸學，久輟不作，而舊稿尚在篋中。從前客授新安時，故人孫蓮叔曾以付刻，亂後亡失其板，於是杜小舫觀察爲重刻之，刻既成，因紀歲月於簡端，且使讀者無以余文之鄙薄而疑斯體之本卑也。同治五年歲陽在柔兆陰在攝提格，月雄在修雎在相，載生魄〔一〕，德清俞樾記。

【校記】

〔一〕魄，原作『明』，據《校勘記》改。

賓萌外集卷一

賦

乾清宮賦〔一〕

序曰〔二〕：皇帝御極之二年，試庶吉士於保和殿，而以『乾清宮』命題，限『表正萬邦宏敷五典』八字爲韻〔三〕，臣得與焉。自惟草茅下士，獲登天子之廷，仰睹皇居之壯，謹就窺瞻所及，拜手稽首而獻賦曰：

洪惟我大清之定鼎燕京也，執大象而奮興，法成鳩而遠紹，襲九竅以挈陰陽，結六連以綏億兆。春臺登兮萬彙昌，靈囊包兮八紘小。車軨馬騂〔四〕兮帝維恢，垂衣襞幅兮皇綱肇。蓋默運乎不息之乾，以仰契乎太清之表。

於赫日纖，惟天啓聖，紫縣宏開，黃圖永慶。雲譎波詭之觀，陽曜陰藏之盛，雖因明代之舊都，已煥熙朝之景命。豈必竹宮蘭殿之相連？豈必銅沓金塗之交映？然而法泰紫以植基，會軒朱以布政，巍巍焉，翼翼焉，所謂天子之堂也，洵足以光四方而大居正。

爰自大清之門，隆然而特建，芝栭與蘭橑齊輝，星柱與虹梁竝健。輦道直兮湛露清，禁槅高兮祥光顯。竊仰窺太和、中和、保和三殿之嶫嶫峨峨，進退敢踰夫尺寸。既矩疊而規重，亦門千而户萬。由是而進，則有乾清門焉，壯皇極之居五，峙魏闕而成雙。右隆宗而左景運，集劍佩之琤瑽，直廬環而周列，禁鐘遠而聞撞，步香塵於釦砌，射晴日於金釭。天子御門而聽政，三公論道而經邦。

其内則法宫閎敞，是爲乾清。花梁藻棁，鏤桷雕甍，珠簾玉壁，金柱銀楹，罘罳光而有耀，倉琅静而無聲，仰柧棱之瓌麗，俯碝磩之精瑩。飛閣岌峩以遠翥，層櫨岹嵽以高撑。天扉啓，乾路平，溫房深兮春風應，涼室静兮秋氣呈。雖有王爾公輸之巧匠，曾未足闚規制之崇宏。

天子乃親庶政，懋永圖，覽四方之章奏，知萬國之有無。厥有蕭規曹隨之佐，風后力牧之徒，近承意旨，仰贊訏謨，丞相之車曉入，尚書之履晨趨。至若銅墨之下吏，圭蓽之陋儒，亦或登文石之陛，步赤墀之塗，覲天顔於咫尺，聞天語之都俞。然則是宫也，豈徒侈藻繡綸連之飾，極細旃廣廈之娱云爾哉？乃皇猷所以光被，而帝德所以誕敷也。

且夫周營中天之臺，漢建廣成之圃，開宣室以受釐，坐曲臺以講武，或激水而泛銀鳧，或壘土而棲金虎，非不足以盛觀游、壯畿輔。然而費已耗乎十家，力更疲於百堵，豈若我國家，德厚信矼，澤洋恩普，無長楊五柞之華，有衢室合宫之古。大哉，乾以法天行！直哉，清而作民主！蓋觀乾清之宫，而知得一以清，我大清所由，應乾道而龍飛九五。繄下士之無知，愧才疏而識淺，雖學賦夫靈光，未熟精夫文選。何期佔〔五〕畢之儒，得預清華之選，集仙侶於蓬瀛，仰天容於黻冕，與聞恩詔於龍樓，更拜清塵於鳳輦，幸遭際乎昇平，顧晨昏之黽勉，請從載筆之末班，恭紀臨軒〔六〕之盛典。

【校記】

〔一〕《日鈔》此題爲卷三第三篇，題下多小字注『以「表正萬邦宏敷五典」爲韻，謹序』。

〔二〕序曰，《日鈔》無。

〔三〕『限表』至『爲韻』，《日鈔》無。

〔四〕駖，原作『軡』，據《校勘記》改。

〔五〕佔，原作『呫』，據《校勘記》改。

〔六〕軒，《日鈔》作『雍』。

海運賦〔一〕

序曰〔二〕：《禹貢》〔三〕『夾右碣石入於河』，又曰：『浮於江海，達於淮泗』，卽海運之權輿也。三代以降，惟秦與唐嘗用之，然止以給一隅，所運無多，其法亦不詳於史。元代建都於燕，始定海運之策，明初亦踵行之。其後開會通河，海運乃罷。我國家定鼎燕京，歲漕東南之粟，由運河北上，其規制視明代尤精。而比年以來〔四〕，亦間用海道，蓋以廣轉運而裕倉儲，意至遠也。夫海運與河運相濟，不可偏廢，明邱瓊山《大學衍義補》已詳言之。方今聖人在上，寰宇鏡清，竊幸海運之有成，而度支之無匱也。謹獻賦曰：

粤自會通之河，開於明代，南則從淮浦以首塗，北則順潞河而下逮，流衣帶之一條，矗雲帆之千隊，喧邪許而相聞，利轉輸而無礙。龍分水以效靈，鷁畫船而不退。蓋通運道者三千餘里，而奏成功者四百餘載，然而事不厭乎詳求，功亦資乎旁貸。天庾之儲積，不可以一日虛；水道之變遷，不可以一時概。必有海運，以濟其窮，乃所以重京師而實畿內。今夫海也者，茫乎莫測，夐乎無邊，小雲夢之八九，泛弱水而三千。泡泡渾渾，汗汗沺沺，吞吐則〔五〕烟雲成市，隱現而〔六〕宮闕疑仙。〔七〕白馬之驚濤動地，綠魚之巨浪連天。何處認扶桑之岸？何年迴採藥之船〔八〕？乃因運道之艱而謀諸海，將轉南方之粟而達之燕。或且驚其遼闊，謂未卜乎安全，夫孰知帝澤之涵濡者廣，而海若之呵護也虔。爾乃自吳淞以啓行，望津門而戾止，問估舶而程長，駕沙船而行駛，無龍骨而舟不畏沙，有蜑户而人皆習水。編以册則甲乙之籍可稽，定以盤而子午之鍼善指。船萬石而如山，沙五條而似砥，出十滧而飄然，挂一帆而去矣。其山則有大竹小竹，南楂北楂，鷹游之門岋嶪，鷄鳴之島峆岈，狼雄踞而作鎮，蛇逶迤而無涯。其洋則有清水瀉水，銅沙大沙，或黑而如漆，或綠而如㮓，養魚之池清澈，鬬龍之港周遮。蓋山之大者，歷一百五島而始盡；水之深者，至五十餘托而猶賒。當夫雷雨忽來，風濤交襲，侯潮之蟹橫行，踏浪之魚人立。或寄椗而稍留，或拋錨而小集，迨至天日精瑩，烟雲嘘吸，舟平無礁淺之憂，粟靜〔九〕無炎歊之及，鏡千里而通明，舵萬鈞而穩執。量以鉛而水識淺深，候以香而更調徐疾。既枕席之俱恬，又餽糧之咸給，此所以境無險易而皆安，人閲往來而愈習。雖遠涉乎重洋，曾不遺乎寸粒。然而有備所以無患，善作所以善成，風或順而或逆，礁或暗而或明，島嶼或遠而難定，汊港或小而無名。參稽必密，會哨必精，督以乘楂之使，巡以下瀨之兵，謹綢繆於未雨，邀庇祐於無聲，廟酹靈胥之酒，船懸天后之旌，颶母之風不作，陽侯之浪皆平。黄蓋壩前穩度，劉公島外安行，道遠若咫，舉重如輕，乃不勞乎人力，而並集於帝京。於是天子乃命大臣董漕政，維北卸而南裝，譬春朝而秋請，水亦知歸，風能順令，不憂海氣之鹹，何畏海濤之勁。問倉廩而皆盈，繄戢𩊠而共慶，顆非珠而能圓，粒與玉而俱淨，以充軍國之需，以立蒼生之命，度支裕中外之儲，財賦想東南之盛，然後知海運之可行。夫誰謂權宜之非正，吏無蠹而孰飽其私，民有鳩而各安其性。請以渤澥之無波，仰見朝廷之有聖。夫海圖之詭誕，與海賦之紛綸，詫魚龍之變幻，侈樓觀之金銀，不過安期羨門之説，誰睹蓬萊方丈之真。惟九重之有慶，斯八表之無塵，既禱豐穰於田祖，兼資飛輓於波臣。浪無花而白輭，倉有粟而紅陳。官方嚴則雀鼠之耗皆絶，詔書肅而魚龍之氣俱馴。既委輸於道路，自充溢於倉囷。初無煩乎蔀屋，已告慰乎楓宸。蓋運於河者，所以示積久無弊之法；而運於海者，所以極變通盡利之神。繄浙西之下士，本海隅以爲鄰，愧太倉之叨竊，報涯涘而無因，冀鱗恬而羽順，常修貢而效珍。庶下紓夫民力，亦上答夫皇仁。

【校記】

〔一〕《日鈔》此題爲卷三第四篇，題下多小字『謹序』。

〔二〕序曰，《日鈔》作『謹案』。

〔三〕『貢』下，《日鈔》多『有曰』。

〔四〕比年以來，《日鈔》作『近』。

〔五〕則，《日鈔》作『之』。

〔六〕而，《日鈔》作『之』。

〔七〕『仙』下，《日鈔》多『日出近扶桑之岸，風高迴採藥之船』。

〔八〕『何處』至『之船』，《日鈔》無。

〔九〕 靜，《日鈔》作『淨』。

記

楊嘉橋俞氏雙忠記〔一〕

臨平山之陽，一小橋曰楊嘉。其地松翠欲流，山青如滴，清流一曲，老屋數椽，有俞氏家於此數百年矣。在昔金源鼎盛，天水中衰，舉族北轅，一龍南渡，已作金人之世界，重還錢氏之河山。白板偏安，未定小朝之局；黄袍倉卒，竟爲絶地之投。賨玦王孫，伏路旁而泣；金環貴將，提戰鼓而來。難濳劉季於芒山，將繫秦嬰於軹道，則有俞氏兄弟二人者，身在宋家之淨地，心傷趙氏之孤兒，俱奮耰鋤，共當鋒鏑。傅南容之按劍，同其必死之心；臧子源〔二〕之登壇，遜此激揚之氣。王羆當道，自號老羆；張燕入軍，人疑飛燕。十盪十決，一縱一橫，卒使沛公得出平城，光武遂離危渡。而白骨兩堆，已並裹王琳之血；黄泉一笑，竟同銜温序之鬚。嗚呼，其人奇，其功偉矣。所慨者，肝腦雙塗，保此趙家之肉；而江山半壁，壓於秦字之頭。棋幸入乎九宫，環竟忘乎二勝。孟婆風惡，茸〔三〕母草荒〔四〕，雖復描瑞應之圖，修中興之禮，而名將竟騎驢以老，深宫惟養鴿自娱。苟二子之有知，亦〔五〕九原之抱恨耳。况當日者，崔府君之靈應，已建神祠；玉孩兒之存亡，猶關宸慮。惟兹人傑，合號鬼雄，而廟未立乎雙忠，傳不登乎獨行。晉文返國，不録王光；漢祖論功，竟遺紀信，又安望其念兩宫之環佩，思五國之風霜也哉？今者，故宮久廢，遺老無存，木燈檠已出人間，竹如意誰攜臺上。而一廬獨古，五畝未荒，蓋忠魂之所憑依，卽神物之所呵護矣。惜乎山林寂寞，難尋埋碧之鄉；名氏流傳，未附殺青之筆。兄名太和，弟不可考。雖耳孫之猶在，而心史之未收。余久作寓公，得詳軼事，歎異日廟堂屈膝，人盡非夫；羨同時草莽捐軀，死猶競爽。先君子曾以詩紀之，而并謂：有宋高宗御書『永思』二字，則書缺有間，傳聞或殊，詢之故老，不無異論。余因書都較，以告將來，庚頭數盡，雖無思肖之人；箕尾魂歸，當入昭忠之録。

【校記】

〔一〕《日鈔》此題爲卷三第五篇，《草鈔》爲卷一第十四篇。

〔二〕源，原作『洪』，據《校勘記》改。

〔三〕茸，原作『葺』，據《校勘記》改。

〔四〕『孟婆』至『草荒』，《草鈔》作『但覺廚娘魚好，安知茸母草荒』。

〔五〕亦，《日鈔》、《草鈔》作『恐』。

沈東江先生手卷記 先生名謙，字去矜，仁和人。明季諸生。〔一〕

夫使天爲粵苑，九星爛其常明；地有策疆，六幕負而永固。豈不山巍日煥，里抃〔二〕塗歡哉？而乃金虎易逢，銅駝難久，呼牛繼馬，種李代楊。地鴈一星，頻頻下墮〔三〕；海鳧三丈，處處生毛。古傷心人，所以有百憂萬憤之章，四怨三愁之作矣。當明社之將屋也，蒼鶻甫出，青犢旋興，盜賊磬牙，鐵額銅頭之隊；乾坤穹漠，兔葵燕麥之場，迨乎金鏡亡秦，珠囊歸漢，而欃槍乍掃，未盡黃巾，炊火猶多，各爭白板，甲兵雖洗，干戈未包。東江先生，以秋後之晚香，作燒餘之幸草，公信采薇之感，伯封離黍之悲，悉皆韻以短歌，彈成苦調。夢華小錄，不無故國之思；穆護新腔，大有勞人之感。是卷五言詩四十首，乃順治四年避兵含山，感髑髏觸舟而錄者也。時則庾冰舟小，杜甫衾寒，棹鳴軋軋之鴉，夢醒蘧蘧之蝶〔四〕，白月將墮，黑風忽吹，掠坡老之船，初疑鶴影；裹景升之骨，并少牛皮。嗟乎，燈火三更，竟到髑髏臺上；烟波一棹，乃游羅刹國中。卽此長夜漫漫，疑聞鬼哭；想見中原莽莽，絕少人烟。於是舐虎僕之毫，潑麋丸之墨，寫范雲之宿搆，哭阮籍〔五〕之窮途。其有悲火潛燒，愁苗暗長者乎？而予讀之，重有感焉。夫吾儕生當文軫之同，人在羲皇以上，九塞有鼯居之樂，八荒無鹿駭之虞，金鳴銀湧，大地呈祥，紫〔六〕脱朱〔七〕英，普天告慶。乃近者偶天弧之不直，致海水之羣飛，此不過九嬰十日，暫出於堯天；菌鶴文犀，自投於湯網。然而蠟丸朝奏，徧南戒以俱驚；玉弩宵沈，竟西流而不定。螢火之丸難覓，何處避兵；羊皮之役高懸，不堪卻敵。於是軍門嚴檄，插鷄羽而馳；壯士鋭頭，帶虎毛而走。或曳長繩於市上，或納短刀於韡中，或自負奇癲，願隸黃皮之室；或私相遮迾〔八〕，高張赤心之旗。士被褐而談兵，民負楯而習勇。回憶平日者，樵夫恥危冠之飾，輿臺笑短後之衣。一聽鼓鼙，頓殊風景，而況乎玉樹歌闌，銅仙淚盡，萬重桑海，一箇陳人，如先生者？何怪其如意敲殘，唾壺擊碎，憤欲效康回之觸，恨難爲精衛之填乎？雲烟易逝，翰墨長〔九〕新，其詩則雷輥電軎之聲，其字則烏頡魚頏之勢。雨香金丈，既切梓桑之敬，兼深文字之緣，重付裝池，廣求椽筆，散珠橫錦，已徧名流；氏厭但吹，不遺下走。負聲無力，且爲丁敬禮之小文；終古長留，此是孔巢父之詩卷。

【校記】

〔一〕《日鈔》此題爲卷三第六篇，《草鈔》爲卷一第十五篇。

〔二〕抃，《日鈔》、《草鈔》作『忭』。

〔三〕下墮，《日鈔》、《草鈔》作『墜地』。

〔四〕蝶，《草鈔》作『蜨』。

〔五〕籍，原作『藉』，據《草鈔》改。

〔六〕紫，原作『朱』，據《校勘記》改。

〔七〕朱，原作『紫』，據《校勘記》改。

〔八〕迥，《草鈔》作『逌』。

〔九〕長，《日鈔》、《草鈔》作『常』。

周心穀少府南澗殺賊記〔一〕

皇帝御極之二十有六年，流沙西靜，盤木東臣，方開文詞雅麗之科，以重郡國孝廉之選，而娂徒告警，滇水生波，翦花練以揭竿，吹蘆笙而代角，雖蚩尤之星旋落，而延陀之雪殊狂。則有南澗巡檢司者，以元父之窮地，著黑子於其間。一軍挂守捉之名，百里半舞杴之俗。仁和周心穀先生，負其八達之才，壓此百僚之底，官真如繫，不容舞袖回旋；城無可蓑，何待韡尖踢倒。而乃自提棡鼓，高築壅門，麾兵傳白羽之矰，練士啓黃皮之室。班超出塞，假鼓吹幢麾； 延壽治兵，陳管絃鐘磬。寇來不上，民賴以安，不謂黃龍之毒未消，黑蜧之災又作。先生吹笛止雨，投珪禱河，放木鵝以測其淺深，作土牨以防其橫決。景陽植表，豫識水來； 索勱荷戈，要從河鬬； 而一鼓之鐵，築壘未成； 半通之銅，隨流俱去，民於是乎始無固志矣。越數日，銅頭鐵額，勢若風來； 飛鳥偃魚，氣如雲作。先生持五殺以應敵，開三和以受軍，帳下健兒，親酌義臣之酒； 軍前壯士，橫吹延伯之笳。而陣缺龜圍，兵空鶴列，十盪十決，寇乃益深； 九上九〔二〕下，士將不繼。或自賊中以刃斫之，摩訶擲銑，遙擬額間； 仲禮受刀，竟傷肩上。護頸無于闐之玉，避兵少螢火之丸，幾乎鬼馬騎回，神鴉飛滿。有起於衆中者，曰：此良吏也，義不可殺。於雲輣翔旝之中，效捍衛候遮之力，掖從陣上，扶至田間。其人白面而秀眉，初非紫鬚而獰色。蘆中漁父，竟不留名； 桑下餓夫，未曾識面。噫異哉！豈赤子潢池，尚知慈母； 抑黃魔使者，來護仁人耶？ 賊以其間，遂入公廨，大肆搜牢，虛加恫喝。張燕公之肉，豈是黃羊； 顏魯公之奴，并傷銀鹿。公子某，受創不去，請以身代母命。江革倉皇，負老親而走； 朱暉慷慨，使羣盜皆驚。胠篋一空，籠東四散。先生睹寇氛之惡，痛民命之殘，自裹金瘡，重擐鐵甲，率燼餘之衆，爲窮寇之追。留贊披髮以呼天，王羆露髻以當道。眼中有鐵，耳後生風〔三〕，左右翦屠，後先遮迾。橫紫大蟲而舞，戰血交飛； 麾朱落鴈之軍〔四〕，陣雲莽起。生擒其渠魁二人，餘衆皆遁。是役也，其時則水潦方至，民不聊生； 其兵則突將無前，士非素厲。而能力遏於鴟張之始，窮追於梟散之餘，鞭起瘡痍，鼓成精鋭，叔寶數騎，馳盧明月之營中； 德威一呼，縛陳夜叉於馬上。故知兵無論乎衆寡，官無論乎崇卑，腰間但有龍泉，便堪殺賊； 背後雖無虎節，也可行兵。使得建丈二之旗，挂斗大之印，謝太傅爲十五州都督，樊將軍以十萬衆橫行，安在不西髓剛戎，南腦勁越也哉？事聞於朝，有詔：以府經歷縣丞升用。龍光萬里，傳來天語之溫；馬足一官，換去頭銜之冷。人以爲弱翁之治迹，已上於朝廷；萬福之威名，并加於草木，從此風高翼展，水大鱗舒，不有狼貪，安能鵲起？而不知壁壘之際，都有規模；履屐之間，無非經濟。蓋必尹翁歸之略，能武能文；李普濟之才，入粗入細。而後能龍頭冒險，虎尾騎危，鑿出凶門，變成吉兆。不然，神亭擲戟，幾隕伯符；虜矢射牀，已傷公則。尚能手擒名賊，身作長城哉？或謂：先生前爲安徽土橋司巡檢，適有洪水之災，爲講隝流之法，隄無蟻孔，民得鶉居。卽此生靈數萬，奪還羅刹之宮；已堪功行三千，寫上神仙之簿〔五〕。以故中申孫之矢，小白雖僵；乘丑父之車，倉黃竟免，自天祐之，非人力也。是則陰德未酬，丙吉之身不死；仁心所被，袁安之後必興。其殆有庭列鳧鐘〔六〕，寢陳鴟尾者乎？樾忝有葭莩之戚，愧無金石之文，乃從萬里之遙，屬以一言爲記。因書都較，以告將來。若夫他年報國之宏猷，平日活民之德政，則蘭臺石室，自有鉅公；犵鳥蠻花，非無輿頌〔七〕，下走無庸置喙也。

【校記】

〔一〕《日鈔》此題爲卷三第七篇，《草鈔》爲卷一第十六篇。少府，《日鈔》、《草鈔》作「先生」。

〔二〕兩「九」字，原均作「八」，據《校勘記》改。

〔三〕「風」下，《草鈔》多「李光弼之旗，三麾至地，蔡道恭之弩，一發驚人」。

〔四〕麾，《日鈔》作「張」；「麾朱」至「之軍」，《草鈔》作「以黑老鴉爲軍」。

〔五〕簿，原作「薄」，據《校勘記》改。

〔六〕 鐘，《日鈔》作『鍾』。

〔七〕 頌，《草鈔》作『誦』。

論

反絶交論〔一〕

夫三盈三虚，孔門不免；一貴一賤，翟公所悲。荃蕙化而爲茅，荆棘樹而得刺，予既知之，可弗論也。然而幺絃不能調琴瑟之音，甴土不足塞江河之漏，鳥猶求友，鹿必呼羣，而況於人乎？昔舜生三十載而得七友，乃受命於黄龍；武合三千人而爲一朋，遂收功於青鳥。夫聖人之德，天子之尊，猶資羽翼之功，何論蓬蒿之士？然則絶交之論，翩其反矣。且夫七相五公之第，重侯累將之家，乞兒附火而俱來，名士望塵而競拜。觴羣賢於金谷，坐十哲於華林，斯則意在繫援，義非膠漆。當面背面，容有殊情；翻手覆手，遂成變態。黄金氣盡，白水盟寒，交之不終，世所恆有，而遂媿彝倫於豺虎，同人道於馬牛，則又過矣。僕以爲，交之不可無者，蓋有四焉，請爲諸君揚扢而陳之。趙岐複壁，實賴孫賓；張儉望門，卒投李篤。妻孥零落，郈成子之宅可分；盜賊磬牙，荀巨伯之身甘代。空柳之下，讓革子以獨生；翳桑之中，遇趙盾而不死。此患難之交，不可無也。否則，孽鴈易驚，枯魚難活，日冉冉而已暮，風蕭蕭而太寒，傷矣。鮑叔分金，子輿裹飯。寒憐范叔，贈之以袍；暑遇買臣，貽之以扇。周黨之訪閔貢，含菽清談；　步騭之與衛旌，種瓜互給。此貧賤之交，不可無也。否則，天之厄我，鬼亦笑人。既無班史質錢，并少胡奴贈米，窘矣。乘車乘馬之盟，班草班荆之客，送鄭莊之去，不必齎糧；　迎蘧瑗之來，爭爲接草。門生吹笛，隨新息以南征；　名士彈琴，招季鷹而北上。此羈旅之交，不可無也。否則，雲諏波訪，梗泛蓬〔二〕飄，徒與馬而成雙，將呼猿而爲伍，孤矣。杜伯之死，從以左儒；　薛漢之喪，主者廉范。荀君後事，竟託鍾繇；　呂公暮年，惟依樓護。良辰美景，想夏侯之生平；　白馬素車，呼巨卿爲死友。此生死之交，不可無也。否則，墓門棘滿，賓館苔封，子孫辱於牛醫，著述飽乎蠹腹，悲矣。嗚呼，七十子亡而大義乖，三千金出而天下鬬。竿摩既熟，掉磬益工，攀龍之賓，附驥之士，吾無取焉。而若此四者，義貫乎金石，神喻乎韋絃，風雨不輟其音，丹青不渝其色。急難之誼，等乎弟昆；　同心之歡，均乎伉儷，曷可少哉？曷可少哉？僕窮鄉樗櫟，人海萍蓬，禰衡之刺生毛，到溉之門羅雀，何嘗置通賓之驛，游結客之場。然而客土危根，年年浪迹；　天涯芳草，處處牽情。或酒冷茶殘，糠燈共翦；　或風尖日瘦，茅店同投；　或憐龍具之寒，而稍周其匱乏；　或憫蟲雕之苦，而雅愛其文章。苟有一日之知，孰非終身之感？　雖蹉跎貧賤，難酬知己之恩；　而襏襫風塵，豈是避人之士？　揚子有云：『翕其羽，朋友助也。』僕願與諸君子，共保素心，勿渝白首，猶種樹而擇地，毋拔葵而傷根。所謂溫不增華，寒不改葉者，其在吾徒與〔三〕？　若夫公叔昌言於前，孝標申論於後，斯皆不平之説，有激之談，非可以鏤金版而書玉牒也。

【校記】

〔一〕《日鈔》此題爲卷三第一篇，《草鈔》爲卷二第一篇。

〔二〕 蓬，《日鈔》、《草鈔》作『萍』。

〔三〕 與，《日鈔》、《草鈔》作『歟』。

廣樂志論〔一〕

予讀仲長統《樂志論》，听然而笑，曰：此獨樂其樂者也。夫鶺鴒恆笑，鷴鴂常啼，物之不齊，人胡獨否？而可以一人之所獨，爲衆人之所同乎？世有癖烟霞、仇軒冕，若郗嘉賓好聞棲隱，阮思曠少無宦情，斯蓋介性所存，恆情勿喻，而必使逃聲朝市，充隱山林，吾恐樂之者少，不樂者多矣。僕本恨人，聊且快意，請遵孔氏各言爾志之義，而結佛門皆大歡喜之緣。時也，日月舒長，乾坤熙皞，奉三無之聖主，大一統之朝廷，則有黄散舊家，金張貴姓，誕石麟於天上，降彩鳳於人間。羊叔子生有夙根，馬伏波幼推大器。璧人市上，共羡華年；金馬門前，早蜚清望。碧油紅旆，爭迎使者之車；黄尾裴頭，手握詞人之秤。門生滿乎霄漢，盛事繪乎衣冠，而又建節出疆，秉鞭作牧。元稹才子，竟拜將軍；荀羡少年，已官牧伯。迴翔中外，彈壓山川。甄濟生兒，名以所居之職；王筠編集，題以所歷之官。閫外則黄鉞專征，謝太傅爲十五州都督；朝中則金甌枚卜，郭令公歷廿四考中書。必使極祿位於人臣，留功名於國史，象笏滿其榻上，鳧鐘列於庭中，而後軒冕辭榮，林泉怡志，官雖黄閣，身尚黑頭。小行人護元老而歸來，大長秋問夫人之安否，樂乎？否乎？雖然，既極尊榮，必兼安富，使太尉之府，竟若乞兒，宰相之廳，還如奉禮，雖云清介，未免酸寒，被上衮而不華，飽堂餐而無味。夫惟銅山舊賜，丹穴新開，南金北毳，爛其盈門；　夜日〔二〕晝星，美哉此室。出則旌麾夾道，錦繡一條；　入則絃管迎門，金釭二等。乘軒之女，三百而非多；　下箸之錢，十萬而猶少。每當戟門月滿，鈴閣風和，飛騎傳賓，呼燈張宴。酒人迎到，玉勒穿花；　肴駟催來，紫衣將炙。孔融北海，庾亮南樓，客游不曉之天，主住忘憂之館。又或元戎小隊，時出郊坰；　壯士短衣，各矜身手；　伐狐擊兔，絡野籠山，纛旗動而戰士飛，貂帳褰而佳人笑。乃命玳簪之客，珠履之賓，翻出鐃歌，譜成樂府，摹來獵碣，勒作豐碑，樂乎？　否乎？　雖然，此仕宦之榮，非家庭之樂也。以彼早奮天衢，少登雲閣，故當鼎鼐調羹之日，猶是盤匜視膳之年。雖龔少卿之立朝，大節已徵蹇蹇；　而蘇易簡之登第，小名仍喚岷岷。且又金友玉昆，蟬聯乎皇路；伯霜仲雪，雀起乎臣門。或東川西川，對持虎節；　或大郎小郎，同拜鸞臺；　非徒棠棣兩碑，花萼一集而已。乃〔三〕有柳絮清才，桃穠豔質，玉臺聘定，金屋迎來。嬌女詩工，本是掃眉才子；　郎君官早，遂爲接脚夫人。鴛社晨開，蛩氈宵暖，能言秋月，便是詩人；　欲畫春山，還呼夫壻。鶼鶼必共，燕燕不孤，節鉞所臨，襜帷亦至。軍民扶服〔四〕，共迎金母木公；　親故流傳，羣羨沙哥崔嫂。〔五〕伉儷之樂〔六〕，訂乎百年；　倡和之詩〔七〕，合爲一集。鳳雛驥子，既疊疊而登朝〔八〕；　玉樹芝蘭，又森森而繞膝〔九〕；樂乎？　否乎？　雖然，人非金石，境易桑榆，苟此樂之不常，亦有生所同慨。則必受八瓊之秘訣，鍊九鼎之還丹〔一〇〕，爛煮瓊花，飽餐玉屑，蓬萊仙籍，誌〔一一〕定生前；　玉版徵書，降從帝所。鶴鸞並跨，雞犬皆昇，母奉桃枝，師尋桂父。文簫夫婦，臥瑤島而忘寒；　武夷弟兄，住名山而不老。或者仿幔亭之例，訂緱嶺之期，召異代之兒孫，聚同時之父老。霓旌虹旆，備天上之威儀；　霞褥雲裀，見仙家之富麗。擘麟作脯，呼鸞使歌。彈王子登之琅璈，一開俗耳；　留安期生之玉舄，長誌仙蹤。然後返太虛，凌倒景，三山五嶽，萬歲千秋，樂乎？否乎？夫如是也，極天倫之盛，而又益以人爵之榮；享富貴之全，而又終以神仙之福。豈非人情之所樂，而天壤之所同乎？彼仲長統之論，烹羔羊以奉客，釣游鯉以自娱，何其陋也！僕熱竈因人，寒氈守我，蟲有可憐之號，犀無蠲忿之功，忽發狂言，以貽好事。咥其笑矣，藉消平子之四愁；姑妄言之，衹當盧生之一夢。

【校記】

〔一〕《日鈔》此題爲卷三第二篇。《草鈔》爲卷二第二篇。

〔二〕日，原作『月』，據《校勘記》改。

〔三〕乃，《草鈔》作『則又』。

〔四〕扶服，《草鈔》作『伏地』。

〔五〕『親故』至『崔嫂』，《草鈔》作『驛路題詩，雙署美人名士』，又多『即至位居鼎職，望重台衡，而海内傾心，已稱聖相；閨中脱口，尚唤檀奴』。

〔六〕之樂，《草鈔》無。

〔七〕之詩，《草鈔》無。

〔八〕既、而，《草鈔》無。

〔九〕又、而，《草鈔》無。

〔一〇〕還丹，《日鈔》、《草鈔》作『丹華』。

〔一一〕誌，《日鈔》、《草鈔》作『注』。

傳

吳母葉孺人家傳〔一〕

予客新安之四載，吳生澤來從予游。出延陵之族，不墜其家風；談揚子之經，兼詳其壺史。乃知其祖妣葉太孺人，松柏節高，卷施心苦，迄今詳〔二〕延家衖，業富金籯，爲有自也。按，太孺人姓葉氏，乃歙縣葉君〔三〕惟善之女，吳君〔四〕鳳山之配。〔五〕其始來歸也〔六〕，君舅與君姑並逝，伯氏偕仲氏同居，每因喬木之既頹，大懼析薪之莫荷。〔七〕則有休陽陸君惟高者，李家普濟，是入粗入細之才；魯國孔融，有交紀交羣之誼。既念荀君後事之託，又居柳州先友之尊，往往代握牙籌，分稽指券〔八〕。而鳳山〔九〕與其兄蘭柯〔一〇〕，又皆裴邈才清，韓嬰心細。其持躬也，得石家之孝謹；其殖貨也，法孔氏之雍容。以故陶白業成，麻青錢至，家益以起，貲益以饒。乃自歙縣之桂林，遷於休陽之屯浦，其地於淛江爲上游，與歙州相接壤，估帆所集，烟火相連，固陶朱三徙之鄉，華陽十賚之地也。夫水大鱗舒，風高翼展，境之順者，心卽因之。而太孺人黽免〔一一〕醪鹽，焦勞盥櫛，蘭心矢肅，棘手忘劬。薄澣我衣，祇曳黃婆之布；或卜其夜，猶鳴紅女之機。所謂富而能貧，勤則不匱者歟！無何而鬼伯不仁，善人無祿，蘭柯〔一二〕金棺先掩，鳳山〔一三〕玉樹旋埋。太孺人時年甫二十有七，佳兒舉舉，詩乍授乎申公；嬌女扶扶，儀未嫺乎戊姆，蛩駏失終身之倚，鴟鴞有意外之虞。則又有葉君開遠者，乃太孺人之族弟也，誼切有連，心傷無攸，因與陸君同撫諸孤，不遺餘力。德公之室，莫辨主賓；荀叔之言，無慚生死。嗚呼，長者之事，古人之風，不可及矣。太孺人常以先人締造之艱，耆舊扶持之厚，懸爲庭誥，鑿作楹書，俾後嗣知稼穡之難，庶先業有苞桑之固，尤其慮之遠，識之高也。太孺人生子二，長杰，次源。予及門士澤，乃杰之次子也。因得過高陽之里，式女宗之閭，承以行狀〔一四〕，屬爲之傳〔一五〕。夫孝乎惟孝，莫大乎尊親，仁者安仁，必先乎敦本，因書此貽之。若夫剉薦留賓，簪花學字，斯皆瑣事〔一六〕，無事臚陳。至陸、葉二君，財輕簞籜〔一七〕，義重衡嵩，求之末流，良非易覯，所謂例得附書者也。

【校記】

〔一〕《日鈔》此題爲卷三第八篇；《草鈔》題末多「序」，爲卷二第十七篇。

〔二〕詳，《日鈔》、《草鈔》作「祥」。

〔三〕君，《草鈔》作「公」。

〔四〕君，《草鈔》作「公」。

〔五〕「配」下，《草鈔》多「善心善容，通乎詩法，婦功婦德，受之禮宗。方其聘定祥羊，禮成反馬，佳耦曰配，從無六鑿之傷，祥女入門，早卜三商之吉」。

〔六〕「其始」至「歸也」，《草鈔》作「斯時也」。

〔七〕「伯氏」至「莫荷」，《草鈔》作「無堂上之尊章，稚婦隨長婦以居，有閨中之築里。鳳山公性兼孝友，訓稟家庭，顧悌讀書，便如見父，劉璡束帶，始敢應兄」。

〔八〕券，原作「券」，據《校勘記》改。

〔九〕「山」下，《草鈔》多「公」。

〔一〇〕『柯』下,《草鈔》多『公』。
〔一一〕免,《草鈔》作『勉』。
〔一二〕『柯』下,《草鈔》多『公』。
〔一三〕『山』下,《草鈔》多『公』。
〔一四〕行狀,《草鈔》作『家傳』。
〔一五〕傳,《草鈔》作『序』。
〔一六〕事,《日鈔》、《草鈔》作『節』。
〔一七〕篻簩,原作『簩粟』,據《校勘記》改。

表兄戴琴莊先生傳〔一〕

先生姓戴氏,名福謙,字貽仲,琴莊其號也。世居湖州德清縣,遷居郡城。高士本住差山,浮家久依霅水。祖晴巖公肩吾,七十以外,能辨細書;父銅士公薛瑩,四五之間,自成高品。綵繩圍宅,青箱傳家。先生次何氏大山,作姜家仲海,其身鰌立,其才鳳鳴。虞龢讀書,被池盡濕;魏收好學,牀板爲穿。製月儀之辭,彦升幼慧;作日出之賦,維翰才高。以弱冠舉茂才。斯時也,高密侯教成諸子,都已知名;武夷君笑對羣孫,便堪忘老。芸香三代,花萼一編,何其盛也!無何,先生之兄駿伯芬、弟羹叔蘇〔二〕,鐵網未收,金棺遽掩。〔三〕先生〔四〕楊椿愛弟,食必同盤;劉璡敬兄,應常束帶。一旦阿干絶唱,卯君罷呼,固已貯〔五〕苦停辛,乾肝焦肺〔六〕。然而平子多愁,益工著述;復愚行役,不廢文章。以爲九据三摹，元理乃出，萬辟千灌，劍氣自精。故其爲文，浴素陶元，雕今潤古，有顏延年之明密，無揚子雲之艱深；有許舍人之中和，無枚少儒之骫骳。其時先生館臨平孫氏，樾亦袪衣受業焉，每見其動墨則錦横，彈毫而珠〔七〕落。崔浩思苦，至與鬼爭；道衡功專，惡聞人語。袁嘏之作，大材迮而猶飛；張絃之文，小巫見而盡走。固知不能秘珠光於魚腹，損蘭木〔八〕於麋醢也。丁酉歲，先生舉於鄉，駕一封軺，從兩計吏。此行也，人以爲寫洞簫之賦，漢殿爭傳；奏寶劍之篇，唐宮動色矣。而乃翼殷不逝，風引仍回，登金闉以無由，著銀袍而將爛。欲歸則他日之辦裝非易，欲留而此時之索米良難，不得已，以獻賦之相如，爲授經之郭瑀；以停都之元度，爲入幕之郗超。蓋留京師者三載，客鄗縣者一年，萬柳堂前，聚青雲之仙客；千秋亭畔，拜赤伏之遺祠。宜乎駷馬遊豪，吹鞭聲壯〔九〕。然而〔一〇〕蕭條賓館，茶殘酒冷之場；飄泊窮鄉，墨瘁紙勞之感。出則長靿韡敝，入而缺髆衣單。青氈已分長寒，墨席并難暫暖，往往浮雲善幻，散雪難團，寄客土於浮根，棲輕塵於弱草。眼中有鐵，孔文舉方薦禰衡；刺上生毛，何長瑜仍還靈運。人情反覆，生意婆娑。歲在庚子，再試春官，吐珠於澤而爭含，蒙金以沙而愈耀，已幾乎列樊川於異等，冠盧肇於蓬山。而五角六張，良時易失；三塗八難，魔劫難除。先是，戊戌會試，取教習，至是復薦而不售。看人衮衮，畀予區區，兩度龍門，一場鹿夢。嗟乎，郭舍人之矢，激而仍還；劉寄奴之盧，呼之不轉。元稹篋内，竟藏不第之祥；李廓榜前，難制無言之淚。憤泉暗湧，悲火潛燒，先生之病，自此緜〔一一〕惙矣。奴無吉利，孰與分香；友有真長，聊同稱藥。魂遊東岱，目斷南天〔一二〕。於〔一三〕道光二十年某月日卒於京師，年三十有三。嗚呼哀哉！先生秉醇粹之性，具儻蕩之才，天骨不羣，神峯高映。韓嬰心細，處事分明；管輅論高，總干山立。一時推襟王儉，捧手康成者，靡不重劉輿爲長才，呼鮑胥爲健士。共祖士少語，夜必失眠；得沈休文來，朝能早起。而何意鼎方見泗，繫已絶於重泉；劍未破山，鋒先摧於庭石。名不酬其學，遇不副其才。彼夫款啓之士，踧踖之徒，白及多訛，赤泉莫辨，或且身據要路，壽享大齊焉？抑何天道之難知，而人生之多舛乎？且夫景惠陰德，罕樂陽施，皆以長世遐紀，炳然史策。而如戴氏者，世守伏生之不鬭，山名劉氏之後隆，仇氾耄而猶恭，周燮髫而知讓。入其室，勃豀盡絶；登其堂，臧甬皆歡。宜乎純仁游佛地而常寬，刁肅生福門而不死矣。乃駿伯最先溢逝，僅留曙後之孤星，羹叔相繼淪亡，并失海中之仙果〔一四〕。惟先生已有中郎之後，可興趙氏之宗，庶幾炊種猶留，書香未斷。然而纔離雍樹，便拜廞旌，縱存晏子之遺書，孰理荀君之後事？至使山公已老，剔嬲難休，甘石著書，米鹽淩襍，傷矣。明年，先生之喪，至自京師，休夫費重，孤〔一五〕子迎難。幸藉慈航，得歸先兆，颸南風而不必，招左轂以無從。一别千秋，往歌來哭，嗚呼哀哉！論者謂：先生既上書報罷，獻策未〔一六〕收，何妨歸乘觳觫之車，舞著斑斕之服。禹珪下第，詩酒寄情；許孜孝廉，褐巾終老。顧乃六鑿相擾，三縛不除，竟夭天年，得無非達。不知韜鱗掩藻者，退士之思也；遘辰遷時者，文人之志也。士既不能伏處葭牆之下，高卧蒿廬之中，則王章泣於牛衣，范蠡吠於狗竇，亦人情耳。性命之故，夭閼紛綸；修〔一七〕短之期，凫没欺魄〔一八〕。雖王壽焚書而舞，賈生養空而浮，亦未聞玉鑰能堅，鐵牙永固，豈得謂先生爝蠡自燒，鐸鳴致毁也哉？樾之祖母，乃〔一九〕先生之祖姑也，故當垂髫之歲，即已執贄而從〔二〇〕。丁酉省試，樾亦倖中副車，先生喜小子之有造，指遠道以爲期，歧路屏營，抗手而别，猶謂：人非鹿豕，原無長聚之緣。何圖歲未龍蛇，遽痛哲人之萎。編篋中之集，有待他年；受膝下之經，還如昨日。九泉〔二一〕不作，問叔譽其誰歸；五事猶存，非郭沖而莫記。人謂高才不偶，當登方干身後之科；我知修〔一二〕德必昌，佇立永叔岡頭之表。

【校記】

〔一〕《日鈔》此題爲卷三第九篇，《草鈔》爲卷二第十八篇。

〔二〕『弟龔叔蒓』，《草鈔》無。

〔三〕『掩』下，《草鈔》多『而長男之宮甫閉，慈姥之山亦頽。先生方傷心於西陵之風，復隕涕於北堂之草。曾參哀至，七日不飢，崔約體羸，一吹即倒。固已眉頭伸少，腰帶移多，而不謂乙未歲先生弟龔叔（蒓）又奄然怛化也。春秋痛三骨肉之亡，詩人傷二公子之逝』。

〔四〕先生，《草鈔》作『況乃』。

〔五〕固已貯，《草鈔》作『有不佇』。

〔六〕『肺』下，《草鈔》多『乎』。

〔七〕珠，原作『殊』，據《校勘記》改。

〔八〕木，《日鈔》、《草鈔》作『本』。

〔九〕『壯』下，《草鈔》多『而先生乃洗馬工愁，醴陵善恨者何哉』。

〔一〇〕然而，《草鈔》作『良以』。

〔一一〕繇，《日鈔》、《草鈔》作『綿』。

〔一二〕『天』下，《草鈔》多『雖三千里使驛相傳，平安猶報；而九萬錢養疴何有，殗殜已成。卒之照仙人之鏡而無靈，試博士之鍼而不效。王平甫之室，海上先營；李長吉之棺，空中遽降』。

〔一三〕於，《草鈔》無。

〔一四〕『并失』至『仙果』，《草鈔》作『竟并遺奴而物化』。

〔一五〕孤，《草鈔》作『悳』。

〔一六〕未，《日鈔》、《草鈔》作『不』。

〔一七〕修，《草鈔》作『脩』。

〔一八〕『雖』上，《草鈔》多『故』。

〔一九〕乃，《日鈔》、《草鈔》無。

〔二〇〕『從』下，《草鈔》多『公挾座上春風，尹需夢中秋駕。一眄一笑，皆列子所不忘；三盈三虛，惟顔淵之獨久』。

〔二一〕泉，《日鈔》、《草鈔》作『原』。

〔二二〕修，《草鈔》作『脩』。

倪烈婦傳〔一〕

烈婦王氏，杭之仁和人也。花開夢裏，本是水仙，生到小〔二〕家，恥名碧玉。及笄適邑人倪德昌，〔三〕琴瑟之調未久，藁砧之病先侵。安否何如，猶作低聲之問；傷哉貧也，何來高手之醫。三月眉齊，一朝鏡破。〔四〕車停隔巷，尚是新人；賦寫空閨，已稱寡婦。當是時也，婦豈不能效摩笄之烈，爲絶絃之聲？劍雌雄而俱沈〔五〕，石陰陽而並碎。徒以〔六〕家無築里，堂有姑妐〔七〕，敢拋白髮〔八〕尊章，去殉黄泉〔九〕夫壻〔一〇〕？然而〔一一〕荒年穀貴，巧婦炊難，採苢蕍而無花，種蕪菁而不實。儉同坡老，挂屋無錢；貧等魯公，舉家食粥。寒衾不絮，冷突將塵，彼不諒者，未免因苦節之難貞，疑甘言之可動。

春已深而雉媒集，夜方靜而鳩鳥飛，竟以雪裏幽蘭，視作風中弱絮。而謀皆成於唾耳，事難得於察眉，婦固不之覺也。直至厥明期訂，薄暮翁歸，待一宿之酒成，便六萌之車到，而後以謀告婦。婦慨然曰：『舅姑之命，吾何言哉？』於是微而五忽之絲，麤而七升之布，悉皆攜出燈前，歸之堂上。舅姑感其意厚，亦復心非木石，涕下萑蘭。而初不料，載色載笑，已存必死之心；一鉥一鍼，便是無言之訣也。三更漏盡，一盌燈殘，報人定而遠寺鐘鳴，問夜作而鄰家火熄。婦乃撤恖恖之環瑱，縫密密之衣裳，制兩淚而無言，啓雙扉而竟出。一橋橫亘，萬户齊扃，黑月不光，青天無色，寂寂啼烏之夜，森森攧鷄之風，鬼車繞樹而飛鳴，訛火因風而明〔一二〕滅，膽怔忪〔一三〕其欲碎，心搖落以難持。然而一死是期，百端俱絶，竟褰裳以往，遂懷石以投，於道光八年某月日赴太平橋水死。嗚呼，烈哉！夫使婦而出尹姑之門，適金張之族，受公宫四教，讀《女誡》七篇，節雖高，事猶易耳。乃以閭閻刺草之家，窮巷棬樞之女，所習惟黹繡之事，所聞惟邱里之言，兼之住〔一四〕近愁臺，生疑苦縣。二十四番之信初傳，便驚春去；七十二毒之嘗已徧，絶少甘回。能無夜夜金釭，含愁獨對；年年石闕，墮淚難乾。而乃水與同清，死拚不朽，自譜沈〔一五〕湘之操，高歌河女之章，珊瑚生海底而愈堅，金石流波中而自定。然後知連城之璧，不必產管涔之山也；夜光之珠，不必出孟津之水也。今日者綸綸恩重，綽楔〔一六〕風高，登太史之書，懷清臺古；入將軍之畫，正節圖新。然而婦之烈人能道之，婦之孝世未知之。當里人爲婦請旌也，其大旨謂：舅姑不憐嫠緯，惟識錢刀，脅以曲從，加之恫喝，以致烈婦盟心白水，畢命清流。而忽焉樹策策以俱鳴，燈昏昏以欲滅，若或瞰乎室外，如將嘯乎梁間，始悟婦不欲成一己之名而彰二人之失也，因改逼嫁爲勸嫁。嗚呼，惡聲無出，純臣去國之心；令名是貽，孝子事親之義。可謂賢矣！余敘其大略，傳以小文，庶後之人，仰松柏之節高，憫卷施之心苦，毋忘太平橋畔有此貞魂也。

【校記】

〔一〕《日鈔》此題爲卷三第十篇，《草鈔》爲卷二第十九篇。

〔二〕小，《日鈔》、《草鈔》作『貧』。

〔三〕『琴』上，《草鈔》多『青廬禮就，白篩家空，臥止露車，居無瓦屋。而婦蓼蟲集苦，桂蠹忘辛，無丁娘十索之詩，有衛婦三言之益。乃』。

〔四〕『破』下，《草鈔》多『西尋弱水而續斷無膠，東訪祖洲而回生乏草』。

〔五〕沈，《日鈔》、《草鈔》作『沉』。

〔六〕徒以，《草鈔》作『乃以爲』。

〔七〕『敢』上，《草鈔》多『雖鄧艾棋殘，不堪更著； 而伯瑜衣在，猶可爲歡』。

〔八〕『髮』下，《草鈔》多『之』。

〔九〕『泉』下，《草鈔》多『之』。

〔一〇〕『埍』下，《草鈔》多『然而種護門之草，植守宫之槐，半面難窺，一心先死，可謂賦共姜之詩，守伯姬之禮者焉。無何歲不守心，禾偏生耳，黄塵一雨，赤米皆空，玉桂有甚於長安，金粟難分於佛地。那堪寡鵠，又作飢蟬。婦乃撤嬰兒之環，質長沙之庫，繡眉娘之絹，易尉遲之錢，山倩娥移，天憑媧補』。

〔一一〕然而，《草鈔》作『而』。

〔一二〕明，原作『鳴』，據《校勘記》改。

〔一三〕征伀，《日鈔》作『征忪』，《草鈔》作『征忪』。

〔一四〕 住，《草鈔》作『往』。

〔一五〕 沈，《日鈔》、《草鈔》作『沉』。

〔一六〕 楔，原作『緓』，據《校勘記》改。

碑

德清重建留嬰堂碑〔一〕

夫幼而無父，王者所矜，民吾同胞，仁人之志。雖康成注《禮》，偶遺養幼之文；而管子治齊，已著掌孤之令。梁普通之世，孤獨開園；宋淳祐之年，慈幼置局。所以示少者懷之之意，推父兮生我之恩，使不獨子其子而親其親，乃無不樂其樂而利其利。我國家重仁襲義，執沖含和，廣保赤之仁，茂珍黄之德，蠉飛蠕動，共拜生成，里抃〔二〕塗歡，不遺幼稚，固已澤流萌蘖，恩逮蚳蝝。吾邑於雍正甲寅始建留嬰堂，時知縣事者錢公學洙，實爲之倡。大輅權輿，檀弓物始，錢少青蚨之積，米無赤鹿之儲。飯哺郄〔三〕公，得全已寡；湩流李善，所活無多。邑諸生丁君覺源、戴君師節等，憫此嫛倪，籌其久遠，而又得仁和諸生勞君本榮，分陶白之饒，捨麻青之積，始因舊構，重拓新規。經始於道光戊寅〔四〕季夏，閱五月而堂落成。至己酉歲，繆公宗元來治吾邑，復因經費之未充，深慮規模之或替，重加董勸，以惠萌生。蓋賢令尹行不忍人之心，士大夫盡泛愛衆之道，其於斯堂也，雖制度未宏，而經營已瘁矣。今夫尸鳩在棘，君子法其均平；童馬不馳，聖人寓其慈愛。嗟彼赤子，孰非蒼生，或遇災年，或遭家難。男錢女布，都無稱貸之門；假母支婆，孰任託孤之責。風尖日瘦，枕冷牀單，貌婠娲而可憐，語謰謱而莫辨。斯已孤桐易死，苦竹難長，又況中路嬰兒，呱呱而泣；入井孺子，貿貿然來。苟有人心，其能膜視乎？若夫置后稷於寒冰之上，棄於菟于雲夢之中，此聖哲之奇蹤，非尋常所習見。然而留枚皋於吳下，竟擅文章；收陸羽於竟陵，遂開詩派。葑菲可採，芝草無根，此一舉也，固由惻隱之良，或亦樂育之助焉？嗟乎，才不才，各言其子，誰非父憐母惜之身；幼吾幼，以及於人，各予飽食暖〔五〕衣之樂。從此齠年丱日，永絶啼號；竹馬鳩車，同安嬉戲。上以盡鞠人之責，下以全桐子之生，其於聖天子子惠黎元之治，或亦有裨與〔六〕？予久違故里，喜善政之有成；欲勒貞珉，懼空言之無補。敬述良有司字民之實政，諸君子勸善之公心，以著於碑，以垂於後。與饘與乳，務爲九重，廣晏晏之仁；引養引恬，行見四境，享熙熙之福。

【校記】

〔一〕《日鈔》此題爲卷三第十一篇。

〔二〕抃，《日鈔》作『忭』。

〔三〕郤，《日鈔》作『郗』。

〔四〕按，道光無戊寅歲，有戊申歲，爲己酉前一年。

〔五〕暖，《日鈔》作『煖』。

〔六〕與，《日鈔》作『歟』。

賓萌外集卷二

書

與周雲笈書〔一〕

自捉手而别，遂摘船而行，白雲在天，故人兩地。然足下姜肱〔二〕被暖，束晳笙清。銅盤傳餐，靜共兒讀；玉盞墮地，豪與客談，亦足寄閑情、消暇晷。安在中郎門外，惟王粲來游；謝傅坐中，無車公不樂乎？至如僕者，蠹惟食字，嶲尚依人。執一卷之經，便當手版；守三災之石，欲擬良田。柳夢常占，萍身不定。老父扶杖，當念季方；慈母作襦，應思康伯。言念及此，能無黯然？夫吾人讀書一袱，閉户十霜，既不能待詔北門，司文東觀，便當臥少稷之窮巷，潛申屠之幽居，攜芝筐而住山，帶笭箵而居水。五兩之屐，訪鶴尋猿；十雙之田，掘雲採月。〔三〕守我枌榆之地，全其樗櫟之天，顧乃飲啄共乎羣鷄，肥瘦爭乎三蝨。刮龜毛而無得，避狗尾而不涼。足下謂吾樂乎？小雨初歇，秋風可悲，不有周郎，誰爲鮑子？聊借十行之寄，以當一夕之談。役車其休，定從君於白社；端居多暇，幸報我以青泥。

讀農書之半部』。

【校記】

〔一〕《日鈔》此題爲卷一第一篇，《草鈔》爲卷一第一篇。

〔二〕肱，《日鈔》、《草鈔》作『宏』。

〔三〕『月』下，《草鈔》多『以永今夕，有雞豚之歡，洽比其鄰，無鵝鴨之惱。攜木上座，話佛火之一龕，從禾主人，

與友人謝不飲酒書〔一〕

昨承折柬之招，遂通連牆之謁，康駢之劇談未竟，劉伶之轟飲先聞。斯時也，堂下騰羞，座中喝盞，鹿腸高挂，鵲尾回旋。飲一經程，行三匹製，幾乎〔二〕狂招明月，豪勸長庚。渴羌驚呼，酒胡笑指，而僕甘爲病葉，不作狂花。杯勺不勝，并謝穆生之醴；觥籌交錯，惟求韋曜之茶。雖狂類蓋寬饒，不妨獨醒；而坐有顧元歎，未免無歡。此所以投轄方留，而衩衣竟出也。不圖翼日，忽奉朶雲，呼作頑仙，目爲逋客，噫，過矣！裸國不冠裳迫，大禹解衣而入；文王嗜昌歜使，仲尼蹙頞而嘗。昔包孝肅賞花，不強安石；張安昌置酒，不召彭宣。况僕非祖珽之貪，不竊金叵羅而去；君豈胡証之勇，乃横鐵燈檠而來乎？竊謂：酒也者，古人以祈綽綰，後人以遣牢愁。不過謂麋壽既高，非酒無以介；蟲冤所積，非酒不能消耳。邴根矩以廢業爲憂，遂斷麴糵；楊惠元以立功爲志，不發尊罍。以至士行限嚴，公榮量小，其人何嘗不流聲竹帛，絶倒名流？僕雖有虎頭之癡，而無犀首之好，遂疏儀狄，何有杜康？

固知爲達者所嗤，頗亦借古人自鏡。豐侯沈〔三〕湎，莫逃負缶之誅；小白英雄，不免遺冠之恥。灌將軍之意氣，席上被收；畢吏部之風流，甕邊見捉。是以聖人戒之三風，佛氏數其十過。黄公醉而竟傷於虎，劉翁醒而已失其龍。古之人，獄號觥籌，病名餅〔四〕盞，良有由也。況乃徐家之肺，大是可虞；艾子之臟，何堪屢吐？鄭玄大儒也，爵行而絶；丁沖智士也，腸爛難醫。故雖鄭泉願葬陶家，蕭綱甘埋酒庫，而公等達者，連忭無傷；走也鄙人，將牢太甚。彭祖覩井，蔡公過航，其敢聽平原君之勸子高，而忘干令升之戒郭璞哉？且夫世之提壺挈榼、餔糟歠醨者，不過託青蓮之高論，惟飲留名；慕黄初之名流，以醉見識。而不知借來面似，未是荀君；效得顰工，曾非西子。世無王績，難尋醉裏之鄉；人是孟康，始識酒中之趣。不然，而謂酣眠市上，便是中郎；痛飲樓頭，即成供奉。僕恐麴世界不能容，酒檮杌不勝載。釀王下逐客之令，醉侯來絶交之書，未必容君等累月以居，扛壺而入也。是故諸君餃餃，空爲嚼復嚼之辭；賤子陶陶，別有味無味之樂。何則？書有三味，易重一斤，自來笙典珠墳，無異瓊蘇玉液。僕棄其糟粕，咀其英華，杯名董子之書，卮借莊生之論，將見種陶令之五十畝，未抵目耕；賦元相之十二詩，何如心醉。而且友交公瑾，便是醇醪；政似建康，豈非清酒。正不必拜酒泉太守，始可快其拍浮；署麴部尚書，而後形其酣適也。勸柱從君，拒杯容我，公真大醉，僕本浪人。此日出奇，反白公招飲之作；他年感舊，和黄丞逃席之詩。

【校記】

〔一〕《日鈔》此題爲卷一第二篇，《草鈔》爲卷一第二篇。

〔二〕幾乎，《日鈔》、《草鈔》作『或令行招手，爭虎膺鉤戟之奇，或禮習投壺，鬬豹尾倚竿之妙』。

〔三〕沈，《日鈔》、《草鈔》作『沉』。

〔四〕缾，《草鈔》作『瓶』。

答汪蓮府昆季書一〔一〕

朶雲天末，忽傳執訊書來；落月梁間，剛好懷人夢醒。知足下棲遲家衖，流覽鄉山〔二〕，釣李白臺邊，游任公村裏，樂可知已。方春日之載陽，正歸帆之小駐，僕方冀高軒之過，共聯曲室之談，乃書傳黃耳而終虛，信寄紅鱗而不達。遂使成都市上，莫訪君平；洛陽城中，難尋季子。茫茫此別，負負空呼。回憶潭水桃花，相依五載；毘陵烟樹，許借一枝。交穆氏之醍醐，識謝家之寶樹。伯雅季雅，秋風陶令籬邊；長歌短歌，春夜杜陵席上。鵝兒酒綠，魚子箋紅，諸君則觴詠方遒，下走亦激昂其末。〔三〕又或〔四〕千里嵇康之駕，訪我南村；三年范式之期，作君東道。文杏住王維之館，青楊〔五〕尋蕭眘之家，〔六〕三接琴樽，七擒風月，何其盛也！無何，搏沙之聚散不常，赴壑之光陰易逝，君還故里，僕賦近游。夢中之路都迷，懷裏之書欲滅。是則依依楊柳，每憶王恭；落落孤松，輒思叔夜者矣。且夫望故人而不見者，三秋之思也；嗟來日之大難者，中年之感也。〔七〕故園松菊，已就荒蕪；人海萍蓬，自憐飄泊〔八〕。因硯田之〔九〕租少，難爲巧婦之炊；致堂上之〔一〇〕齒高，未息勞人之駕。辱承垂問，彌覺汗顔。竊思冷淡生涯，我輩原無別策；而艱難時世，此生偏〔一一〕不逢辰。山頭之石鼓一鳴，喧傳兵起；門内之鐵籠四出，幾至城空。走也不才，生於其際，將遂投班生之筆，棄介子之觚，披褐談兵，負楯習勇。則長鎗大戟，本無措大功名；　而朝虀暮鹽，亦豈封侯骨相。若乃挾生毛之刺，打行脚之包，躡屩游秦，擔簦入趙，則無論堂上之桑榆欲暮，鄉關之烽火方新。而且素高眼眄，未肯負書獻沈約車前；　雅愛腰肢，不能持帚掃曹參門下。〔一二〕異日者，開雲而處，買李渤之山；　依巖而成，搆鄭脩之屋。良朋數輩，洗竹澆花；　童子一人，焚香掃地。羅浮山上，聽仙客〔一三〕彈琴；　少室峯頭，共高僧〔一四〕面壁。生平之願，畢於斯矣。塵夢勞人，愧無善狀，故人知我，遂發狂言。來歲持彈入夢，當訪我於西子湖邊；　此日〔一五〕削柹〔一六〕陳詞，先報君於浮丘峯下。

【校記】

〔一〕《日鈔》此題爲卷一第三篇。《草鈔》題作『報汪蓮府琴軒瞻園書』，爲卷一第三篇。

〔二〕『知足』至『鄉山』，《日鈔》、《草鈔》作『藉知文旆，安抵鄉山』。

〔三〕『末』下，《草鈔》多『投郭舍人之矢，巧翻豹尾新裁；　效臧文仲之書，戲作羊裘隱語』。

〔四〕或，《草鈔》作『況』。

〔五〕楊，《草鈔》作『陽』。

〔六〕『家』下，《日鈔》多『效臧文仲之書，戲作羊裘隱語；　投郭舍人之矢，巧翻豹尾新裁』。

〔七〕『也』下，《草鈔》多『僕以北郭搔之親老，東方朔之家貧』。

〔八〕『故園』至『飄泊』，《草鈔》作『故園之松菊將荒，人海之萍蓬莫定』。

〔九〕之，《草鈔》無。

〔一〇〕之，《草鈔》無。

〔一一〕偏，原作『徧』，據《校勘記》改。

〔一二〕『下』下，《草鈔》多『惟是雕吾故技，俟彼新硎，或者擢小草於桂林，登窮鱗於鮒曲。然而蓬頭貧女，不諳時世之妝，啖肉先生，豈有神仙之骨』。
〔一三〕『客』下，《草鈔》多『之』。
〔一四〕『僧』下，《草鈔》多『而』。
〔一五〕日，《日鈔》、《草鈔》作『時』。
〔一六〕秭，《日鈔》、《草鈔》作『秭』。

答汪蓮府昆季書二〔一〕

青衣鼓瑟之辰，黄海觀雲之地，諸君子擁商陸之火，張博塞之筵，柏葉酒香，梅花帳暖〔二〕，樂何如哉！僕自别後，金梯有路，玉札無名，秋駕三年，春婆一夢。䰄毹病翮，不隨黄鵠以飛；懵懂頑仙，仍跨赤牛而走。猶憶緑楊堤畔，青豆房中，雨訪蘇端，月尋裴迪，清談既洽，情話益歡。飯顆山頭，深憐杜甫；桃華〔三〕潭上，許伴汪倫。徑因求仲而開，醴爲穆生而設〔四〕，果使秋風此夕，聽鮑龍跪石以吟；春水明年，看墨翟吹笙而至。豈非緣從人定，願竟天從也哉？無如毁舟爲杕者，故人之情；買釵得楉者，鄙人之命。盼素書而不到，信斷飛奴；坐墨席而難溫，身同蘭子〔五〕。遂乃擊汰〔六〕過嚴陵之瀨，呼舟乘胥母之潮。雪影入船，每當月看；灘聲到枕，常作風聽。拽簦眠遲，束囊起早，雖疲遠涉，頗愜幽尋。而落日荒荒，方補脣之故宅；寒風策策，謝晞髮之高臺。又何能無老大之悲，天涯之感也？今者勞人草草，彈鋏隨人；君子陽陽，執簧招我。方知諸君子因孟玉而懸榻，爲子義而立竿。置薪井上，以待夷吾；接草道傍〔七〕，將迎伯玉〔八〕。僕〔九〕豈忘宜生之切肺，而爲伯牙之逃聲哉？饑〔一〇〕雀逢倉，渴烏遇水，良〔一一〕亦不能自主耳〔一二〕。浮雲南北，流水東西，團雪散雪之歌，今雨舊雨之感，所望香火之緣未昧，烟波之夢仍通。他日曹阮谿中，一篷撑月；浮邱峯頂，雙屐踏烟，再與諸君子訪翡翠之巖，探芙蓉之嶺，甚未晚也。仙難縮地，佛不唐捐。此日相思，聊劈芨皮而寫；異時話舊，再揮松柄而談〔一三〕。

【校記】

〔一〕《日鈔》此題爲卷一第四篇。《草鈔》題作『報汪蓮府昆季書』，爲卷一第四篇。

〔二〕梅花帳暖，《日鈔》、《草鈔》作『雲翹舞豔』。

〔三〕華，《日鈔》、《草鈔》作『花』。

〔四〕『徑因』至『而設』，《日鈔》、《草鈔》無。

〔五〕『盼素』至『蘭子』，《日鈔》、《草鈔》作『盼飛奴而不到，黄耳書遲；作殘客以無聊，綠腰曲換』。

〔六〕汏，原作『汰』，據《校勘記》改。

〔七〕傍，《日鈔》、《草鈔》作『旁』。

〔八〕『玉』下，《草鈔》多『香太多而馬駭，露過重而鶴驚。走也不才，曾陪下坐』。

〔九〕僕，《草鈔》無。

〔一〇〕饑，《日鈔》作『飢』，《草鈔》作『然而飢』。

〔一一〕良，《日鈔》、《草鈔》作『僕』。

〔一二〕耳，《日鈔》、《草鈔》作『也』。『也』下，《草鈔》又多『嗟嗟，人非菩薩，原無如意之輪；夢是侏儒，豈有可成之事』。

〔一三〕『仙難』至『而談』，《草鈔》作『一盼一睞，矢之弗諼；三因三緣，歸乎前定。何時話舊，重揮松柄而談；此日相思，聊劈芨皮而寫。雖仙難縮地，未能著翅飛來；而佛不唐捐，敢弗買絲繡出』。

答汪蓮府書〔一〕

獲讀手書，恍如面晤。〔二〕知足下將爲王壽之焚書，不作卞和之抱璞。繁華富貴，怕逢春夢之婆；冰雪文章，恥就冬烘之試。而僕猶以腐鼠相嚇，不知焦鷦〔三〕已翔，咥其笑矣。因君紙上之雲烟，觸我胷中之芒角，請爲知己，更進狂言。大千世界之中，數十暑寒之内，忽憑黄土，搏此一身，縱到白頭，曾無百歲。佛氏譬之泡影，聖人視若浮雲，生老病死之來催，喜怒哀樂之相感。牛溲馬渤〔四〕，世味如之；鷄癕豕零，吾生寄耳。僕家在烏巾山下，餘不溪邊，有先世之敝廬，乃童時之舊地。阡陌則羅羅交錯，衡宇亦簇簇相連。後卽祖塋，松楸可望；前爲溪水，菱芡頗饒。每當新穀既登，老農多暇，禾主人有時見召，村夫子亦與俱來。蘆簾土銼之間，絮帽蒲鞋而坐，茅柴之酒既壓，脱粟之飯亦蒸。始進魚蝦，繼陳鷄黍。蘇家蘿蔔，配之以鹽；鄭公壺盧，呼之爲鴨。行無算爵之禮，占不速客之爻。學康節之詩，打乖亦可；仿溫公之會，真率自佳。當此時也，自謂住白帝之屯，入王官之谷矣。又邑之南有金鵝山者，先君子之墓地也。三里而遠，一水可通，厥田頗良，其民多樸。倘得種稻五十畝，誅茅八九椽，開陶公南北之窗，以受日月；　鑿張子東西之牖，使容圖書，良所願耳。人事牽挽，夙諾蹉跎，徒虚買山之心，將改觀河之面。兼以先子生平之遺意，慈親屬望之苦心，來歲之春，又將驅北上之車，踏東華之土。既無溫卷，可投光範門前；　未必寒人，竟列長名榜上。即使問盲得路，出手成盧，亦安能作蓬萊之文章，竊芸香之清俸哉？　嗟夫，士之處世，豈不自揆。如僕者，既骨裹之無仙，又眼中之有鐵，州郡之職，殆非所堪；　俎豆之事，庶從吾好。異日者，或借廣文之一氈，以當雲林之十賚。比梅子真之爲市卒，自覺稍尊；　如鄭康成之爲嗇夫，仍無廢學。山資粗足，江水有盟，不歸東岡之陂，甘受北山之檄。區區之志，先爲足下陳之。拉襍而書，遂盡數紙，言語〔五〕無味，勿示他人。若夫食粟之軀，日堪五合；　賣文之筆，月秃一枝。想君所知，不乙乙也。

【校記】

〔一〕《日鈔》此題爲卷一第五篇。《草鈔》題作『覆汪蓮府書』，爲卷一第十篇。

〔二〕『知』上，《草鈔》多『始』。

〔三〕鳴，原作『鵬』，據《校勘記》改。

〔四〕渤，《日鈔》、《草鈔》作『勃』。

〔五〕言語，《日鈔》、《草鈔》互乙。

答沈吉齋書〔一〕

夫師曠彈琴而鶴下〔二〕，瓠〔三〕巴鼓瑟而魚聽，物且有不謀而合者，況於人〔四〕乎？然而人少清矑，世多聾俗，陳奇《論語》，竟燒游雅之庭；白傅文章，虛貯贊皇之篋。故知人間知己，亦由天上平章。伏念僕與足下，既乏撫塵之素，又無爲鉢之人，李東山初不識韓，孔北海何嘗知備〔五〕？乃〔六〕蒙足下共其茀餉〔七〕，惠〔八〕我瓊瑤，蕭世〔九〕謙以落葉言情，盧照鄰以病梨寓意，雖迷高惠夢中之路，已得張堪知己之言。夫古人或七年而並坐，或三世而傾衿，從無有睢渙未交而淄澠先合者。將毋空王坐上，曾同香火因緣；太上宮中，等是神仙官府乎？且夫鬱棲陵舄，質異者性同；橄欖木威，柯分者條合。願停先生之左右，略陳賤子之生平。僕舊住烏巾山下，新居石鼓河〔一〇〕邊，距酈元作州書之歲尚待一稘，較陸機爲《文賦》之年已逾再稔。補砌臺之使，深得父憐；執熨斗而隨，偏蒙母愛。次伯山於杜氏，作仲海於姜家。陶潛貧婦，頗可佐耕；阿鼎嬌兒，纔知索栗。年十六游泮水〔一一〕，年十七副賢書。簪非簪而釵非釵，功名可笑；布似布而帛似帛，假借遂多。自是之後，盲兒索乳而無從，枯樹經秋而善病。璞凡再獻，蠟尚一經。比年來，頗復有心著述，妄冀斯文。或得異書，燃脂以寫；偶聞奇解，懷餅以鈔。董謁家貧，惟資掌錄；王筠心苦，多在瞥觀。亦思假熒燭之明，竭簣撮之力，編剗文字，頡頏古人。然而十駕空勤，一錢不值。雖縫掖之服，二千石不如；而筆墨之資，九萬錢何有。執猱搏虎，長此安窮；販鼠賣蛙，依人作計。區區之志，何日償哉？敬折疏麻，以酬芳訊，臨書悒悒，不盡所懷〔一二〕。

【校記】

〔一〕《日鈔》此題爲卷一第六篇，《草鈔》爲卷一第五篇。

〔二〕下，《草鈔》作『至』。

〔三〕瓠，原作『匏』，據《校勘記》改。

〔四〕於，《日鈔》作『吾』。於人，《草鈔》作『紫舌之民』。

〔五〕『乃』上，《日鈔》、《草鈔》多『而乃未拜林宗於樹下，先友夢得於詩中。白雪一歌，朱絃三歎，慚非同調，謬託知音，綴以小文，質諸大雅，應宮商以牛鐸，畫混沌以蛾眉』。

〔六〕乃，《日鈔》、《草鈔》作『復』。

〔七〕鮑，原作『飽』，據《校勘記》改。

〔八〕惠，《日鈔》、《草鈔》作『報』。

〔九〕世，原作『思』，據《校勘記》改。

〔一〇〕河，《日鈔》、《草鈔》作『湖』。

〔一一〕游泮水，《草鈔》作『補博士』。

〔一二〕『臨書』至『所懷』，《日鈔》作『箋皮紙短，爲君粗述平生；昌歜嗜深，卽此亦由前定』；《草鈔》作『寄之一鶴，緘以雙魚，因昌歜之嗜深，推爲前定；奈芨皮之紙短，粗述平生。問南郭子而非遙，定容通謁；望西安君而未見，莫解煩憂。』

答馬譓香書〔一〕

萍〔二〕身去後，芳字飛來，驢磨仍回，鵲函尚在〔三〕。既辱歸雲之翰，兼投供佛之詩，讀之而雲分水隔之愁，墨瘁紙勞之感幾乎。通天臺上，從武帝求歸；寰瀛圖中，倩仙〔四〕翁翦葉矣。僕方罹五五之戚，未敢爲一一之吹，久謝寒竽，難酬清瑟。然而桓伊之曲，謝太傅聞而傷心；顔遠之詩，殷領軍誦之流涕。香山云：他人尚不堪聞，況僕哉？夫以足下潤古雕今，陶元浴素，殘膏共飫，藻匠交推。宜乎天上筆星，長依霄漢；人間墨水，直到蓬瀛。而乃人自英多，迹惟蓬轉。千山萬山之路，何處望雲；十囊五囊之錢，不堪買月。魚勞難息，鳥倦未還〔五〕，墨席暫溫，萊衣久冷，能無感乎？雖然，赤水求珠，君豈艱於一第；碧盧似玉，我亦共此浮生。伏念僕貧等相如，祇少《上林》之賦；高非陶令，幷無下潠之田。雖亦浪迹〔六〕名場，叨陪鄉賦，而龍門浪小，未許扶摇；燕市塵多，不堪捉搦。既乘下澤車而出，遂坐上水船而游。爰因舊雨之招，來作新安之客〔七〕，一年旅泛，千里鄉愁。每當參横月落之天，鼓疊更殘之候，蒙頭睡熟，著翅飛還。白板扉中，爲老母扶杖；紅鑾窗底，聽嬌兒讀書〔八〕。荒鷄一聲，睡蛇便去，短檠有燄，茄席無溫，未嘗不魂怳怳以若迷，淚涔涔以欲下也。今夫山鄉牛户，澤國魚蠻，女虋男舂，常同燈火；芹虀蒲鮓，亦具旨甘。吾人略識姓名，粗通章句〔九〕，雖身未離乎穎舍，而名已隸於容臺。顧乃泛只隨萍，夢常占柳，擲客中之歲月，忘堂上之晨昏。不如刺草之民，尚有採蘭之樂，此足下來書，所以虀音如訴，緜歎良深也。況如僕者，存亡〔一〇〕既兩無所效，覆載將何以自容。每一念之，黔婁之汗常流，子產之心猶痛矣。〔一一〕所〔一二〕願魚鴨之租粗給，鶴猿之料稍充，築屋數椽，買田幾稜，兄鋤弟耨，婢織奴耕。三竿兩竿，庾子山之竹；十枝五枝，李山甫之花。奉慈母之春秋，守先人之丘壟，區區之願，畢於斯矣。低頭而坐，愁鄧禹之笑人；伸眉而談，恃惠施之知我。伏惟垂察，不盡狂言。

【校記】

〔一〕《日鈔》此題爲卷一第七篇，《草鈔》爲卷一第七篇。

〔二〕『萍』上，《日鈔》多『自抗手而別，遂擊汰而行。明月憶君，白雲迎我，下孟玉之榻，坐幼安之床，暫息勞薪，重尋故物，始知』；《草鈔》多『自抗手而別，遂擊汰而行。明月憶君，白雲迎我，下孟玉之榻，坐幼安之床，管淵紘生，雲諏波訪，始知』。

〔三〕『驢磨』至『尚在』，《日鈔》、《草鈔》作『迨驢磨之仍回，而鵲函之尚在』。

〔四〕仙，《日鈔》、《草鈔》作『山』。

〔五〕『魚勞』至『未還』，《日鈔》、《草鈔》作『身無短翮，信盼長鬟』。

〔六〕迹，《日鈔》、《草鈔》作『逐』。

〔七〕『既乘』至『之客』，《草鈔》作『既跨蹇驢而出，遂攜瘦鶴而游。浮邱峯頂，松翠招人；曹阮溪邊，泉聲導客』。

〔八〕『白板』至『讀書』，《日鈔》作『白板扉中，紅欒窗底，老母含笑，燈挑蠅鼻而談；嬌兒泥人，書展牛腰而讀。舊社之枌榆無恙，故園之松菊猶存』；《草鈔》作『白板扉中，紅欒窗底，老母含笑，燈挑蠅鼻而談；嬌兒泥人，書展牛腰而讀，婦姑共奕，兄弟聯床』。

〔九〕『吾人』至『章句』，《草鈔》作『吾曹章句粗通，姓名略識』。

〔一〇〕亡，《日鈔》、《草鈔》作『没』。

〔一一〕『矣』下，《草鈔》多『僕願足下，且移孝廉之船，仍赴公車之署。寄蓬池之鱠，遠佐蘭餐；躡玉堂之鞵，笑迎藜杖。而僕贏雖三鹿，拙亦一鳩』。

〔一二〕所，《草鈔》作『但』。

與孫蓮叔書〔一〕

黄海別君，青山送我，一枕眠月，孤〔二〕帆飽風。朝停楊樹灣頭，暮泊木樨灘下〔三〕。方補脣之原上，仍有白雲；謝晞髮之臺邊，已無朱鳥。烟波趣遠，雲水程長，月之八日，始抵里門。遥計足下，束晳笙清，徐陵筆豔。紅霞一室，登觀旭之樓；綠醑三升，啓暖寒之會，樂何如乎？僕聞淄澠之水，源異而流同；蔡蒙之山，始分而終合。况弟兄四海，無非黄土摶〔四〕成；而朋友一倫，或亦赤繩繫定。足下以慘綠之年華，飛黄之意氣。王昌十五，別有情懷；阮何一雙，自矜風貌。人是魏收蛺蝶，賦成袁淑鴛鴦。而僕局促轅駒，氋氃舞鶴，負書千里，閉户十年，雖席帽生涯，秀才之衣已綠；而虀鹽況味，瞿曇〔五〕之面仍黄。乃蒙啖以牛心，訂爲龍尾。桃枝仙母，拜許堂前；蘭茁佳兒，見曾座上。兩宵客枕，金迷紙醉之中；一夕華筵，寵柳嬌〔六〕花之樂。猶憶金花燭燦，玉李星低，脯進虬紅，褥排熊綠。住段相鍊珍之館，不羨肥甘；入宋家不曉之天，都忘昏旦〔七〕。凡客裏難逢之勝，皆主人無盡之情。

所惜迢迢歸路，催還如葉之裝；　策策朔風，送入看花之夢。而足下贈以遠志，盼〔八〕我先鞭。膚金充季子之囊，子墨佐相如之賦。萬重高誼，浮丘峯頂之雲；　千丈情波，曹阮谿邊之水。今者問長安之日，遠道未嫺；　望京雒之塵，征衣已製。敬從江上，遠寄雙魚；　聊當樽前，同飛六鶴。此時一別，暫爲風馬之睽違；　他日重逢，再作雲龍之角逐。

【校記】

〔一〕《日鈔》此題爲卷一第八篇，《草鈔》爲卷一第六篇。

〔二〕孤，《日鈔》、《草鈔》作『千』。

〔三〕下，《草鈔》作『裏』。

〔四〕搏，原作『摶』，據《校勘記》改。

〔五〕瞿曇，《草鈔》互乙。

〔六〕嬌，《草鈔》作『驕』。

〔七〕『凡』上，《草鈔》多『歌成白雪，宋玉聞而魂消；　坐有紫雲，杜牧見而笑索』。

〔八〕盼，《日鈔》、《草鈔》作『盼』。

謝孫蓮叔爲刻駢散二體文書〔一〕

夫班固之史，貯於〔二〕葫蘆；　白傅之文，藏於柏櫃。成之非易，傳之良難。不有桓譚，則《太玄》覆醬矣；　倘逢游雅，則《論語》代薪矣。卽或聱叟篋中，彙成小集；　山人瓢内，流出遺詩；　然必待其白首蓬飛，青山木拱，則流水之賞音太晚，夕陽之光景無多。縱存姓氏於名山，已掩文章於荒土。況乎造物有時而見忌，文人從古而相輕。義山身上之衣，撏撦欲破；長吉囊中之錦，廁溷長埋。可勝慨哉！且其人類，皆負潤古雕今之學，擅前楊昔馬之才，猶或且付之飄風，去如逝水。矧如僕者，學非麟角，癡甚虎頭，六歲受經，課自折葼之慈母；十齡就傅，偕乎騎竹之羣兒。未游通德之門，豈識達人之論？徒以少耽圖籍，長愛〔三〕交游，磨祖硯而幾穿，讀父書而欲破，因而縱談天下，尚論古人。洛陽少年，呼之爲友；儋州禿鬢，奉之爲師，此古體諸文所爲作也。鳩車之歲，忝竊科名；馬磨之身，難辭奔走。先世乘車之友，頗未寒盟；向來投贄之門，亦容溫卷。不得不因緣翰墨，雕鏤詞章。貧女思鬭巧於蛾眉，傖父轉強調其鳩舌，此近體諸文所爲作也。然而歐九未嘗學問，陽五豈足流傳，雖愛我者未許逃聲，而知我者當爲藏拙。方思焚硯，何敢災梨，乃蒙足下憫其仰屋之勤，刊作斷金之集。好事儒者，竟許成書；元晏先生，并爲製序。噫嘻，童子聚沙之戲，老僧饒舌之談，不堪秘之枕中，矧乃懸之市上，將鉏其醜乎，抑詅其癡乎？圖海神之貌，未必堪觀；書混沌之眉，得無太過。雖然，文章千古，元是無憑；知己一人，亦堪自恃。君以爲可，僕又奚疑？且使異日者，飄蕭垂白之年，零落殺青之業，始加戢舂，再付麻沙，縱有微名，不堪把玩。而況阿婆塗抹，後生之描畫尤多；老子婆娑，眾嫭之憎嫌更甚乎？僕私計之，與其畫暮年之蛇足，不如附壯歲之驥旄也；與其留身後之豹皮，不如作生前之鷄肋也。雖知非分，不敢固辭。登大雅之堂，豈云無愧；附先人之集，或與俱傳。總賴玉成，豈忘絲繡。誰之賜也？享敝帚以千金。何以報之？博胡盧之一笑。

【校記】

〔一〕《日鈔》此題爲卷一第九篇，《草鈔》爲卷一第八篇。

〔二〕於，《日鈔》、《草鈔》作「以」。

〔三〕愛，《日鈔》、《草鈔》作「絶」。

報孫蓮叔書〔一〕

中年多故，來日大難，生憎白眼之人，苦憶黃泉之弟，何言之悲也。君自分金，人猶下石，暮四朝三之術，翻雲覆雨之情，何言之激也。夫憤能忘食，憂可傷人，請獻愚公之一言，以當枚叟之《七發》。足下家傳陶白之書，世擅程羅之富，雖春光爛漫，已過牡丹；而素魄盈虧，何傷明月〔二〕。門前之客，少亦兩三；席上之錢，儉猶十萬。酌金鑿落，吹玉參差，有名士之風流，無詩人之寒瘦，可樂一也。堂前仙母，長奉桃枝；膝下嬌兒，盡如迦葉。而且劉綱佳偶，共作神仙；高柔賢妻，雅宜愛翫。曲歌子夜，詩仿丁娘。除封臂之紗，從郎學字；把畫眉之筆，代婦抄詩。此一事之尋常，已三公之不易，可樂二也。竹馬鳩車之歲，便露聰明；肥肉大酒之場，別饒風味。年纔三十，詩已千秋。柳三變尤善詞章，顧八分兼工篆隸。人推慧業，天付儁才〔三〕。仙家之酒逡巡，菩薩之輪如意，可樂三也。若夫世態炎涼，人情輕薄，或拒狼而進虎，或養虺而成蛇，則亦學賈子之養空，法莊生之齊物。樹上軥輈之鳥，與之辨論則已煩；水中孑孓之蟲，聽其浮沈〔四〕而自去。何足介懷抱、辱齒牙哉？僕未消平子之四愁，虚擬啓期之三樂，輒奉和原韻六篇，既以廣君，亦藉自遣〔五〕焉。

【校記】

〔一〕《日鈔》此題爲卷一第十篇，《草鈔》爲卷一第九篇。

〔二〕『雖春』至『明月』，《草鈔》作『雖牡丹開過，或非昔日之春；而大樹陰多，尚有無邊之蔭』。

〔三〕『人推』至『儁才』，《草鈔》作『多材多藝，有本有原』。

〔四〕沈，《日鈔》、《草鈔》作『沉』。

〔五〕『焉』上，《日鈔》、《草鈔》多『伏惟鑒納』。

啓

謝孫蓮叔贈扇啓〔一〕

每遇清風明月，輒憶故人；敢云羽扇綸巾，即成名士。乃蒙憫其袯襫，贈以清涼，傳書不待飛奴，入坐居然涼友。〔二〕因從今日，回憶去年，亦曾分吉甫之清，解敬奴之熱。然而書皆緑字，如含太乙之輝；畫亦黄花，不借盜庚之色。蓋以僕素冠猶御，墨絰未除也。蹉跎白日，忽五五之已周；奉揚仁風，又雙雙而俱至。勻紅暈緑，活色生香，物固珍矣，意亦摯焉。僕愧熱惱之未祛，幸泠環之在握，魯諸生倘來問字，便與傳觀；夏二子縱使逼人，豈容輕撲。來札云：驅蚊則可，見客則不可。報以尺素，感在寸衷。

【校記】

〔一〕《日鈔》此題爲卷一第十一篇，《草鈔》爲卷一第十二篇。

〔二〕『因』上，《草鈔》多『而且畫摹没骨，字寫靈飛，附以瑤碧之箋，押以葫蘆之印。爲憐趙壹，許喚仁兄；爲愛李琪，特書鄉貢。僕』。

謝孫蓮叔惠《淵鑑類函》啓〔一〕

臣向所校，初無彙萃之書；《皇覽》告成，始有編排之體。紀事提要，選詞就班，於浩如烟海之中，爲學者津梁之助，意甚善也。然博者既病其繁，約者又難於覈，欲魚而又欲熊掌，未免傷廉；食肉而不食馬肝，究爲失味。惟我朝《淵鑑類函》一書，燦若鱗羅，朗如眉列。繼永樂之《大典》，而妙削其蕪；仿安期之《類函》，而更增其簡。洵足廣青衿之疑問，集《白帖》之大成矣。僕曉惟一孔，洗未三毛，讀五千卷而未能，呼百六公而何敢，銀繩奉到，玉躞開時，如入嫏嬛，如游寶藏，俾多識於草木鳥獸，然後治其雕鏤文章。不須半部《漢書》，已令貧兒暴富；何異萬金良劑，頓令肉骨成仙。

【校記】

〔一〕《日鈔》此題爲卷一第十二篇，《草鈔》爲卷一第十三篇。

賀周仁甫新婚啓〔一〕

玉梅花下，三九之候初交；銀蒜簾前，百兩之迎俱至。聽佩聲而知吉，結鏡紐〔二〕以合歡，即論壼内常情，已極人間豔福。況乃終賈年華，機雲詞藻，何晏神仙之度，翁歸文武之才。開十石弓，手中霹靂；揮五色筆，紙上雲烟。秀氣所鍾，盛名早擅。縱横才調，呼青兕而無慚；灑落丰神，配彩鸞而不愧。其比肩人，則我同年生鄭吟梅大令之女也。苕水名門，滎〔三〕陽舊族，詩工詠絮，字學簪花，管夫人雅善填詞，楊妹子兼工讀畫，以茲穠豔，儷彼清才。足下赤繩，良緣久諦；眉間黄色，喜氣新添。從此梁案雙齊，萊衣並著。趨庭而受祖硯，命婦留題；隔户而算姑棋，倩郎記譜。每當金駝酒煖，銅鴨香温，同挑蠅鼻之燈，對坐蛾眉之月，聞鷄起早，射雉歸遲，夫壻英雄，閨門靜好。赤鴛鴦之賦，共羨風華；碧鸛雀之姿，都無塵俗。轉覺猘兒鹵莽，不堪作壻喬家；犬子清狂，未足論婚卓氏矣。僕與聞盛事，忝附神交。借六六之魚，遠傳吉語；願雙雙之鳥，長聽和鳴。此時報我琳琅，好嬉子不妨倒用；來歲叨君湯餅，寧馨兒定是非凡。

【校記】

〔一〕《日鈔》此題爲卷一第十三篇。

〔二〕紐，原作『鈕』，據《校勘記》改。

〔三〕滎，《日鈔》作『榮』，誤。

徵恭紀子產從祀、孟皮配享詩文啓〔一〕

竊以子産爲衆人母，曾蒙遺愛之褒；孔子爲萬世師，不外人倫之至。乃東里未膺俎豆，徒勞隕涕於尼山；南容尚列門牆，竟失推恩於伯氏。倘謂子産身非受業，無從登闕里之堂；孟皮病不成人，不足爲鄹人之子。則同時蘧瑗，亦未陪十哲之班；有子孔忠，已不在三殤之例。祀蘧瑗而竟遺子産，沿訛石室之圖；列孔忠而不及孟皮，失考祖庭之記。我國家典章美備，祀事休明。其從祀者，下逮公都子之徒；其追崇者，上溯木金父而止。凡千古未修之曠典，皆我朝必舉之明禋，獨此兩端，敢陳末議。樾昔年珥筆，曾陪觀聽於橋門；此日乘軺，更重典司於學校。因封章而入奏，果廷議之僉同，增子産於林放之前，位孟皮於伯魚之上。從此領羣賢於兩廡，昭孔門有朋自遠之風；聚七世於一堂，慰尼父事兄未能之憾。與聞盛事，宜有詠歌，屬在儒林，豈無紀述。而樾之意，更有進者。先君子𫍲花府君《印雪軒集》有《詠古》四章，其次章爲孟皮未與配享而作也。樾讀父書而未熟，持使節而滋慚，偶效愚忱，幸成先志。雖國家大事在於祀，未敢自私爲家乘之光；而人子有善歸於親，竊願推本於先臣之教。

【校記】

〔一〕《日鈔》此題爲卷一第十四篇。

賓萌外集卷三

序

蔡漢章外祖遺詩序〔一〕

先君子初娶於蔡，蔡固吾邑鉅族，而外大父漢章先生亦名諸生也。五老之榜未登，一釁之聲獨雋。桑維翰之意氣，鐵硯留銘；李長吉之才華，玉樓赴召。文章散佚，門户凋零，籯雖有子而堪貽，硯已無孫之可授。樾癸丑假旋，始晤厚齋舅氏，其從子也。坐渭陽之館，每共清談；歌巴人之詞，謬推同調。乃得敬讀先生遺詩，凡若干首。筆墨之痕欲化，烟霞之氣猶清，存此古錦之一囊，是亦吉光之片羽。然而陶淵明之集，并無甲子可編；王遠知之書，幾爲六丁所攝。偶向死灰檢出，重將生紙鈔來。元酒太羹，不是人間之味；高山流水，長存絃外之音。嗚呼，先生之心亦可無憾矣。夫閶闔衣冠之句，奚所取於山林；微雲疏雨之詩，未足登於廊廟。詩無定體，人有攸宜。先生既抱樸〔二〕以居灌園而老，以故儲王襍興，都從田野之間；甘石著書，或及米鹽之細。視世之弸中彪外者若有異焉。然而白香山之體，以近俗而彌工；邵康節之詩，雖打乖而亦可。果語言之入妙，少少許便足勝人；必雕琢以求工，塗塗附轉嫌乏味。讀先生詩者，正以其詞之近，而見其旨之遠焉。厚齋舅氏，寶此楹書，命爲弁語。嗟乎，魯靈光之殿，久圮於當年；魏正始之風，尚存於今日。愧非玄晏，未足傳左太沖之名；倘遇次山，請更定孟雲卿之集。

【校記】

〔一〕《日鈔》此題爲卷二第一篇。

〔二〕樸，《日鈔》作『璞』。

潘蘭垞前輩《稼書堂詩集》序〔一〕

甲辰之夏，潘君少梅以其先曾祖蘭垞前輩《稼書堂詩集》見示，并屬以一言序之。嗟乎，三十六科之前輩，幾如古佛一尊；百數十首之遺詩，尚有奇光千丈。樾學慚半豹，識闇全牛，讀賦而雌霓未諧，論詩而妃豨莫辨，其何足以序先生之集哉？乃少梅范硯摩挲，唐瓢檢點，將壽之於梨棗，而採及乎芻蕘。且道其先德修梅先生，攜此篋中，如守庸成策府；求之海内，未逢元晏先生。今集中諸序，皆其叔帶銘先生所求也。少梅感先志之未成，懼斯文之莫屬，敬承楹語，特乞卮言。而樾附葭莩之親，儼如子姓；檢蓬萊之籍〔二〕，亦忝戌科。望既重乎楷模，敬更深於桑梓。然則《會昌》之序，何待商隱而成；文憲之集，豈必彥昇乃定哉？先生始官綸閣，繼入玉堂，以東觀詞臣，拜西臺御史，其立朝風節，報國文章，固爲中外所同推，而非見聞所能盡也。今特取其詩論之。楚騷漢賦，都見性情；韓筆杜詩，具徵根柢。蓋非獵齊梁之浮豔、貌韋孟之清幽者得而望其萬一矣。夫其薇省論思，花磚儤直，文淵秘閣，敬觀四庫琳琅；侍從清班，自繪九門風雪。皆見本集。舍人早朝之作，和偏羣公；歐公內制之文，勒成一集。何嘗不鳳樓獨造，麟鼓高張，以絢爛之文章，作承平之雅頌乎？而乃將父情殷，乞身歸早。春秋佳日，有六橋三竺之游；富貴浮雲，無五相一漁之感。桑苧翁《茶經》手著，猗玗子釣具親齎。萸酒一樽，破例展重陽之會；蒲帆十幅，高吟過七里之瀧。又何其詩境之超而宦情之冷也。於是流連風景，濡染雲烟。赤玉胷中，都無宿物；黄荃筆底，自有化工。噴紙上而成春，種毫端而欲活。蕭協律之竹，肥瘦都宜；修夫子之梅，橫斜盡古。今讀集中題畫諸詩，人徒賞其筆墨之風華，而不知其根塵之清淨也。先生夙根不昧，慧性常明，釋迦抱送而始生，先生母夫人夢至佛前，一緑衣童子隨出，遂生先生。菩薩現身而說法。蒲團拜佛，證香火之前因；蓮眄尋僧，結鉢缾之靜契。心太平而不動，身自在而常閑。不必尊釋家爲白學先生，奉如來爲黄面夫子。而朝衫脱後，心已出家；綺語删餘，詩堪呈佛矣。噫嘻，夏二子但知附熱，春夢婆絶少回頭。每觀仕宦之途，大有浮沈[三]之客。而先生十年奉父，一疏辭官，喜南陔之可循，臥東山而不起。自非觀空有得，入道甚深，其能無逢車馬而心疑，聞鳴騶而色喜哉？然則讀先生詩者，當於語言文字之外，得其性情學問之真。疏雨微雲，王右丞無其淡遠；秋容老圃，韓魏公有此精神。蓋從華嚴法眄而來，洵非慧業文人不辨也。樾幸附弦姻，辱承秦諉。樹欒爲大夫之墓，恨莫起乎九原；《采薇》有先輩之詩，幸得窺乎六義。雖牛腰一束，存者無多；而驥尾千秋，附之俱顯。此樾所以不辭而爲之序也。夫芳草之香，十步而未歇；君子之澤，五世而猶存。少梅昆季，俱負儁才，克承世德，赤棒之家聲未遠，青箱之祖業如新。此一集也，其卽王氏之佩刀，魏公之遺笏也乎？

【校記】

〔一〕《日鈔》此題爲卷二第二篇。

〔二〕籍，原作『藉』，據《校勘記》改。

〔三〕沈，《日鈔》作『沉』。

先君子《印雪軒隨筆》序代汪蓮府作〔一〕

夫自漢京鼎盛，九百傳小説之名；蒙縣書成，十九是寓言之體。於是演義成於蘇鶚，傳奇創自裴鉶，寫南楚之新聞，紀大唐之奇事，行之寖〔二〕廣，作者遂多。然而摹罔象之圖，仿《離騷》之意。瑶池翠水，搆成阿母之仙宫；劍葉刀山，畫〔三〕出閻〔四〕摩之地獄。竟以烏有先生之筆，來著黄車使者之書。雖宋井得人，傳聞或誤；齊庭〔五〕有鳥，隱語可思。而不知念自妄生，已入新羅國裏；夢當真説，幾疑古莽人來。讕語無徵，讆言奚取，其弊一也。又若書名北里，事紀南朝，十年薄倖之場，一卷小名之録。洞房屈戌，雅稱藏嬌〔六〕；褻事秘辛，最工寫豔〔七〕。筆端宛轉，描成大體之雙；酒後流連，賦有閑情之一。幾乎坐阿難於媱席，笑孔子爲儒童，而不知聖戒鄭聲，佛懲綺語。銷魂真箇，癡雲無不散之時；失脚此中，苦海有難投之岸，其弊二也。又甚者，山膏喜駡，河豚善嗔，借來每趁酒杯，打破儘教醋鉢。茫茫上界，問白榆樹如何；衮衮羣公，盡碧雲騢而已。於是著成謗史，署以狂生，畫地指天，呵佛駡祖。言之有味，竟成豬嘴之關；吹卽成癡〔八〕，刮到龜毛之細。而不知嬉笑怒駡，未是文章；敦厚溫柔，乃爲《詩》教。徒按匹夫之劍，不登大雅之堂，其弊三也。亦或事皆有實，言乃無文。淩襍米鹽，可共牧豬奴讀；掎摭糞壤，如和捉蝨媼談。而鑒其失者，又將文以艱深，飾其鞶帨。聱牙佶屈，昌黎公讀之而驚；札闥洪休，歐陽子見之而笑。夫寫羊皮之聖旨，史家亦有猥談；給馬蹄於縣官，奏議〔九〕且多古語。而不知雅言乃夫子之文，澀體亦古人之失。白太傅之詩近俗，樊宗師之記太奇，其弊四也。若此者，左氏旣失之誣，宋音又溺於志。使酒之氣，未免粗疏；覆醬之文，徒供姍笑。雅宜貼以如意，不堪貯以葫蘆。乃今讀《印雪軒隨筆》，而後知卮言曼衍，卽是奇文；玉屑蕞殘，自成光燄。前之所陳，不足當其一吷也。先生讀書五車，行脚萬里。豪歌出塞，黃飛大漠之沙；險極懸車，青染太行之黛。往往停橈問水，駐馬看山，從名人魁士而游，得大澤深山之氣。所著《印雪軒詩文全集》外，有《隨筆》四卷，所見所聞，小史鈔而不給；可驚可愕，大材迮而猶飛。然意在勸懲，詞無粉飾，孝悌之語，如聽乎君平；詼諧之談，不參乎臣朔。微言指示，卽佛家度世之車；妙義敷陳，亦儒者牖〔一〇〕民之鐸。蓋先生於近世小說家獨推紀曉嵐宗伯《閱微草堂五種》，以爲析〔一一〕義則窮其疑似，胷必有珠；說理則抉乎微茫，頭能點石。今觀此製，何愧斯言？集千腋以成裘，嘗一臠而知旨。況乎趙璘《因話》，康駢《劇談》，不過寫我咫聞，供人談助。而先生擧胷中所獨得，隨筆底以俱來，尚論古人，是正文字。經疾史恙，著手皆春；流水行雲，棲毫欲活。媢學者以爲王劭之《讀書記》，匡治者以爲朱朴之《致理書》，又豈徒《甲乙疑論》，《癸辛襍識》而已哉？某等學屠龍之技，十載升堂；望下馬之陵，一抔〔一二〕覆瓿，遺編偶展，舊夢重提，敬授〔一三〕梓人，以貽好事，因爲喤引，并付胥鈔〔一四〕。嗟乎，西抹東塗，憐我輩尚阿婆乞相；　字欹墨淡，於此中遇吾師丈人。

【校記】

〔一〕《日鈔》此題爲卷二第三篇。先君子，《草鈔》作「先人」，爲卷二第七篇。

〔二〕寖，原作「寢」，據《校勘記》改。

〔三〕晝，原作「書」，據《校勘記》改。

〔四〕閣，原作「閤」，據《校勘記》改。

〔五〕庭，《日鈔》、《草鈔》作「廷」。

〔六〕「洞房」至「藏嬌」，《日鈔》、《草鈔》作「坤靈扇子，別有因緣」。

〔七〕寫豔，《日鈔》、《草鈔》作「摹寫」。

〔八〕癡，《日鈔》、《草鈔》作「瘕」。

〔九〕議，《日鈔》、《草鈔》作「語」。

〔一〇〕牖，《日鈔》、《草鈔》作「警」。

〔一一〕析，原作「晰」，據《校勘記》改。

〔一二〕抔，《草鈔》作「坏」。

〔一三〕授，《日鈔》、《草鈔》作「付」。

〔一四〕「因爲」至「胥鈔」，《日鈔》、《草鈔》作「可當畫讀，藉免胥鈔」。

沈吉齋《題榴庵詩集》序[一]

癸卯夏，章子紫伯以沈吉齋茂才《題榴庵詩集》示余，余三復之而有喟焉。夫其雷輥電砉之聲，海立雲垂之氣，狂飛虎僕，細嚼麋丸，少乘之骫骳皆工，曼倩之滑稽亦妙。所謂長卿之賦，來非人間；太冲之詩，意在世表，凡横目者自能識之，可弗論也[二]。然而詩雖號聖，貧可稱王，窮鳥成吟，病梨作賦。入則三隅竈冷，獨明月是故人；出而四褋衣單，惟太阿爲知己。雖歌黄麞而赴闕，仍騎青牛而出關。熱眼看人，寒氈還我。嗟乎，看朱成碧者，俗目之盲也；非素好丹者，世情之薄也。[三]淪玉沈[四]珠，原無定價；楊花榆莢，亦自漫天。人間塊壘之場，我輩漏卮之命。吹來簫好，便會成仙；磨得磚明，何嘗是佛？讀集中《感遇》諸作，能無僾悒乎？[五]所望吾鼎自愛，臣精不消。水洗無煩，已得鷸冠之耳；吉齋重聽。日光可照，更空龍叔之心。和氣成春，秀才利市；閑情游藝，菩薩神通。將見刀磨蜀水而益光，劍匣豐城而亦耀。或他日達如高適，當更聽鳴盛之聲；即終身窮等虞卿，要自有著書之樂。

【校記】

[一]《日鈔》此題爲卷二第四篇，《草鈔》爲卷二第三篇。

[二]可弗論也，《日鈔》、《草鈔》作『不待余捧凷以益山，酌豈以增海也』。

[三]『也』下，《日鈔》多『齊時名士，尊老馬作騮駒；宋代腐儒，貶麒麟爲異獸。人心爾爾，真宰茫茫』；《草

鈔》多『齊時名士，尊老馬作騶駒；宋代腐儒，貶麒麟爲異獸。囤碑萬丈，問田父而安知；彈珠一丸，示市兒而不識。人心爾爾，真宰茫茫』。

〔四〕沈，《日鈔》、《草鈔》作『沉』。

〔五〕『乎』下，《草鈔》多『雖然百年風過，丹陂赤水之皆空；萬事雲浮，柳老殷翁之相笑。毛施過美，乃蒙之以皮倛；迷迭太香，乃亂之以皂莢。達人大觀，不足當淩雲一笑也』。

章紫伯《三悼亡詩》序〔一〕

昔仲尼删詩，而存『蒙楚』〔二〕焉，嗟枕衾之獨御，誓冬夏之同歸。説者謂：悼亡之詩，自此始矣。故知〔三〕蚊幬感舊，鸞鏡傷今，此情雖天壤所難堪，此恨亦古人所時有。然而〔四〕天邊神女，不乏青琴；世上情人，豈惟碧玉。紅粉消而碧雲在，明月盡而夜珠來，則銀環再御之年，或玉簫重來之日乎？若〔五〕乃錦瑟難調，朱絃易斷〔六〕，女牀山頂，乍聽鸞鳴；天姥峯頭，又驚鳳去。如〔七〕吾友章子紫伯《三悼亡詩》，則讀之〔八〕尤可慨也。夫其初娶夫人吴氏也，纔服黄昏之散，便簪白柰之花。何郎燭底，紅淚拋殘；巫女夢中，黑風吹斷。蓋成婚半載，而元公有離思之詩，劉郎成傷往之賦矣。顧秦樓夢杳，已驚紫玉成烟；而陳苑香多，當爲黄花續命。於是再娶於吴興嚴氏，自憐故我，重對新人。白燕釵邊，緑熊褥上，得無有故劍之思，亡簪之泣乎？然而證箜篌之夢，自有前緣；占環佩之聲，便知嘉耦〔九〕。郎是畫眉京兆，卿真接脚夫人，細研飛雪之丹，巧綰頹雲之髻，金駝鬬酒，銀鹿弄兒。人以爲敬通跌宕，老對孺人；　曼倩詼諧，長偕少婦矣。何期九載眉齊，一朝鏡破。細君琴裏，又起乖音；　菭奴箏邊，重彈苦調。斯時也，客兒稚小，孰補衽衳；　佛婢聰明，誰教黹繡。不得已，更寫梳妝之記，重開脂澤之田。金蠶銀繭，兩泣蕭郎；　臥鹿眠羊，再煩月老。所喜三娶夫人俞氏者，林下風清，房中曲好，憐兒失母，攜熨斗以作襦；　佐壻持家，拔鐵簪以畫壁。從此襠成一袜，鬢挽同心，定偕蕭史俱仙，不作羿妻走月矣〔一〇〕。而乃蔓室初開，便是招魂之地；　綵盆虛設，竟無分痛之方。曾未一年，又以產卒。紅偏易洗，綠竟難縫。三度塵緣，一場噩夢。嗟乎！　碧翁長醉，何知世上之愁；　青女無情，不管人間之冷。對舊時之明月，看去歲之梅花。蕭相妻亡，粉猶漬水；　車公婦去，翦〔一一〕尚留池。〔一二〕安怪其腸若湆湯、淚如食芥也乎？　於是〔一三〕荳蔻窗前，有緣情之作；　茱萸帳裏，多激楚之音。峽内聞猿，山頭弔鳳，不足方其悽惻矣。〔一四〕僕願紫伯三點成伊，一變至道。空房冷月，參白傅之禪機；　巨室歸人，悟蒙莊之至論。色空一視，哀樂兩忘。此時寫金瓠哀辭，當一篇《恨賦》；　他日删玉臺豔體，讀四卷《楞伽》。

【校記】

〔一〕《日鈔》此題爲卷二第五篇，《草鈔》爲卷二第四篇。

〔二〕『楚』下，《草鈔》多『之章』。

〔三〕故知，《草鈔》作『然則』。

〔四〕然而，《草鈔》作『雖然』。

〔五〕若，《草鈔》作『而』。

〔六〕『女』上，《草鈔》多『裙飛蝴蝶，瓦作鴛鴦』。

〔七〕如，《草鈔》作『讀』。

〔八〕則讀之，《草鈔》無。

〔九〕『證筌』至『嘉耦』，《草鈔》作『小三橋畔，舊夢分明；少廣宮中，佳人綽約』。

〔一〇〕矣，《日鈔》、《草鈔》無。

〔一一〕翦，《日鈔》、《草鈔》作『剪』。

〔一二〕『安』上，《日鈔》、《草鈔》多『又』。

〔一三〕『是』下，《草鈔》多『純嘏小名，自稱獨活；杜陵老淚，半爲無家』。

〔一四〕『矣』下，《草鈔》多『然而遠尋赤水，三嬪既上於天；小煮黃粱，黃事終歸於夢。必欲呼娘子於耳順之年，坐老奴於臺鏡之下，則氤氲大使，不兼益壽天君；而絶代佳人，亦豈長生菩薩』。

孫蓮叔《紅葉讀書樓詩集》序〔一〕

予自甲辰歲往來新安，見其水清徹底，魚游若空，山深能鳴，人語斯應。溪〔二〕碓自動，挾犇流而亦飛；巖居可封，闢閑雲而不出。以視二分明月之橋，十里山塘之水，既曠奥之境異，亦喧寂之情殊。意必有鍊性洗情之士，爲雕肝琢腎之辭，寫以虀音，編爲澀體。乃讀吾友大台山人孫君蓮叔詩，則固不然。今夫少陵居飯顆山頭，安能不瘦；坡老住桄榔庵底，未免長寒。君則生長華腴，別成馨逸，市中擲果，車擁金鵝；室内焚香，座排銅鴨。舉玉東西而勸客，酒人魚貫而眠；合江南北以論交，名士雁行而至。則有紅葉讀書樓者，曲類盤中，高居塵外，涼臺燠館，仙到應迷；明月清風，客來不速。設盤游之飯，豈可十人；安曲尺之牀，暫猶三宿。每當銀虬漏盡，金駝酒乾，客已告疲，主猶未倦。辯如枚乘，雅多骫骳之詞；狂類陸雲，癖有胡盧之笑。於是寫[三]敬禮之小詩，鬭王筠之強韻。金釭欲燼，虹采[四]猶騰；銅鉢未催，鯨鏗先[五]發。仙人游戲，菩薩神通，非夫墨痒紙勞、絃生管澀者所能望其萬一也。然而鏤金錯采，無江山以活之則僿矣；範水模山[六]，無笙歌以韻之則枯矣。君呼青翰之舟，試黃芝之馬。西陵松柏，從蘇小而盟；南部烟花，補唐人之記。小家碧玉，偏善留人；大道青樓，儘容繫馬。記曲則拋殘紅豆，題詩而盼就烏欄。後庭之花，最宜豔曲；前溪之水，亦助新聲。夫吾人埋頭頹舍之中，疲目叢編之内，頭未翁而先白，面非佛而亦黃，雖復東抹西塗[七]，猛[八]搜險覓，未免氣含蔬筍，味襍虀鹽。而君清不兼寒，福能生慧，南金北毳，爛其文章；語鳥名花，助其歌舞。在我輩窮愁之著述，固嫌島瘦郊寒；即此鄉山水之瑰奇，亦覺青頑碧鈍矣。或謂杜陵[九]律細，乃號大家；元相體輕，終乖雅奏。君乃《虞初》小説，也自臚陳；揚子《方言》，不妨羼入。雖老嫗之可解，恐大雅之弗登。不知淮[一〇]涣之水五色，不假丹青；聲音之木一鳴，自成宫徵。君詩所以妙合天然，獨高流輩，正以喝月即行，攓雲盡活，胷貯光明之錦，筆驅[一一]如意之輪，豈必搖頭而學浩然，嘔心乃爲長吉哉？或又謂，樂戒鄭聲，詩懲綺語。君乃娟娟好好，都有品題；燕燕鶯鶯，盡爲描寫。徐陵體豔，宋玉詞微，未免有情，得無小過。不知先師尼父，亦傳佩瑱之挑；我佛如來，不廢拈花之笑。美人香草，乃騷客之寓言；之子夭桃，是風人之託興。士果束身似玉，鍊行如銅，正不必宿桑下而三遷，又何妨對黎渦而一笑也[一二]。僕[一三]姓名犓識，風雅無聞，每速藻之逢君，益鈍根之愧我。文非元晏，難序《三都》；獻效愚公，并無一得。幸作雅集圖中之客，君有《紅葉讀書樓雅集圖》〔一四〕。得以先觀；請如新安江上之山，品爲大好。〔一五〕

【校記】

〔一〕《日鈔》此題爲卷二第六篇，《草鈔》爲卷一第六篇。此序又見於《紅葉讀書樓詩草》書前（簡稱《紅》本），亦用作校本。

〔二〕溪，《日鈔》、《草鈔》作『谿』。

〔三〕寫，《紅》本作『製』。

〔四〕采，《紅》本作『彩』。

〔五〕先，《紅》本作『已』。

〔六〕範水模山，《紅》本作『模山範水』。

〔七〕東抹西塗，《紅》本作『西塗東抹』。

〔八〕猛，《草鈔》、《紅》本作『狂』。

〔九〕陵，《紅》本作『公』。

〔一〇〕淮，《紅》本作『睢』。

〔一一〕驅，《紅》本作『橫』。

〔一二〕『也』下，《紅》本多『哉』。

〔一三〕僕，《紅》本作『予』。

〔一四〕小注『君有』至『圖』，《紅》本無。

〔一五〕『好』下，《紅》本多『道光戊申仲秋之月愚弟俞樾再拜謹序』。

孫蓮叔《萱蔭山房褋著》序〔一〕

予於大台山人之書無不序也，而於此集則幾窮於無言。何則？枚皋骫骳皆工，賈山涉獵尤富。不名一體，若江淹之褋詩；足了十人，乃柳惲〔二〕之餘技。陳遵尺牘，藏以爲榮，京房語言，聽而入妙。噫嘻，君如陸機之在江左，太覺才多；僕如祖詠〔三〕之賦終南，轉虞意盡矣。雖然，君不見學佛者乎？方其十年苦行，一箇蒲團，盲枷瞎棒之難熬，溼蹋乾拳之盡受，黄眉佛遠，白足僧寒，幾幾乎未入化城，先投苦海。及乎菩提果熟，歡喜天開，乘多寶之船，入華鬘之市，妙意女共行世事，阿育王願助神功。駕一牛車，脱離火宅；化五獅子，游戲神通，何其樂也！又不見學仙者乎？方其姹砂孕雪，鍊汞燒丹，木壻難招，炭人易染。王方平之鐵鞭可畏，嵇中散之石髓將枯。幾幾乎蕭史之鳳未來，壺公之蛆先飽。及乎飛符下召，拔宅上昇，劉綱則夫婦同游，茅盈則弟兄共壽。霓旌虹旆，鳳舞鸞歌。花頃刻而能開，月光明而可借，又何樂也！竊謂文章之一道，通乎仙佛之兩家。士方伊吾一室之中，編劖千載之上，墨瘁紙勞之可念，客嘲賓戲之俱來。亦誰能不抱卷而沈〔四〕吟，臨文而太息哉？至於握紫距之毫，展銀光之紙，流水行雲之盡活，大刀快斧之兼施。歷落嶔崎，得晉人之致；嬉笑怒駡，即蘇子之文。招白雪於郢中，落黄河於天上，歐陽子但稱快快，昌黎公自謂奇奇。此則坐如意之輪，居然菩薩；認靈竿之路〔五〕，便是神仙。當其潑墨而狂書，可以淩雲而一笑矣。嗟乎，成我者學也，生我者天也，天之不全，學將何裨？與其十年而刻一鳳，不能飛鳴；何如一日而解九牛，自中肯綮。君以深沈〔六〕之學，行其爛漫之天，故能著手成春，從心得矩。元紫芝之眉宇，便是天人；庾赤玉之胷懷，都無宿物。偶然餔啜，亦復可觀，豈此蕞殘，不堪成集。而僕愧無喤引，徒有巵言，於不可思議之中，見盡得風流之妙。兜率海山之俱在，問君何處得師；語言文字之皆空，算我未曾作序。

【校記】

〔一〕《日鈔》此題爲卷二第七篇，《草鈔》爲卷二第十五篇。

〔二〕惲，原作『渾』，據《校勘記》改。

〔三〕詠，原作『約』，據《校勘記》改。

〔四〕沈，《日鈔》、《草鈔》作『沉』。

〔五〕『認靈』至『之路』，《草鈔》作『極逍遥之樂』。

〔六〕沈，《日鈔》、《草鈔》作『沉』。

孫蓮叔《桑宿集》序〔一〕

吾友大台山人孫蓮叔，刻其《紅葉讀書樓詩》以問世。既已書懸市上，紙貴人間，羨王規爲俊人，識元稹爲才子。凡有井華汲處，都吟柳永之詞；即從堠壁尋來，亦寫王維之句。而又鈔其豔體詩爲一集，篋而藏之。蘭亭真本，匿闍檻而難窺；瓠史原文，秘葫蘆而不出。非甚知己，勿輕視〔二〕人也。予過而笑曰，君殆猶有人之見存耶？夫孔子編詩，不删鄭衛；如來説法，亦入華鬘。韓致光大節不虧，《香奩》何害；陶靖節《閑情》偶作，白璧〔三〕無傷。宋廣平之心腸，能作梅花之賦；顔魯公之風骨，還收脂粉之錢。此故事之可徵，亦君家之所識，而僕之意又有進焉。人生一世之間，忽若遠行之客，悲歡離合，鮑老登場；富貴功名，盧生入夢〔四〕。但取性情之適，何知禮法之嚴。古人貴行樂之及時，吾輩乃鍾〔五〕情之所在〔六〕。然如僕者，性本愚公，名非黏伯。黄鸝三請，謝以不知；白魚一編，與之共飽。此由所稟，良不可違。君則擅江左之風華，兼少年之意氣。羊車乍出，便玉貌之驚人；鵝管横吹，知金星之入命。訪東坡之宦迹，半在杭州；慕西子之香名，屢游吴國。閑雲送我，芳草留人，酒澆蘇小墳邊，詩刻真娘墓上。則有女名碧玉，妓號紫雲，同游不曉之天，高啓無遮之會。〔七〕天開女市，佛説情禪，量來歡喜之丸，念出摩登之咒。阿難戒體，入婬席而摩挲；老佛身根，繞須彌而周匝〔八〕。當此之時，喜可知已。又或贈芍藥而將離，夢楊柳而欲别。枕邊紅淚，總爲郎抛；門外綠波，慣搖人去。誓雲英之不嫁，期阿輭之重逢。演揲歡情，徒縈於夢内；迷藏戲事，亦見於詩中。讀之者，或以爲蕩子之浪游，或以爲癡人之夢境，而皆非知君也。夫人果能悟色相之皆空，知形骸之非我，則姑自適其所適，何必人云而亦云。狂士狂歌，笑仲尼之禮樂；裸人裸體，陋大禹之冠裳。人各有天，情卽是性，所以竊道學先生之似，不若存風流名士之真。此一集也，雖名教中之罪言，或風雅後之嫡派乎？君近者見道益深，學佛有得，視横陳於嚼蠟，識往昔於焚香。雖城北徐公，故吾猶在；而樊南行者，綺語都除。此一卷之深藏，乃三年而未滅。予因搜而出之，使知英雄好色而不迷，菩薩現身而説法。譬好音之過耳，何礙觀空；從苦海而回頭，乃真是岸。因取浮屠氏不三宿桑下之義，顏之曰《桑宿集》云。

【校記】

〔一〕《日鈔》此題爲卷二第八篇，《草鈔》爲卷二第十二篇（目錄此篇在第九）。

〔二〕視，《日鈔》、《草鈔》作「示」。

〔三〕璧，《草鈔》作「壁」，誤。

〔四〕「悲歡」至「入夢」，《草鈔》作「生老病死，援成例以來催；離合悲歡，逐戲場而俱散」。

〔五〕鍾，原作「鐘」，據《日鈔》、《草鈔》改。

〔六〕「然」上，《草鈔》多「與其死登兩廡，不如生入羣芳」。

〔七〕「天」上，《草鈔》多「不知邂逅竟欲如何，難道銷魂未曾真箇」。

〔八〕「當」上，《草鈔》多「與妙意共行世事，六日纏綿；縱維摩不染天花，一場爛漫」。

汪愷卿《瞻園詩草》序〔一〕

十年舊夢，挑殘夜雨之燈；一卷新詩，吹到清風之句。中流聚沫，亦是因緣；竿木逢場，無非游戲。憶昔與君始〔二〕訂交也〔三〕，腸肥腦滿，少年跌宕之場；草長鶯飛，江左承平之日。相與勾當花事，捉搦酒人，黑飲狂衝，白嘲間作，或鄱陽之暴謔，或正始之清談。花荒月荒，更有加於酒色；竹請石請，幾無辨乎主賓，何其盛也！身經世故，便識艱難；人到中年，自生哀樂。月寒日暖，辛苦煎人；墨瘁紙勞，蹉跎負我。易改觀河之面，難償出岫之心。得無有感雲英之未嫁，羨子晉〔四〕之成仙者乎？雖然，君以黃海名家，素封舊族，堂上之桑榆未暮，膝前之蘭桂方新。侯光孟光，克諧琴瑟；長彥季彥，共譜壎篪。雖無千樹橘、千畝竹、千畦韭之饒，頗有一壺酒、一局棋、一張琴之適。又況大江南北，舊雨兩三，秋風尋季子之祠，春水泛謝公之埭，極山水友朋之勝，而翱翔容與其間，以視聽鼓應官、騎驢覓舉、腰如磬折、口作箏聲者，果孰得而孰失耶？然而僕於君詩，則重有感焉。今夫子雲勸學，先詳礱錯之方；山谷論詩，不諱津梁之自。君非先人門下士耶？晨燈夜燭，相守者七年；韓筆杜詩，求安於一字。迄今趙、張問答，尚存《鄭志》之書；籍〔五〕、湜文章，足壯韓門之色。而先人長謝，不及觀大集之成；小子何知，反謬作《三都》之序。噫嘻，千秋事大，兩世交深，因君筆下之珠璣，觸我胷中之傀儡。狂歌互答，和以銅斗之聲；斷夢重提，當作金輪之咒。

【校記】

〔一〕《日鈔》此題爲卷二第九篇，《草鈔》爲卷二第十四篇。

〔二〕始，《草鈔》無。

〔三〕也，《草鈔》作『昆陵時，則』。

〔四〕晉，原作『敬』，據《校勘記》改。

〔五〕籍，《日鈔》、《草鈔》作『藉』。

王佛雲《硯緣集》序〔一〕

夫錦裙闇淡，猶存魯望之文；玉枕荒唐，亦入陳思之夢。而況事關翰墨，非徒兒女銷魂；物閲滄桑，便與鼎鐘竝古也乎？則有眉子硯者，乃明才媛葉小鸞之舊物也。小鸞上界寒簧，前生松德，均見集内。偶然墮世，更〔二〕露聰明，未及于歸，已空色相。玉人化去，難留頃刻之花；璧友傳來，尚認彎環之月。想其爪花拭後，鬢棗梳餘，喜烏玉之新磨，翻紫雲之舊製。殷紅浮碧，自鐫鳳咮之銘；斜月橫雲，戲仿蛾眉之樣。以視吳夫人之玉櫛，張靜婉之金梭，雅俗不侔，風流更遠矣。人天隔絶，空招倩女之魂；文字因緣，屢見名流之集。佛雲同年，得從袁浦，譜入文房。試以金屑之箋，雲烟欲活；盛以紫方之館，珪璧同珍。然其初得也，不過謂：靜女之彤，有光竹素；香姜之瓦，足壓琳瑯。尚未知紅絲磨洗之時，卽已兆墨綬經臨之地也。未幾而牛刀小試，鳧舄高翔，竟攜笠澤之書，去飲吳江之水，蓋卽小鸞故里焉。訪疏香之舊閣，尚有蒼苔；訂午夢之遺書，猶留殘墨。乃喟然曰：一官如寄，片石有緣，是安可以不識乎？於是摹從眉匠，付彼手民，《采薇》搜先輩之詩，『簪花』仿夫人之格。傳其軼事，謝自然真已成仙；訪彼荒烟，隨清娛端宜有誌。卽深情之緜邈，知爲政之風流，此集足千古矣。嗟乎，世上三災之石，半付泥沙；宫中十眉之圖，徒留粉黛。而一拳之不泐，雖萬鎰其何加！余忝附石交，得觀拓本。眉娘之經猶在，大可留題；硯神之記既成，固宜有序。此日敘《玉臺新詠》，原非左太冲之《三都》；他年作青史美談，是亦趙清獻之一硯。

【校記】

〔一〕《日鈔》此題爲卷二第十篇。

〔二〕更，《日鈔》作『便』。

談氏二女史詩序〔一〕

《花中君子遺草》一卷，談步生印蓮著；《九疑仙館詩草》一卷，談緗卿印梅著。二女史皆歸安菱湖人也。黄金鑄淚，漬柔翰而難銷；紫玉成烟，逐彩雲而俱散。香魂化去，已憐鶴背雙飛；錦字鈔來，尚賸牛腰一束。其師孫秋士先生，攜至京師，先君子曾題四絶句，有云『紅閨一片心頭血，寄語興公好護持』。所謂『興公』，卽先生也。先生殁而詩遂散失，至咸豐癸丑，余同年生〔二〕謝夢漁〔三〕，偶於五都之肆，得來一卷之詩，小字零星，古香馥郁。攜歸市上，非同贋本河豚；秘置篋中，不課雪衣鸚鵡。余屢向索觀，而旋卽乞假南歸，亦未果也。今年正月，表姪戴伯鏞茂才寄示此册，蓋非其全者。然而廬山真面，已見此中；海上深情，足移我輩矣。夫其鴛鴦罷繡，玳瑁裝書。笑拔金釵，向先生作贄；閑敲銅鉢，呼小婢傳箋。豈非林下之清風，閨中之韻事乎？乃讀二女史詩，虀音悽惻，絮語纏緜〔四〕，不續《離騷》，自然幽怨；偶翻《水調》，便爾蒼涼。抑又何也？嗟乎，小兒造化，常多顛倒之時；女子多才，每受聰明之累。幾聞新婦，得配參軍；竟有才人，終歸廝養。吾於二女史有深慨矣。墨池未涸，香冢先荒。種成薄命之花，雨風太酷；賸此未焚之草，翰墨猶香。因推先君子之意而爲之序，他日假滿還朝，并當攜示夢漁，使人知十丈輭紅，有此一編冰雪也。

【校記】

〔一〕《日鈔》此題爲卷二第十一篇。

〔二〕　生,《日鈔》無。
〔三〕　『漁』下,《日鈔》多小字『增』。
〔四〕　緜,《日鈔》作『綿』。

謝夢漁同年《香南憶夢圖》序〔一〕

論揚州之勝迹,不外烟花;問謝傅之家風,最宜絲竹。水流花謝,難如太上忘情;酒冷茶殘,請學癡人説夢。方其扇搖比翼,緜臥同功,鬭鬧掃之新妝,試綢繆之舊印。張尚書之圖籍,豔有粉痕;陶學士之茶鐺,清惟雪水。乍調脂盝,便理牙籤,地則仙境瑯嬛,人則佛家法喜。聞春月之語,早許能詩;授《秋水》之篇,居然成誦。楊妹子頗工題跋,管夫人雅善臨摹,於蘭言花笑之中,有宋豔班香之妙,游仙枕穩,混沌譜新。此一夢也,樂可知也〔二〕。無何而四壁〔三〕蕭條,一官落拓〔四〕,辭放螢之苑,尋戲馬之臺,羌博士固未免酸寒,女秀才亦自嗟毷氉。畫眉之譜十樣,攜鐵硯而難描;打頭之屋三間,住玉人而不稱。蟲能化去,蚨不飛還。固知一覺十年,不是書生消得;轉覺五張六角,都從尤物招來。乃借開閣之豪,自守閉房之禮。昔年桃葉,曾從江上迎來;此日柳枝,竟向樓中放去〔五〕。擲破鴛鴦之瓦,燒殘玳瑁之釵,翠羽啁啾,黄粱倏忽。此一夢也,恨可知已。夫使夢漁而乞相,常寒骨人不肉,老坐廣文之席,長餐苜蓿之槃,則亦過等飄風,去如逝水已耳。而乃芙蓉人鏡,喧傳及第之名;桃李公門,榮署探花之使。宋子京之修史,可無紅袖扶持;霍小玉之居家,難倩黄衫尋覓。萍身飄泊，蘭訊參差，或云綠葉成陰，春色已欣有主；　或謂名花落溷，風塵尚苦無歸。而回憶銅鴨香温，銀駝酒暖〔六〕，並坐蛾眉之月，同挑蠅鼻之燈。錦被徵書，練裙學字。絳紗帳裏，奉夫子爲師；　玉鏡臺前，與老奴共讀。此情此境，乍近乍遥，黑縱難甜，紅猶未洗，夢憶之圖所以作也。嗟乎，聚六州鐵，鑄成大錯而難銷；　量一斛珠，買此殘春而不可。白香山蠻腰素口，未免有情；　杜樊川禪榻鬢絲，不堪回首。訴來舊恨，如聞商婦琵琶；　付以達觀，誰是〔七〕吴兒木石。每道其神光玉映，才語珠連。廿四橋頭，可稱獨步；　三千殿脚，或是前身。卜姓則鄭氏櫻桃，問名則尚書紅杏，柔情描畫，輭語評量，君固輾轉於夢中，僕亦流連於紙上。雖然，人生一夢境也，參斗迷離，雨雲變幻，婕自來而自去，不妨莊子觀空；　鹿何有而何無，莫學鄭人聚訟。必欲趾離再唤，宜嶽重呼，無乃惑乎？　從此收拾閑情，讖除綺語，微之集内，添來『決絶』之詞；　韓偓詩中，删去《無題》之作。雖春風一嚓，儘容人唤真真；　而明月二分，自笑我殊夢夢。君於此真蘧然而覺矣。僕看花眼冷，攤飯身閑，懷夢之草無靈，占夢之書未讀。偶成髑髏，學題錦帶之書；　倘證情禪，待誦金輪之咒。

【校記】

〔一〕《日鈔》此題爲卷二第十二篇。

〔二〕也，《日鈔》作『已』。

〔三〕璧，《日鈔》作『壁』。

〔四〕拓，《日鈔》作『托』。

〔五〕『自守』至『放去』，《日鈔》作『俾免墜樓之恨。雞肋雞肋，既食蛙而不肥；　鳳兮鳳兮，竟隨鴉而自去』。

〔六〕 暖，《日鈔》作「煖」。

〔七〕 誰是，《日鈔》作「安得」。

張棲竹先生《棲竹圖》序〔一〕

予乙未歲始晤先生於毘陵，卽承以《棲竹圖》索題。予披視之，清氣逼乎鬚眉，爽籟流乎烟墨。其人宛在，合封瀟灑之侯；小住此中，不減篔簹之谷。予時年甫十五，出頭未得，醫俗無從，正共羣兒爲騎竹之嬉，謬承長者有折枝之命，今圖中長歌〔二〕一章，蓋爾時作也。碧鮮偶賦，青削難工。童子何知，聊作聚沙之戲；先生不棄，遂同撫塵而游。迨庚戌歲，予請假南旋，復晤先生於毘陵。歲月如流，一星終矣；烟霞不老，萬箇蒼然。重陪佳士於坐中，如對真人於天際。猥以全帙，索我片言，敬獻枝詞，聊供竹笑。今夫鳳皇〔三〕翔於千仞，喻所託之高也；鷦鷯巢於一枝，明所居之約也。先生以鳳比德，擇木而棲，非鳴盛於高岡，卽蜚聲於玄圃。而何以年年空谷，倚袖常寒；寂寂柯亭，賞音罕遇。雖洽幽棲之趣，或增搖落之悲乎？然而餐烟飲露，四時之氣味皆清；抹月批風，一室之圖書盡綠。遠攀鄉樹，桑梓猶新；俯茁孫枝，檀欒可愛。以視渭川千畝、矜通侯之榮，鄧林一枝、逐夸父之步者，其風致固何如也？予辭京雒之塵，初還倦翮；飲蘭陵之酒，重挹清芬。十年聯青士之交，三日住墨君之館。拓新陰以棲鳳，願從君爲丹穴之游；睹舊日之塗鴉，愈令我憶青燈之味。

【校記】

〔一〕《日鈔》此題爲卷二第十三篇。

〔二〕長歌，《日鈔》作『七古』。

〔三〕皇，《日鈔》作『凰』。

潘修梅先生《仙梅紀遇圖》序〔一〕

夫延陵季子，蕭允與之論交；東里先生，周磐感而入夢。故知精神所契，謦欬斯通，千載之遥，一堂相見矣。修梅先生，身抱仙骨，胷藏古春。居明聖之湖，便饒清福；拜水仙之廟，自證前生。性酷喜畫梅，筆墨之外，盡得風流；冰雪之中，自成馨逸。人徒賞其烟雲之欲活，而不知其臭味之原同也。辛卯歲，先生掃墓西湖。清明寒食，龐公上冢之時；竹閣柏堂，坡老題詩之處。遂乃登巢居之閣，謁和靖之祠。奉一瓣香，佐以寒泉秋菊；坐三生石，質諸明月梅花。而惜也，葉已成陰，花將結子。殷七七之神術，芳信難留；陶八八之靈丹，香魂莫返。先生於此，亦惟玉笛一吹，瑶琴三弄已耳。不謂北窗望去，儼從東閣移來。花似菖蒲，乍無乍有；香如薝〔二〕蔔，愈淡愈濃。噫嘻異矣！未幾而吴中有召仙者，仙至，示先生以詩，曰『天涯綠葉已成陰，猶有梅花撲鼻馨』。其仙即和靖先生也。然後知香火因緣，不在空王之座；山林枯槁，堪招處士之魂。因繪《仙梅紀遇圖》，以識其事。嗟乎，芸芸萬類，無非偶現之優曇；草草百年，都是寄生之寠藪。而先生盡芟凡豔，獨結古歡〔三〕。月落參横，不續羅浮之夢；暗香疏影，别成天地之春。卽此竹外一枝，疏疏落落；想見世間萬事，色色空空。然則此一圖也，謂先生之仙緣可也，卽謂先生之禪悦亦可也。樾雖未撰杖以從，猶及披圖而見。莊襟老帶，儼成人外之游；琪草瑤花，迥異凡間之種。古香古色，名士名花。倘教一笑拈來，大可呈之我佛；若問幾生修到，還請證諸逋仙。

【校記】

〔一〕《日鈔》此題爲卷二第十四篇。

〔二〕薝，原作『簷』，據《校勘記》改。

〔三〕歡，《日鈔》作『懽』。

《紅葉讀書樓雅集圖》序〔一〕

竹箭萃東南之秀，何幸逢君；浮雲指西北之樓，其中有我。此予於斯圖，所以不辭而爲之序也。夫古之人弦韋爲贄，萱杜相逢，必有僑札之圖，以存惠莊之樂。瀛洲學士，固可丹青；瀟湘故人，亦堪描寫。樂賢堂上，帝子親賢；見客圖中，平章愛客。香山居士，鬚眉摹九老之間；摩詰詩人，風雪從七賢之後，皆所以永今情、追昔款。使青楓雖遠，舊夢可通；黄壚或遥，酒人如晤。以視《韓家夜宴》、《虢國春游》，不費臙脂，别成馨逸，故可傳也。紅葉樓主人孫蓮叔，鶴鶴神清，熊熊氣遠，置通賓之驛，歌《招隱》之篇，一時鏖戰酒兵，尋盟詩國者。或溫八叉之詩格，或柳三變之詞華。或摹没骨之花，最工畫本；或拈長心之筆，雅號書家。無香不蘭，有樹皆杞，宜留翰墨，以誌雪泥。而如僕者，酒膽不剛，詩脾尤澀。磨驢蹤跡，祇解隨人；了鳥衣冠，不堪入畫。乃鸞鳳萬舉，野鶴亦飛，蕭韶九成，啞鐘先奏，諸君則翬然而起，下走亦蝨於其間。豈非空王座上，原有因緣；詩派圖中，本同鼻祖故耶？嗟乎，仲尼住廣桑山，不能倒江河使西返；釋迦居波羅柰，不能喝日月使東還。世有易逝之流光，人有難忘之故我。而紙上之雲烟無恙，卽壺中之歲月長留。此一幨之流傳，雖千秋而亦可。僕薊門春雨，交燕市之酒徒；滕閣秋風，識馬當之才子。而皆去如逝水，付之飄風，每當月白風清，燈紅酒綠，空齋獨坐，舊夢忽來。雖豪無結客之詩，而雅有懷人之賦，撫斯圖也，能無言乎？公等健者，無非東閣之奇才；僕本浪人，幸附西園之雅集。聊爲之序，以存歲月，并誌姓名。

【校記】

〔一〕《日鈔》此題爲卷二第十五篇，《草鈔》爲卷二第八篇。

汪愷卿《瞻園圖》序〔一〕

瞻園主人，以『瞻』名園，而繪圖紀之。余披其圖，巖腹内凹，澗脣旁拓，好山千疊，孕碧生青；流水三分，倒花鑒月。穿辛夷之塢，度皂角之橋，碧鴨欄低，紅鵝館小。三竿兩竿之竹，十枝五枝之花，移柳待鶯，種松借鶴。怪石孤立，自成雲霞；飛流善鳴，不假絲竹。每當曲徑紅深，長隄綠淺，露白如洗，烟青欲浮，吸碧海之朝暾，濯金門之娟魄，洵足滌塵中之目，遊物外之觀矣。然而南垞北垞之幽，當歸摩詰；東瀼西瀼之勝，合住少陵。自來謝墅庾村，陶廬潘宅，雖勝由天造，而名以人傳。不有雲情鶴態之人，難爲竹弟石兄之伴。瞻園主人，性如水淡，氣得秋清，何晏神仙之姿，李約山林之致，爰成小築，以寄勝情。和雲斸山，買溪分水。頑青鈍碧，都與平章；寵柳驕花，無非經濟。時復攜佳伴，恣幽尋，選竹題詩，撥霞覓路，花鑾負到，茶碾攜來，油窗紙室之中，桐帽棕鞋而坐，泠泠然得松石間意，飄飄乎如神仙中人。予喜此名園，得遭賢主，因爲之序，以當小園之賦、瑞室之銘焉。顧如予者，迹雖塵網，心本林泉，亦思買三五朵之山，搆八九椽之屋，友于花鳥，問訊烟霞，而松性雖存，萍家尚泛。徒乞主人之菜把，并無容我之團焦，回首故山，安得不呼負負乎？

【校記】

〔一〕《日鈔》此題爲卷二第十六篇，《草鈔》爲卷二第九篇（目錄爲第十篇）。

孫雨樓《花甲自壽圖》序〔一〕

三篙兩篙之水，十枝五枝之花，烏榜青簾，撐來艓子；荷衣笥笠，坐箇詩人。固已極山水之娛，烟波之趣，而先生此圖〔二〕，意更有進焉。先生黄海閑身，赤城賦手，讀書八千卷，金壺之墨未乾；彈指六十年，鐵樹之花又放。鶴籌細算，麝粉輕研，摹鬚眉於坡老壁〔三〕間，紀歲月於香山集裏，翔機集椵，會意諧聲，爰繪是圖，以寓花甲一周之意。余披其圖，雲光納納，天亦白描；樹影扶扶，山皆紫邏。半溪萍合，剛容翠碧之眠；兩岸桃酣，似染紅藍之汁。萬花深處，一葉浮來，癡蜂醉蜨〔四〕之中，桐帽棕鞋而坐。槳〔五〕牙不語，櫓臍自鳴。定知打網人回，誤呼罛叟；最喜扶牀孫小，可代艑郎。圖中一童子操舟，即其六歲孫也。先生方且擁鼻豪吟，撚鬚微笑，墨磨烏玉，書檢紅牙，浮重碧之樽，展硬黃之帖，安排莽竈，料理烟蓑，幾欲招賀監於鏡湖，傲元真於霅水矣。所冀與水同春，共花不老，六旬再届，一㡧重描，配舊翠以新紅，伴東舷以西舫。僕請一枝筠管，更題九老之圖；君其六幅蒲帆，遠渡千秋之水。

【校記】

〔一〕《日鈔》此題爲卷二第十七篇。《草鈔》爲卷二第十篇（目錄爲第十二篇）。

〔二〕『而先』至『此圖』，《草鈔》作『而雨樓先生《花夾一舟圖》』。

〔三〕壁，《日鈔》作『璧』，誤。

〔四〕蜨，《草鈔》作『蝶』。

〔五〕槳，原作『漿』，據《日鈔》、《草鈔》改。

葉魯泉《囊琴訪雨圖》序〔一〕

君不見，七貴五侯之第，肥肉大酒之場，客至而響玉鳴，舞散而明珠落。漢曲胡曲，李供奉之箜篌；急聲緩聲，薛陽陶之觱篥。暢飛暢舞，以翺以翔，車挂轊而晨來，燭填街而暮罷，豈不盛與〔二〕？何爲乎屢唱勞商，虛誇清角，牧琴三尺，毛雨一天，鬱奇律而誰知，抱古心而獨寫。嗟嗟，餤段〔三〕興而雅樂廢，拍板盛而正聲衰。樹梨普梨，非中州之音韻；鷄識沙識，豈太古之宮商。撫斯琴也，得無歌苦而知希，曲高而和寡乎？乃君則《花間》集富，爨下材清，鍊成金石之聲，洗盡箏琵之俗。聞鐘悟道，製笛觀賢，吹篪而過吳門，擊築而游燕市，借流水高山之意，從名人魁士而游。流連梁父之吟，悽測楚妃之歎，往往蕤賓鐵躍，姑洗鐘鳴焉。雖然，桓譚文士，亦有繁聲；摩詰詩人，非無新曲。君苟于喁善應，硍散無嫌，跌宕乎左驥史妠之間，婆娑乎景武丙彊〔四〕之後。則和凝曲好，作宰相而何妨；徐鍇歌成，換中書而亦得。宜乎抱軒轅之瑟，自獻王門；吹子晉之簫，即登仙籍矣。顧乃胡琴碎於市上，商歌聞於門中，人驚安道之高，自得啓期之樂。青琴神女，天上無媒；黄帝伶官，人間游戲。雲夢八九，鬱奇氣之輪囷；晨星兩三，招酒徒而捉搦。朱絃三歎，自有遺音；白蠟一經，初無長物。愔愔琴德，其在斯乎？今者，長卿游倦，潘令居閑，徵苦宫甘，無非閱歷；録仁商義，皆見性情。長歌短歌，借七絃寫出；今雨舊雨，從千里招來。而僕不習鵾絃，難調牛鐸，朝欷暮唶，都不成音；氐〔五〕厭但吹，豈能中節。謬附琴星之一，未諧金奏之三。然而吾輩交游，每在風塵之外；中年陶寫，最宜絲竹之中。僕於斯圖，所以不辭而爲之序也。他日老雨初晴，閑雲忽至，贈君紅石薦，坐我白木牀，將爲奏渌水游春之曲乎？抑爲鼓歸〔六〕風送遠之章乎？請眠〔七〕琴以俟。

【校記】

〔一〕《日鈔》此題爲卷二第十八篇，《草鈔》爲卷二第十一篇（目録爲第十三篇）。

〔二〕與，《日鈔》、《草鈔》作「歟」。

〔三〕段，《草鈔》作「叚」。

〔四〕彊，《草鈔》作「疆」。

〔五〕 氏，《草鈔》作『氐』。

〔六〕 歸，原作『回』，據《校勘記》改。

〔七〕 眠，《草鈔》作『拭』。

張憶娘簪花圖詩序憶娘名小乙〔一〕

二百年倩女之魂，十三行洛神之賦，呼之欲出，翩何來遲？卜姓則好好前身，減世上雄張之色；問名則真真小印，摹商家女乙之觚。乍下秦樓，便歸蔣徑，臙脂一捻，偶憑天女拈來；翰墨千秋，竟被名流看殺。尋春杜牧，都恨生遲；入畫崔徽，不愁瘦損。柔情描畫，輭語評量，見於國初諸老之詩，洵爲天壤有情之物。吾友大台山人，素工豔體，善説情禪。喜此一幨之流傳，竟爲楚得；謂有三生之緣分，未可唐捐。傳眉眼之深情，最宜紅笑；觸心頭之舊恨，別有紫雲。爰借天涯芳草之思，以寓流水落花之感，固已綺堪呈佛，夢欲游仙。而又以爲彤管乃美人之贈，未敢自私也；《采薇》有先輩之詩，不容久秘也。於是錄其墨蹟，貌出朱顔，召黄仙鶴之名工，使刻深情之帖；借梅河豚之贋本，以傳定武之真。人謂風流，自云游戲。因上頭之千騎，必有引喤；索下走之一言，得無著糞。噫嘻！予生太晚，敢從名下題詩；我輩鍾〔二〕情，實亦前人作俑。曼殊天女，登大毛公之堂；橫波夫人，作老尚書之配。雲郎玉貌，摹來水繪園中；髯客風情，傳出填詞圖上。老子之婆娑可想，豎儒之趑趄安知，即此一圖，自成千古。而僕枯腸芒角，饞眼麻茶，得附微名，豈非奇福。刻《香奩》之集，固知孫楚可人；洩繡谷之春，未免蔣侯惱我。

【校記】

〔一〕《日鈔》此題爲卷二第十九篇，《草鈔》爲卷二第十三篇（目錄爲第十一篇）。

〔二〕鍾，原作『鐘』，據《校勘記》改。

賓萌外集卷四

序

相國祁春圃夫子六十壽序〔一〕

夫佐堯醲舜薰之化，而銀策書功；際嵩生嶽降之期，而金提建福。稽諸古昔，若商大夫之斟雉，齊尚父之飛鼦。伊水乘舟，夢游日月；傅巖板築，出應星辰。莫不享遐齡，膺龐褫，神明竺厚，精氣延洪。故知九乾雨露，飲之卽玉液瓊蘇也；五鼎鹽梅，調之卽青芝赤箭也。我國家重仁襲義，含甘吮滋，凡在紀侗視冒之臣，必有絣福曼齡之慶。若乃翊五德之運，作三壽之朋，人望之如河岳日星，知其間必有名世者。帝錫之以富貴壽考，謂宰相須用讀書人，則於我春圃夫子見之矣。惟我夫子，系出伊耆，秀鍾〔二〕澤潞。宋廣平之名字，銜自雙龍；曾魯公之精神，呼爲老鳳。際恢台之令序，爲攬揆之佳辰，化日舒長，仁風披拂。九五福曰壽，從天上頒來；十七物之餐，自尚方奉出。一時隸門生之籍，醉馭吏之茵者，咸竭丹誠〔三〕，以祈黄耇。然而將迎之術，君子不言也；曼衍之譚，達人不受也。請從庚乘之下坐，敬陳醆蒇之嘉言。夫履絇冠述，孰究天人；胙史枕圖，誰通今古。我夫子學窮五際，才擅三長。製《月儀》之辭，彥昇幼慧；作《日出》之賦，維翰才高。庾赤玉之胷襟，都無宿物；丁紫宸之才調，不愧詞臣。東觀讀書，南齋儤直。應劉公宴之作，風骨自高；歐蘇帖子之詞，蓋懷已寓。柏梁賦罷，蓮炬歸來，心在冰壺，手張珊網。犀軒熊節，迎將使者之車；黃尾裴頭，寫定神仙之籍。宣公知貢舉，最得人才；永叔作試官，能移風氣。在多士久欽爲哲匠，卽天家亦倚作經師。東平北海之賢，齊向先生問字；鳧渚鶴洲之地，親看帝子橫經。卽今詩和三侯，集成一品。間臨玉版，萬本爭鈔；偶灑金壺，五都競購。白虎蒼龍之闕，非蕭相而誰題；北風雲漢之圖，爲漢廷所共寶。雖翰墨無非游戲，而文章亦見經綸。此其學術之槃深也。王荆公爲翰苑才，入政府而聲名頓減；韋元成以經術進，居相位而建豎無聞。蓋衮職既隆，鼎司難稱，非有茹古涵今之量，莫奏熙天耀日之勳。我夫子華蓋承辰，紫宮執斗。右爲麟而左爲鳳，合成前後之輝光；規司春而矩司秋，妙此陰陽之調燮。盟心於水，著手成春。杜元凱領度支，而朝野之稱翕若；李棲筠兼起部，而公輔之望魁然。固已效奏便章，職修清晏矣。然而東垣上相，西垣上將。論功者，固以從容坐論爲高，武事樞密，文事中書；勸治者，尤以密弗〔四〕親承爲寵，國家威弧遠指，撾鼓遐征。爰置軍機，俾參碩畫，小延英之地邇，大于越之官高。我夫子以公才公望之隆，膺斯謀斯猷之寄，陸敬輿職居内相，龔茂良位進首參。每當鈐索宵聞，蠟丸朝奏，近承天語，遠燭機宜。渠牟之入内廷，或五六刻而始出；盧陵之掌外制，薄四六體而不爲。凡夫平津十策，曲逆六奇，夾袋内之人材，履屐間之方略，咸符乾斷，克洽泰交。此其治功之襮著也。且夫雲起彌天，而觸自岱宗之石；河流入海，而發從星宿之源。蓋惟德厚而信矼，然後機翔而嘏集。我夫子雖具恢恢有餘之度，仍抱匑匑如畏之忱。蘧大夫之車，無欺暮夜；韓僕射之笏，不授童奴。每出殿門，尺寸守而不失； 偶詢溫樹，左右顧而無言。 晝臨深履薄之圖，住虎尾春冰之館，威福總歸之皇極，臧否不及於人倫。 李孝伯之直言，必焚諫草； 錢侍郎之盛德，不發私書。 而又東閣延才，南金選士，門開通德，館啓招賢。 雖一一之吹，無竽敢濫； 而九九之見，有技必收。 韓荆州人物權衡，李祕書詞林根柢。 若夫識陶侃爲不凡之器，決王導爲令僕之才。 或蒙晏元獻之知，而折節願稱弟子； 或受狄梁公之薦，而終身不識何人。 本無目色之私心，遑問耳鳴之陰德。 譬猶高山大澤，食其利而不知； 霽月光風，游其宇而自化。 此其德行之純全也。 韋平之族，以世濟爲難； 軾轍之才，以同時見美。 我夫子楹書守舊，堂構開新。 吹華黍之笙，養能竭力； 捧芝泥之誥，孝在揚名。 人紀克敦，天倫無憾。 又況荆花艷發，千里聯芳； 珠樹紛羅，一枝翹秀。 哲弟風清藩服，行開旌節之花； 蘇瓌有佳兒名在賢書，新茁科名之草。 從此絲綸對掌，弓冶相傳。 張綰隨兄，就僕射中丞之位； 蘇瓌有子，講《尚書·説命》之篇。 古有東川西川，竝持虎節； 大郎小郎，同拜鸞臺者，亦何以加茲光寵，逾此遭逢乎？ 此其福報之崇隆也。 至於樓臺鼎鼐之詩，傳爲佳話； 鐘鼓園林之勝，樂此清時。 黄髪番番，克副秉鈞之望； 赤舄几几，親襄受璽之儀。 《湛露》歌詩，需雲演卦。 鳳飛五色，銜溫詔而頻來； 虬賜九花，入禁城而代步。 値此懸弧之喜，更邀錫命之榮，祝以大年，昭其備禮。 斯則五更三老，止循乎典禮之恆； 而千載一時，罕覯此明良之盛者也。 某等身經孔鑄，名隸韓門，小草無知，亦被臺萊之蔭； 大椿不老，益敷桃李之陰。 瞻壽者相而來，夏日亦形其可愛； 修弟子職而退，春風何幸而同依。 所願算永期頤，道隆輔弼。 縹醪酒熟，高會方壺圓嶠之仙； 雲母屏開，敬書聖主賢臣之頌。

【校記】

〔一〕《日鈔》此題爲卷四第一篇。

〔二〕鍾，原作『鐘』，據《校勘記》改。

〔三〕誠，《日鈔》作『忱』。

〔四〕弗，《日鈔》作『勿』。

姚平泉舅氏七十壽序〔一〕

夫久而不敝者精氣，遠而彌耀者文章，精氣之固，固於金石也；文章之壽，壽於旗翼也。是故將迎之術，上士不言；綽綰之祈，達人弗受。使徒鋪張洪筓，肸飾腴詞，接芬錯芳，翔譏集嘏，將爲長者壽乎？抑爲諂〔二〕子嗤乎？然而登戲綵之堂，侑祈年之爵，禮終於稅，人喜斯陶。先生書策琴瑟在前，當亦爲之莞爾；小子應對進退則可，或有取乎斐然。雖至親無文，切人不媚，而安能已於言哉？惟我平泉舅氏，與物爲春，如山之壽，行吾素位，其學介晉宋之間，和其天倪。斯壽邁松喬而上，於一陽來復之月，爲七旬初度之期，一時孔李通家，潘楊世戚，咸酌大㽅以祝延洪，暢舞暢飛，善頌善禱。矧如樾者，衛玠本武子之甥，李漢又昌黎之壻乎。然而玉笈金箱之記，遜而難稽也；青松綺柏之辭，亹而非實也。我舅氏遁奇於野，抱璞而居，苟效丁宏之掞張，何解枚皋〔三〕之骫骳。請登酒座，聽我卮言。公生即端凝，幼而孤露，磨祖貽之硯，讀母授之經。雖在童年，便敦至性，痛大椿之早萎，喜荆樹之不孤。〔四〕無何而聽雨牀虛，吹壎聲罷。公力營大事，手撫遺孤。伏波敬嫂，非衣冠而不見；伯魚愛姪，雖衽席而必興。課以父書，紹其家學，必使羽毛豐滿，頭角崢嶸。而後以桐孫之秀，上慰高堂；鞠子之成，下告泉壤。其天性有如此者。讀史之士，問撐犂而不知；窮經之儒，遇樝棃而莫識。載籍極博，淹貫爲難。公入則熊膽一丸，出則牛腰三尺。披青藜老人之牒，本本元元；受黄蓋童子之圖，奇奇怪怪。故能目空千古，手定百家。分小學大學之書，而朱子之傳不必補；續《新唐》《舊唐》之史，而梁氏之統不必存。當其上下古今，出入神鬼，可使長頭之賈，奉作經師，秃鬟之蘇，避其史席。其學問有如此者。夫方圭而圓璧者，材也；躐蹏〔五〕而纍傂者，遇也。以公芸香三代，桂林一枝，豈不可以待詔北門，司文東觀？而乃牌仍鄉貢，船止孝廉。冬集書中，難登名字；春明門外，虛費輪蹏〔六〕。徒以史館之勞，將膺民社之寄，好官思之爛熟，老夫耄矣無能。州郡之職，徒勞人耳，俎豆之事，則嘗學之，他日廣文氈冷，苜蓿盤空，得無有史公不遇之文，揚子《解嘲》之作乎？而〔七〕公逌然任運，密爾自娱，世事浮雲，吾心明月，佛能自在，仙更堅牢。燒尾宴前，雖無位置，打頭屋底，可住妻孥，啓期自樂其貧，傅永并忘其老。其襟期有如此者。且夫犀軒熊節，不足爲榮，北毳南金，不足爲富，自來抱五都之璧，不如傳一卷之書。而或未握蛇〔八〕珠，虛留鼠璞，識者嗤焉。公以陶元浴素之才，潤古雕今之筆，而又廣之以閱歷，助之以交游。虎阜春風，自拜生公之石；馬當秋雨，來尋帝子之洲。嗣後驅車走燕趙之郊，結客半幽并之士，非青雲之仙客，卽黄散之舊家。雖至岫有還雲，門無舊雨，而近則烟波一棹，少伯祠邊；遠則風雨重陽，禹王臺上。狂歌互答，逸興遄飛。讀所著《鉼〔九〕山草堂集》，許舍人之筆墨，妙得中和；顔延年之體裁，仍歸明密。不徒詩律之細，抑徵後福之長。又況搜奇於孔壁之前，則史成捫逸；析義於宋儒之後，則書著瑣談。固不僅文號有神，詩推無敵而已。其著述有如此者。雖然，尺鷃不足論天，寸蠡安能測海，公之所藴，不盡於斯。而樾以爲，訂《鄭志》之書，豈無弟子；傳蘇門之學，自有佳兒。必盡臚陳，轉嫌羼襍，盍徵壼史，以侑壽觴。我舅母黄孺人，出叔度之門，歸武功之族。鐵簪三寸，辛苦持家；竹笥一枚，艱難遣女。竟以中年哀樂，積成痼疾纏緜〔一〇〕。幸逢絡秀之賢，代操内政；遂毓機雲之秀，克繼書香。階前玉樹，行〔一一〕茁孫枝；室内金籯，益緜〔一二〕先業。然則占『家人』之卦，不必再筮邱園也；入儒林之傳，不必再登勳業也。如公者，心有天游，指與物化，不已〔一三〕足握大年之券，而濬多福之源乎？所願夫子牆高，丈人屋廣。小雅之材七十，合天下士而論交；大椿之壽八千，作地行仙而不老。將見朝錫引年之典，家賡偕老之章。稽《世系表》於《唐書》，不墜家風之舊；峙靈光殿於魯國，長依化日之新。

【校記】

〔一〕《日鈔》此題爲卷四第二篇，《草鈔》爲卷二第十六篇。

〔二〕諂，《草鈔》作『俗』。

〔三〕皋，原作『乘』，據《校勘記》改。

〔四〕『無』上，《草鈔》多『東頭西頭，陸機弟兄之屋，南面北面，何曾夫婦之儀』。

〔五〕蹏，《日鈔》、《草鈔》作『蹄』。

〔六〕蹏，《日鈔》、《草鈔》作『蹄』。

〔七〕而，《日鈔》、《草鈔》無。

〔八〕蛇，《日鈔》、《草鈔》作『虵』。

〔九〕 鉼，《草鈔》作『瓶』。

〔一〇〕 緜，《草鈔》作『綿』。

〔一一〕 行，《草鈔》作『佇』。

〔一二〕 緜，《日鈔》、《草鈔》作『綿』。

〔一三〕 已，《日鈔》、《草鈔》無。

蘇完瓜爾佳氏太夫人七十壽序〔一〕

仰矚鵬霄，夫人星朗；俯尋鼇極，慈姥峯高。凡在珠履之賓，玳筵之客，莫不黎收而拜，揚扢而稱，曰：此福門之慶，壽母之祥也。而況出歐公之門下，親聞魏國之風；拜韋母於帳前，不媿宣文之號也哉！惟太夫人，幼習張箴，長嫻班誡，步陸孤之貴姓，紇豆陵之名宗。其在室也，色絲黃絹，久工幼婦之詞；其來歸也，夷鼓青陽，實衍天潢之派。自仙源而積慶，從若木以分支。孫桓有宗室顏子之稱，肅〔二〕晃有吾家任城之譽。嘉耦曰配，令德來教。知伯鸞之賢，而能成其高節；定展禽之謚，而益振其清風，其所見固已卓矣。然而義統於尊，未足盡黃裳之美；教成於子，乃愈徵彤管之光。陶士行以勳業著，封鮓成之也；柳仲郢以文學名，丸熊勖之也。欲知太夫人折葼畫荻之功，盍觀我薌生夫子振采負聲之力乎？夫敦宗院内，自有名材；親賢宅中，非無偉器。不過名高西邸，望重南班已耳。我夫子金枝翹秀，便開杏苑之花；銀漢分流，又占蓬山之頂。賢良射策，珠玉揮毫。聽名字於臚傳，雲飛五色；學文章之官樣，紙貴《三都》。祕府校書，何減卯金之子；内廷侍晏〔三〕，能賡裸玉之詩。爲公族作羽儀，人皆動色；得子弟如迦葉，帝亦稱賢。則惟太夫人教以植學者勤也。夫大李爲法官，虞廷有命；司空掌邦土，《周禮》無書。蓋必通乎法外之條，而後雲司可領；亦必熟乎域中之數，而後水部能兼。我夫子始則歘歷承明，繼則迴翔臺省，宗英名重，卿貳階高。顔魯公拜秋官，克司邦憲；李棲筠官起部，已具相才。手定刑書，棘木之陰自靜；胷羅綰籍，藤花之户皆清。故不必守金布之文，泥土斷之法，而早已獄無槐竹，野有桑麻。則惟太夫人教以服官者豫也。至於門啓登龍，臺高市駿。金鎞刮目，黑白無淆；玉尺量才，短長皆適。秋風京兆，兼收南北之英；曉日觚棱，分閲天人之策。凡東閣才人，西清詞客，金闥初登之士，銀袍待試之人，莫不嚮龍燭以分光，附驥旄而致遠。入珊瑚之網，便是明珠；種桃李之門，無非仙筍。則惟太夫人教以相士者精也。然而既擅文通，必兼武達。孫吳之略，非必閫外而始知；頗牧之才，卽在禁中而可見。我夫子冠飄孔翠，旌颺雲藍〔四〕，都護之府既開，統制之官特拜。受武功爵，而儒臣之遇愈榮；領曳落河，而君子之營自正。兵容貔虎，陣法龍蛇。謂詩書卽吾道干城，非徒章句；謂騎射乃本朝家法，況在宗支。則惟太夫人教以養威者大也。稽諸古昔，陳母以忠孝勖堯咨，蘇母以禮義誨易簡。何承天之勵學，實禀慈儀；李景讓之治軍，亦遵母訓。竊以名臣之樹立，半由賢母之栽培。若太夫人者，豈非母可兼師、養而能教者乎？今當七夕之期，將進千秋之祝。曝書樓上，丹誥鸞章；乞巧筵前，朱顔鶴髮。太夫人備只孫之法服，戴固姑之華冠。王母稱觴，窗開朱鳥；佳兒舞綵，袋繫金魚，樂可知也。某等列門生之籍，得悉壼儀；循夫子之牆，久瞻慈蔭。喜穿鍼之令節，卽設帨之佳辰，酒進長生，花開吉慶。從此九重綸綍，定有馮親荀母之褒；百歲期頤，長開雪藕冰桃之宴。

【校記】

〔一〕《日鈔》此題爲卷四第四篇。

〔二〕肅，《日鈔》作『蕭』。

〔三〕晏，《日鈔》作『宴』。

〔四〕藍，《日鈔》作『監』。

謝母汪太安人七十壽序〔一〕

金馬門前，郎君官貴；綠楊城外，婺女星高。乃因設帨之期，特設稱觴之禮，一時潘楊世戚，孔李通家，無不酌女乙之觚，奉婦庚之卣，以祈綽綰，以祝延洪。而況公瑾同年，原有登堂之誼；陶家賢母，備聞剉薦之風。豈可使綠純勿表，黃絹無詞乎？惟太安人受公宮之四教，讀《女誡》之七篇。潭上桃花，生自汪倫之宅；雪中柳絮，來吟謝傅之庭。祥女入門，便有三言之益；吉人在室，從無六鑿之傷。凡越羅蜀線之裁量，韭芼梅蘇之調劑，竹豆木豆，春秋祭祀之儀；金羅銀羅，賓客往來之節，一經指畫，都見心裁，克儉克勤，入粗入細。鐵簪畫壁，相夫子以持家；銅盤傳餐，坐佳兒而課讀。固已一門稱德，九族推賢矣。而太安人則更有不可及者。自來君號宣文，女稱博士，曹大家代阿兄續史，黎夫人與傅母聯吟，從壼内以論才，亦人間所恆有。而至於羽陵之簡，載自瑤華；石室之書，藏於金匱。

則黄童亦多未見，元晏猶待借觀，未聞閨閣之中，獲覩瑯嬛之祕。乃謝氏自司寇公與修《四庫》之書，遂永百年之澤。賜書猶在，以顔醉白之堂；祖笏相承，不墜汗青之業。竟因庸成之舊守，得窺文匯之藏書。若節春秋，敬司灑掃，丙丁庫啓，庚子經陳。紅牙之籤，因風成韻；玉板之紙，映日有光。裝以玳瑁之函，護以芙蓉之粉。太安人因勷盛舉，得縱奇觀。鳳諾龍奴，鈔來祕本；金題玉躞，識是吴裝。此無論銘椒頌菊之人，眼無此福；即問諸冠逑履約之士，口莫能名矣。然使爲傳經之韋母，作獻賦之韓公，而未聞令德之歌，亦安見閑家之美？且夫來伸往屈，羲《易》之微言也；前沈後揚，《越書》之精語也。太安人亨屯一視，欣鬱兩忘。其在室也，族本華腴，不必布裙而椎髻；其來歸也，門猶鼎盛，亦非紙閣而蘆簾。北毳南金，美哉此室；東音西舞，爛其盈門。似乎樽節爲難，清寒不耐矣。乃無何而禹莢累多，脂膏潤少，鳩羽之司既失，鼠耳之帳難稽。錢不飛來，杯能化去。畫指之券，積而益多；纏腰之資，散而愈少。在目論者，未免慮點金之乏術，悵餐玉之無方，而太安人倚竹忘寒，食荼有味。束脩壺酒，必均親串之貽；兼味盤飧，無缺賓朋之饌。貧而能樂，儉以養廉。守柳下之清，乃稱賢婦；服桑中之宧，自有佳兒。又何必撫破甑而自嗟，聽回帆而不樂乎？夫食都蔗者，及尾而甘；種靈檀者，隨心所欲。至庚戌歲，我夢漁同年，席福門之餘慶，掇盛世之巍科。金殿宣名，爭看探花之使；玉堂珥筆，共推視草之才。賦罷《長楊》，蓬山日永；收來仙筍，棘院風清。即吉語之頻傳，想慈顔之有喜，然後知太安人所見者高而所期者遠也。今者梅花有信，剛逢十月之交；萱草無憂，將進千秋之祝。鸞章錫命，天邊之冠帔新頒；鳳律回春，膝下之壎篪迭奏。孫枝濯濯，珠著樹而俱芳；壻水溶溶，玉映冰而並潤。板輿既御，綵服爭趨，鞠𦝫一樽，雲璈三奏，樂可知也。某等驥旄偶附，忝分琴上之星；麋壽同祈，敬祝壺中之日。雖無鉅筆，寫雲母之屛；且藉卮言，侑麻姑之酒。所冀康強逢吉，美意延年。此時鶴獻籌來，齊唱百年之曲；他日鳳銜詔至，榮披一品之衣。

【校記】

〔一〕《日鈔》此題爲卷四第五篇。

但雲湖前輩七十壽序〔一〕

夫張蒼柱下，錫曼衍之奇齡；羅結城中，受頻繁之異數。固已爭光旗翼，比美蒼牙；而況注籍玉堂，書名晶策。已届從心之候，猶勤宣力之勳，人望之如魯國靈光，共仰重名於北斗；帝用之爲傅巖霖雨，俾敷惠澤於南邦。如我雲湖先生者乎？先生麗水祥金，丹山威鳳，秦黔中之故郡，秀氣獨鍾〔二〕；漢都尉之家聲，清芬克紹。際此橙黄菊緑，剛過九月重陽；喜聞鳳舞鸞歌，將祝七旬雙壽。忝與登龍之列，敢忘酌兕之忱，敬獻小言，以侑大斗。惟先生裴遨才清，徐陵慧早。一黌之俊，貢此芹香；百尺之枝，攀來桂子。慈恩塔上，親題千佛之名；天祿閣中，小集羣仙之隊。燭移龍鳳，湯賜麒麟，鱠蓬萊之魚，騎杏葉之馬。冰銜既貴，霜議益清，移來東觀神仙，壯此西臺風骨。赤棒所至，識高中尉之威名；白簡無私，見傅鶉觚之慷慨。獄獄神羊之角，行行驄馬之歌，蓋有鮑葛之風，薛袁之直焉。至於秉龍虎之節，平燕雀之衡，涉湘水而採其茝蘭，登會稽而收其竹箭。一簾秋色，文章之味同清；萬種春花，桃李之門更盛。類皆秤心自運，鐸舌親操。蘇子瞻試院之中，煎茶有味；和魯公省門之外，撤棘無譁。朝廷收得士之功，士林服論文之識。然而清華之選，所以觀其學也；盤錯之交，所以試其才也。汲長孺之重望，乃莅淮陽；李鄴侯之仙才，亦臨浙右。先生諫垣聽鑰，帝扆書名，移卿月於九霄，作福星之一道。風清鷁首，浮沅水以南游；雲傍馬頭，度太行而西去。其所至也，六條察吏，五禮防民，蓬蒿不翦於庭前，桑麻成陰於境内。韓大中之政，傳爲美談；顏有道之歌，達於朝聽。欲試移風之手，俾正吳趨；因知飲水之心，命司禹莢。夫自鹽屯既設，榷法屢更，鐺户易疲，綱官難給。先生始官山左，旋莅江南，籌握帳中，錢流地上，貨布得流通之術，脂膏無自潤之心。故能杜攘竊之奸，而梟心自靜；定踦零之帳，而鼠尾皆清。雖劉晏著美於唐時，陳恕得名於宋代，亦何以加於此乎？然使馭飛雪之將，揚思次之旌，而徒爭心計之工，其安見指麾之略。先生安邊有論，經武有方，受嬀汭子之兵書，通馬將軍之故事。當海氛之未靖，正軍事之方興，遂兼廉訪之銜，以重師干之任。修殷鐵之密奏，自達九重；負劉輿之長才，足當百萬。於是開黄皮之室，造金翅之船，募横海之雄師，鐵蜋遠跨；練淩波之勁卒，銅虎分頒。鹿角十重，魚膏千斛，卒之刁公城固，焦度樓高，亭堠銷烽，市廛安堵。自定便宜之策，高張吉利之旗，即此一面之獨當，洵可八州之兼督。而乃潘岳有閑居之日，文園多移疾之時，幾疑超棘無徵，浮萍有詠，豈知再懸再上，堇父之布彌高；愈磨愈明，獨孤之鏡無損乎？且夫人爵之榮，天倫之樂，求之於古，罕或能兼。先生二品階高，八旬親健。蘇易簡之奉母，頻邀霞帔之頒；陳堯咨之居家，每繫金魚而侍。此一端之可羨，雖三公以何加。德配吳夫人，系出延陵，封高石窌。心能入細，代稽鹽鐵之書；德可宜家，榮受蘭金之誥。上以扶持鵠髮，下以培植鳳毛，三珠之樹爭高，千里之駒並駕，或玉堂之繼武，或珊網之呈材。學海瀾深，郎官星朗，門庭之盛，海内同推矣。某素仰丰裁，倍殷頌禱。黄金臺下，幸〔三〕逢長者之車；雲母屏前，敬獻壽人之曲。所望《易》占三接，史紀九遷。八千歲爲春，天上花開旌節；九五福曰壽，人間樹種長春。

【校記】

〔一〕《日鈔》此題爲卷四第六篇。

〔二〕鍾，原作『鐘』，據《日鈔》改。

〔三〕幸，《日鈔》作『欣』。

慎母陳太恭人八十壽序〔一〕

夫揚尊遂者，表石窌之封；頌延長者，侈槐眉之迹。然而翠嫣元扈，事既遠則難稽；黄竹白雲，語非經而罔據。豈若奏《房中》之樂，揚林下之風，借『彤管』之三章，寫錦屏之十幅乎？歲惟元黓，序入九秋，芙卿太史爲其尊慈陳太恭人稱八十壽。某等以公瑾之同年，拜宣文之賢母，欲進壽人之曲，宜陳女憲之書。惟太恭人毓自高門，教於名父。當玉勝呈祥之始，家在日邊；從花甎退值之餘，攜來膝下。授之班《誡》，課以唐詩，凡韋母《周官》、班姬《漢史》、宋家《論語》、伏氏《尚書》，無不了了於心，琅琅在口。時贈公冶亭先生以孝廉之船，赴公車之署，龍門未上，燕市久留，喜諧敬仲之占，爰作齊髡〔二〕之贅。吉人在室，嘻嗃無聞；快壻登堂，風流可想。而乃翼殷不逝，器大難成，遂以獻賦之相如，姑作傳經之劉向。匡衡補平原文學，後進景從；劉昞稱元處先生，學徒雲附。然而束脩之羊常瘠，空倉之雀多饑，供落索之餐，僅餘春妾；補挾斯之服，恆藉鍼神。太恭人儉以養廉，貧而能樂。攜阿汪之女僕，黹繡三更；課袞師之嬌兒，咿唔一卷。食貧有味，交謫無聲，井臼雖勞，笄珈無慕也。逮乎注選人之籍，現宰官之身。而河陽之花，欲栽猶未；長安之米，屢索爲難。雖殷出門西笑之心，已決盡室南歸之計。二十年之新婦，始拜松楸；三千里之故山，僅存桑梓。猶謂牽絲已近，製錦非遥。從前槖筆而游，此後鳴琴而治。百里之地，試其利器而有餘；三徑之資，取諸絃歌而自足。孰意牛刀未奏，《鵩賦》先成。沅江蘭芷，虚迎葉令之鳧；霅水雲烟，遽返蘇仙之鶴。斯時也，因樹之屋，止賸三椽；種秫之田，不盈五畝。太恭人艱難作筥，辛苦牽蘿，大厦獨支，偏絃自奏。帛似帛而布似布，刀尺宵聞；簪非簪而釵非釵，鉛華曉謝。缾無儲粟，能爲巧婦之炊；楹有遺書，惟勸孤兒之讀。且夫千尋之木，實生神芝；盈尺之珍，足蔭嘉穀。自來德無不耀，理有可徵，況重以太恭人教誨之勤，栽培之厚乎？芙卿千雞學富，五鳳才高。卓爾不羣，久冠子衿之列；拔乎其萃，果邀乙覽之知。首選既膺，頭銜便貴，民部司度支之重，郎官應列宿之尊。於是恭迓板輿，重游京國。晨昏甘旨，茅季偉殺雞以供；出入起居，陳堯咨佩魚而侍。《霓裳》一曲，名在月中；象服三加，恩頒天上。然而稽百官之表，惟玉堂之署尤清；號萬石之君，無芸香之俸則俗。乃至庚戌歲而輭紅得路，淡墨書名，甫開聞喜之筵，便入承明之選。《天人策》進，聖主頷頤；《羽獵賦》成，羣公擱筆。餅分銀餡，炬撤金蓮，斯固已極遭遇之榮，食詩書之報矣。又況楷臺高築，筆陣雄開，肥瘦兼乎鍾胡，筋骨得之顔柳。求書客滿，門是鐵而亦穿；潑墨興豪，壺非金而不竭。士林珍其尺牘，公卿慕其姓名。從此臺閣躋登，輶軒歲出，傍金坡而置宅，持玉尺以量才，薰班馬之濃香，樹夔龍之重望。太恭人手扶鳩杖，身擁貂裘，其亦爲之進一觴、加一饍乎？而乃菀枯之境，無動於心；欣鬱之情，罕形於色。圖書滿架，花木盈庭，不禮兩足之尊，不設三淨之饌。篋中舊稿，常倩兒編；燈下細書，不勞婦代。訂蘭閨之故事，都爲一書；仿玉臺之新詩，選從兩宋。即今期頤將届，矍鑠如初，油窗花户之間，筍席羔裀而坐。排金葉之格，則猶子亦偕；檢紅牙之籤，而女孫輒侍。隔户之婦，每共敲棋；扶杖之孫，時來索果。佛能自在，仙本長生，洵可樂矣。兹當設帨之辰，將舉稱觴之禮，萱堂春滿，菊圃秋高。某等忝有登堂之誼，敢忘介壽之忱。所望曲唱百年，長駐結璘之景；衣披一品，益高興慶之班。

【校記】

〔一〕《日鈔》此題爲卷四第七篇。

〔二〕齊髡，《日鈔》作「淳于」。

孫鼎庵太夫子壽序〔一〕

讀《萬石君傳》，羡門第之榮；誦《九老圖詩》，見林泉之福。固已聲華並茂，齒爵兼尊。然而鶴鳴於陰，喜其子之能和也；豹隱於霧，美其身之有文也。倘徒席寵簪纓，比齡旗翼，亦奚足以焜耀枌榆，鋪張竹素乎？〔二〕鼎庵先生，以君子儒，現壽者相。啓五經之笥，腹便便而愈饒；披一品之衣，骨珊珊而不俗。歲在癸丑，先生年六十有五矣。惟時我師蘭檢侍郎，恭承簡命，視學皖江。效仁傑之望雲，低徊不去；喜維摩之示疾，矍鑠如初。乃寓書於樾，謂：古者奉觴上壽，非有常期；今兹舞綵承歡，冀聞吉語。樾雖固陋，不敢辭也。雖然，先生文章名世，科第傳家，徒陳黃竹之謠，難補《白華》之雅，盍卽其樹立之奇，遭逢之盛，爲先生侑一觴乎？夫刀礪〔三〕紛帨，《内則》之恆儀；廁牏中帬，子弟之常分。苟庭闈之聚順，雖曾、閔以何加。乃先生父曉塘吏部，始而藤廳供職，繼而榆塞荷戈，層冰積雪之間，羸馬瘦童而去。黃龍府遠，白豹城高，先生左右扶持，晨昏調護，奉留犂以介壽，歌《勒敕》以勸餐。迨恩出九天，得唱刀頭之曲；而身經萬里，都忘繭足之勞。烏鳥情深，明駝足健。其不可及者一也。史公游覽，卽是文章；王粲《從軍》，何傷儒雅。先生歸從絶塞，踏徧名場，謂地芥之非難，何天香之有待。乃至甲午歲，始膺鄉薦，得列賢書。而〔四〕蘭檢師已陪玉筍之班，同報金花之帖。查棃並秀，椿桂齊芳，龍門之游，使季方扶杖；鹿鳴之宴，因紀涉張屏。其不可及者二也。蘇老泉之策學，不列於制科；黃亞父之詩名，僅終於從事。雖有知名之子，未由歸美於親。〔五〕蘭檢師早奮天衢，躋登雲路，司文東觀，珥筆西清，在常情而論，先生亦恬養邱園，優游家衖已耳。先生謂：讀十年書，未登上第；拜五花誥，終愧君恩。於是鑄鐵硯以自盟，著銀袍而就試，不墜觀光之志，果開聞喜之筵，以司馬老先生，作昌黎前進士。其不可及者三也。唐人貴科目，一第爲難；漢代重循良，百里非易。既看花之得意，宜揵水以之官。墨綬銅章，莫笑牛刀小試；壬山癸水，行看鳧舄飛來。而先生燒尾情殷，折腰興嬾。羊鼻公無他嗜好，惟喜圖書；龍鬚友成我功名，更勤著述。輭紅塵裏，一笑抽身；虚白堂中，終年抱膝。載酒之客，酬以清談；負牀之孫，課以家學。〔六〕詞曹接武，郎署蜚聲，皆先生之教焉。門前五柳，久淡宦情；堂下三槐，益饒佳氣。其不可及者四也。雖然，先生世受國恩，身爲鄉衮，使徒作嵇紹之野鶴，學劉勝之寒蟬，何以見入粗入細之精神，可方可圓之才略哉？先生南郭忘形，物來則應；東平好善，樂此不疲。布長者之金，因而建寺；捐坡公之帶，遂以成橋。而生平致力者，尤以文風塔爲最。是塔也，拔地七盤，去天三尺。偶以〔七〕謝仙之火，致毀鉅觀；將運郢人之風，使還舊物。先生採形家之論，謂文運之攸關；念先世之勞，懼前功之盡替。廣招巧匠，妙選名材，築就瓊階，裝成寶地。阿育王之神力，遂此莊嚴；舍利子之光芒，燭乎霄漢。果使科名草緑，及第花紅。而陶士行竹木之儲，都歸有用；孔君魚脂膏之地，共信無私。其不可及者五也。且夫茶鐺藥臼，王摩詰之幽居；掃地焚香，韋蘇州之清福。先生瑟琴靜好，家室和平，宜乎開出曇花，必非頃刻；種來修竹，總是檀欒。乃德配徐夫人，暫住華鬘，旋歸兜率。少君去而鹿車罷挽，德耀逝而鴻案虛留。但將法喜爲妻，不羨使君有婦〔八〕。林處士山中清夢，祇堪配以梅花；王大令〔九〕江上情波，并未迎將桃葉。其不可及者六也。蘭檢師歙歷承明，回翔臺省。少司馬之職，重於《夏官》；《大宗師》之篇，清於《秋水》。先生謂鋒車問俗，非徒蒿目而談；玉尺量才，尤貴冰心自矢。每以教忠之意，寓於執訊之書。雖或旁午軍符，紛紜未息，夷庚孔道，充斥堪虞。而謝傅從容，依然賭墅；劉超鎮定，終不移家。其不可及者七也。歲時伏臘，居君子之鄉；傀儡盤鈴，尋少年之樂。釣游舊地，杖履閑身。登邑大夫之庭，止談風月；入鄉先生之社，但話桑麻。與哲弟謙齋、文垣兩先生，屐齒尋幽，杖頭買醉。東頭西頭之屋，無間往來；南垞北垞之間，每同觴詠。悠〔一〇〕然有松石間意，望之如神仙中人。其不可及者八也。荀子云美意延年，史遷謂修道養壽。當嶺上春回之月，正壺中日永之時。雖我蘭檢師秉節云勞，稱觴未逮，然而，陶隱居之樓上，謖謖松風；楊於陵之門前，深深桃李，亦足爲先生壽矣。樾遠承師命，敬溯高風，所喜鶴算銜來，正值龍光頒到。天上紫泥初錫，已看彩服增輝；膝前黄閣將登，願借金甌獻壽。

【校記】

〔一〕《日鈔》此題爲卷四第八篇。

〔二〕「鼎」上，《日鈔》多「惟我」。

〔三〕礪，原作「鐫」，據《校勘記》改。

〔四〕「而」下，《日鈔》多「我」。

〔五〕「蘭」上，《日鈔》多「我」。

〔六〕「詞」上，《日鈔》多「迄今濟亭世兄」。

〔七〕以，《日鈔》作「因」。

〔八〕使君有婦，《日鈔》作「淳于作壻」。

〔九〕大令，原作「右軍」，據《校勘記》改。

〔一〇〕悠，《日鈔》作「儵」。

墓誌銘

户部候補主事前翰林院庶吉士壽君墓誌銘〔一〕

君諱壽昌，姓某氏，滿洲鑲黄旗人。其先世自國初駐防江南，遂家江寧。從真人豐沛而來，素精武略；得六代江山之助，遂暢〔二〕文風。曾祖官福保、祖樟柱、父尚德，並以騎射承家，詩書啓後。君生而穎異，學有本原。讀東方曼倩之書，久推博雅；入北海康成之室，便號經神。凡舜碣堯碑，癸盉丁卣，佉盧字古，不準書新，莫不了了於心，琅琅在口。魯淹中之士，遜此宏通；齊稷下之儒，媿其浮辯。學飽千蹠，聲蜚一黌，賢書登其姓名，天府貢其品望。歲在庚戌，成進士，入詞林。黄榜名高，紅箋字大。寫同年之錄，不媿魁人；居殆庶之科，是稱吉士。擔簦北上，被錦南還。跨内廐之飛龍，光生梓里；攜蓬池之仙鱠，香佐蘭餐。固遭遇之榮，亦文章之報也。夫以爾雅之才，膺承明之選，宜乎！獻淩雲之賦，名動公卿；簪畫日之毫，身依禁近。乃壬子散館，改授主事。噫嘻，辟劢支未成正果，項曼都竟作斥仙，雪泥之爪印猶留，冰樣之頭銜已换。海中珊網，人惜遺珍；天上玉堂，自稱過客。接翼之鳥，半翔集於天衢；同隊之魚，盡飛騰於霄漢。而君挂名省署，供職農曹，得無有雲英未嫁之思，子晉成仙之憾乎？雖然，郎官應列宿之尊，民部司度支之重。虎爪之板，不妨暫屈王微；鳳凰之池，原可仍還荀勗。君亦猶猶然不以介於懷也。孰意一官落拓，方閉户以著書；八口零丁，竟闔門而死難。蓋君官雖日下，家尚江南。自粤賊之沿江而下也〔三〕，夷庚已塞，難爲就養之行；令甲方嚴，敢作偷生之計。黯黯將軍之樹，堂堂君子之營，固已視白刃而如歸，製黄衫而有待矣。癸丑二月，賊陷江寧。時則風鶴張皇，沙蟲慘淡。神鴉飛滿，孰與招魂；鬼馬騎回，尚思殺賊。短兵相接，至三日而未休；大義相期，竟一軍之同盡。君全家赴義，盡室捐軀，同抽光弼靴刀，不走田單車軸。嗚呼，烈矣！君在京聞信，哀不成聲，痛真欲絶。白雲千里，誰爲仁傑之家；碧血一堆，難訪萇宏之骨。死生契闊，旦夕呼號，血共淚枯，神先身死，未閲月而君亦不起，哀哉！予與君爲庚戌同年，西清之鈴索同聽，南浦之歸舟並放，庚戌假旋，與君遇於袁浦。每當交游之相對，咸推才調之無倫。乃並列清班，而文星竟謫；同依盛世，而劫運偏逢。苟天道之有知，何斯人之太酷？君生平覃精小學，徧讀奇書。童律庚辰，補《禹本紀》之缺；吉日癸巳，摹《穆天子》之文。所著有《説文正誤》、《夏小正補注》若干卷，殺青未就，殘墨猶香。此則丁敬禮之文，待陳思而定；左太冲之賦，藉元晏以傳者也。君娶某氏，生一子。或云：城陷後，有匿其孤以免者。雖覆巢之下，未必果有遺雛；而劫火之餘，或者猶留幸草，庶延炊種，不墜書香。然而全趙氏之孤，誰爲杵臼；存李固之後，安得王成？傳聞異辭，亦難必也。某年月日，同人將葬君於某原，而屬余爲之銘。嗟乎，抱九仙之骨，何期獨下神山；檢千佛之經，誰料先登鬼籙。一門忠孝，有光太史之書；三尺松楸，無犯大夫之墓。銘曰：

君粹於學而贍於文，既衣忠而裳信，亦雪白而蘭薰。胡蓬萊之早謫，而芝艾之先焚？彼爲虵而爲虺，乃嘘毒於榆枌。既一門之俱盡，而君亦自蹶其蘭筋。嗟命途之舛錯，譬糾纆之紛紜。或皃没與欺魄，非達者之所云。苟君親之無負，雖九死而猶欣。蕭蕭白楊君之墳，千載而下毋耕耘。

【校記】

〔一〕《日鈔》此題爲卷四第九篇。候，原作『侯』，據《日鈔》改。

〔二〕暢，《日鈔》作『鬯』。

〔三〕『自粵』至『下也』，《日鈔》作『自粵匪滋事以來』。

誄

孫竹孫先生誄〔一〕

夫西州智士之亡，應乎武擔之石；南岳〔二〕幽居之誄，登乎《文選》之樓。故知身無論乎窮通，名無論乎顯晦，苟有可傳，皆堪不朽。〔三〕孫公竹孫，諱家球，仁和人。故文淵閣大學士文靖公之從孫也。考諱某，江西南昌縣知縣。宰相世系，表於史官；廉吏子孫，食其舊德。公生而藴籍〔四〕，幼卽端凝。數馬之風，無慚石氏；舞象之日，已號璧人。李十郎生相國家，自有山林之致；范仲淹作秀才日〔五〕，便存憂樂之懷。宜乎富貴逼人，文章驚世，不僅子衿之選，行看祖笏之還。而乃紅休已失其故封，黄散徒存〔六〕其舊望，易消白日，難到青雲，未免銅狄傷今，金徒感舊。公少時隨父宦游江右，適文靖公總督兩江，避嫌改秩，遂辭手板，來拜牙旂。時則水驛更籌，護以亭公之弩矢；舵樓燈火，照來節度之旌旗，何其盛也！江山無恙，風雨重來，鬢已二毛，裝惟一葉，因繪《江行感舊圖》紀之。《夢華》小錄，不無故我之思；穆護新腔，大有勞人之感。然而君子安雅，達人大觀，付舊事於飄風，證此心於明月。不乞木居士之福，且從麴秀才而游。花底扶頭，酒間招手，食無三九，醉已二參，不必鯖仿五侯，膳司九婢。而大爬獨酌，謂輭飽之已堪；小户客來，卽清談而亦可。君平坐乎市肆，臣朔襍以詼諧，或高齋學士之與游，或卑田乞兒之共語，可謂游於人外、和其天倪者矣。至於説《禮》敦《詩》，承平王孫之態；恤孤矜老，慈悲菩薩之心。秋風其涼，飲廬中之窮士；夏日可畏，蔭樾下之暍人。則又壺士傳爲美談，輿人誦其高誼者焉。未登大董，遽隕少微，於道光二十四年冬十二月二十八日疾終里第。嗚呼哀哉！公娶戴氏，乃先君子中表妹，而兄林，又公之壻也。樾十齡就傅，五載依公，不徒以一第相期，乃并以千秋見待。自惟年齒未逮終童，便謂文章當歸阿士。憶公疾革之日，猶出《江行感舊圖》索題，爲製長歌〔七〕一章而歸之。公呼燈就枕，忍死讀詩，氣已斷而不復成聲，目未瞑而尚能辨字。已而歎曰：死是歸人，生爲欺魄，既鐘漏之俱盡，何金石之不流？然而病骨易消，名心難化。與其誦鳩摩之神咒，乞此餘生；不如將蜍志之微名，託君後死。或爲小傳，粗述生平，苟有見於集中，即無憾於泉下。樾遷延敞罔，未敢當也，而公長逝矣。嗚呼！公叔垂危之語，張堪知己之言。過喬太尉之墓前，可爲腹痛；起顔士遜於地下，終負心期。謹按禮，謚以易名，誄以表行，爵非有謚，誄又何施？然而縣賁父之誄載於《檀弓》，知士之可以有誄也；楊荆州之誄成於潘岳，知幼之可以誄長也。竊緣此義，敬著斯文，望丹旐其已遙，書素旂而無及。嗚呼哀哉！其辭曰：

石鼓山下，靈光巋然。一朝星隕，哲人萎焉。祝噎不效，餐霞而仙〔八〕。算隨臘盡，逝在春先。嗚呼哀哉！惟公家世，累葉清華。天上黄鉞，門前緑車。宜顯於世，以昌其家。如何覺舍，老此蘭芽。嗚呼哀哉！惟公内行，孝友詵詵。伯霜仲雪，合爲陽春。醋溝勸學，糠市憐貧。善人無禄，鬼伯不仁。嗚呼哀哉！公隱於市，交無賢愚。晉國大駔，魯中諸儒。苟入其室，誰非吾徒。而今已矣，寂寞黄壚。嗚呼哀哉！公隱於酒，無慮無思。提壺挈榼，餔糟啜醨。公真醉矣，臣復中之。金伶墓上，誰酹此卮。嗚呼哀哉！嗟予小子，曾從公游。總角之歲，許我千秋。蹉跎老大，將貽公羞。愧無巨筆，書此旗旒。

嗚呼哀哉！

【校記】

〔一〕《日鈔》此題爲卷四第十篇，《草鈔》爲卷一第十七篇。『孫』上，《日鈔》、《草鈔》多『表姑丈』。『誄』下，《日鈔》、《草鈔》多小字『並序』。

〔二〕岳，《草鈔》作『嶽』。

〔三〕『孫』上，《日鈔》、《草鈔》多『我表姑丈』。

〔四〕籍，《日鈔》、《草鈔》作『藉』。

〔五〕日，《草鈔》作『時』。

〔六〕存，《草鈔》作『從』。

〔七〕長歌，《日鈔》、《草鈔》作『七古』。

〔八〕『石鼓』至『而仙』，《草鈔》作『星精霣地，雲馭羾天。哲人萎矣，靈光圮焉。奄收世迹，竟迄天年』。

李春帆誄〔一〕

李君春帆，名襄，黟縣人。予及門士簡庭明經從兄子也。叔夜幼孤，彥昇早慧。風舅草翁之對，已見聰明；玉昆金友之間，尤推倜儻。少於簡庭者二歲，同趨家塾，並受楹書。試童子之郎，每同鋪席；拜先生之坐，不隔門牆。喚作吟朋，視如弱弟，叔寶之風神可想，阿孺之才具尤高。凡親故往來，歲時伏臘，一經隃度，無不周詳。張曾子爲鄉里所推，杜伯夷有奇童之目。簡庭呼蕭藻爲迦葉，愛劉孺若明珠，雖行輩有懸，而形神無間也。歲在癸卯，母病幾危。時則伯兄遠客，罊指難招；諸弟扶牀，牽衣尚小。盡其一人之力，歷乎三載之遙，帶下求醫，囊中採藥，倭子勸餐而必飽，黄童扇枕而能涼。卒使貞疾有瘳，慈雲無恙。雖古人江魚、孟筍，亦何以加於此乎？乃至丁未歲，而其祖父母又相繼病。八旬年老，二豎災深。沃盥固賴扶持，帬牏亦資浣濯。其婦朱氏，心力忘劬，晨昏盡瘁，堂前進乳，廚下調羹。而孰意勞可傷生，孝真竭力。疾風忽起，竟占吹竈之凶；明月重來，未免倚欄之感。雖白華絳足，無改承歡；而紅粉碧雲，能無傷逝。既仲宣之體弱，又奉倩之神傷，亦自知不復永年矣。然而形骸欲化，神識未衰，臨歿猶從容謂簡庭曰：書劍無成，鐘漏俱盡，委形隨化，亦無甞焉。惟是偏親垂暮，孤子始孩，九死之餘，一言爲託。嗚呼！皇没欺魄，誰知修短之期；鳥死哀鳴，未改纏緜〔二〕之性，是亦可悲也已！今年春，簡庭從余於京師，固請於余，追爲此誄。一抔〔三〕土掩，欲書丹旐而無由；再世人來，好與金環而共認。誄曰：

黟山之下，爰有素〔四〕風。隴西之子，實惟終童。瓊姿鶴鶴，劍氣熊熊。書修保傅，集訂童蒙。雖讀詩書，不慕〔五〕青紫。綵服斑斕，能令親喜。石奮浣帬，王延溫被。至誠感神，母病竟起。非無兄弟，伯淮季江。停雲千里，聽雨一窗。亦有嘉耦，蛩駏必雙。蘆簾紙閣，玉漏金缸。生死相依，乃惟臣叔。騎竹同嬉，編蒲互讀。夜臥聯牀，晨餐劃粥。爲同隊魚，爲呼羣鹿。其齒雖弱，其才則長。入粗入細，可圓可方。十人足了，一面不忘。韓嬰心細，管輅膽剛。天不假年，斯人竟夭。珊網收遲，玉棺降早。黄口兒孤，白頭親老。顛倒遺書，飄零殘稿。嗚呼哀哉！曇花易謝，泡影難圓。修文何地，成佛何年。或如羊祜，再續前緣。白瑤宫遠，望斷人天。嗚呼哀哉！

【校記】

〔一〕《日鈔》此題下多小字『有序』，爲卷四第十一篇。

〔二〕緜，《日鈔》作『綿』。

〔三〕抔，原作『坏』，據《校勘記》改。

〔四〕素，《日鈔》作『淳』。

〔五〕慕，原作『暮』，據《校勘記》改。

祭文

公祭相國杜芝農夫子文〔一〕

嗚呼！霖雨方甘，江左拜謝公之棣；慶雲忽散，天邊增傅説之星。緑野俄空，黄扉竟掩。送溫公之葬，野亦焚香；聞子産之喪，人皆捐玦。而況歐陽公之坐上，許見文章；安昌侯之堂前，與聞絲竹者哉？惟公秀毓青齊，門承黄散。蘇瓌有子，早見賞於九重；盧肇登科，洵無慚乎第一。遂乃西清待漏，東觀讀書，既簪筆以趨朝，復乘軺而出使。王珪之去，送以金蓮；李泌之來，召以銀信。使星既入，卿月俄升，既踐容臺，旋移水部。蓋王茂宏令僕之才，李棲筠公輔之望，固已肇於此矣。而乃未登鳳閣以調元，先入龍樓以侍學。金谷來軒轅之問，緑圖爲顓頊之師。每當怯薛風清，觚棱日暖，尚書履至，丞相車來。聽高季輔之言，珍逾鐘〔二〕乳；味崔伯深之語，清若縹醪。此十七年之情懷，長留宸念；而一个臣之風度，獨重朝端者也。槐嶽既登，鹽梅攸寄，格心道大，造膝謀深。元振之入省中，或十四昔而始出；渠牟之對殿上，每五六刻而未終。蕭規曹隨，務崇其寬大；房謀杜斷，動合乎機宜。以百辟之儀型，承兩朝之知遇。柏梁酒罷，教編御製之詩；棘院茶清，屢拜文衡之命。入玉堂之署，笑看弟子横經；修金匱之書，特許老臣秉筆。崔家父子，並駕軒軺；溫氏弟兄，同居華近。凡遭逢之特異，皆倚任之逾常。今年春，因黄流之軌未遵，致赤子之勞莫息。庚郵入告，丙枕難安，特簡重臣，俾敷惠政。公朱軒就道，赤舄辭朝，顧溫樹而依依，聽禁鐘而戀戀。玉音問答，猶陳忠愛之辭；金殿平明，大有徘徊之意。然而使車既去，奏牘頻來，卽經畫之周詳，知精神之淵著。富鄭公之境内，屋廬衣服而皆全；鄧仲華之車前，班白垂髫而盡樂。方謂堂開晝錦，將徵永叔之文；誰知樓署望京，長抱令狐之恨。結旌不返，遺表俄陳。千里星馳，九天雨泣。念堂前之親老，珍藥先頒；知膝下之兒賢，清班特晉。千秋之論，獨斷於宸衷；一品之階，更高於保傅。溫言慰問，已勞敕使頻來；異數便繁，竟荷乘輿親奠。懸車之父，扶拜天顔；搢帶之孫，攜來帝座。較之垂涕而問桓榮，加紼而封丙吉，雖哀榮相等，而震悼尤深矣。某等游韓愈之門，共欽北斗；問謝安之墅，猶在東山。方霑化雨之施，忽訝台星之隕，乃瞻丹旐，敬薦清尊。三載登龍，忝作李君之御；千秋下馬，長懷董相之恩。哀哉！

【校記】

〔一〕《日鈔》此題爲卷四第十二篇。

〔二〕鐘，《日鈔》作『鍾』。

呈

公請林敏齋前輩入祀鄉賢祠呈〔一〕

竊惟圭璋之品，士大夫所以立身；俎豆之光，都人士於焉觀德。是以豫郡留先賢之像，襄陽傳耆舊之書，既矜式於士林，宜光榮乎祀典。伏見故湖北糧儲道林公諱培厚者，秀鍾〔二〕東浙，系出南安。聲儁〔三〕一黌，登鱣堂而秉鐸；名尊千佛，企鵬路而搖鞭。既題氈筆之名，便與玉堂之選。花甎日暖，羣公推作賦之才；棘院風清，多士服論文之識。詞垣珥筆，手披《四庫》琳琅；帝扆書名，身寄一方保障。酌岷江而勵潔，履蜀道而忘難。智察稻芒，獄無疑而不破；力除鼇本，盜有藪以皆清。頒鐺户之規條，而梟心向善；嚴鐵官之禁令，而鶴膝銷鋒。迨移莅夫丁沽，復恭承乎巽命。螭坳召對，鳳詔傳宣：謂潔己而愛民，是漢代循良之吏；俾承流而宣化，作唐時觀察之官。霖雨三年，福星一道。講救荒之政，野絶鴻嗸；陳治水之書，河清牛尾。蕭育杜陵，男子不避羣嫌；吴公天下，治平終邀特簡。念天庾之重，敢辭使節賢勞；盡臣職之常，每荷璽書褒奬。蓋其精誠之至，既有以上結主知；而其孝友之風，更足以下垂家範。維桑與梓，愛早篤於童年；匪莪伊蒿，哀不衰於中歲。薄許武分財之陋，不取錙銖；推丁鴻讓爵之心，竟邀綸綍。其克敦乎天顯，洵無間乎人言。至於燔券仁心，指囷義舉，啓少陵之廣厦，以招賃廡之賢；開文翁之講堂，以待横經之彦。臨池作字，從無草草之時；仰屋著書，總繫林林之命。典型雖遠，景仰同深，名實既符，馨香不愧。夫聖世風聲之樹，援既往以勸將來；里人月旦之評，雖私議而符公論。伏祈鑒茲衆悃，籲請天恩，俾崇祀乎鄉賢，以俯從乎物望。肅明禋於千古，允爲大典之光；留碩望於一鄉，并樹人倫之凖。

【校記】

〔一〕《日鈔》此題爲卷四第十三篇。

〔二〕鍾，原作『鐘』，據《日鈔》改。

〔三〕儁，原作『儶』，據《校勘記》改。